Diogenes Taschenbuch 24422

LEON DE WINTER, geboren 1954 in ’s-Hertogenbosch als Sohn niederländischer Juden, arbeitet seit 1976 als freier Schriftsteller und Filmemacher und lebt in Holland und den USA. Seine Romane erzielen nicht nur in den Niederlanden überwältigende Erfolge; einige wurden für Kino und Fernsehen verfilmt. 2002 erhielt er den WELT-Literaturpreis für sein Gesamtwerk, 2006 wurde er mit der Buber-Rosenzweig-Medaille ausgezeichnet.

Leon de Winter

Geronimo

ROMAN

Aus dem Niederländischen von
Hanni Ehlers

Diogenes

Titel der 2015 bei De Bezige Bij, Amsterdam,
erschienenen Originalausgabe: ›Geronimo‹
Die deutsche Erstausgabe
erschien 2016 im Diogenes Verlag
Covermotiv: Zeichnung von Christoph Niemann,
›Black Hawk‹, 2016

Veröffentlicht als Diogenes Taschenbuch, 2017

www.diogenes.ch
200/17/852/1
ISBN 978 3 257 24422 9

Für Jes, Moos & Moon,
die das Leben
erstrahlen lassen

Jede Übereinstimmung mit tatsächlichen Personen, Organisationen, Ereignissen oder historischen Fakten beruht auf bloßem Zufall.

Telefongespräche Februar 2012

TOM JOHNSON und VERA BARRANCO

V: Vera Barranco.

T: Hallo, Vera.

V: Tom?

T: Ja, hi.

V: He, Tom, ich dachte mir schon, dass du um diese Zeit herum anrufen würdest.

T: Ja, ich dachte, ich will dich mal kurz anrufen.

V: Ja, schön. Gut. Puh, ich muss kurz umschalten.

T: Warst du gerade mit irgendwas beschäftigt?

V: Ich erwarte gleich einen wichtigen Kunden. Aber ein Minütchen habe ich schon noch für dich. Wie geht's? Was machst du? Wohnst du noch in London?

T: Alles okay. Ich schau mich ein bisschen um. Ganz entspannt, glaube ich.

V: Was ist das für eine Nummer? Von wo rufst du an?

T: Ich bin jetzt in Israel.

V: Ach. In Tel Aviv?

T: Ja, für ein paar Wochen.

V: Da tut sich viel in der Kunstszene, ich müsste eigentlich auch mal für ein paar Wochen hin. Aber dich sehe ich nicht unbedingt die Galerien ablaufen.

T: Unterschätz mich nicht.

V: Habe ich nie getan.
T: Und du, alles gut?
V: Ja. Wirklich gut.
T: Und deine Tochter? Wie alt ist sie jetzt? Ein Jahr, nicht?
V: Ja, sie ist gerade ein Jahr alt geworden. Sie ist ein Segen. Ich habe deinen Eltern Fotos gemailt, hast du sie gesehen?
T: Nein, nein.
V: Ich mail sie dir. Habe ich deine Mailadresse?
T: Die alte AOL-Adresse tut's noch.
V: Sie ist ganz ihr Vater. Oder hätte ich das nicht sagen dürfen?
T: Wir sind schon sechs Jahre geschieden, du kannst alles sagen.
V: Was hast du gestern gemacht?
T: Nichts Besonderes.
V: Wirklich nicht?
T: Nein, nichts. Ich hatte nur so eine Idee …
V: Was?
T: Es ist viel passiert in den letzten drei, vier Jahren, oder eigentlich schon seit damals natürlich, mit uns und … und mit Sarah, und ich dachte, ich schreibe das mal alles auf.
V: Warum?
T: Um das Ganze abzurunden.
V: Für ein Buch?
T: Nein, nur für mich. Zur Vervollständigung. Um Klarheit zu gewinnen.
V: Aber doch wohl kein Buch, oder?
T: Kein Buch. Nur so etwas wie buchhälterische Vollständigkeit.

v: Wenn das hilft, ja, warum nicht?

t: Das dachte ich auch. Nicht, um es zu veröffentlichen.

v: Wozu sollte das gut sein?

t: Eben. Was hast du gestern gemacht?

v: Ganz normal gearbeitet. Zwischendrin geweint. Sonst nichts Besonderes.

t: Sie wäre neun geworden.

v: Ich weiß, Tom.

t: Ich hätte doch gern noch einmal …

v: Noch einmal was?

t: Es ist schiefgelaufen zwischen uns, weil wir vielleicht nicht genug darüber geredet haben.

v: Du klingst jetzt ein bisschen wie 'ne zickige Psychotante. Entschuldige, wenn ich das sage.

t: Wir haben nie richtig darüber geredet.

v: Wir haben bis zum Umfallen darüber geredet.

t: Für mein Empfinden nicht. Ich hab's nicht kapiert.

v: Wir haben geredet und geredet und geredet. Wir wissen, woran es zerbrochen ist, mein Lieber.

t: Woran?

v: Schuldgefühle. Daran ist alles zerbrochen. Bei jedem von uns auf seine Weise. Aber für mich ist das passé. Ich habe gestern sehr, sehr lange geweint und an Sarah gedacht, und zwischendrin habe ich mein Baby an mich gedrückt. [Ja, ich komme!] Mein Kunde ist da, Tom, tut mir leid. Rufst du ein andermal an?

t: Mach ich. Viel, viel, *whatever,* Glück, Erfolg!

v: Dir auch!

*

V: Tom?

T: Vera? Hallo.

V: Oh, entschuldige, mir fällt plötzlich ein, *shit,* bei dir muss es ja mitten in der Nacht sein. Wie spät ist es dort jetzt?

T: Mal schauen. Halb fünf. Morgens.

V: Oh, das tut mir leid, daran habe ich überhaupt nicht gedacht.

T: Macht nichts. Ich bin immer früh auf. Gehe hier um sechs Uhr raus, am Strand spazieren.

V: Wohnst du in einem schönen Hotel?

T: Ich hab über Airbnb ein kleines Apartment gemietet.

V: Ist das gut? Hab ich noch nie gemacht.

T: Warum solltest du auch, du bist ja steinreich. Aber einfache Landstreicher wie ich müssen das wohl oder übel, wenn sie irgendwo ein paar Wochen bleiben wollen. Man muss genau hingucken, wenn man sich etwas aussucht, aber ansonsten geht das prima. Ich wohne ganz zentral, mit schöner Dachterrasse und Blick über die Stadt. Hab keine Vorhänge im Schlafzimmer, das ist doof, aber sonst alles okay. Woher hast du meine Telefonnummer?

V: War in der Anrufliste von heute morgen.

T: Wie ist es gelaufen mit deinem Kunden?

V: Ich habe ihm die Arbeiten eines jungen Malers gezeigt. Einer von hier. Großes Talent. Indianische *roots.* Halb abstrakt, halb figurativ. Der Kunde ist ein großer Sammler. Er kommt morgen noch mal wieder. Macht eine kleine Tour durch die Galerien hier. Ich bin zuversichtlich. Der Künstler wird selbst dabei sein. Er hätte eigentlich heute Morgen schon dabei sein sollen, aber da hat er im Guesthouse seinen Rausch ausgeschlafen.

T: Deinem Guesthouse?

V: Ja, wir haben ein Guesthouse. Und nicht nur eines, sondern drei. Ist nicht ungewöhnlich in Ricks Gesellschaftsschicht.

T: Hast du einen Chauffeur?

V: Nein, ich fahre selbst, Tom. Höre ich da so etwas wie Neid?

T: Ich gönne es dir. Wie Rick das geschafft hat, ist mir ein Rätsel. Phantastisch.

V: Ja, er ist unglaublich.

T: Ja.

V: Ja.

T: Wie gut, dass du anrufst.

V: Ja, ich dachte, ich ruf dich zurück. Das Gespräch heute Morgen war ja doch ein bisschen komisch.

T: Ja. Ich dachte, ich muss dich anrufen, Sarahs Geburtstag, wie sonst.

V: Ja, ist gut, ist nicht schlimm, wirklich.

T: Ich hocke hier rum und starre irgendwie monomanisch vor mich hin, und da dachte ich …

V: Kennst du denn dort niemanden?

T: Doch, doch. Ich habe Kontakte und so. Ich brauche mich nicht zu langweilen.

V: Du wolltest Dinge aufschreiben.

T: Ja, aber das klingt so offiziell. Es ist einfach nur für mich. Nichts Besonderes.

V: Über damals?

T: Ja. Damals.

V: Du musst nach vorne sehen, Tommy. Wirklich. Wie steht es um deine Gesundheit?

T: Geht. Alles funktioniert. Aber wenn ich ein paar Stunden auf den Beinen war, bin ich echt müde. Ich fahre viel Fahrrad.

V: Ach. Da kann man Fahrrad fahren?

T: Ja, eine echt gute Stadt zum Radfahren. Echt gut. Es gibt auch einen schönen Weg am Strand entlang. Fährst du da drüben auch Rad?

V: Nein. Wenn wir in L. A. sind, schon, aber nicht hier.

T: Habt ihr auch ein Haus in L. A.?

V: In den Palisades, ja. Mit Blick auf den Pazifik. Bin gern dort.

T: Das kann ich mir vorstellen.

V: Und, äh, hast du schon angefangen zu schreiben?

T: Nein, noch nicht.

V: Ich möchte eigentlich nicht mehr daran denken, Tom. Gestern schon, natürlich. Dann denke ich nur an sie. Aber sonst ... So wenig wie möglich. Und das heißt nicht, dass ich Sarah nicht geliebt habe. Im Gegenteil. Alles tut weh.

T: Das verstehe ich, Liebling.

V: Aber durch deinen Anruf, verstehst du?

T: Verstehe ich.

V: Es gibt wirklich Wochen, in denen ich keine Sekunde daran denke, dass sie nicht mehr da ist.

T: Ja, wie gut.

V: Manchmal schon. Tagelang. Aber manchmal auch nicht. Dann ist er weg, der Schmerz.

T: Das machst du gut.

V: Ich weiß nicht. Es geht von selbst. Und du?

T: Weniger, glaube ich.

V: Weniger?

T: Ja. Es gibt so Phasen. Da überfällt es mich richtig, da ist es wieder da. Alles.

V: Ja?

T: Ja.

V: Du hast niemanden.

T: Wie meinst du das?

V: Ich meine: Vielleicht hättest du auch wieder heiraten sollen. Oder klingt das abwegig?

T: Denkst du an jemand Bestimmtes?

V: Bevorzugst du bestimmte Maße?

T: Die kennst du.

V: Ja. Entschuldige. Ich hätte nicht davon anfangen sollen.

T: So geht das eben, das weißt du doch.

V: Ja.

T: Es hat dir geholfen, ein neues Leben.

V: Ich wäre sonst verrückt geworden. Dass du nicht verrückt geworden bist!

T: Ich bin verrückt geworden, Liebste.

V: Nein. Du bist ein Held. Was du getan hast!

T: Und was du getan hast, damals.

V: Ich möchte nicht daran denken, Tom.

T: Ich auch nicht.

V: Aber du denkst die ganze Zeit an sie, nicht?

T: Na ja, die ganze Zeit. Oft. Gestern natürlich. Seit ich denke, dass ich es aufschreiben muss.

V: Welchen Sinn soll das haben?

T: Der Sinn ist, dass ich es notiere.

V: Ist das Sinn genug? Muss es dafür wieder aufgerührt werden?

T: Am Tag nach ihrem Geburtstag wollte ich dich kurz sprechen. Das ist alles.

V: Ja, ich weiß.

T: Ja.

V: Na dann, einen schönen Tag dort drüben.

T: Ja, dir auch, hm?

V: Es ist nun einmal so. Ich habe wieder eine Tochter. Eine andere Tochter. Wunden können heilen, Tom. Sie können sich wirklich schließen.

T: Ich bin der lebende Beweis dafür, Vera.

V: Ja, ich weiß. Ich weiß, was du durchmachen musstest. Schrecklich …

T: War nicht schön, nein. Also gut.

V: Gut.

T: Danke, dass du angerufen hast.

V: Ja. Natürlich. Einen schönen Tag, ja?

T: Ja, dir auch, noch einen schönen Abend da drüben, hm?

V: Ja, ciao!

T: Ciao!

*

V: *Hallo, Tom, ich bin's. Hab echt mies geschlafen nach diesen Gesprächen gestern. Sie haben mich, ich weiß nicht, ich bin irgendwie ein bisschen daneben. Vielleicht auch mehr als nur ein bisschen. Ist noch früh hier, bin einfach aufgestanden. Bist du gerade auf dem Fahrrad unterwegs? Oder vertue ich mich jetzt wieder mit dem Zeitunterschied? Lass mal von dir hören heute. Bin vormittags beschäftigt, also vielleicht danach, ja? Gut. Okay, ich höre dann von dir, ja?*

T: *Hallo, Vera, hab gerade deine Nachricht gehört. Ich war mit dem Fahrrad unterwegs, ja, und hab deinen Anruf nicht mitgekriegt. Ich möchte nicht, dass du deswegen nicht schlafen kannst. Natürlich nicht. Du brauchst nicht zurückzurufen, wenn du nicht willst. Okay? Alles, alles Liebe, ja?*

*

V: Hallo, Tom.
T: Hi.
V: Ich habe deine Nachricht gehört.
T: Ja, ich hatte dich zurückgerufen.
V: Hatte irgendwie einen Scheißtag.
T: Tut mir leid, das war nicht meine Absicht.
V: Ich weiß.
T: Wie ist es mit deinem Kunden und dem betrunkenen Künstler gelaufen?
V: Lief perfekt. Vier Bilder verkauft.
T: Wo ist denn deine Galerie?
V: Ganz vorn.
T: Ich erinnere mich … Als wir da mal gegessen haben.
V: Eine meiner beschämenden Erinnerungen.
T: Eine meiner befriedigendsten Erinnerungen.
V: Bitte nicht, Tom.

T: Ich bin nicht mehr in Santa Fe gewesen, seit wir damals …

V: Du kannst jederzeit bei uns übernachten, im Ernst.

T: Ich weiß nicht, ob ich je wieder weggehe, wenn ich in so 'nem schicken Guesthouse bin.

V: Bleib, so lange du willst.

T: Lieb, dass du das sagst. Ich schau mal, hm?

V: Schau mal.

T: Als ich aus London wegging …

V: Bist du wirklich von dort weg?

T: Ja, ich hab die Wohnung gekündigt. Wurde mir auch zu teuer.

V: Wo wohnst du denn jetzt?

T: Eigentlich nirgends, ich miete mich immer wieder woanders ein. Ich ziehe ein bisschen in der Gegend rum.

V: Das stelle ich mir schrecklich vor.

T: Das siehst du falsch. Ich fühle mich jetzt erheblich besser. Ein paar Wochen hier, dann wieder weiter.

V: Du hast also keinen festen Wohnsitz?

T: Aber eine Kreditkarte.

V: Und wo sind deine Sachen?

T: Eingelagert. Bin auf ein paar Fotos gestoßen, als ich beim Packen war. Drüben auf der Plaza. An dem Abend, als wir uns zum ersten Mal …

V: Ich möchte nicht daran denken, Tom.

T: Nein.

V: Nein. Das jetzt ist schon schlimm genug.

T: Mit mir zu reden, meinst du?

V: Ich finde es schlimm, dass es dir nicht gutgeht.

T: Es geht mir gut, Vera.

V: Nein. Dann würdest du dich nicht so verhalten. Dass du das willst, das Geschreibe. Keinen festen Wohnsitz hast.

T: Ich habe alles im Griff.

V: Gib dich nicht stärker, als du bist.

T: Ich bin okay. Es geht mir nicht supergut, nein, aber es geht. Es gefällt mir hier, schönes Wetter, gutes Essen, ganz passabel. Ich möchte alles abrunden.

V: Durch Reden oder Schreiben wird da nichts draus. Leben musst du.

T: Ich muss das erst abrunden. Danach sehe ich weiter.

V: Diese Art der Kommunikation ist nicht gut. Lassen wir es lieber, ja?

T: Wie du möchtest.

V: Ja, ich möchte das.

T: Ich wollte nur anrufen, weil Sarah Geburtstag hatte, Veer.

V: Das weiß ich, das weiß ich, das nehme ich dir nicht übel. Aber du rufst an, und alles ist wieder da. Das kann ich nicht gebrauchen.

T: Dass ich dich so aus der Bahn werfe, finde ich echt scheiße.

V: Ja, Mist.

T: Ja.

V: Ich hab jetzt zu tun. Okay?

T: Ja, klar.

V: Wir werden sehen, hm?

T: Klar.

V: Okay. Also dann.

T: Ja. Okay. Gut. Also dann alles Gute, hm?

V: Ja. Okay. Ciao.

*

V: *Hier ist die Voicemail von Vera Barranco. Ich bin die kommenden zehn Tage verreist. In dringenden Fällen rufen Sie bitte mein Büro an. Ansonsten können Sie mir eine Nachricht auf Band sprechen. Ich höre die Voicemail jeden Tag ab.*

T: *Hi, ich bin's. Ich hab dich ein paar Wochen in Ruhe gelassen, hoffentlich hat das geholfen. Bin eifrig am Schreiben. Möchte dich trotzdem sprechen, wenn das okay ist. Ich schick dir eine Mail mit meiner Nummer, ja? Alles Liebe!*

TEXTNACHRICHT V: *Hab deine Nachricht gehört. Muss mich noch von deinen vorherigen Anrufen erholen. Brauche Zeit. Lass mich nachdenken. xxx*

TEXTNACHRICHT T: *Ich möchte nicht, dass du dich von meinen Anrufen erholen musst. Ich lass dich in Ruhe. Leb wohl. T.*

TEXTNACHRICHT V: *xxx*

Erster Teil

Einmal an der Macht, etablierten die Taliban ein autoritäres Regime nach strengsten Grundsätzen. Islamische Strafen wurden eingeführt, einschließlich der Hinrichtung und des Verlusts der Hände für Verbrechen. Fernsehen, Kino und Musik wurden wegen ihres korrumpierenden Einflusses verboten.

historyofwar.org

Wir waren elf Brüder und arbeiteten am Bau von Straßen und Tunneln im Bauch der Berge und an Verstecken für die afghanischen Mudschaheddin.

Usama bin Laden
In: *Through Our Enemies' Eyes*
Anonymous, 2002

Er war mehr Ingenieur als Soldat, und er war ein Experte im Tunnelbau.

Generalleutnant Hamid Gul
Chef des pakistanischen Geheimdienstes ISI
The Guardian, 21.8.1998

I

Abbottabad, 11. September 2010

UBL

Usama bin Laden lebte fünf Jahre lang hinter den Mauern seines Verstecks, lautet die offizielle Geschichte. Das ist unrichtig. Er ist nachts regelmäßig ins Freie gegangen.

Auch am frühen Morgen des 11. September 2010 – acht Monate vor Operation Neptune Spear – schlüpfte er aus seinem Haus und fuhr das Moped aus dem Lagerraum. Wie üblich steuerte er ein Lebensmittelgeschäft an, das nie die Türen schloss.

In Abbottabad, Pakistan, war es Viertel nach zwei in der Nacht, und UBL – so die vom amerikanischen Geheimdienst für ihn benutzte Abkürzung, die seine jüngste Braut, Amal, ihm auch manchmal herausfordernd ins Ohr flüsterte: »UBL, mein Scheich, kommst du?« – war ein glücklicher Mensch.

Jetzt bloß keine übereilten Schritte tun, sagte er sich. Er durfte sich nicht von dem wunderbaren Gedanken verleiten lassen, dass er morgen schon erreichen konnte, worauf er dreißig Jahre lang hingearbeitet hatte; länger noch, eigentlich sein ganzes Leben lang, seit er das Licht der Welt erblickt hatte. Das Blatt würde sich wenden. Geduld, dachte er, Geduld. Es wäre dumm, wenn er seinen Trumpf nach Jahren der Isolation und der Rückschläge nun Hals über

Kopf ausspielen würde. Mit dem, was er jetzt wusste, war er in der Lage, seine Gegner schachmatt zu setzen.

Allah belohnte seinen Glauben und seine Demut. Ihm war eine Waffe geschenkt worden, vor der sich niemand schützen konnte.

UBL hätte seine Freude am liebsten laut herausgeschrien und den stillen Straßen und schlafenden Häusern zugerufen: Ich weiß es, ich weiß es, ich habe es entdeckt, ich weiß, was niemand weiß! Grinsend fuhr er auf seinem klapprigen Moped dahin und dachte: Es ist wahr, UBL wird sich die Welt wieder gefügig machen!

Wie tarnte er sich, wenn er nachts sein Versteck verließ? Den Beschreibungen nach, die man mir gegeben hat, wie folgt: Auf dem Kopf trug er einen vorsintflutlichen Helm, eine Art halbierten Lederball mit Ohrenklappen. Auf der Nase eine Brille mit Bifokalgläsern, die seine Augen verzerrten, und um Hals und Kinn einen Schal, der einen Großteil seines Gesichts verbarg. Im Winter trug er einen halblangen grünen Militärmantel, wie er Männer in weiten Teilen Asiens warm hält. Solche Mäntel gibt es überall für wenig Geld zu kaufen, schwere Mäntel aus dicker Baumwolle, in die man ein zusätzliches Futter aus dickem Schaffell knöpfen kann (das Fell brauchte er noch nicht, obwohl die Nächte in dieser Bergstadt wieder kühler zu werden begannen).

Dazu trug UBL eine beigefarbene, an den Knöcheln enganliegende Pluderhose, den sogenannten *Salwar,* den er auch schon in den Jahren in Afghanistan getragen hatte, und an den Füßen verschlissene Sandalen.

Seine Körpergröße konnte er nicht ändern oder verhüllen. Er war groß, viel größer als die meisten Pakistaner, aber auf dem Moped fiel seine Größe nicht auf. Und wenn er abstieg, stützte er sich auf einen Spazierstock und bewegte sich mit schleppenden Schritten und gebeugtem Rücken, was ihn zwanzig Jahre älter erscheinen ließ. Er gab sich wie irgendeiner, der mit einem aus gebrauchten Teilen zusammengeschusterten Moped nachts einen rund um die Uhr geöffneten Laden namens The Abbottabad Nite Shop ansteuerte.

Hinten auf dem Moped führte er eine kleine Kühlbox mit, in der er das Eis verstauen konnte, das er seiner jüngsten Frau versprochen hatte. Sie kannte ihn besser als jeder andere, besser noch als seine älteste Frau. Wie ein wildes Tier war sie, mit ihrem kleinen, aber geschmeidigen Körper und ihrer Intuition, die ihn manchmal in Erstaunen versetzte. Er hatte die Pflicht, seine Frauen zu besuchen, aber die jüngste, eine Frau mit gierigen Augen und Schenkeln voll Feuer, wusste immer, auch wenn er schwieg, in welcher Stimmung er war. Selbst tagsüber, wenn ihn Sorgen drückten, konnte sie ihn in Erregung versetzen. In Anbetracht seines Alters konnte er die Frau, die er an diesem Abend zu besuchen hatte, nicht lieben, wenn er keine blaue Pille schluckte – aber die Frauen akzeptierten das ohne Murren.

In Abbottabad lebte er mit drei Frauen. Die älteste war Khairiah Saber, Kinderpsychologin und Mutter eines Kindes. Siham Sabar war Arabischlehrerin und hatte ihm vier Kinder geschenkt, darunter Khaled, der zum Glück auch bei ihm im Haus lebte. Und schließlich Amal Ahmed al-Sadah, Usamas jüngste Frau. Sie war siebzehn, als er sie heiratete, er bereits dreiundvierzig. Wenige Tage nach Nine-Eleven gebar sie ihm eine Tochter, die nach einer jüdischen Spionin im Dienst des Propheten Mohammed benannt wurde.

Ja, ihr Führer, ihr Steuermann, ihr Scheich war er, aber er respektierte sie. Mit der Macht über seine Frauen ging er nicht leichtfertig um. Nie schlug er sie, auch wenn sein Glaube das zuließ, solange kein Blut floss – ein Blick oder ein drohend erhobener Zeigefinger genügte, um seine Frauen zum Schweigen zu bringen, falls das nötig war. Er schirmte seine Frauen gegen die Verzweiflung und Frustration ab, die er selbst so oft erfuhr, und sie wiederum linderten seine Sorgen. Der Gedanke an Verrat war ihnen fremd – ohne ihn seien sie verloren, erklärten sie ein ums andere Mal, und im Gebet flehten sie Allah jeden Tag an, ihn zu beschützen. Und er flehte Allah an, seine Frauen zu beschützen.

Sein Verbündeter und Kurier Al-Kuweiti war bei Anbruch des Abends aus Islamabad zurückgekehrt. Es war der Tag des Zuckerfests, am Morgen hatten sie das Fasten gebrochen. Al-Kuweiti war zwei Wochen umhergereist. Er stellte UBLs Vertrauten Mitteilungen von ihm zu (UBL war noch voll in die Organisation eingebunden und stand mit vielen Gruppen in Kontakt) und sorgte dafür, dass die Verlautbarungen, die UBL in seinem beengten Arbeitszimmer verfasste, zu Al-Dschasira oder CNN gelangten.

Abu Ahmed al-Kuweiti, sein teurer Freund, war pakistanischer Nationalität und gehörte zur Volksgruppe der Paschtunen, aber er war in Kuwait geboren. Er sprach fließend Arabisch und Paschtu und Urdu. Zu einem anderen Zeitpunkt der Geschichte wäre Al-Kuweiti, der einst von einem der kreativen Geister ausgebildet worden war, mit denen UBL die Anschläge von Nine-Eleven ausgetüftelt hatte, Minister oder Topmanager gewesen. Aber es war Krieg, und Al-Kuweiti war ein glühender Kämpfer.

UBL hatte den ganzen Tag auf seine Ankunft gewartet, und als er das Tor aufgehen hörte, setzte er sich einen großen Hut auf und wartete draußen unter dem Baum, bis Al-Kuweiti aus seinem weißen SUV gestiegen war.

»Scheich, ich denke, es ist geglückt«, sagte Al-Kuweiti. Er öffnete seine Faust und präsentierte auf der offenen Handfläche einen USB-Stick, als handelte es sich um ein kostbares Schmuckstück.

UBL fragte: »Haben wir, was wir suchten?«

»Alles. Deine Macht kennt jetzt keine Grenzen mehr.«

In seinem Zimmer im zweiten Stock, einem sechs Quadratmeter großen Raum mit Fernsehgeräten, mehreren Computern und Stahlschränken, in denen er CDs, DVDs, Bücher, Karten aufbewahrte, ließ er, nachdem er sicherheitshalber das Internetkabel herausgezogen hatte, den Stick zum Leben erwachen.

Sieben Fotos. Ein Word-Dokument, unverschlüsselt, mit ergänzenden Daten. Und ein Video. Er sah sich alles an und zog dann den Stick aus dem Computer. Er sank auf seinem Gebetsteppich auf die Knie und dankte Allah, während ihm die Tränen über die Wangen liefen.

Ausnahmsweise nahm er mit Al-Kuweiti zusammen das Abendessen ein. Normalerweise lebten sie jeder für sich ihr Familienleben. Al-Kuweiti wohnte mit seiner Frau in dem bescheidenen Haus neben dem Haupthaus, in dem UBL sein Versteck eingerichtet hatte. Unter dem Baum auf dem dunklen Innenhof, im spärlichen Licht einer Lampe, die bei

Al-Kuweiti im Haus brannte, saßen sie auf einem Teppich, und UBL lauschte dem Reisebericht seines Kuriers.

Nachdem Al-Kuweiti den Stick in Empfang genommen und sich vergewissert hatte, dass das Geheimnis darauf in der Tat die große Enthüllung war, nach der UBL suchte, war er fünf Tage lang kreuz und quer durchs Land gefahren. Er wollte überprüfen, ob man ihm folgte. Ganze fünf Tage lang. Fast ohne Schlaf. Seit ihrem Einzug in dieses Haus hatte er nie etwas von einer Verfolgung bemerkt; wäre dem so gewesen, hätte er eine Alarmnummer anrufen und dann seinem Leben ein Ende machen müssen. Denn wenn man ihm folgte, konnte das nur eines bedeuten: Ein Sicherheitsdienst war ihnen auf den Fersen. Doch Al-Kuweiti zog nie die Aufmerksamkeit auf sich. Er lebte unter dem Radar.

Dass die Recherchen zu einem so bemerkenswerten Ergebnis geführt hätten, sei, wie Al-Kuweiti erklärte, den Männern zu verdanken, die den Bericht zusammengestellt hätten, Mitglieder einer indischen Zelle aus Mumbai. Topstudenten. Hochbegabt und mutig, ja verwegen. Sie waren in Häuser eingebrochen, hatten Tresore geknackt, hatten auch jemanden gefangen genommen, dem sie nach tagelangen Verhören entscheidende Informationen entlockten, worauf sie ihm einen Genickschuss verpassten.

Dennoch unvermeidlich, dass Al-Kuweiti die indischen Studenten durch eine andere Zelle, die nichts von deren Arbeit wusste, eliminieren lassen musste.

»Ich konnte nicht anders, Scheich«, erklärte Al-Kuweiti. »Die Daten sind so sensibel, dass ich kein Risiko eingehen durfte.«

»Stellten sie denn ein Risiko dar?«, fragte UBL wider besseres Wissen.

»Das hätte sich erst in einem Jahr erwiesen. Sie waren stark. Aber man weiß nicht, was passiert wäre, wenn sie wieder zu Hause gewesen wären. Sie waren jung, sie hätten sich wahrscheinlich vor ihren Freunden gebrüstet.«

Ihr Tod war ein Opfer, das schmerzte. UBL sagte, dass sie für die Jungen beten müssten. Er bat Allah um Vergebung und flehte Ihn an, die Männer zu Seinem Thron vorzulassen. Sie waren gute und fromme Kämpfer gewesen. Vor fünf Tagen hatten sie Al-Kuweiti stolz den Stick überreicht. Vierundzwanzig Stunden danach explodierte der Kleinbus, mit dem sie Richtung indische Grenze unterwegs waren.

Ein markenloser USB-Stick mit einer Speicherkapazität von 16 GB. Sieben Fotos, ein Video und ein dreitausend Wörter umfassender Bericht mit Namen, Orts- und Zeitangaben. Er würde UBL ungeheure Macht verleihen. Ein vier Zentimeter langer Stick, anthrazitgrau, »made in China«, dessen digitaler Speicher genauso viele Seiten fassen konnte wie eine Bibliothek mit hundert Bücherregalen.

Nach dem Essen umarmte er Al-Kuweiti und zog sich ins Haus zurück, wo seine Frauen ihre Räumlichkeiten aufgesucht hatten. In seinem Arbeitszimmer las er im Koran, stellte die Internetverbindung wieder her und surfte zu den Nachrichten und Kommentaren auf den Websites US-amerikanischer Zeitungen. Er besuchte das Bett seiner dritten Frau, denn es war ihre Nacht. Aber er war zu nichts imstande. Danach besuchte er die älteste und die zweitjüngste. In keinem Bett fand er zur Ruhe, konnte er leisten, was sie von ihm erwarteten. Sein Herz klopfte wie wild. Er stand immer wieder auf, um in seinem Zimmer nach dem USB-Stick zu sehen. Er musste ihn versteckten. Aber wo?

Er ging zu seiner dritten Frau, und sie deutete seinen Blick, seine Körperhaltung sofort, als könne sie riechen, was in ihm vorging. Sie stand auf und machte ihm Tee. Sie sagte zu ihm: »Du hast etwas zu feiern, Scheich. Du freust dich wie ein Kind, das einen Vogel geschenkt bekommen hat.«

»Einen Falken«, verbesserte er sie. »Ich hatte einen Falken. Ich hatte mehrere Falken.«

Sie ließ ihn in sein Arbeitszimmer gehen. Er nippte an dem Glas Tee und zappte mit der Fernbedienung in der Hand durch die westlichen Nachrichtensender. Nichts Besonderes. Präsident Obama unterbreitete irgendwelche Gesetzesvorhaben. Der Mann sah zufrieden aus. Schön. Dann traf ihn der Schlag umso härter.

Als UBL zu Amal zurückkehrte, saß sie aufrecht im Bett, mit entblößten Brüsten. Eine nackte Glühbirne erhellte den kargen Raum. Die Matratze lag auf dem einfach gefliesten Fußboden. Amal hatte ihm zwei Kinder geschenkt, aber ihre Brüste waren mädchenhaft jungfräulich.

»Geh aus dem Haus«, sagte sie. »Ich weiß nicht, ob ich dich jetzt zur Ruhe bringen kann. Komm mit Süßigkeiten zurück. Belohne dich. Es gibt etwas, was deine Augen zum Leuchten bringt. Mach dir eine Freude. Und mir auch. Kommst du mit Eis zurück, mein Scheich? Dieses eine Mal? Ich habe es schon seit Jahren nicht mehr gekostet. Vanilleeis. Und bringst du bitte auch Schokolade mit?«

Er lächelte. Ließ sich neben ihr nieder. Sie bewegte sich mit halb geöffnetem Mund auf ihn zu, und er küsste sie.

Dann erhob er sich. Er ging Eis kaufen. Eine unsinnige Mission. Aber er wollte das Haus für ein Weilchen hinter sich lassen und draußen die frische Luft auf seiner Haut fühlen. Danach würde er sie besuchen, seine jüngste Braut. Mit Eis. Vanilleeis, das er von ihren Brustwarzen lecken würde. Vanille – er ließ sich das Wort auf der Zunge zergehen. Wann hatte er es zum letzten Mal benutzt? Ein Wort voller Unschuld. Er fühlte sich frei und jung, wenngleich sein Bart grau war und er wie einer lebte, der zu hundert Jahren Hausarrest verurteilt war. Der USB-Stick hatte ihn von der Last des Alters und der bedrückenden Mauern seines Verstecks befreit.

Bevor er das Schlafzimmer verlassen hatte, hatte sie noch gefragt: »Du weißt, welcher Tag heute ist?«

Er hatte genickt.

»Neun Jahre ist es her. Ein Grund mehr, heute Nacht zu feiern«, hatte sie gesagt.

Entspannt kurvte UBL auf dem Moped durch das nächtliche Städtchen, wobei er Unebenheiten im Straßenbelag und jammervollen streunenden Hunden geschickt auswich. Oft fuhr er an den Fluss, wo er dem schnellen Wasser lauschte, oder er fuhr in die Berge, um die Nadelbäume zu riechen. In der Stadt stieg ihm manchmal der Gestank von einem offenen Abwasserkanal in die Nase, aber auch der Duft üppiger Pflanzen oder das berauschende Aroma von Eukalyptusbäumen, Lavendel, Salbei, Minze – nach einem nassen, kalten Winter und einem enttäuschenden Frühling war der Sommer, als die Natur dann endlich unaufhaltsam zum Erblühen kam, wie Balsam gewesen, und jetzt fiel, auf

Allahs Weisung, der Herbst ein, einen Tag nach dem Ende des Ramadan.

Das Stadtzentrum war klein und überschaubar mit seiner einen langen Hauptstraße, Teil einer berühmten Fernstraße, die Touristen aus dem Westen magisch anzog. Flache Gebäude und Geschäfte, an denen die schiefen und zerbeulten Rollläden heruntergelassen waren. Da und dort flackerte eine Leuchtreklame. Eigentlich hatte er eine Abneigung gegen die aufdringliche, bunte, billige Kultur, die die pakistanischen Muslime von den indischen Hindus übernommen hatten, doch in dieser Nacht sträubte er sich nicht gegen diese Farben und Formen – er war fröhlich wie selten in seinem Leben.

Für jemanden, der aus dem Fenster geschaut und ihn gesehen hätte, wäre er irgendwer gewesen, der mitten in der Nacht auf einem Moped mit Kühlbox auf dem Gepäckträger unterwegs war. Um Eis für seine Lieblingsfrau zu kaufen. Ging er ihretwegen dieses Risiko ein? Nein. Manchmal wurde ihm das Drinnenhocken zu viel. Er hatte den Hausarrest zwar selbst über sich verhängt, aber er war ein Mann, der seit seiner frühen Jugend Wanderungen über felsige Bergpfade gemacht hatte. Er konnte tagelang an Schluchten entlanglaufen, auf den rauhesten Hängen überleben. Das hatte er in den vergangenen Jahren am meisten vermisst. Aber er hatte nie die Hoffnung aufgegeben, dass er eines Tages wieder auf einem Bergpfad stehen und über ein grünes Tal blicken würde.

Er lebte hinter Mauern. Es ging nicht anders. Aber er hatte einen Fluchtweg, eine Garage aus Beton, die er als kleinen Lagerschuppen benutzte. Dort parkte er sein Moped.

Dutzende Male war er schon nachts durch das Städtchen gefahren. Dabei hatte er immer mal wieder haltgemacht und war, auf seinen Stock gestützt, ein Stückchen spazieren gegangen.

Eine pakistanische Stadt ist nie ganz verlassen, auch Abbottabad nicht, das heißt, es gab immer Augen auf der Straße, Arbeiter in der 24-Stunden-Industrie, die auch in Abbottabad um sich gegriffen hatte, Obdachlose, Straßenkinder, LKW-Fahrer, die in ihren mit bunten Lichterketten aufgezäumten Trucks Waren anlieferten, aber niemand wäre auf die Idee gekommen, dass der Mann mit diesem komischen Lederhelm, mit dieser unsäglichen, klobigen Brille, der Mann, der wie ein Schauspieler urplötzlich das linke Bein nachzog, wenn er sich von jemandem bemerkt fühlte, UBL war.

Der Laden, zu dem er wollte, lag im Abbottabad Cantt Bazar und gehörte einem Paschtunen, der viele Jahre am Golf gearbeitet hatte. Er hatte gespart, um den Laden von seinem Onkel zu übernehmen. Mit ihm sprach UBL englisch. Bei seinem ersten Besuch hatte UBL gar nichts gesagt, sondern nur unsicher auf ein Päckchen Marlboro gezeigt und stumm das Geld auf den Ladentisch gelegt. Der Paschtune hatte ihn nicht erkannt. Es gab mehrere Geschäfte, die die ganze Nacht geöffnet hatten, aber nur in dieses hatte UBL sich hineingewagt. Grünliches Neonlicht. Keine Überwachungskameras.

Am Abend seines ersten Besuchs im Abbottabad Nite Shop hatte Al-Kuweiti schlechte Nachrichten überbracht. Bei einem Raketenangriff war eine große Gruppe von Kämpfern ums Leben gekommen, mitsamt ihren Frauen und Kindern. Es war der Abend des 20. Juni 2007. Die Kämpfer waren am Tag davor getötet worden. Es war ein Blutbad gewesen. Drei amerikanische Raketen hatten eine Koranschule im pakistanischen Grenzstädtchen Mami Rogha getroffen. Fünfundzwanzig Kämpfer waren zerfetzt worden, und es hatte sechzehn weitere Opfer gegeben, Usbeken, Tschetschenen, Araber. UBL las den ganzen Abend bis zum Anbruch der Nacht im Koran. Er konnte nicht schlafen und stieg auf sein Moped, um sich irgendwo Zigaretten zu kaufen. Zwei Jahre lang hatte er nicht geraucht. Rauchen war eine seiner Schwächen. Er war selten allein, und im Beisein seiner Frauen und Kinder oder seiner Mitstreiter konnte er dieser Schwäche nicht nachgeben, doch wenn er eine Gelegenheit fand, dann rauchte er. Für Zigaretten, für seine Nikotinsucht, riskierte er Kopf und Kragen. Aber niemand rechnete damit, dass in diesem Städtchen, zu einem unmöglichen Zeitpunkt mitten in der Nacht, UBL mutterseelenallein in einen Laden spaziert kommen würde, um ein Päckchen Marlboro zu kaufen. Niemand auf der Welt war auf so etwas gefasst. Er hätte in einen *Late Night Shop* mitten in Manhattan gehen können, um sich danach auf dem Times Square mit Blick auf die gelben Taxis und Grüppchen betrunkener Touristen eine Zigarette anzuzünden, ohne dass man ihn bemerkt hätte. Ein hochgewachsener stiller Mann, der nachts rauchen wollte. Rauchen musste.

Bei jenem ersten Besuch würdigte der Paschtune ihn keines Blickes. Vor dem Laden rauchte UBL drei Zigaretten. Bei seinem vierten oder fünften Besuch sprach der Mann ihn auf Paschtu an.

»Englisch«, murmelte UBL hinter seinem Schal, »ich spreche englisch.«

Auf den Videos, die um die ganze Welt gingen, sprach er das klassische Arabisch des Korans. Wenn er englisch sprach, war die Wahrscheinlichkeit, dass man seine Stimme erkannte, äußerst gering. Anfangs tauschten sie nur Höflichkeitsfloskeln aus. Später nahm sich UBL die Zeit, mit ihm über die Golfstaaten zu sprechen, über Terrorismus, den Iran, Amerika. UBL hatte sich als Abu Abdullah vorgestellt. In der islamischen Welt trugen viele Millionen diesen Namen. Abu Abdullah, »Vater Abdullahs«, hieß er in seiner eigenen Familie. Abdullah war der Name seines ältesten Sohnes, der sich vom Lebenswerk seines Vaters abgewendet hatte.

Als er zum ersten Mal zu dem Laden gefahren war, hatte ihn Trauer erfüllt wegen der Raketen auf Mami Rogha. Jetzt fuhr er jubelnd durch Abbottabad. Der Jubel war für niemanden zu sehen oder zu hören, aber seinem Empfinden nach war es so. Hin und wieder wurde er von einem Motorrad oder einem anderen Moped überholt. Oder von einem tuckernden Auto. Er sah aus wie ein harmloser Sonderling mit bekloppter Kopfbedeckung. Er hockte wie in einem Lehnstuhl auf dem rissigen langen für drei Personen ausreichenden Plastiksattel seines lahmen und altersschwachen Mopeds. Der meistgesuchte Mann der Welt, auf einem schäbigen Moped, das nicht schneller fuhr als dreißig Stundenkilometer. Die US-Regierung hatte ein Kopfgeld von fünfundzwanzig Millionen Dollar auf ihn ausgesetzt. Wie viele Menschen in Abbottabad verdienten so viel Geld? Vielleicht brachten es die Einwohner der ganzen Region zusammengenommen auf ein Jahreseinkommen von fünfundzwanzig Millionen. Wo war die Person, die ihn verraten würde? Die gab es nicht. Der Mann, der auf einem Moped unterwegs war, um Vanilleeis für seine Braut zu holen, war ein Vermögen wert. Eis, um zu feiern, dass er Informationen erhalten hatte, die alles verändern würden.

Schmelzendes Vanilleeis auf ihren Brustwarzen.

Es hieß, er verstecke sich in Höhlen in Afghanistan. Oder sei tot. Er schmunzelte, während er an heruntergelassenen Rollläden vorüberdüste. Er war in dieser Nacht ein glücklicher Mensch. Er hatte alles gewonnen und alles verloren, und jetzt würde er erneut alles gewinnen. Er hatte die Chance erhalten, sich die Welt gefügig zu machen. Auf dem Stick waren digitale Informationen gespeichert, die so zerstörerisch waren wie ein Arsenal Atombomben. Im übertragenen Sinne. Er hatte es geschafft. Durch Hartnäckigkeit. Vertrauen. Glauben. Glück. Die Unterstützung Allahs. Der USB-Stick befand sich sicher in seiner Manteltasche.

2

Abbottabad, 11. September 2010

Fortsetzung: UBL

UBL stellte das Moped vor dem heruntergelassenen Gitter einer Werkstatt ab und ging, auf seinen Stock gestützt, zum Abbottabad Nite Shop hinüber. Er brauchte nicht mehr als hundert Meter im Licht einiger Außenlampen zu überbrücken. Der Name des Ladens war irgendwann einmal mit der Hand auf ein Schild gemalt worden, doch die Farben waren verblasst und unter einer Rußschicht verschwunden, die der Straßenverkehr darauf hinterlassen hatte. Das Licht der Neonröhren im Laden strahlte nach draußen und war nicht schön hell und weiß, sondern im Ton leicht grünlich. Sechs Reihen Regale und alle Wände mit einem Sammelsurium von Lebensmitteln und Haushaltsartikeln vollgestaut. Links vom Eingang, dessen Glastür offen stand, war der Ladentisch, hinter dem Ghairat, der Inhaber, auf einem hohen Hocker saß. UBL war auch in warmen Nächten hier gewesen, dann war die Tür zu, und die Lüftung summte.

Ghairat nickte ihm zur Begrüßung zu, drehte sich um und griff in das Regal mit den Zigaretten.

Auf seinen Stock gestützt, schaute UBL zu, wie Ghairat mit der einen Hand ein Päckchen Marlboro und mit der anderen ein flaches Streichholzbriefchen über den glatten

Ladentisch zu ihm hinschob, zwei synchrone Bewegungen, die jahrelange Routine verrieten. Auf der Lasche, die die Streichholzköpfe bedeckte, war Werbung für Ghairats Laden aufgedruckt.

»Streichhölzer habe ich noch«, sagte UBL. Wie immer sprach er mit dem Schal vor dem Mund.

Ghairat war ein kleiner Mann mit silbergrauem Haar, feingeschnittenem Gesicht und blitzenden Zähnen. Seine Finger waren schlank und erweckten den Eindruck, als ob er nie mit den Händen gearbeitet hätte, doch das traf nicht zu. Er war am Golf Bauarbeiter gewesen, hatte sich hochgearbeitet und in ein Bauunternehmen einkaufen können. Nach zwölf Jahren hatte er genügend Geld verdient, um in der Stadt seiner Kindheit den kleinen Supermarkt des Bruders seiner Mutter zu übernehmen.

In einer Halterung unter der Decke hing ein Fernseher. UBL sah Bilder eines pakistanischen Senders. Präsident Obama hatte zu einem früheren Zeitpunkt in diesem Jahr die neuen Gesetze zur Reform der Gesundheitsfürsorge in den USA unterzeichnet. Sie galten als großer Triumph für ihn. Jetzt musste er die Gesetze bestätigen und eine ganze Reihe von Unterschriften leisten. Für jede Unterschrift nahm er einen anderen Stift. Dabei strahlte er und verbreitete großes Selbstvertrauen. Die Stifte waren Geschenke für die Gäste, die um ihn herumstanden. Die Sendung handelte nicht von ihm, sondern von einem dieser Gäste, einem Mann pakistanischer Abstammung.

UBL öffnete das Päckchen Zigaretten und klopfte eine heraus. Im Laden standen Schüsseln und Schalen mit würzigen Kräutern, aber trotzdem roch er den frischen Tabak, als er sich die Zigarette unter die Nase hielt. Das war kein Marlboro-Imitat.

Ghairat sagte: »Paiman, mein Großneffe, war dabei.« Er schob einen Aschenbecher heran.

»Wobei?«, fragte UBL.

»Im Weißen Haus. Beim Präsidenten. Paiman hat in Amerika studiert. Harvard. Er hat an diesen Gesetzen mitgeschrieben. Er ist ein bedeutender Mann geworden.«

»Das Land der unbegrenzten Möglichkeiten«, sagte UBL. Er reichte Ghairat eine Zigarette.

»Paiman war ein guter Schüler. Schon als Kind wollte er nach Amerika.«

Er hob einen Finger, während er konzentriert den Fernseher im Blick behielt.

»Da, schau, dritte Reihe links.«

Sein Neffe war ein glattrasierter Mann mit ernstem Blick, in einem Anzug westlichen Schnitts, eine Krawatte um den Hals, die ihn zu würgen schien.

UBL fragte: »Ist Paiman fromm?«

»Vor zwei Jahren hat er seinen Vater besucht, der damals sehr krank war. Da hat er fünfmal am Tag gebetet. Aber vielleicht tut er das in Amerika nicht.«

»Ein Muslim sollte Amerika lenken«, sagte UBL. »Das Land muss die Botschaft des Propheten, Friede sei mit Ihm, annehmen.« In seiner Manteltasche befanden sich die Informationen, die dafür sorgen konnten.

»Friede sei mit Ihm«, wiederholte Ghairat. Er hielt ein Feuerzeug hoch.

UBL steckte die Zigarette zwischen den vor seinen Mund geschlungenen Schal und sog die Flamme in die Zigarettenspitze. Der Rauch zog durch die Luftröhre in seine Lunge. Einen Moment lang fühlte er sich wie benebelt. Ghairat zündete sich seine Zigarette an. Er hatte nie gefragt, warum UBL auf diese kuriose Art rauchte, mit der Zigarette zwischen dem Schal vor seinem Mund. Die Antwort hätte gelautet: Weil ich fürchte, dass meine Lippen mich verraten.

»Ich habe es dich nie gefragt, mein Freund«, begann UBL, »aber jetzt tue ich es: Wann schläfst du?«

Ghairat lächelte. »Zwischen zwölf und drei Uhr mittags. Jeden Tag. Das ist ausreichend. Und du, Abu Abdullah? Ich habe dich nur nachts gesehen.«

»Ich arbeite immer«, antwortete UBL. In gewissem Sinne entsprach das der Wahrheit. Wenn er schlief, arbeitete er in seinen Träumen.

Ghairat fragte nicht nach der Art seiner Arbeit. UBL hatte dafür eine Antwort parat: Ingenieur. Aber Ghairat hatte die Frage nie gestellt.

UBL fragte: »Hast du Eis?«

»Eiswürfel? Ja.«

»Speiseeis, meine ich. Mit Geschmack.«

»Natürlich habe ich das.«

»Halal?«

»Was dachtest du denn?«

»Hast du welches mit Vanillegeschmack?«

Ghairat erhob sich, und UBL folgte ihm in einen Winkel des Ladens, in dem er bisher noch nie gewesen war. Er lief sonst immer geradewegs vom Eingang zum Ladentisch und wieder zurück.

Ghairat öffnete den Deckel einer Kühltruhe. Beißende Kälte wallte daraus hervor.

»Ich habe gut zwanzig Sorten. Auch Vanille. Hier, Vanille mit Schokolade.«

Ghairat zeigte auf einen Plastikbehälter in Schalenform. Auf dem Deckel klebte ein Etikett, auf dem ein Herz abgebildet war und darunter der Name »Wall's«. Der Deckel war durchsichtig und gab den Blick auf das Eis mit Schokoladenstückchen frei.

»Mögen Frauen das?«

»Ja.«

»Gut. Und dazu noch eine Tafel Schokolade.«

Ghairat gab ihm die Eisschale, und UBL spürte, wie seine Finger an dem kalten Plastik haften blieben, ein Gefühl, wie er es seit seinen Kindertagen nicht mehr erlebt hatte.

»Ich habe ChocRich. Wird bei uns im Land hergestellt.«

Ghairat ging ihm voran zu einem Regal, in dem nur Süßigkeiten lagen. ChocRich war in Tüten verpackte Schokolade. Darauf war eine Schokoladenfigur abgebildet.

UBL fragte: »Was stellt das dar?«

Ghairat verstand sofort, was UBL meinte: »Das ist keine menschliche Figur. Ich glaube, es soll ein Tier sein.«

Er hielt die Tüte hoch, damit UBL sie sich ansehen konnte. UBL nahm sie in die Hand und legte den Kopf ein wenig in den Nacken, um die Figur durch die untere Hälfte seiner Brillengläser näher zu betrachten. Die Figur hatte keine menschliche Gestalt. Es war ein Fabelwesen, irgendwas zwischen Kakerlake und Ziege. Unter dem Namen »ChocRich« stand *chocolate lolly*. Man musste also daran lecken.

Er gab die Tüte zurück: »Nein. Lieber eine Tafel Schokolade.«

Ghairat legte die Tüte wieder hin und zeigte auf einen Schokoladenriegel von Gr8's in gelber Verpackung.

»Auch ein pakistanisches Produkt«, sagte er.

Auf der Verpackung der Gr8's-Schokolade waren keine Figuren abgebildet.

»Gut. Ich nehme fünf davon«, sagte UBL.

»Fünf«, wiederholte Ghairat. Er nahm die Tafeln mit zum Ladentisch, und UBL stellte das Eis daneben.

Eis und Schokolade – seine jüngste Braut würde singen und tanzen. Aber noch war das Feuer in seinen Lenden nicht aufgelodert. Wenn das geschah, benötigte er die blaue Pille, und die würde er einnehmen, sobald er nach Hause kam. Später würde er sich in ihren Körper verlieren, aber im Moment war er berauscht von der tiefen Befriedigung über den Computerstick und verspürte ein Prickeln, wie er es seit Ewigkeiten nicht erlebt hatte, ähnlich wie bei der Berührung des Eisbehälters.

Ghairat gab ihm eine Plastiktragetasche, und UBL verabschiedete sich mit einem Nicken, nahm die gebeugte Haltung an und lief, auf seinen Stock gestützt, zu seinem Moped zurück.

Niemand hatte ein Auge auf ihn. Zu wärmeren Zeiten sah er Männer auf Fahrrädern und Mopeds vorüberkommen, die nach Hause oder zur Arbeit unterwegs waren, aber jetzt lag die Straße verlassen da. Er ging an stillen Läden und Werkstätten entlang, verbarrikadiert hinter Rollläden und Rollgittern, die fast alle mit Graffiti und Plakaten und Aufklebern bedeckt waren. In vielen Hauseingängen und kleinen Seitengassen lagerten afghanische Flüchtlinge, die es sich nicht leisten konnten, einen Schuppen oder sonstigen

Verschlag zu mieten, die Ärmsten der Armen. Sie waren von den milden Sommern und dem Wohlstand hier im Land angelockt worden und ließen ihre Kinder betteln gehen, wie er auf Abbottabad Online gelesen hatte. Die Polizei hatte afghanische Flüchtlinge bei Taschendiebstählen, Ladendiebstählen und Einbrüchen gefasst, ließ sie aber, obwohl sie so zahlreich waren, in Ruhe, solange sie nicht straffällig wurden.

Er öffnete die Kühlbox, die er auf den Gepäckträger des Mopeds geklemmt hatte, und legte die Tragetasche hinein. Bevor er aufstieg, wollte er eine zweite Zigarette rauchen. Er nahm das Päckchen aus seiner Manteltasche, zündete sich eine Zigarette an und trat auf den Laden hinter ihm zu. Dort wollte er sich auf eine der vier Stufen der Steintreppe setzen, die zum Eingang des Geschäfts hinaufführte. Sein Stock lehnte am Moped. Er fühlte sich unbeobachtet und brauchte nicht gebeugt zu gehen.

In einer Ecke neben der vergitterten Tür saß das Mädchen.

UBL hatte sie im vergangenen Jahr häufiger hier gesehen. Nicht bei jedem Besuch im Abbottabad Nite Shop, aber acht-, neunmal bestimmt. Eine kleine Bettlerin. Kein Kind mehr, dachte er, vierzehn, fünfzehn Jahre alt. Eine Waise vermutlich. Sie war verstümmelt. Sie hatte keine Hände. Vielleicht gehörte sie einem traditionellen Stamm an, hatte gestohlen und war verstoßen worden. Vielleicht gehörte sie zu einer Bettlerfamilie, die Kinder verstümmelte, damit sie mehr Almosen bekamen, aber er hatte sie nie in Gesellschaft gesehen. Das Mädchen hatte zwei primitive Prothesen, simple Haken, die neben ihr lagen. Wer band sie ihr um? Kinder, die von Geburt an keine Hände hatten, waren manchmal sehr geschickt mit ihren Füßen und Zehen, aber dieses Mädchen konnte seine Prothesen nicht ohne fremde Hilfe an- und ablegen. Sie kauerte auf einem Stück Pappe, in bunte Tücher gehüllt, die nur ihre Augen frei ließen. Sie hatte keine Schuhe an. Von einer Laterne auf der anderen Straßenseite fiel ein wenig Licht herüber, direkt auf ihre Augen, schöne, große, helle Augen, und natürlich: traurige Augen, denn wer konnte unter diesen Umständen glücklich sein? Sie schlug die Augen nieder, als er den Blick nicht von ihr wandte. Das Mädchen stellte keine Gefahr dar. Eine behinderte Bettlerin. Er war eine größere Gefahr für sie als sie für ihn, denn sie war seinem Mitleid ausgesetzt. Das hatte er, wie er feststellte. Ein guter Muslim kümmert sich um die Schwächeren. Wer beschützte sie, wenn sie nachts von einem Mann belästigt wurde? Oder ließ sie sich missbrauchen, und war das für sie ein Weg der Nahrungsbeschaffung?

UBL setzte sich, ihr unbekümmert den Rücken zuwendend, auf die Treppe und rauchte. Er fuhr mit den Fingern über die Außenseite seines Mantels und fühlte, ob sich der USB-Stick immer noch sicher in seiner Tasche befand. Er grinste vergnügt. Als Ahmed auf der Reise gewesen war, um diesen Schatz zu erwerben, hatte UBL sich ausgemalt, was passieren würde, wenn die Informationen von dem Stick in der Inbox der großen Pressebüros landeten. Er konnte die Dateien nicht von seinem Haus aus verschicken, das musste in einem Internetshop in Mardan oder Islamabad geschehen. Amerika würde vor Empörung in Aufruhr geraten, vielleicht würden Demonstranten versuchen, das Weiße Haus zu stürmen, und eine Revolution anzetteln. Wegen der auf seinem kleinen Stick gespeicherten Daten. »Allahu

Akbar«, murmelte UBL, während der Rauch seinen Lippen entwich.

Er hatte die Absicht, die Verbreitung der Dateien mit neuerlichen Anschlägen auf New York und Washington zu synchronisieren. Wegen der Sicherheitsvorkehrungen auf Flughäfen war es nicht mehr möglich, Passagierflugzeuge dafür zu benutzen; er befasste sich schon seit einigen Jahren mit den Möglichkeiten des Einsatzes von radioaktivem Abfall. Der fand sich in Versuchszentren vieler Universitäten in Amerika und konnte ganze Städte auf Jahre hin lahmlegen, und sei es nur durch die Angst. Unsichtbar und krebserregend. Das würde sein »Comeback« werden, wie sie es nannten. Sein ultimativer Triumph, der Nine-Eleven noch übertreffen würde.

Er kostete die Marlboro bis zum Filter hinunter aus. Danach wischte er den Filter auf den Stufen hin und her, bis nichts mehr brannte, und warf ihn weg. Natürlich war er sich darüber im Klaren, dass der Filter jetzt DNA-Spuren von ihm trug, doch es war undenkbar, dass eine amerikanische Aufklärungseinheit auf der Suche nach genetischen Spuren von UBL die Zigarettenkippen von Abbottabad zusammenkehren würde. Hier suchten sie nicht. Die einzige Spur nach Abbottabad zogen die Al-Kuweiti-Brüder, und die hatten sich im Laufe vieler Jahre auf die Entdeckung von Verfolgern spezialisiert. Oft schlugen die Al-Kuweitis Haken, die viele Tage in Anspruch nahmen. Und sie würden eher ihre eigene Zunge verschlucken, als ihn zu verraten.

UBL stemmte sich hoch und wandte sich dem Mädchen zu. Wieder schlug sie die Augen nieder. Hellblaue Augen. Sie hatte ihn beobachtet, das hatte er gespürt. Während er in seiner Manteltasche nach ein paar Münzen fischte, ging er zu ihr hinüber. Er hatte keine Ahnung, wie sie diese Münzen annehmen könnte, nicht einmal, wenn sie die Hakenprothesen getragen hätte, die lediglich über ihre Stümpfe gestülpt und an den Unterarmen festgeschnallt wurden. Wie wusch sie sich? Wie konnte sie Essen zum Mund führen? Die Tücher, in die sie gehüllt war, schienen sauber zu sein, obwohl er das schwer erkennen konnte, da sie in seinem Schatten saß. Er trat einen Schritt zur Seite, damit das Licht von einem Laden gegenüber auf sie fiel. Er sah keinen Schmutz. Sie stank auch nicht. Irgendjemand musste für sie sorgen. Und dennoch – was für ein grauenvolles Leben, als junge Frau in der Nacht allein, ohne die Geborgenheit der Familie. Warum hatte er, der Scheich, sie all die Male ihrem Schicksal überlassen? Jetzt gab er ihr zum ersten Mal ein Almosen. Der wunderbare USB-Stick, der Auslöser für seinen nächtlichen Ausflug war, hatte ihn zu ihr geführt. War es das, was Allah, der Allbarmherzige, jetzt von ihm verlangte: Mitgefühl für dieses verlorene Geschöpf?

Er ging in die Hocke und legte ein paar Münzen in ihren Almosennapf. Dabei sah er den Zipfel eines Fotos unter ihrem einen Knie hervorschauen, sie saß halb darauf. Er wollte es sehen, denn er erkannte die Kopfbedeckung. Er streckte die Hand aus, und sie zuckte zusammen. Ängstliches Tierchen. Vorsichtig zog er das Foto unter ihr hervor.

Es war eine schmuddlige Ansichtskarte. Sie war schon allzu oft befingert worden, die Ränder waren schwarz, das Bild geknickt. Es war eines der berühmten Fotos von ihm selbst, UBL, viele Jahre jünger und in der Blüte seines Lebens, mit leuchtenden Augen und einem Lächeln voller Verständnis und Barmherzigkeit über einem nur mit leichtem Grau durchzogenen Bart. Es war überall in der islamischen Welt verkauft worden, als bekannt wurde, dass er die Ehre der islamischen Nation verteidigte und die Ungläubigen demütigte. Er wurde damals angebetet. Sein Bildnis wurde geküsst. Was tat dieses Mädchen mit dem Foto?

Er schob es zurück und ließ sich neben ihr nieder. Sein Rücken ruhte am Gitter der dunklen Ladentür. Sollte er sie töten? Hatte Allah, der Allbarmherzige, der Wohltätige, der Herrscher, der Friedenstiftende und Allerreinste, ihn in dieser Nacht hierhergeführt, um ihn auf die Gefahr hinzuweisen, die von diesem Mädchen ausging? Oder sollte er dieses arme Wesen beschützen, Allah zu Ehren, dessen erster Name in der Liste der neunundneunzig heiligen Namen »der Allbarmherzige« lautete?

Lauter werdendes Hufgetrappel auf dem Asphalt ließ ihn abwartend zur Straße blicken. Ein Mann auf einem Esel kam vorüber. Der Mann saß rittlings und geduckt auf dem Tier wie auf einem Rennpferd, und der Esel gab sein Bestes. UBL liebte Pferde und ritt für sein Leben gern. Nach Nine-Eleven hatte er es nicht mehr getan.

Sagte sie etwas? Er drehte sich zu ihr hin, und sofort wich sie zurück, schlang die Arme um sich und machte sich noch kleiner, verschreckt über seine Aufmerksamkeit.

Ja, sie sagte etwas, er hörte es jetzt: »Allahu Akbar. Allahu Akbar. Allahu Akbar.«

Was wollte sie damit sagen? Dass sie wusste, wer er war?

Sie saß keinen halben Meter von seiner linken Schulter entfernt. Sie war schmächtig, klein, mager. Er war stark, trainierte jeden Tag seine Muskeln, arbeitete mit Gewichten.

Er konnte ihr mit einer Hand die Kehle zudrücken und sie erwürgen. Das würde nicht mehr als ein Minütchen dauern. So gut wie lautlos. Sie würde sich seiner Übermacht ergeben und unterwürfig, vielleicht sogar willig, in den Tod gleiten. Man würde das leblose Mädchen am Morgen finden, wenn der Laden öffnete. Die Polizei würde kommen, man würde sie wegbringen, und dann? Nichts. Sie würde eine Woche lang im Kühlraum der Leichenhalle liegen und danach in ein anonymes Grab geworfen werden. Wer würde für sie beten?

»Allahu Akbar«, flüsterte er.

Er streckte die Hand nach ihr aus. Sie wollte noch weiter zurückweichen, doch in der Ecke, in der sie saß, war kein Platz mehr dafür. Er nahm das Tuch, das sie um den Kopf gewunden hatte, zwischen Daumen und Zeigefinger und zog es behutsam herunter.

Sie hatte die Augen geschlossen und hob reflexartig die Arme, um ihr Gesicht zu bedecken. Aber sie hatte keine Hände. Nur vernarbte Stümpfe. Ihre Haare waren gebürstet und zu einem Pferdeschwanz zusammengebunden – wer hatte das gemacht? Sie presste jetzt die Stümpfe auf ihre Ohren. Er zog ihren rechten Arm herunter; sie hatte dort kein Ohr. Er nahm ihr Gesicht zwischen seine Hände und drehte ihren Kopf – sie sträubte sich, aber nach wenigen Sekunden gab sie mit zugekniffenen Augen ihren Widerstand auf. Auch den anderen Arm zog er herunter. Ihr fehlten beide Ohrmuscheln.

Es gab Stämme, die solche Strafen vollstreckten. Für eheliche Untreue. Häufig in Kombination mit dem Abschneiden der Nase. Das Abhacken der Hände war die Strafe für

Diebstahl, das der Ohren für Ehebruch. Hatte dieses Mädchen beide Verbrechen begangen?

Wann hatte er sie zum ersten Mal gesehen? Vor einem Jahr, dachte er. Er war auf seinem Weg zum Nite Shop achtlos an ihr vorübergegangen. Ein verlassenes Mädchen, hatte er gedacht. Bemitleidenswert, aber bei ihm hatte sie nie irgendeine Regung ausgelöst. Und jetzt? Sollte er sie töten? Wusste sie, wer er war? Ja, davon musste er ausgehen.

Er schaute sich um. Es würde ihn nicht mehr als eine Minute kosten. Die Straße war verlassen. Aber hinter dem Gitter, das die Ladentür sicherte, war im rechten oberen Winkel eine winzige Überwachungskamera angebracht. Sofort fühlte er, ob der Schal seine untere Gesichtshälfte noch ausreichend bedeckte. Ja. Durch die Brille, den Schal und den Lederhelm mit den Ohrenklappen war er unkenntlich – was offenbar nicht für das Mädchen galt, das ihn trotz aller Vermummungen erkannt hatte. Aber konnte er sie hier erwürgen?

Er wusste nicht, ob die Kamera funktionierte und an ein Aufnahmegerät angeschlossen war. Er durfte kein Risiko eingehen. Dieses Mädchen durfte nicht zu seinem Untergang werden, ausgerechnet jetzt, da er mit den Informationen auf dem USB-Stick den Präsidenten von Amerika und die gesamte satanische westliche Welt leiden lassen konnte.

Irgendjemand sorgte für sie. Sie war sauber, ihre Haare waren gepflegt, die Prothesen wurden umgebunden und abgenommen, und sie war zwar mager, machte aber keinen unterernährten Eindruck.

Welche Sprache sprach sie? Im Urdu, der ersten Sprache Pakistans, war er nicht sehr bewandert, aber über Fernsehen und Radio hatte er genug davon aufgeschnappt, um sich in einfachen Worten darin ausdrücken zu können.

Er fragte: »Wie heißt du, mein Mädchen?«

Sie saß mit gesenktem Kopf und geschlossenen Augen neben ihm, ein Häuflein jämmerliches, einsames Leben. Sie sagte nichts.

Er wiederholte seine Frage: »Wie ist dein Name?«

Jetzt sah er, dass sich ihre Augenlider bewegten, doch sie schaute nicht auf. Ihre Lippen bebten, als sie fast unhörbar hauchte: »Apana.«

Das war ein afghanischer Mädchenname, der »Mandel« bedeutete, wie er sich zu erinnern meinte. Oder bedeutete er etwas anderes? Sie war keine Pakistanin. Eine von den afghanischen Flüchtlingen. Hellblaue Augen, also Paschtunin.

Er sprach fließend Paschtu. »Bist du Paschtunin?«

Sie nickte.

»Aus Afghanistan?«

Sie nickte.

»Wie kommst du hierher?«

»Männer haben mich mitgenommen.« Ihre Stimme war tonlos. Er hörte, dass sie Angst hatte. Natürlich hatte sie Angst.

»Hatten sie dich gekauft?«

Sie nickte.

»Waren sie schlecht?«

Wieder nickte sie.

»Bist du weggelaufen?«

Sie nickte.

»Und hier? Hast du hier Angehörige?«

»Nein.«

»Warum bist du hierhergekommen, ohne Familie?«

»Ich hörte, dass die Menschen hier barmherzig sind.«

»Wer sorgt für dich?«

»Ein Junge und eine Frau.«

»Was für ein Junge?«

»Jabbar.«

»Wo wohnt er?«

»Weiß ich nicht.«

»Und die Frau?«

»Sie ist seine Mutter.«

»Warum tun sie das?«

»Sie sind barmherzig.«

»Barmherzig?«

Sie nickte.

»Warum hast du dieses Foto bei dir?«

»Für Almosen. Manchmal geben die Menschen etwas, wenn sie das Foto sehen.«

»Weißt du, wer das auf dem Foto ist?«

Noch immer wagte sie ihn nicht anzusehen – sie kannte die Regeln, solange er es ihr nicht ausdrücklich erlaubte, würde sie seinem Blick ausweichen –, doch ihm entging nicht, dass sie die Augen zukniff, als rechne sie mit einem zerschmetternden Schlag.

Sie nickte.

Für UBL bestand kein Zweifel mehr: Sie wusste, wer er war. Der verhassteste und gefeiertste Muslim der modernen Zeit, den die allerbesten Ermittlungsdienste der Welt seit Jahren nicht aufspüren konnten, war von einer kleinen afghanischen Bettlerin erkannt worden. Wenige Stunden nach Erhalt des USB-Sticks brachte Apana alles in Gefahr. Allah, der Allbarmherzige, spielte mit ihm. Aber er würde niemals aufgeben.

UBL sollte sie töten. Das war ein unangenehmer Auftrag.

Er legte den Mittelfinger seiner rechten Hand unter ihr Kinn und schob ihr Köpfchen hoch. Sie hielt die Augen geschlossen.

»Sieh mich an«, sagte er.

Sie tat es.

Was sah er in ihren Augen? Er wollte nichts empfinden bei diesem Blick. Sein Auftrag war unendlich viel größer als das, was dieses Mädchen ihm zeigte. Grenzenlose Angst. So nackt, so hilflos. Sie hatte sich mit ihrem Schicksal abgefunden, schon vor langer Zeit, das las er in ihren Augen. Sie hatte dank barmherziger Hände, die sie nährten und säuberten, überleben können. Er sollte sie von ihrem Leiden erlösen.

»Wer ist der Mann auf dem Foto?«, wiederholte er.

»Der Scheich«, sprach sie, ihn ansehend.

Er wusste, dass sie es wusste.

Er ließ das Foto in seine Manteltasche gleiten und schnallte die Prothesen an ihren Armstümpfen fest. Er bedeckte ihren Kopf. Er half ihr aufstehen und nahm das Zinnschälchen für die Almosen mit.

Er brauchte sie nicht festzuhalten, sie folgte ihm gehorsam, sie hatte keine Wahl, sie ergab sich in ihr Schicksal.

Er hob sie hoch – was wog sie, fünfunddreißig Kilo? – und setzte sie aufs Moped, zeigte ihr, wie sie sich mit ihren Haken am Lenker festhalten konnte, und fuhr dann mit dem Mädchen zwischen seinen Armen los. An seinem Kinn spürte er das flatternde Tuch, das ihren Kopf bedeckte.

Niemand auf der Straße. Keine Autos, keine anderen Mopeds, keine Lastwagen. Beherrscht, wie ein unschuldiger Vater, der seine Tochter nach Hause brachte, kehrte er zu der Garage zurück, in der er das Moped abstellte.

UBL war von einer armseligen kleinen Bettlerin erkannt worden – Allah, der Allbarmherzige, hatte offenbar Spaß daran, ihn zu piesacken. Skurril. Er würde tun, was er tun musste.

UBL hatte, ohne darin ausgebildet zu sein, schon als Teenager im Bauunternehmen seines Vaters gearbeitet, dem größten in Saudi-Arabien, und dort gelernt, mit Baufahrzeugen und Baggern umzugehen. Während seiner Schulzeit war er sehr gläubig geworden, und er führte ein frommes Leben, ging nicht ins Kino, trank nicht, rauchte nicht, hörte keine Popmusik. Für ihn war die Verehrung Allahs so natürlich wie das Luftholen.

In dem Jahr, als er sein Studium beendete, brach im Iran die Islamische Revolution aus, und in der Großen Moschee von Mekka wurde ein gewaltsamer Aufstand Hunderter Muslimbrüdern durch französische Soldaten niedergeschlagen. Sie waren auf Bitten des saudischen Regimes zu Hilfe geeilt, das den Staatsstreich aus eigener Kraft nicht hätte vereiteln können. Dass das nötig gewesen war, dass ungläubige Hunde, Franzosen, ihre dreckigen Füße auf heilige Erde gesetzt hatten, war in seinen Augen, selbst wenn sie sich eigens dafür zum Islam bekehrt hätten, eine Todsünde. Sie entfachte seinen Hass auf die saudische Prinzendynastie, der nie wieder erlosch. Sie hassten sich gegenseitig.

Im Jahr des Aufstandes in Mekka zogen die Sowjets in Afghanistan ein. Wenige Monate später schloss sich UBL den Dschihadisten an und kämpfte gegen die sowjetischen Besetzer. In Afghanistan konnte er Nutzen aus seinen bautechnischen Kenntnissen ziehen und leitete den Bau von Bunkern, Fluchtwegen, Tunneln. Später, im Dezember 2001, konnte er durch einen natürlichen Tunnelkomplex im Tora-Bora-Gebirge im afghanisch-pakistanischen Grenzgebiet den anrückenden amerikanischen Special Forces entkommen. Tunneln verdankte er sein Leben.

Als Abu Ahmed al-Kuweiti 2003 und 2004 in Abbottabad, einem recht wohlhabenden Städtchen mit der berühmtesten Militärakademie Pakistans, ein Grundstück in einem der gehobenen Wohnviertel erwarb, wusste UBL, was er zu tun hatte. Das dreitausendfünfhundert Quadratmeter große Grundstück lag zwei Kilometer nordöstlich der Stadtmitte im Viertel Bilal Town, unweit der Militärakademie.

Abbottabad in der Provinz Khyber Pakhtunkhwa im Nordosten Pakistans wurde 1853 von dem britischen Major James Abbott gegründet und entwickelte sich zu einer bedeutenden Garnisons- und Sanatoriumsstadt. Das war es auch jetzt noch. Das Städtchen lag in zwölfhundert Meter Höhe und hatte ein angenehmes Klima, insbesondere im Sommer; es war ein herrlicher Ort für die britischen Herrscher gewesen, die hier Abkühlung suchten, und nun war es das für untergetauchte Befreier der Muslime wie UBL.

Auf dem Grundstück ließ er ein zweistöckiges Haupthaus bauen; später wurde es um eine weitere Etage aufgestockt und durch ein kleineres Nebengebäude ergänzt, in das Ahmed al-Kuweiti mit seiner Frau einzog. Dessen Bruder Abrar al-Kuweiti wohnte mit Frau und Kindern im Erdgeschoss des Haupthauses. Um das gesamte Anwesen wurde eine fünfeinhalb Meter hohe Mauer errichtet.

UBL konzipierte einen dreihundert Meter langen Tunnel. Das war das Erste, was er tat, als er die Bauzeichnungen zu sehen bekam. Die Briten hatten ein Netz von Abwasserrohren angelegt, von dem UBL Gebrauch machen konnte, wie ihm sofort aufging.

Der Ein- oder Ausgang – je nachdem, wie man es betrachtete – war die Garage, ein kleiner Ziegelbau zwei Straßen weiter. Sie hatte einer Witwe gehört, die sie eigentlich vermieten wollte, dann aber dem großzügigen Kaufangebot von Ahmed al-Kuweiti nicht widerstehen konnte. Die Türen der Garage waren aus Stahl, doch zur Straßenseite hin mit Holzbrettern verkleidet und mit einem gängigen Hängeschloss versehen. Unter einem wegzudrehenden Deckel in einem der Bretter befand sich ein Einbauschloss, das höchstens mit Sprengstoff zu knacken war.

Während das Haupthaus gebaut wurde, grub ein Trupp Bauarbeiter, mit denen UBL vor zwanzig Jahren in Afghanistan gearbeitet hatte, nachts den Tunnel und stützte ihn mit Betonplatten ab; der Tunnel folgte dem Verlauf der Abwasserrohre, freilich drei Meter tiefer, so dass er für die Infrarotkameras amerikanischer Aufklärungsflugzeuge und -satelliten unsichtbar war. Die Afghanen wurden auf ihrer Heimreise liquidiert.

Der Tunnel war niedrig und eng, keine U-Bahn-Röhre, sondern ein effektiver Fluchtweg, der UBL zwang, sich zu bücken, wenn er hindurchging. Das Grundwasser hatte im ersten Frühjahr Probleme bereitet, machte es notwendig, dass in der Garage eine Schmutzwasserpumpe nebst Generator aufgestellt wurde, die das Wasser in die Kanalisation umleitete. Wenn die Schneeschmelze in den Bergen das Grundwasser ansteigen ließ, warfen die Al-Kuweiti-Brüder den Dieselgenerator an, und der Tunnel blieb relativ trocken. Der qualmende Schornstein auf der Garage ließ sich dann nicht vermeiden, doch er war in der Stadt zu dieser Jahreszeit ein völlig unverdächtiger Anblick.

Im Haupthaus befand sich unter einer großen Lagerkiste auf Rädern eine Luke im Fußboden, die Zugang zu der in den Tunnel hinunterführenden Holztreppe gab. Der Lukendeckel war mit den gleichen Fliesen beklebt, mit denen das gesamte Erdgeschoss ausgelegt war; sie waren fugengenau und nahtlos in den Bodenbelag eingepasst. Die Kiste stand in der Speisekammer, und UBL war der Einzige, der den Schlüssel dafür hatte. In der Kiste lagen Kleider, die Regalbretter an den Wänden nutzte er als Archiv. Sollte das Haus je gestürmt werden, würden die Regale mit Ordnern und Kartons die Aufmerksamkeit ablenken und ihm den Vorsprung verschaffen, den er brauchte, um zu entkommen. Es führten keine Festnetz- oder Internetkabel zum Haus, aber es gab Satellitenschüsseln sowohl für den Fernsehempfang als auch fürs Internet. Keine Klimaanlage, die brauchte es in den milden Sommern nicht, wohl aber Zentralheizung für den Winter.

Am 6. Januar 2006 war UBL in das Haus eingezogen. Er war sich darüber im Klaren, dass er hier viele Jahre verbringen würde.

UBL half dem Mädchen vom Moped, und sie wartete, bis er die Garage geöffnet hatte. Er machte eine ungeduldige Handbewegung, der sie sofort gehorchte – sie ging hinein, und er folgte ihr mit dem Moped. Drinnen brannte ein Notlämpchen, das ein schwaches, gelbliches Licht verbreitete, von dem man draußen kaum etwas bemerkte. Er schloss die Türen.

Die Garage war eingerichtet, wie eine Garage eingerichtet zu sein hatte. Werkzeug, Eimer, Ersatzteile für das Moped, Reifen, alles, was es brauchte, um das Ganze authentisch aussehen zu lassen. Aber man konnte auch darin wohnen; es gab eine Toilette und eine Waschmöglichkeit, alles an die Kanalisation angeschlossen.

Mit gesenktem Kopf stand das Mädchen so weit wie möglich von ihm entfernt. Er war sich noch unschlüssig, wie er sie töten sollte. Mit bloßen Händen vermutlich. Keine offenen Wunden. Damit ja kein Blut auf den Boden tropfte.

Er wollte schnellstens in die unterirdische Röhre, mit seiner Kühlbox. Er hatte verdammt noch mal etwas zu feiern. Er besaß einen USB-Stick, mit dem er den Präsidenten der USA nach seiner Pfeife tanzen lassen konnte. In die Knie zwingen konnte. Das wollte er mit seiner jüngsten Braut feiern. Sie wartete auf ihn, und das Eis schmolz vielleicht schon.

Ein verwaistes, zitterndes, einsames Bettlermädchen … Da fehlten einem die Worte.

In der Küche vom Haupthaus musste er nach dem mühsamen Gang durch den niedrigen Tunnel kurz verschnaufen. Sein Rücken und sein Nacken brannten. Er stellte die

Kühlbox auf den Tisch und ließ sich auf dem Hocker nieder, der halb darunter stand. Der Hocker hatte breite Beine und einen dicken runden Sitz. Die drei Beine waren mit einer Schraubverbindung am Sitz befestigt und hätten eigentlich mit drei Querstreben stabilisiert sein müssen, aber es handelte sich um einen billigen, einfachen Hocker. Vor etwa zwei Jahren hatte er eines der Beine festgeleimt, nachdem er es am oberen Ende ausgehöhlt hatte, um drei Zyanidkapseln darin zu verstecken. Seither knarrte der Hocker, wenn man darauf saß; das Bein hatte Spiel, weil der Leim ausgetrocknet war. Er könnte die Höhlung etwas vertiefen und den USB-Stick dort hineinschieben. Niemand suchte in den Beinen von etwas so Unscheinbarem wie einem Küchenhocker nach einem Weltgeheimnis. Und die Kapseln warf er weg. Die Angst, dass er seinem Leben eines Tages ein Ende würde machen müssen, war vollkommen verflogen. Er war Herr und Meister seines Schicksals. Und dessen des Präsidenten der Vereinigten Staaten.

3
Virginia Beach, Februar 2011
TOM JOHNSON

Mit Vito Giuffrida (in Wirklichkeit hieß er anders, aber sein Name klang ähnlich) habe ich etwa zehn Missionen in Afghanistan durchgeführt. Er war Enkel sizilianischer Einwanderer und hatte den Körperbau eines bulligen Skandinaviers – auch die Wikinger hatten Gene mit auf die Insel gebracht. Sein Familienname hatte ihm zufolge arabische Wurzeln – die Araber hatten ebenfalls auf der Insel geherrscht –, aber was er ursprünglich bedeutete, wusste er nicht. Vito war ein Navy Seal, also einer, der wie ich *covert operations* erledigte.

Die Seals Teams arbeiten regelmäßig mit den paramilitärischen Einheiten der CIA zusammen. Jeder kennt die Methoden des anderen, und in puncto Training, Equipment und Charakter stehen wir einander in nichts nach. Die Seals werden oft mit den Einheiten der Delta Force verwechselt, aber Letztere sind Landratten, obwohl sie alle für jedwede Operation eingesetzt werden können.

Ich war bei der Special Activities Division der CIA, kurz SAD, tätig, genauer gesagt, bei der SOG, der Special Operations Group. Meine Kollegen waren Ex-Seals und Ex-Deltas. Ich bin von Haus aus Delta, habe aber 2006 nach achtzehn Jahren den Dienst quittiert und bin zur CIA gegangen.

Die CIA zahlte mir das doppelte Gehalt. Wenn ich länger beim Militär geblieben wäre, hätte ich die volle Pension bekommen, aber ich ging davon aus, dass ich bei der CIA länger und mit besserer Bezahlung arbeiten könnte. Es kam alles anders als erwartet, wie sich zeigen sollte.

Bei Delta hatte ich in den achtzehn Jahren den Rang eines Lt. Colonel, LTC, erreicht. Das war ein außergewöhnlich schneller Aufstieg. Sagen wir mal, ich hatte keine Fehler gemacht und bei den Missionen großen Massel gehabt. Ich hatte früher schon einmal einen Kurs für die Zusammenarbeit mit der CIA bei »Geheimoperationen« gemacht, so dass der Wechsel relativ glatt über die Bühne gehen konnte. Nach einer Zusatzausbildung auf der Farm, so unser Name für Camp Peary, Virginia, widmete ich mich Sondermissionen mit Schwerpunkt auf der Jagd nach den Rädelsführern der Taliban und den anschließenden Vernehmungen.

Unsere gemeinsamen *covert operations* (über die ich an dieser Stelle nichts sagen werde) werden von kleinen Einheiten ausgeführt, und die Seals und Deltas sind gleichartig organisiert. Die *hell's week* der Deltas deckt sich in den Anforderungen mit der der Seals: Fallschirmspringen, Sprengstofftraining, Nahkampf, Waffenkunde, Elektronik und und und. Bei den Seals kommt allerdings noch ein umfassendes Training für Unterwasseroperationen hinzu.

Die Seals Teams wurden in den sechziger Jahren, als Amerika mit einem massiven, asymmetrisch geführten Krieg in Vietnam konfrontiert war, auf Initiative von Präsident Kennedy ins Leben gerufen, der seine eigenen asymmetrisch agierenden Einheiten benötigte.

Die Deltas werden aus verschiedenen Teilen der Streitkräfte rekrutiert, meistens aus Rangers und den Special Forces. Zweimal im Jahr kann man sich bewerben. Die Kandidaten werden einen Monat lang erschöpfend getestet – fünfundneunzig Prozent fallen raus. Wer besteht, kommt in den Operator Training Course. Der dauert sechs Monate. Wenn man den überlebt, ist man Delta Force.

Die Seals sind in fünf Naval Special Warfare Groups eingeteilt, aber ST6, Seals Team Six, fällt unter die Naval Special Warfare Development Group, DEVGRU, die direkt vom Joint Special Operations Command in Fort Bragg befehligt wird. ST6 ist die geheime Elite der Elite, obwohl meine SOG vermutlich noch geheimer ist. ST6 operiert im tiefsten Schatten, unter anderem von Dam Neck Annex aus, einem Ausbildungszentrum und Marinestützpunkt, zehn Kilometer südlich von Virginia Beach.

Um ins ST6 zu gelangen, meldet man sich als Seal bei der Einheit in Dam Neck, wo der Aufnahmeantrag, mit Foto, an ein spezielles Debütanten-Anschlagbrett im Flur eines der Gebäude gepinnt wird. Jedes ST6-Mitglied macht ein Plus- oder Minuszeichen hinter deinen Namen. Hast du genügend Pluszeichen, darfst du ins Green Team. Das ist die analoge sechsmonatige Ausbildung wie bei Delta Force. Bei der geben fünfzig Prozent der Teilnehmer auf.

Anders gesagt: Wer ins ST6 kommt, ist schon ein Seal und demnach mit den Ausbildungen, der Kultur, der Sprache vertraut. Bei Delta Force sind die Reihen weniger geschlossen, da die Männer aus verschiedenen Einheiten kommen.

Im Januar 2011, also vier Monate vor Neptune Spear, waren Vito und ich uns zufällig auf meiner Heimatbasis in North Carolina über den Weg gelaufen. Seit unserer letzten gemeinsamen Aktion 2007 hatte ich ihn nicht mehr gesehen. Jeder auf dem Point (mit vollständigem Namen hieß unser Stützpunkt The Harvey Point Defense Testing Activity) wusste, dass hier Seals herumliefen und dass sie ein komplettes Haus gebaut hatten, wo sie intensive Übungen aufgenommen hatten, auch unter Einsatz von Black Hawks.

The Point, eine Basis des Verteidigungsministeriums, befindet sich auf einer kleinen Halbinsel in Perquimans County, umgeben vom Wasser des Albemarle Sound. Dieser ursprünglich für U-Boote eingerichtete Stützpunkt wird vom National Clandestine Service der CIA zu Übungszwecken benutzt sowie für das Testen neuer Sprengstoffe und Kampfmethoden bei Operationen, die das Tageslicht scheuen müssen.

Die Hawks und das Haus bedeuteten, dass sie über ein großes Budget verfügten und es demnach um ein außergewöhnliches *target* ging. Ein *mock-up house* kostete Unsummen. Offenbar besaßen sie derart präzise Informationen über das zu stürmende Haus, dass sie es nachbauen konnten – das geschah nur, wenn man eine Kopie des Bauplans hatte. (Später wurde bekannt, dass die CIA einfach die Originalbaupläne im Gemeindearchiv von Abbottabad kopiert hatte.)

Wir wurden von dem nachgebauten Haus ferngehalten, aber das hinderte uns nicht daran, in der Kantine UBL zur Sprache zu bringen. War es so weit? Und warum wurde ST6 eingesetzt, nicht aber die SAD, die CIA-Einheit für die *covert operations*, der ich angehört hatte?

Bei einer Mission in den letzten Tagen des Jahres 2008 bin ich schwer verwundet worden und bis Ende 2009 mit Reha und Fitnesstraining beschäftigt gewesen, da ich hoffte, in den aktiven Dienst zurückkehren zu können. Das war aber nicht mehr drin, wie mir schließlich klarwurde.

Seit dem Frühjahr 2010 arbeitete ich daher auf dem Point im Stab, und das war für mich eigentlich kaum zu ertragen.

Als ich Vito dort aus einem Truck steigen sah, wusste ich, dass es ernst wurde. ST6. Es ging um UBL, das konnte gar nicht anders sein.

Vito klopfte mir mit seinen Riesenpranken auf Schultern und Rücken und freute sich wie ein kleines Kind. Ich erwiderte seine Begrüßung auf die gleiche Weise. Wir hatten zusammen unter Beschuss gelegen, wir hatten uns gegenseitig aus der Scheiße gezogen.

Diese Geschichte hätte ich nicht aufgeschrieben, wenn ich nicht zwei Wochen später zur Vorbereitung einer Aktion in Somalia in Dam Neck hätte sein müssen. Vito hatte ein paar Tage Urlaub bekommen. Während am 6. Februar 2011 im Stadion der Cowboys in Arlington, Texas, die Green Bay Packers und die Pittsburgh Steelers um den XLV. Superbowl kämpften, konnte Vito zu Hause seinen Geburtstag feiern. Er lud mich ein, zusammen mit fünf Kollegen vom ST6.

Kaum etwas ist entspannender als ein Männergeburtstag unter freiem Himmel vor einem Fernseher, in dem das Endspiel im American Football läuft.

Für Anfang Februar war es ein milder Tag. Vito wohnte mit seiner Familie in einem Eigenheim am Rande einer neuen *planned community* in einem Vorort von Virgina Beach. Es war ein klassisches amerikanisches Haus mit *sidings* aus weißgetünchten Plastikpaneelen, einer riesigen Essküche mit *family room* und einem langgestreckten Garten, der in einen städtischen Wald überging. Vito hatte den Großbildschirmfernseher aus seinem *man cave* geschleppt und auf die Holzbohlen der Terrasse gestellt – von der aus wir auf den *family room* blickten. Ein greller Spot beleuchtete diesen Teil des Gartens.

Die Frauen saßen drinnen um einen niedrigen Tisch, mit einer bescheidenen Flasche Chardonnay und Packungen naturreinem Fruchtsaft und Flaschen Mineralwasser. Die Linie, alles für die Linie. Sie hatten ihren eigenen Großbildschirm und winkten uns hin und wieder zu. Ich war der Einzige ohne Frau.

Gewärmt von zwei Grills, auf denen Burger brutzelten, tranken wir Bier und rauchten Zigaretten und Zigarren und verfolgten das Spiel.

Die Packers gewannen zuletzt mit 31:25. Es war, glaube ich, die bis dato meistgesehene Fernsehübertragung der Geschichte, mit mehr als einhundertzehn Millionen Zuschauern plus weiteren fünfzig Millionen, die das Spiel nur teilweise ansahen.

Jeanny, Vitos Frau, und ihre Freundinnen, alle Frauen von Seals, mieden den kalten Garten und winkten lieber, wenn wir brüllten, weil Punkte erzielt worden waren.

Nicht alle von uns waren für die Packers. Ich schon, wenn man aus Wisconsin kommt, ist man unweigerlich ein Fan der Green Bay Packers. (Meine Mutter ist russisch-jüdischer Abstammung, und ihre Eltern sind als Kinder von Golda

Meir unterrichtet worden, die nach ihrer Flucht aus Kiew, Ukraine, von 1906 bis 1921 in Milwaukee gelebt hat und eine Zeitlang Lehrerin war.) Für mich wurde es ein guter Abend.

Vito stank es gewaltig, dass die Steelers gegen die Bauern aus Wisconsin den Kürzeren zogen. Vito war in einem Dorf in den Adirondacks im Bundesstaat New York geboren, früher eine Region mit Erzminen und Hochöfen, heute größtenteils verlassen und von der Natur zurückerobert, aber aufgewachsen war er in der Bronx.

Seit meiner Scheidung 2006 hatte ich keine feste Freundin mehr, und es war klar, dass ich in dieser Nacht allein zu meinem Zimmer in der Basis zurückfahren würde. Es waren tolle Frauen da, aber sie waren alle mit einem Seal liiert. Ich trank zu viel, und wenn ich angehalten worden wäre, hätte ich einen Strafzettel gekriegt, aber ich hatte Glück. Die Frauen blieben an dem Abend selbstverständlich nüchtern, denn sie mussten nach Mitternacht ihre angetrunkenen Männer nach Hause fahren.

Als ausgemusterter SAD – ja, SAD ist das Akronym, ich kann auch nichts dafür – war ich der einzige Nicht-Seal in der Runde, aber ich kannte alle Jungs, und sie taten nicht distanziert. Ich war ja auch kein Außenstehender. Ich gehörte zur Elite derer, die dieses Land verteidigten. Es bestand zwar ein gehöriger Rangunterschied zwischen uns, aber das fiel hier nicht ins Gewicht, und im Übrigen gab es unter den Geheimoperierenden bei der CIA keine Ränge. Denn formal waren wir Zivilisten.

2011 wurde ich einundvierzig. Wie ich aussehe? Mittlere Größe, muskulös, rotblondes, sehr kurz geschnittenes Haar, immer noch ziemlich kräftige Schultern und Arme. Ich habe leider Narben im Gesicht, und um mein linkes Auge herum ist die Haut durch die schönheitschirurgischen Eingriffe, die an mir vorgenommen wurden, unnatürlich gestrafft. Alles nicht so schlimm, aber ich kann immer noch nicht drüber hinwegsehen, wenn ich in einen Spiegel schaue. Beim Gehen ziehe ich das linke Bein ein wenig nach. Ich kann es nicht mehr voll belasten, und die Schwindelanfälle, die ich von Zeit zu Zeit habe, verschweige ich den Ärzten vorerst lieber.

Im Frühjahr 2011 war Präsident Obama in Militärkreisen keine sonderlich beliebte Figur. Wir wählten zwar nicht alle die Republikaner, in unseren Augen befassten sich eigentlich ohnehin nur Weicheier mit Politik, aber wir fanden, der jetzige Präsident sei ein elitärer Universitätsprofessor, der kein Feeling für die Machtverhältnisse in der Welt habe und auch kein Feeling dafür, welche Opfer wir, die Kämpfer und ihre Familien, für das Land brächten.

Es muss um die Halbzeitpause (Zwischenstand 21:10 für die Packers) herum gewesen sein, als ich zu Jerry – einem kleinen, quecksilbrigen Latino, der den Ruf hatte, der beste Ringer zu sein, den es je bei den Seals gegeben hatte, zumindest in seiner Weltergewichtsklasse – meinte, dass doch wohl klar sei, was das Haus zu bedeuten habe, das Haus, wo sie schon seit Wochen trainierten.

Jerry druckste herum, wollte nicht auf meine Aufforderung eingehen, sich näher über das Ganze auszulassen; minutenlang wimmelte er mich ab. Ich muss sagen, dass mich seine Geheimniskrämerei nervte. Wir kannten uns seit Jahren. Natürlich, es gab Vorschriften in Sachen Vertraulichkeit. Aber ich gehörte doch zu ihnen, oder?

Die anderen Jungs, die nebenbei die Halbzeitshow verfolgten, alle mit roten Köpfen vom Alkohol in der kalten Luft, hörten nur mit überlegenem Grinsen zu.

Im Fernsehen hüpfte Fergie von den Black Eyed Peas hin und her. Sie trug Flügelchen an den Schultern und hatte einen engen Dress mit kurzem Röckchen an, so ein bisschen wie ein Soldat aus dem römischen Altertum. Ihre Reize entgingen uns nicht.

Die Seals-Frauen, entspannt drinnen im Warmen sitzend, gönnten uns dieses Intermezzo.

Sam, ein All American Guy mit kantigem Kinn und blauen Augen, schüttelte verzweifelt den Kopf bei Fergies Anblick: »Mein *touchdown* in Fergies *end zone*. Wow! Dafür würde ich alles geben. Mein Leben.«

Robbie, ein Schwarzer haitianischer Abstammung, unterrichtete seine Kameraden: »Wusstet ihr, dass Fergie Highschool-Beste in Rechtschreibung war?«

»Mir egal, wie sie's schreibt, Hauptsache, es bedeutet: *Come and fuck me*«, brummte Ed, der Jüngste, ein schmaler Typ, der sich so geschmeidig bewegte, als sei er Balletttänzer.

»Jungs, wofür trainiert ihr?«, bohrte ich nach. Ich wollte es wissen. Wenn ich es wusste, würde ich doch irgendwie daran beteiligt sein. Dann kannte ich das Geheimnis.

Mike, ein Indianer aus Arizona, ein Vollblut-Hopi, musste auch noch etwas zu Fergie loswerden: »Mir braucht Fergie gar nichts zu schreiben. Sie soll nur auf mich zeigen. Der Fährte zu ihr folge ich mit geschlossenen Augen.«

Robbie wandte sich an mich: »Johnson, eigentlich bist du ein *suit*. Alle von der CIA sind *suits*.«

»Lass Tom in Ruhe!«, rief Vito.

»Ihr seid die Auserwählten, die UBL einfangen sollen, das

weiß doch jeder«, sagte ich. Wie hätten sie mich wohl charakterisiert? Als den Bauern aus Milwaukee vermutlich.

Ich sagte: »Die Black Hawks, das ganze Theater drum herum, eure billige Geheimhaltung, da ist doch alles klar.«

»Sie war Pfadfinderin«, sagte Robbie. »Ein sehr frommes katholisches Mädchen.«

»Mich macht sie auch ganz fromm«, erwiderte Ed.

»Ich brauche keinen Pfadfinder«, sagte Sam, »ich kann sie riechen.«

Am Ende der Halbzeitshow sagte Vito, schon ziemlich beschwipst am Grill stehend: »Du solltest auch den Mund halten, Tom. Also frag nicht.«

Fergie lenkte uns jetzt nicht mehr ab.

»Gott«, sagte Ed, »wie sie die Beine gespreizt hat. Das macht mich auch gläubig.«

»Es ist echt scheiße, dass ihr den Mund haltet. Aber ihr habt recht«, sagte ich.

Ed kam zu mir herüber: »*Fuck it,* Johnson, wenn das nach draußen dringt, Mann, das hier hat die höchste, die allerhöchste Geheimhaltungsstufe. Kein Wort von uns, echt nicht.«

»Ed, Tom ist mein Bruder«, sagte Vito salbungsvoll.

Ed trank einen Schluck Budweiser. Sein achtes?

»UBL«, sagte ich. »Wer sonst? Ihr braucht nichts zu sagen. Wenn ihr die Klappe haltet, weiß ich genug.«

Sie schwiegen. Das war die Bestätigung. Ich wusste es. Aber nicht so, wie ich es jetzt weiß.

»Echt? UBL? Gott. Tatsächlich? *Holy* …«

Ich musste kichern. Vor Nervosität. Vor Neid. Es war irre, endlich die Bestätigung für meine Vermutungen zu haben. Wir alle, die Deltas, die Seals, hatten die Hoffnung gehabt, diese ultimative Aktion durchführen zu dürfen. ST6 durfte es nun tun.

Sie. Wurden. Unsterblich.

Ich sah die Seals an. Vito und fünf seiner Kameraden.

Sie blickten strahlend zurück. Das war eine weitere Bestätigung. Durch ihr Schweigen bestätigten sie alles.

»Fuck«, murmelte ich. *»Holy fuck.«*

4

Virginia Beach, Februar 2011

Fortsetzung: TOM

So begann das Gespräch über die Operation. Das Spiel hatte um halb sieben angefangen, und nach der Halbzeitpause verlagerte sich die chaotische Unterhaltung auf UBL. Bis halb eins, als wir allesamt stockbesoffen waren, sollten wir darüber palavern.

Wir waren also zu siebt.

Vito, der Sizilianer und Gastgeber.

Jerry, der Ringer.

Sam, der All American.

Ed, der Balletttänzer.

Mike, der Indianer.

Robbie, der Haitianer.

Und ich, der Sohn einer russischen Mutter aus Wisconsin, ein halbrussischer Bauer also.

ST6 trainierte für die Operation auf unserer Basis, aber die operativen Einheiten der CIA blieben außen vor. Der Auftrag kam von ganz oben, und dort fand man offenbar, dass ST6 am besten geeignet war. Das war ein unschönes Gefühl. Sie waren gut, natürlich, das stand außer Frage. Aber besser als unsere eigenen Geheimeinheiten? SOG war doch nicht weniger geheim als ST6! Mir dämmerte, dass etwas anderes dahintersteckte. Sollte die Sache nämlich schiefgehen, wäre die Navy verantwortlich und nicht die CIA. Die Vorbereitung kam von uns, daran hatte ich keinen Zweifel, aber die Ausführung wurde ST6 überlassen, obwohl wir es genauso gut hätten machen können. Das war demnach ein taktischer Schachzug, damit die CIA aus der Schusslinie blieb, wenn es zu einer Pleite kam. (Erst später hörte ich, dass das Team für diese Operation formal der CIA angegliedert wurde – was wirklich seltsam ist.)

Keine Rede davon, dass es mit diesen Leuten eine Pleite geben würde. Sie waren die besten Kämpfer, die die Menschheit je hervorgebracht hatte – bis auf uns natürlich. Ich hatte mit Seals gearbeitet. Wenn die gesamte Elektronik ausgefallen war, kommunizierten sie komplexe Aufträge mittels Augenbewegungen und Gebärdensprache. Durch ihre intensive Zusammenarbeit hatten sie eine Art Geheimchoreographie für ihre Bewegungsabläufe entwickelt. Einer wie der andere war Scharfschütze. Zäh wie Büffel. Wenn sie eine akademische Laufbahn angepeilt hätten, hätten sie ihr Studium garantiert mit Summa cum laude abgeschlossen. Ich hatte Respekt vor ST6, aber es wurmte mich auch, dass sie es waren, die die Sache durchziehen durften.

Wo sich UBL befand, war für die übrige Welt ein Rätsel. Bei der SAD dachten wir an Afghanistan. Oder einen dieser neuen Staaten in Zentralasien. Was hatte die CIA herausgefunden? Sie hätten einen Kurier von UBL enttarnt, und das sei der Durchbruch gewesen, hörte ich bei Vito. Ich hatte in Langley nichts zu melden und war auf dem Point nur mit ermüdender Logistik befasst. Ich war CIA, wusste aber von nichts.

Der Planer von Nine-Eleven und Mörder des amerikanischen Journalisten Daniel Pearl, Khalid Scheich Mohammed, KSM, war auf einer *black site* in Europa dem Waterboarding unterzogen worden. Seine Vernehmer hatten die Spur eines Kuriers von UBL verfolgt, und KSM, 2003 in Rawalpindi verhaftet, bestätigte dessen Namen, nachdem man ein wenig Druck ausgeübt hatte. KSM wurde zu einem frühen Dauergast in Guantánamo Bay.

Anschließend waren Späher der CIA dem Kurier gefolgt. ST6 hatte noch keine Ahnung, wohin. ST6 wusste aber schon, dass UBL in einem großen Haus wohnte, das eigens für ihn gebaut worden war, mit ungewöhnlich hohen Mauern rund um das Anwesen. Dort lebten Menschen, die nie ins Freie gingen (bis auf die Kuriere natürlich).

Das war das Haus, das sie auf unserem Stützpunkt nachgebaut hatten.

Ich wollte wissen, ob sie UBL nach Guantánamo oder in die USA bringen würden.

Vito sagte: »Der Auftrag lautet *kill or capture*. Keine Ahnung, wohin er wandert. Ich denke doch, dass sie ihn vor Gericht stellen werden, oder?«

»Kill or capture?«, wiederholte ich.

Ed, der Balletttänzer, sagte: »Wir nehmen ihn mit. Kein *kill*. Unsinn. Wir nehmen ihn mit nach New York. Wir stellen ein Zelt am Ground Zero auf, und da wird er abgeurteilt. Wir empfangen ihn mit einem Feuerwerk. Mit fetzigen Gitarren. Wir verlesen die Namen aller Opfer. Und danach hängen wir ihn.«

Robbie, der Haitianer, fügte hinzu: »Zuerst schneid ich ihm die Eier ab. Die verfüttere ich an meinen Hund.«

»Nicht mal dein Hund würde die Eier von Bin Laden fressen«, sagte Jerry, der Ringer.

»Warum *kill or capture*?«, fragte ich. »Warum nicht nur *capture*? Ich meine, *kill*, das geht immer noch, wenn es aus dem Ruder läuft. Ihr müsst ihn mitnehmen, Jungs, ihr könnt es uns nicht antun, dass er seine Geheimnisse mit ins Grab nimmt.«

»Finde ich auch. Wir nehmen ihn lebend mit«, sagte Sam, der All American.

»Das Dumme ist aber, dass sie ein *kill* wollen, Jungs«, sagte Vito ernst.

»Kill or capture«, sagte der Balletttänzer. »So hieß es beim Briefing. Scheißauftrag. Muss *capture* sein.«

Vito schüttelte den Kopf. »Sie wollen nicht, dass UBL überlebt. Wir sollen ihn erledigen.«

Der Balletttänzer wiederholte: »Vito, der Auftrag ist *kill or capture*. Du hast es selbst gehört.«

Sam, der All American, sagte: »Absolut kein *kill*. Für uns kommt nur *capture* in Frage. In dem Haus da sind ganze vier erwachsene Kerle, einer davon UBL. Welchen Widerstand können die schon leisten? Dann sind da noch Frauen und Kinder. Jagen sie sich in die Luft? Ist das Haus mit Sprengstoff vollgestopft? Ich glaube nicht, dass UBL seine Frauen und Kinder opfern würde. Mit seinen Angehörigen ist er immer behutsam umgegangen. Wir nehmen ihn mit nach Camp Peary. Ich will ihn an der Leine durch die Basis schleifen. Ich will auf ihn pinkeln. Ich will ... Gott, was will ich?«

Sams Bruder war im Inferno eines der Twin Towers verschwunden. Er hatte sich aufgelöst, war zu Asche zerfallen. Nichts war von ihm wiedergefunden worden.

»Vor fünf Tagen kam ein *suit* aus D. C.«, sagte Vito. »Vom Pentagon, dachte ich. Ich kannte ihn nicht, hatte den Namen nie gehört. Er wurde herumgeführt, als ob er der Präsident persönlich wäre. Ich musste im Begleittross mit. Kurz bevor er wieder abreiste, nahm er mich beiseite. Und da sagte er: Wir bevorzugen ein *kill*. Ich fragte: Wer, *wir*? Wir, sagte er, das Weiße Haus. *Kill. No capture.* Er sagte: Beraten Sie sich mit Ihren Kommandanten. So soll es laufen. Warum?, fragte ich. Er sagte: Stellen Sie sich UBL in D. C. oder New York vor, die Show. Wir wollen kein Theater. Er muss weg. Beseitigen Sie ihn wie einen tollwütigen Hund. Das sagte er: *Beseitigen Sie ihn wie einen tollwütigen Hund.*«

Wir schauten auf den Fernsehschirm. Die Steelers hatten gerade einen perfekten Drive. Rashard Mendenhall machte einen Lauf von siebzehn Yards. Danach hängte Isaac Redman noch drei Yards dran, und Quarterback Ben Roethlisberger konnte sogar noch sechs Yards weiterkommen. *Third down and one.* Roethlisberger spielte Redman den Ball zu, Redman wich nach außen aus und gewann sechzehn Yards. Das war der Moment, da Mendenhall glänzen konnte. Er überbrückte die letzten acht Yards und erzielte einen Touchdown. Jetzt stand es 21:17. Die Steelers meldeten sich zurück.

Vito war selig, Sam und Ed auch. Die anderen drei meinten, der Bessere solle gewinnen.

Wir machten einen frischen Satz Buds auf.

Sam, der All American, sagte: »Kommt nicht in Frage. Kein *kill*. Wir beseitigen ihn nicht. Wir nehmen ihn mit nach Hause. Er kriegt was zu essen. Wir schlagen ihn nicht. Wir lassen die Finger von seinen Eiern, und ich werde ihn auch nicht bepinkeln. Wir stellen ihn aus. Er ist doch eigentlich ein Freak. Wir behandeln ihn wie einen Freak. Im Bronx Zoo. Unter unreinen Tieren. Gibt's dort Schweine? Wenn sie keine haben, lassen wir welche kommen. In einem Käfig mit Schweinen stellen wir ihn zur Schau. Er darf nicht gefüttert werden. Dort muss er bleiben, bis er krepiert oder von den Schweinen gefressen wird. Deshalb nehmen wir ihn lebend mit.«

Er sah seine Kameraden an und richtete den Finger auf sie: »Keiner von euch sollte sich einfallen lassen, UBL über den Haufen zu schießen. *No headshot.* Wer UBL einen *headshot* verpasst, bekommt von mir einen *headshot*. Leben soll er.«

»Nimm das zurück, das Letzte«, sagte Vito.

»Was?«

»*Headshot.* Nimm das zurück.«

»Okay. Sorry. Meinte ich natürlich nicht so. Ich bin … Ich bin einfach empört, dass dieser *suit* dir sagt, das Weiße Haus will ein *kill*. Ist doch Bullshit, von wegen kein Theater. Wir wollen doch gerade Theater, oder? Wir wollen ihn doch vor den Augen der Welt in einen Käfig sperren, oder? Wie Eichmann in Jerusalem. Wie könnten wir uns besser rächen als mit einem großen Theaterstück! *Fuck.*«

Robbie, der Haitianer, fragte: »Wie hieß dieser Typ?«

Vito antwortete: »Chris Smith. Hab ihn gegoogelt. Es gibt zehn Millionen Chris Smiths. Er hatte Autorität. Ich habe Rudi und John gefragt. Sie sagten: Er ist der Mann. Er kommuniziert, was nicht kommuniziert werden kann. Er formuliert, was wir nicht formulieren können.«

Ich fragte: »Wer sind Rudi und John?«

Robbie: »Unsere Kommandanten.«

Ed: »Es ist also *kill*?«

Vito: »Offiziell nicht. Aber es ist schon das, was man von uns erwartet. Und dass wir alles mitnehmen, was wir an Notizen und Festplatten und Videotapes und Laptops tragen können. Jerry? Du bist der *point man*. Das wird deine Kugel.«

»Nein«, sagte Jerry, der Ringer. »Wir müssen ihn am Leben lassen.«

Sam sagte: »Gut so, Jer, zeig's ihnen. Nein, verdammt.«

Robbie: »Genau. Nein.«

Ed: »Wir nehmen ihn mit. Wenn es so weit kommen sollte, dass ich dran glauben muss, damit er am Leben bleibt, dann bin ich dazu bereit. Ich opfere mich für UBL. Hauptsache, er wird zum Ground Zero gebracht. Dann habe ich meinen Frieden. Wir müssen ihn da zur Schau stellen.«

Sam torkelte zu ihm hin und umarmte ihn einige Sekunden lang, um ihre Verbrüderung zu besiegeln. Als er ihn wieder losließ, sagte er mit schwerer Zunge: »So gehört es sich. Wenn es sein muss, opfere ich mich auch.«

Die anderen nickten, genauso angetrunken wie Sam.

Ed sagte: »Das ist eine Selbstmordaktion. Wenn das Haus mit Sprengstoff vollgestopft ist, wird es mit großer Wahrscheinlichkeit unser Grab. Dann gehen wir zusammen mit UBL hops.«

Robbie schüttelte den Kopf. »Da sind Kinder. Ich kann mir nicht vorstellen, dass UBL seine Kinder seit Jahren inmitten von Sprengstoff rumhüpfen lässt.«

Vito sagte: »Ich glaube, du hast recht. Scheint mir ausgeschlossen, dass dort Sprengstoff liegt. Aber angenommen, wir kriegen ihn lebend – wie, weiß ich nicht –, was passiert dann, wenn wir ihn in Bagram übergeben? Dann erledigen sie ihn doch da.«

Bagram war die große Basis bei Kabul. Jeder von uns war lange dort stationiert gewesen.

Mike, der Hopi-Indianer, sagte: »Der Auftrag lautet *kill*. Wir sind zu fünft. Es werden noch mindestens achtzehn bis zwanzig weitere Schützen da sein, die ihn bei der Operation erschießen können. Was, wenn Jerry nicht als Erster oben in dem Haus ist? Wer weiß denn, wer ihn als Erster sieht? Sollen wir etwa das gesamte Team davon überzeugen, dass wir den Auftrag nicht ausführen sollten? Das haut doch nie hin. Wenn wir UBL am Leben lassen wollen, werden wir das heimlich tun müssen.«

Für Mike waren das zu viele Worte hintereinander.

Robbie sagte: »Es ist nicht illegal, ihn am Leben zu lassen. Das entspricht einer Hälfte des Auftrags. Die andere Hälfte lautet, dass wir ihn erledigen sollen.«

Sam: »Vito kriegt was von einem aus dem Weißen Haus gesagt. Chris *fucking* Smith. Heißt er wirklich so? Ein *suit* aus D.C. Ein Bürokrat. Erzählt uns, dass der Präsident glücklich wäre, wenn ihm UBLs Kopf auf dem Tablett serviert wird. Das ist doch wohl ein bisschen zu doll, oder? Ich weiß nicht, welches Spielchen hier gespielt wird, aber ich mache da nicht mit. Ich will, dass UBL redet. Ich will, dass er alles erzählt, was je in seinem perfiden Kopf vorgegangen ist. Ich will, dass wir ihn in New York dem Volk zeigen. Ich will die Angst in seinen Augen sehen. Ich will, dass er den ganzen Tag Bilder von Menschen zu sehen kriegt, die aus den Türmen springen. Ununterbrochen, bis er verrückt davon wird. Ich will, dass er schließlich darum bettelt, getötet zu werden. Das ist unser Auftrag. *Kill or capture?* Bullshit. *Capture.* Es darf kein anderes Ziel geben als *capture*.«

Vito sagte: »Warum wollen sie ihn tot? Das ›Wir-wollen-kein-Theater‹-Argument ist Bullshit, findet ihr nicht? Sie wollen nicht, dass er den Mund aufmacht. Warum nicht?«

»Ich will, dass er redet«, wiederholte Sam. »UBL soll reden.«

Vito wandte sich an mich: »Was meinst du, Tom? Ist doch suspekt, oder? Lachhaft, dass wir ihm eine Kugel durch den Kopf jagen sollen!«

Ich nickte: »Ihr müsst ihn am Leben lassen. Er darf seine Geheimnisse nicht mit ins Grab nehmen.«

»Dieser Chris Smith war unmissverständlich«, sagte Vito. »Und Rudi und John auch, die sagten: Er arbeitet für den Präsidenten, und was er sagt, kommt vom Präsidenten, und alles andere musst du selber wissen. Das war's.«

Mike sagte: »Wir müssen dafür sorgen, dass wir in dem Team sind, das ins Haupthaus reingeht. Wir müssen das Team sein, das den ersten und zweiten Stock säubert. Falls wir überhaupt so weit kommen. Wenn UBL den Laden nicht in die Luft jagt, sind wir das Team, das ihn festnimmt und neutralisiert. Ich will keine Schramme sehen. Ein Kabelbinder um seine Handgelenke, das ist alles.«

Jerry, der Ringer, hatte lange geschwiegen. »Meine Herren, meine Herren, denkt doch mal nach. Wir können die Situation im Haus nicht kontrollieren. Mike und ich sind schon der Gruppe zugeteilt worden, die ins Haus reingeht, aber ihr nicht. Ganz Amerika will UBL einen Genickschuss verpassen, ich auch – und das können wir immer noch tun. Zuerst muss er reden, da bin ich ganz eurer Meinung. Aber wenn es so abläuft, wie es aufgezogen worden ist, und angesichts des beknackten Ansinnens von diesem Chris Smith steht fest, dass unsere Chefs und die Chefs im Weißen Haus UBL lieber zum Schweigen bringen wollen. Wir müssen also vorher eingreifen.«

»Wir können nicht vorher eingreifen«, sagte Vito.

»Wie kriegen wir das hin, vorher einzugreifen?«, fragte Sam.

Ich wollte wissen: »Habt ihr ein Datum, ein Zeitfenster?«

»Das wird eine *Last-minute*-Entscheidung. Kann noch Monate dauern. In einem Jahr. Oder nächste Woche. Wer weiß?«, antwortete Vito.

Sam sagte: »Jerry, was meinst du damit, wir müssen vorher eingreifen?«

»Wir müssen UBL vorher aus dem Haus rausholen«, sagte Jerry draufgängerisch.

»Wir klopfen an und nehmen ihn mit, klar, starker Plan«, sagte Vito. Er öffnete die Kühlbox und reichte uns ein frisches Bier. Ich lehnte ab. »Mir lieber ein Bud Light.«

Mike schüttelte den Kopf: »Katzenpisse.«

Ich fragte: »Irgendein Hinweis, in welchem Land das Haus steht?«

Sam sagte: »Wir haben jemanden, der Arabisch spricht, und wir haben jemanden, der Urdu spricht.«

»Urdu. Das Haus steht also in Pakistan«, sagte Ed. »Bei der Operation brauchen wir einen Arabisch sprechenden Dolmetscher für UBL und seine Frauen und Kinder und einen Dolmetscher für die *locals,* die Pakistanis. Also ist klar, dass sich UBL in einem Haus irgendwo in Pakistan befindet. Wir trainieren auch *crowd control,* wie wir Gaffer fernhalten. Wird ein nächtlicher *raid* in städtischer Umgebung. Ab nächster Woche üben wir nachts. Pakistan.«

Sam wandte sich an Vito: »Wo in Pakistan steht das Haus, Vito? Du bist eingeweiht, die Teamführer werden früh gebrieft. Wo? Wir sind hier unter uns, und Tom hält auch die Klappe.«

»Wir sind schon zu weit gegangen, wir sollten jetzt aufhören«, mahnte Vito. »Wir haben zu viel gesoffen.«

»Wir müssen was tun, Vito!«, sagte Sam. »Stell dir doch mal vor, was UBL alles erzählen kann! Seine Geldgeber, seine Netzwerke, von wem er gedeckt wird und Gott weiß was für Beziehungen er hat, zu den Saudis und womöglich auch zu den Russen und Nordkoreanern und vor allem zum Iran. Mit dem hat er einen geheimen Deal! Hab ich von Kollegen von dir gehört, Tom. Das bleibt alles unter der Decke, wenn wir ihn töten. Wir müssen ihn am Leben lassen. Was in seinem Kopf steckt, ist viel zu wertvoll.«

»Das wird nicht gelingen, Sam«, sagte Vito. »Ich hätte es ja auch gern, aber wenn die Operation losgeht, haben wir keine Chance. Wie Jerry schon sagte, wir können die Situation nicht kontrollieren. Das Ganze ist schon gefährlich genug. Wir müssen als Team losschlagen. So gut wir auch gebrieft werden und so gut wir auch üben, wir haben keine Ahnung, wie es laufen wird. Es besteht eine hohe Wahrscheinlichkeit, dass wir nicht zurückkehren …«

»Also müssen wir ihn lebend da rauskriegen«, entgegnete Sam.

Jetzt wurde Vito ungeduldig: »Wie denn?«

Jerry sagte: »Wir müssen UBL vorher von da wegbringen.«

Vito: »Du hast mich doch gehört, wie denn?«

Ed: »Du willst also noch eben schnell mit uns nach Pakistan und dort überall klingeln, bis jemand sagt: Ja, hier wohnt der große UBL, was wollen Sie von ihm?«

Sam wiederholte: »Vito, in welcher Stadt wird unsere Operation stattfinden?«

Vito schüttelte den Kopf und wandte den Blick zum Fernsehschirm. Das wollte er mir nicht verraten.

»Hat sie schon einen Namen?«, fragte ich.

Jerry: »Neptune Spear.«

»Neptune?«, fragte ich nach. »Ist UBL auf einem Schiff? An der Küste? Karachi? Eine Megastadt, mehr als zehn Millionen Menschen. Da läuft unser Freund womöglich ganz entspannt rum. Ohne Bart, Brille auf, vielleicht auch kahlgeschoren, hat was an seiner Nase und seinen Augenlidern machen lassen. Guter Ort zum Untertauchen, so 'ne Metropole. Zumal im Chaos von Pakistan. Und der Codename, wenn ihr ihn habt und ihm in die Augen schaut? Was sollt ihr den Bossen in Fort Bragg dann durchgeben?«

»Geronimo«, sagte Mike, der Hopi.

»Geronimo wie der Häuptling der Apachen?«

»Genau der.«

Jerry sagte: »Ich habe in Afghanistan mit den Vettern des Löwen von Pandschschir zusammengearbeitet. Der Clan ist auch in Pakistan vertreten. Mit den Vettern können wir zusammenarbeiten. Wenn Vito sagt, wo UBLs Versteck ist.«

Ed: »Ja, Vito, sag es. Es ist echt nur ein Staatsgeheimnis, mehr nicht. Kannst du uns einfach anvertrauen. Dann rufen wir die Vettern vom Löwen an und geben ihnen die Adresse durch. Erspart uns 'ne Menge Arbeit. Sollen die sich doch in die Luft jagen lassen.«

Der Löwe, das war Achmed Schah Massoud, der große Gegner der Taliban und Führer der Vereinten Front. Massoud, ein relativ aufgeklärter Muslim und erstklassiger Stratege, hatte UBL erhebliche Sorgen bereitet, auch auf dem Schlachtfeld. Zwei Tage vor Nine-Eleven sollte er von zwei Typen vom belgischen Fernsehen interviewt werden. Es waren aber keine Belgier, wie sich im Nachhinein herausstellte, sondern ein Marokkaner und ein Ägypter, die eine Bombe in ihre Videokamera gebastelt hatten. Sie sprengten sich mit dem Löwen von Pandschir in die Luft.

Massouds Clan hatte diesen Mord nicht vergessen, und es konnte nicht so schwer sein, ein paar Vettern zu finden, die sich loyal und kundig einsetzen würden. Nach wie vor hingen überall in Afghanistan Fotos und Plakate von Massoud.

Ich dachte: Darüber nachzudenken, wie man UBL in eigener Regie aus seinem Haus holen könnte, ist ein unsinniges Unterfangen. Wir hatten viel getrunken. Ich wusste nicht, ob ich überhaupt noch aufrecht am Steuer sitzen konnte.

Vito sagte: »Das Haus wird Tag und Nacht von der CIA überwacht. Sie haben Spähtrupps vor Ort. Niemand geht rein oder raus, ohne dass Langley davon weiß.«

Ich fragte: »Gibt es einen Fluchttunnel unter dem Haus?«

»Kein Tunnel«, sagte Vito.

Jerry sagte: »Auf seinen Kopf sind fünfundzwanzig Millionen Dollar ausgesetzt. Damit können die Vettern vom Löwen 'n Haufen hübscher Sachen machen.«

Mike: »Ich auch. Ich will mit Fergie ausgehen.«

»Dafür dürften dir fünfundzwanzig Millionen nicht reichen«, sagte Robbie.

»Sag mal, Jerry«, sagte Ed, »angenommen, du kriegst ein

Grüppchen Löwen-Vettern in Pakistan tatsächlich so weit, UBL aus seinem Haus zu locken, und angenommen, die CIA kriegt nichts davon mit, und angenommen, es gibt einen Tunnel, den wir noch nicht entdeckt haben …«

»Es gibt keinen Tunnel«, wiederholte Vito müde.

»Angenommen, es gibt doch einen, angenommen, es gelingt ihnen irgendwie, ihn in ein *safe house* zu bringen, angenommen, sie knüppeln ihn unterwegs nicht kurz und klein, was machen wir dann?«

»Angenommen, angenommen, angenommen«, sagte Vito.

Mike, der Hopi, sagte: »UBL hat schon in den achtziger Jahren, als er gegen die Sowjets kämpfte, Tunnel gebaut.«

»Danach nicht mehr. Wir üben ohne Berücksichtigung eines Tunnels«, sagte Vito.

»Wenn es doch einen gibt, entwischt er uns«, sagte Sam.

»Sie haben Fotos von dem Anwesen gemacht, per Satellit, Drohne, multispektral und was weiß ich noch alles. Konnten nichts finden, was nach einem Tunnel aussah.«

»Wir werden ihn nicht erschießen. Undenkbar«, sagte Sam. »Wir lassen ihn am Leben.«

Mike sagte: »Es muss einen Tunnel geben. Wenn ich UBL wäre, hätte ich einen Tunnel graben lassen.«

Sam nickte. »Da muss ein Tunnel sein.«

Wir hatten uns jetzt auf Gartenstühle gesetzt, die Vito aus dem Schuppen geholt hatte. Wir hatten immer größere Mühe, unsere Lippen, Kiefer und Zungen zu bewegen.

Die meisten von uns hatten gar nicht mehr auf das Spiel geachtet. Es stand 28:17 für die Packers.

Mike sagte: »Ich kenne ein paar dieser Tunnelgräber. Jerry auch.«

Jerry nickte.

Sam: »Die den Tunnel für das Haus gegraben haben? Du spinnst.«

Jerry antwortete: »Nein, vom Tunnelbau in den achtziger Jahren. Mike und ich haben mit ihnen gearbeitet, als wir im Dezember 2001 in Tora-Bora Jagd auf UBL machten. Vom Massoud-Clan. UBL und Massoud waren in den achtziger Jahren noch keine Gegner. Sie hatten ein und denselben Feind, sie kämpften gemeinsam gegen die Kommunisten, und diese Männer von Massouds Clan halfen beim Bau der ersten Tunnel in den Bergen mit. Uncle Sam hat das finanziert. War das nicht dein Verein, Tom?«

Ich nickte. Die CIA hatte damals vieles finanziert, was uns jetzt leidtat.

»Wir brauchten die Männer, damit wir uns in diesen Tunneln zurechtfinden konnten«, fuhr Jerry fort. »Das waren ’ne ganze Menge Tunnel. Wir hatten keine Ahnung, wo UBL war.«

»Warum sollten ausgerechnet die Männer einen Fluchttunnel für das Haus von UBL graben?«, fragte Vito.

»Wer sagt denn, dass sie wussten, für wen das Haus und der Tunnel bestimmt waren?«, bemerkte Jerry.

»Wie meinst du das?«, fragte Vito.

»Na ja, sie konnten natürlich keine örtlichen Bauarbeiter anheuern«, spann Jerry den Gedanken weiter. »Sie mussten von woanders kommen. UBL kannte die besten Tunnelgräber. Aber die waren vom falschen Clan. Deshalb denke ich, dass diese Tunnelgräber keine Ahnung hatten, für wen sie einen Tunnel bauten. Für einen Drogenboss, was weiß ich. Danach sind sie zum Dank für ihre Arbeit um die Ecke gebracht worden. Damit hat UBL keine Probleme.«

»Es gibt Millionen von Afghanen, die die Arbeit hätten machen können.«

»Aber diese Männer von Massoud hatten Erfahrung. Die besten Maulwürfe, die in Afghanistan zu finden sind«, behauptete Jerry.

»Vom falschen Clan«, sagte Vito.

»Für UBL der richtige Clan. Nach getaner Arbeit konnten sie problemlos um die Ecke gebracht werden.«

»Das meine ich«, sagte Vito. »Sie sind tot. Sie können uns nicht erzählen, was sie in Pakistan gemacht haben. Wo sie gewesen sind, wie der Tunnel verläuft, wo der Ausgang ist. Deine ganze Theorie bringt uns rein gar nichts.«

Jerry erhob sich unsicher und fuchtelte wild herum. »Wir können checken, ob sie noch leben! Wenn sie leben, waren sie nie weg, um diesen Auftrag auszuführen, dann haben sie nie an einem Tunnel gearbeitet. Aber wenn sie aus irgendeinem Grund bei einem Auftrag vor ein paar Jahren … Wann ist das Haus gebaut worden, oder darfst du das nicht sagen, fällt das auch unter höchste Geheimhaltung?«

»2005«, sagte Vito.

»Wenn die Tunnelgräber 2005 nicht von einem Auftrag in Pakistan zurückgekehrt sind, dann hat UBL sie umlegen lassen! Mehr brauchen wir nicht zu wissen, denke ich. Wir müssen sehen, ob wir die Jungs ausfindig machen können! Das ist der Test! Wenn es einen Tunnel gibt, sind sie tot. Wenn sie leben, gibt es keinen Tunnel.«

»Du redest Blech«, sagte Sam.

»Ach ja?«, sagte Jerry. Er ließ sich wieder auf seinen Stuhl plumpsen. »Wie vielen Männern vertraut UBL als guten, verlässlichen Tunnelbauern? Er konnte das Ganze nicht selbst leiten. Er musste sich auf die Fähigkeiten anderer verlassen. Mit diesen Männern hat er in den achtziger Jahren gearbeitet. Es sind die besten Geheimtunnelbauer von Afghanistan, nein, des gesamten Erdballs.«

»Wenn dem so ist«, fragte Sam, »warum haben die Analysten von der CIA das dann nicht berücksichtigt?«

»Weil sie nicht so denken«, antwortete Jerry. »Weil sie diese Männer nicht persönlich gekannt haben. Wir schon. Die *suits* haben beim Architekten oder bei der Gemeinde, in der dieses Haus steht – hör auf rumzuzicken, Vito, und sag uns, wo dieses Haus steht –, die Baupläne kopiert und sicherheitshalber ein paar Satellitenfotos machen lassen. Und damit hatte sich's. Ich bin mir sicher, dass sie nicht gedacht haben: Wer hat dort einen Tunnel gegraben? Können deine Analysten *out of the box* denken, Tom?«

»Ich habe keine Ahnung«, sagte ich.

»Also müssen wir uns fragen«, sagte Jerry, »leben diese Tunnelgräber noch? Oder sind sie tot? Das wäre der Beweis dafür, dass es einen Tunnel gibt.« Er blieb erschöpft sitzen.

Im Fernsehen waren die Steelers im Angriff. Sie kamen zurück. Roethlisberger war gut. Er warf eine ganze Reihe perfekter Bälle, und nach einem *take* wusste er Randle El zu erreichen. Jetzt stand es 28:25.

Vito stieß einen Freudenschrei aus. Das Spiel war wieder offen.

Sam fragte: »Du willst UBL also vor der Nase von CIA und Pentagon kidnappen?«

Mike kicherte. »Klingt schon cool.«

Robbie: »Ein tolles Ding wär das.«

Vito starrte auf den Bildschirm. »Jetzt hört doch mal auf mit dem Käse. Das können wir nicht geheim halten. Es kostet uns Kopf und Kragen. Das ist Verrat.«

Jerry blickte triumphierend in die Runde. »Sie denken, dass es keinen Tunnel gibt. Also haben sie keine Ahnung, ob UBL da ist oder nicht. Stimmt doch, oder?«

»Vito, er hat recht«, sagte Mike.

Robbie grinste. »Kompletter Irrsinn. Aber, *o boy,* was für ein Spaß.«

»Wir können es noch spaßiger machen«, sagte Ed.

»Es ist schon spaßig genug, scheint mir«, sagte Vito. »Wir sollten damit aufhören, wir machen uns nur selbst verrückt.«

»Wie, noch spaßiger?«, fragte Sam.

Ed: »Wenn es einen Tunnel gibt und man also jemanden aus dem Haus rausschmuggeln kann, dann kann man auch jemanden ins Haus reinschmuggeln.«

»Wieso sollte man das tun?«, fragte ich. Ich begann, das auch witzig zu finden. Ein perfektes Spiel für Männer mit besoffenem Kopf.

»Vielleicht kommen sie nie dahinter, wenn wir es wollen«, antwortete Ed.

»Wenn es einen Tunnel gibt, aber es gibt keinen Tunnel«, wiederholte Vito verärgert.

»Das krieg ich schon raus«, beschwichtigte Jerry ihn.

»Wenn Jerry recht hat«, sagte Ed, »und es gibt einen Tunnel und die, die ihn gebaut haben, wurden ermordet, dann müssen wir die Vettern von Massoud nach dem Ausgang des Tunnels suchen lassen. Wenn Vito uns freundlicherweise sagt, wo das Haus steht, und Jerry festgestellt hat, dass die

Tunnelgräber tot sind, dann schicken wir Massouds Vettern in die Stadt da und lassen sie den Tunnelausgang suchen. Die Vettern wissen binnen einer Stunde, wo die CIA ihre Späher postiert hat. Da dürften sie, denke ich, binnen achtundvierzig Stunden wissen, wie der Tunnel verläuft und wo der Ausgang ist. Nein, binnen dreißig Stunden.«

»Wen willst du reinschmuggeln? UBL rausschmuggeln, das versteh ich, aber warum sollte man jemanden reinschmuggeln?«, fragte Jerry.

Ed sagte: »Ben Laden.«

Sam fragte: »Ben? Ben Laden? *Who the fuck* ist Ben Laden?«

Sogar Vito musste kichern.

Ed schlug sich vor Lachen auf die Schenkel.

Mike und Robbie schauten abwartend zu Ed, der erst mal wieder zu Atem kommen musste.

Ed fragte wiehernd: »Seid ihr mal in Goa gewesen?«

Sam sagte: »Nein. In dem Resort da, wie heißt es noch gleich?«

»Casa Madagascar«, sagte ich.

»Dreihundert Meter von Baga Beach entfernt«, sagte Ed.

»Ich hab davon gehört«, sagte Sam.

»Los, erzähl, Jerry«, sagte Ed.

»Das Zimmer kostete dreißig Dollar die Nacht«, sagte Jerry. »Ohne Klimaanlage zwanzig. Mädchen auch zwanzig. Supermodelqualität. Alles genau da, wo es zu sein hat. Mit Schwanz kosteten sie nur zehn.«

»Sie hat ihm einen Blowjob gegeben«, erzählte Ed mit einer Kopfbewegung Richtung Jerry, »und er dachte, dass er sich revanchieren müsste, und da hatte er plötzlich 'nen

Schwanz in der Hand. Von ihr. Oder ihm. Oder was immer es war.«

Sam, Mike und Robbie betrachteten Jerry mit unverhohlener Schadenfreude.

»Ist das Ben Laden?«, fragte Robbie.

»Nein«, sagte Ed. »Ben Laden ist Bin Laden.«

»Ein bisschen klarer, bitte«, sagte Robbie. »Ich habe zu viel getrunken, um jetzt Rätsel zu lösen.«

Ich sagte: »Ben Laden ist ein Doppelgänger. Ein unglaublich guter Doppelgänger. Die gleiche Visage, die gleiche Größe. Ein Straßenartist. Macht sein Zeug am Strand, unter den Bäumen. Ganz netter Stand-up-Act. Ist kein Araber, sondern Inder. Gehört zu Baga Beach. Ich hab ihn ein paarmal gesehen. Ben Laden ist sein Künstlername.«

Sam fragte: »Was willst du mit dem?«

Ed: »Ich will ihn nach Pakistan bringen und ihn gegen UBL austauschen.«

Wir waren vom Weg abgekommen. Zu viel Bier. Zu müde. Zu viel Bewegung auf dem Fernsehschirm. Drinnen hinter dem Fenster sah ich die Frauen sitzen. Ich würde nachher allein zur Basis zurückfahren. Oder vielleicht sollte ich mir besser ein Taxi kommen lassen.

»Wenn es uns gelingt, Bin Laden rauszuholen und statt seiner Ben Laden einzuschleusen, dann wird die Operation einfach durchgezogen, ohne dass irgendwer Lunte riecht, und es kommt dabei raus, was Chrissie Smith und sein Boss wollen. Wir sehen UBL, schießen ihm drei-, viermal in den Kopf, und wir haben eine Leiche. Aber die Leiche ist das UBL-Imitat. Ben und nicht Bin Laden!«

Mike: »Und wie willst du erreichen, dass Bennie Laden

stillhält, bis die Operation losgeht? Denkst du, dass UBLs Harem nichts davon merkt? Und wie willst du ihn nach Pakistan bringen?«

»Darüber müssen wir brainstormen! Wir nehmen uns einfach ein bisschen Zeit, um das Ganze gründlich durchzudenken«, beschwichtigte Ed ihn. Er strahlte, restlos von seinem Plan überzeugt. »Aber das hat was Brillantes! Gebt zu, Jungs, das ist echt total *fucking* brilliant!«

»Es ist zu kompliziert«, sagte ich. »Das muss vereinfacht werden.«

»Es ist einfach«, sagte Jerry. »Aber zuerst müssen wir wissen, ob die Tunnelgräber noch am Leben sind.«

Die Packers stürmten jetzt. Mason Crosby kickte ein *field goal* und erzielte drei Punkte. 31:25.

»DNA, wir müssen ihm eine Blutprobe abzapfen«, sagte Mike. »Das Problem löst du nie, Robbie.«

»Ja, scheiße«, sagte Robbie.

»Sollst du das machen?«, fragte ich.

»Ja, ich bin der Medic«, sagte Robbie mit einem Nicken. »Ich soll UBL Blut abzapfen, ja.«

»Wer ist alles in dem Haus?«, fragte ich.

Jerry antwortete: »Die beiden Kuriere und ihre Familien. UBL mit drei Frauen und einer ganzen Korona von Sprösslingen. Und einer der älteren Söhne von UBL, glauben sie. Ein Dreiundzwanzigjähriger.«

Vito sagte: »Wir sollen Röhrchen mit UBLs Blut füllen. Zwei Röhrchen. Die Familien-DNA haben sie von einer seiner Schwestern. Da winden wir uns nie raus.«

»Nimm das Blut von seinem Sohn«, sagte ich, »benutz das als UBLs Blut.«

»Halt den Mund, Tom, du machst alles nur noch schlimmer«, sagte Vito.

Ed sagte: »Ich liebe dich, Tom.«

»Ihr seid verrückt«, sagte Vito. »Wir sind betrunken. Morgen ist das verflogen, und wir wissen, dass es Wahnvorstellungen im Alkoholrausch waren. Scheiße, die Packers gewinnen.«

»Nein, morgen werde ich wach und weiß genau, was wir machen werden«, sagte Ed.

»Ist er beschnitten?«, fragte Mike. »Ben Laden aus Goa. Ist er beschnitten? Wenn er Hindu ist, ist er es nicht.«

»Kann man machen, wenn man ihn erschossen hat. Ist dein Messer scharf genug?«, fragte Vito mit dicker Zunge. »Sonst macht Tom es. Er ist Jude.«

»Beschneiden ist mein Hobby«, sagte ich.

»Man muss den Mut zum Träumen haben«, sagte Jerry.

Ich sagte: »Ihr tötet aber schon einen unschuldigen Mann aus Goa, Jungs. Es ist unmoralisch, Ben für Bin zu opfern. Ich weiß nicht, ob man das verantworten kann.«

»Ich habe keine Ahnung, wie wir diesen Schuft fassen sollen«, sagte Sam. »Aber wir erschießen ihn nicht. Wir nehmen ihn mit. Durch einen Tunnel oder einfach in einem der Black Hawks. Kein *kill. Capture.* Nur *capture.*«

Vito sagte: »Der Präsident will ein *kill.*«

Sam: *»Fuck the president.«*

»Capture«, sagte Jerry.

Ed sagte: »Darauf trinke ich.«

Er hob sein Bud, und wir beugten uns zueinander hin und stießen unsere Fläschchen gegen das seine.

»Wir schießen ihn einfach über den Haufen«, sagte Vito,

der völlig betrunken war. »Wir sind Profis. Der Präsident kriegt, was er will. Wir sind Soldaten. Wir führen aus. Das ist unsere Pflicht.«

Wir tranken einen Schluck und ließen uns in unsere Stühle zurückfallen. Robbie begann, rhythmisch mit seinem Cowboystiefel auf die Bohlen der Terrasse zu stampfen, und sang, zu den Sternen hinaufstarrend: *»I gotta feeling … That tonight's gonna be a good night … That tonight's gonna be a good night …«*

Wir stimmten ein. Der große Hit der Black Eyed Peas. In Gedanken sahen wir Fergie in unserer Mitte tanzen: *»That tonight's gonna be a good night … I gotta feeling – woohoo – that tonight's gonna be a good night … That tonight's gonna be a good night … That tonight's gonna be a good night …«*

Die Frauen kamen, ein Fläschchen Mineralwasser in der Hand, sich in den Hüften wiegend und tanzend nach draußen und sangen mit. Strickjacken, Schals. Münder mit Lippenstift. Um ihre Wangen der wehende Hauch der Atemluft. Ohrringe, klimpernde Armbänder, beringte Finger. Gerüche von verbrannter Kohle und Bier und Parfüm.

Später, als wir ausgesungen und ausgelacht hatten, legte Vitos Frau Jeannie eine Hand auf meine Schulter. »Kannst du überhaupt noch fahren, Tom?« Ob sie ein Taxi rufen solle. Wir erhoben uns mühsam. Keine Ahnung, wie ich nach dieser Sauferei zur Basis gekommen bin.

Drei Tage später habe ich gekündigt. Kontakt zu den Jungs hatte ich erst wieder nach Operation Neptune Spear.

5

Abbottabad, in der Nacht vom 1. auf den 2. Mai 2011

JABBAR

Die Nächte waren immer still, abgesehen von den Grillen, die jetzt, da der Frühling begonnen hatte, wieder zu hören waren. Jabbar, sechzehn und klein für sein Alter, war von einem Geräusch geweckt worden, das nach einer Explosion klang. Nicht weit von ihrem Haus entfernt. Alles bebte.

Jabbar war ein schlanker pakistanischer Junge mit hübschem, ebenmäßigem Gesicht, neugierigen, sanften Augen und wuscheligem Haarschopf. Er war klug und aufgeweckt und interessierte sich brennend für alles, was mit Amerika zu tun hatte.

Er war jetzt hellwach und hörte etwas, das ihm ungewöhnlich und doch bekannt vorkam. Er hatte im wirklichen Leben zwar noch nie einen amerikanischen Hubschrauber gesehen, sondern nur in Filmen, die er sich heruntergeladen hatte, aber trotzdem wusste er, dass das ein amerikanischer Militärhubschrauber war. Er wusste alles über amerikanische Flugzeuge. Und er hatte *Black Hawk Down* gesehen, den Film von Ridley Scott über die somalische Operation von US Army Rangers und Delta Force im Jahr 1993. Ein bärenstarker Film war das, aber die Bilder waren Jabbar viel zu lange nicht mehr aus dem Kopf gegangen und hatten ihn bis in seine Träume verfolgt. Die Filmhandlung war eine Art Alptraum: Zwei Black Hawks werden abgeschossen, und die überlebenden Soldaten müssen sich mitten in einer feindlichen Stadt verteidigen, bis Hilfe kommt. Es war grausig. Zweimal hatte Jabbar den Film gesehen, ohne Synchronisation oder Untertitelung, und die Geräusche der Hubschrauber und das Dröhnen vom Aufprall, als sie abstürzten, hatte er nicht mehr vergessen. Er hörte jetzt einen Black Hawk. Er kniff sich in den Arm; nein, er träumte nicht. Vielleicht träumte er, dass er wach war.

Er stand auf und zog den Rollladen hoch. Er hörte, dass seine Mutter in ihrem Zimmer das Gleiche tat. Sie wohnten in einem Zweithaus der Familie Khan; von ihren Zimmern im Dachgeschoss blickten sie auf das Haus hinter den hohen Mauern. Der Abstand betrug etwa zweihundert Meter, vielleicht etwas mehr. Nie rührte sich etwas in dem stillen Haus dort. Mit zehn hatte er von weitem beobachtet, wie das Haus gebaut wurde. Morgens verließ ein rotes Auto mit Frauen und Kindern das Grundstück, und am Ende des Tages kehrte das Auto zurück. Manchmal öffneten sich die Pforten des grünen Tors, und ein weißes Auto fuhr weg. Aber man sah die Kinder nie draußen. Abends schimmerte hinter einem der kleinen Fenster Licht. Es war ein Geisterhaus. Flog jetzt ein Black Hawk über diesem Haus? Hatte es dort eine Explosion gegeben?

Sie hatten sich schon oft gefragt: Wer mag da wohl wohnen? Vielleicht waren es Dauergäste wie Jabbar und seine Mutter, die Haushälterin der Familie Khan war. Sie hielt das große Haus sauber, obwohl es, wie Jabbar fand, nichts sauber zu halten gab, weil niemand das Haus schmutzig machte. Jede Woche putzte und wienerte seine Mutter die zwölf Zimmer, bis sie blitzten. Auch ein leeres Haus werde schmutzig, war ihre Meinung, und man könne nie wissen, wann Herr und Frau Khan vor der Tür stünden.

Jabbar und seine Mutter wohnten schon seit zehn Jahren im Dachgeschoss und hatten freie Sicht auf das mysteriöse Haus. Da flog etwas über dem Haus. War es was Außerirdisches? Eine fliegende Untertasse? Nein, das Geräusch war das eines Hubschraubers. Black Hawk. Und die Explosion? War ein Black Hawk abgestürzt? Aber Jabbar sah kein Feuer.

Herr und Frau Khan wohnten in London, wo sie in der Nähe ihrer Kinder waren, die dort studierten. Dieses Haus in Abbottabad behielten sie als pakistanische Sommerresidenz. Aber sie kamen nur selten her und verbrachten die Sommer lieber in Südfrankreich. Auch davon hatte Jabbar Bilder gesehen. Es war ganz einfach, sich ein Bild von einem Ort zu machen. Man googelte oder ging zu YouTube, und die Welt wurde sichtbar, auch wenn die pakistanische Regierung mit aller Macht versuchte, diese Sichtbarkeit zu verhindern. Jabbar wusste, wie man die Zensur umging.

Er hatte das Haus der Khans in London gegoogelt. Es war ein weißes Haus in einer Reihe anderer weißer Häuser, mit Säulen neben der Eingangstür. Er war mit Streetview daran entlanggeglitten. Eines Tages würde er auch in so einem Haus wohnen, hatte sich Jabbar vorgenommen. Aber am liebsten in Amerika. Ihm schwebten Orte wie Philadelphia, Minneapolis, St. Louis vor – das klang echt amerikanisch.

In den zehn Jahren hatte er Herrn und Frau Khan fünfmal gesehen. Sie passten perfekt zu den weißen Marmorböden und weichen Polstersofas und goldenen Lampen und den Blumen auf den Tapeten. Jabbar dachte an den letzten Besuch vor sechs Monaten zurück: Herr Khan war ganz in Weiß gekleidet gewesen, und Frau Khan hatte ein langes goldenes Kleid angehabt. Sie trugen mordsmäßig dicke Armbanduhren, die aussahen, als wären sie aus massivem Gold. Beide hatten sich eine Sonnenbrille ins Haar geschoben, »Chanel« stand auf den Bügeln. Sie lächelten ununterbrochen und zeigten dabei ihre schönen weißen Zähne. Wenn man so schöne Zähne hatte, kam das, wie seine Mutter meinte, von generationenlanger guter Ernährung – die Vorfahren von Herrn Khan waren Großgrundbesitzer und seit Jahrhunderten reich. Frau Khan war von Geburt her Christin, aber wegen ihrer Heirat Muslimin geworden. Sie hatte bei ihrer Hochzeit – Jabbar hatte die Fotos davon ausführlich studiert – viel gelächelt und ihre schönen Zähne gezeigt. Jabbars Mutter hatte schlechte Zähne, er selbst zum Glück einigermaßen gute. Das gehe auf seinen Vater zurück, behauptete seine Mutter, der habe gute Zähne gehabt. Sein Vater war schon lange tot. Den Friedhof in Peshawar, wo seine Gebeine ruhten, besuchte Jabbar oft mit Google Earth. Auch das Haus der Familie Khan hatte er sich von oben angeschaut. Und das stille Haus hinter den hohen Mauern. Streetview ging in Pakistan nicht.

Bei ihrem letzten Besuch hatten Herr und Frau Khan ihm ein Kuvert gegeben, weil er Klassenbester geworden war, ein wirklich großes Geschenk, aber er hatte das Kuvert seiner Mutter in den Geldbeutel gesteckt. Damit konnte sie zu einem Zahnarzt gehen. Die Familie Khan war reich, und für sein Empfinden bezahlten sie seiner Mutter nicht viel für ihre Arbeit. Gut, sie bezahlten seine Schule, und die war teuer, da bezahlten sie eigentlich schon viel Geld für die Arbeit, die seine Mutter leistete. Jabbar träumte davon, zum Studium am Abbottabad Medical College zugelassen zu werden. Wenn er Arzt wurde, konnten sie nach Amerika auswandern.

Vor drei Jahren hatten ihm die Khans das Fahrrad ihres jüngsten Sohnes geschenkt. Er hatte oft sehnsüchtige Blicke darauf geworfen, wie auch auf das Rennrad, aber das verschenkten sie nicht. Obwohl ihn niemand hätte ertappen können, hatte er die Räder nie angerührt. So etwas durfte er nicht, und Jabbar war keiner, der Verbote einfach übertrat. Nur im Notfall hätte er eines der Räder benutzt.

Das Fahrrad, das er geschenkt bekommen hatte, war relativ gut in Schuss. Es hatte eine Gangschaltung, doch die Zahnräder waren abgenutzt, wie er sah, als er die spröde gewordenen Reifen aufgepumpt hatte. Er ging daher sehr behutsam damit um. Den Sattel hatte er tiefer gestellt, weil er klein war für sein Alter. Das ärgerte ihn, und er schämte sich dafür, dass er immer jünger geschätzt wurde. Er hoffte, dass er irgendwann genauso groß werden würde wie sein Vater. Der war auch erst mit fünfzehn gewachsen, hatte seine Mutter ihm unzählige Male erzählt. Seine Eltern kannten sich aus Peshawar, wo sie beide im selben Christenviertel gelebt hatten. Es wurde Zeit, dass Jabbar jetzt wuchs. Klein zu sein war nicht schön.

Das Fahrrad hatte ihm ein Stück Freiheit beschert. Er war damit in der ganzen Stadt herumgefahren, war in jedem

Viertel gewesen und durfte jetzt von sich behaupten, dass er Abbottabad wirklich gut kannte.

Hunderte Male war er an dem stillen Haus vorübergeradelt. Dabei hatte er hinter den hohen grauen Mauern Kinder gehört – unbegreiflich, dass die nie nach draußen kamen. Aber vielleicht waren es Kinder, die nur zu Besuch dort waren.

Der Lärm kam von dem Haus her – und er sah, dass etwas Schwarzes über dem Flachdach schwebte, ein seltsamer dunkler Fleck, der auch Quelle des Lärms war. Was war es? Ein Black Hawk, wirklich? Ihm wurde bewusst, dass im gesamten Viertel kein einziges Licht brannte. Alles war dunkel. Er ging zu seinem Bett zurück und probierte, ob seine Nachttischlampe ging, aber auch die funktionierte nicht. In anderen Teilen der Stadt waren schon Lichter zu sehen, aber nicht hier in Bilal Town. Stromausfälle kamen häufiger vor, sehr oft sogar, aber dann war meistens das ganze Tal davon betroffen. Er hörte den Generator summen. Der war angesprungen, lieferte aber nur Strom für die Kühlschränke und die Lampen und die Klimaanlage in den Räumen der Khans.

Jabbar hatte einen gestreiften Schlafanzug an, in dem er nicht nach draußen konnte, das sah zu doof aus. Er zog sich rasch ein Shirt über die Schlafanzugjacke und verließ sein Zimmer. Er huschte am Zimmer seiner Mutter vorbei und über die Personaltreppe nach unten. Aber seine Mutter hatte ihn gehört.

»John, wo gehst du hin?«

Er drehte sich um und schaute zu ihr hinauf. Es war dunkel im Treppenhaus. Er hörte, dass seine Mutter ein paarmal den Schalter an- und ausknipste, weil sie wohl das Licht anmachen wollte, aber dann begriff sie offenbar, dass der Strom ausgefallen war, denn sie gab es auf.

»Draußen nachschauen, Mama. Hast du gesehen? Da ist ein Hubschrauber ganz in der Nähe.«

»Mir ist das nicht geheuer«, sagte seine Mutter. Er sah nur ihre Silhouette. Ihre Größe war so bescheiden wie ihre Haltung, immer dienend und bereit, sich aufzuopfern. Sie war eine gute Christin, und er hatte sie lieb.

»Ich pass schon auf, Mama. Ich glaub, es ist ein besonderer Hubschrauber, ich hab ihn noch nie in echt gesehen.«

»Ich traue dem Ganzen nicht, John.«

»Du brauchst dir keine Sorgen zu machen, Mam. Ich bin gleich wieder zurück.«

»Der Strom ist ausgefallen«, sagte sie.

Er ließ sie zurück und stürzte förmlich die Treppe hinunter. Sie wohnten im vierten Stock, im Dachgeschoss, das eigens für das Personal eingerichtet war. Es gab noch acht weitere Zimmerchen, eine Küche, ein Wohnzimmer – und alles stand der Haushälterin und ihrem Sohn zur Verfügung, denn es gab kein anderes Personal. Das Haus sei für einen großzügigen Lebensstil entworfen worden, meinte seine Mutter, und dass sich die Räume des Personals, mit separatem Männer- und Frauentrakt, nach englischem Vorbild unter dem Dach befänden, beweise die europäisch-freiheitliche Gesinnung von Herrn und Frau Khan, denn sonst würde das Personal im Keller oder in einem kleinen Nebenhaus wohnen. Jabbar begriff, dass es in einem normalen Haus nicht anging, dass das Personal oberhalb der Räume der Besitzer seine Notdurft verrichtete, denn das war im symbolischen Sinn unrein, und Reinheit war in Pakistan, dem »Land der Reinen«, nun mal sehr wichtig. Jabbar hatte in der Schule gelernt, dass dieser Name 1933 von Choudhary Rahmat Ali vorgeschlagen worden war, einem der Verfechter der Schaffung eines selbständigen Staates für die indischen Muslime. Als es zur Abspaltung kam, waren die Familien von Jabbars Eltern trotzdem nicht nach Indien geflüchtet. Das hätten sie besser getan, denn Christen hatten es in Pakistan nicht sehr gut. Sein Vater war gestorben, weil er Christ war.

Draußen erklang Gewehrfeuer. Es war nicht mehr als ein dumpfes Ploppen, aber es handelte sich unverkennbar um Gewehrschüsse. Der Hubschrauber schien sich zu entfernen. Oder wurden die Motoren abgestellt? Jabbar sprang die letzten Stufen hinunter und eilte nach draußen.

Gestern hatte es gewittert und geregnet, aber diese Nacht war ruhig, wenn die Gewehrschüsse sie nicht gestört hätten. Es war stockfinster, aber er kannte die Umrisse der Häuser im Viertel. Er zog die Tür hinter sich zu und spürte, wie ihm das Herz in der Kehle klopfte. Das hier war spannend. So etwas war in Bilal Town, ja in ganz Abbottabad noch nie passiert.

Auch aus anderen Häusern waren Männer nach draußen gekommen, und sie versammelten sich am Anfang des ungepflasterten Wegs, der zu dem stillen Haus führte. Sie standen auf der T-Kreuzung mit der Durchgangsstraße. Sah er wirklich, was er sah? Einen Black Hawk, der reglos auf dem Feld neben dem Haus wartete? Weiter hinten auf dem Weg, etwa siebzig Meter von ihm entfernt, standen Männer in voller Kampfausrüstung an der Mauer, er sah ihre Silhouetten, die Umrisse ihrer Waffen. Und plötzlich schien grelles Licht auf die Bewohner des Viertels, und er hörte jemanden auf Urdu durch ein Megaphon rufen: »Abstand halten! Das ist ein militärischer Einsatz! Kommen Sie nicht näher! Achtung, Gefahr!«

Das Licht blendete ihn, und er kniff die Augen zu. Er wandte sich halb ab und versuchte, zwischen den Fingern hindurch etwas von dem aufzufangen, was sich dort abspielte. Rechts von dem Licht sah er den Black Hawk auf dem Feld stehen, von anderen Soldaten bewacht. War dies ein Einsatz der pakistanischen Armee? Hatte Pakistan denn Black Hawks? Er hatte nie etwas darüber gehört. Einen Kilometer von hier entfernt lag die Garnison der Militärakademie, und dort landete schon mal ein Hubschrauber, doch in den vergangenen zehn Jahren war nie nachts ein Hubschrauber durch ihr Tal geflogen. Er nahm sich vor, mal zu googeln, welche Armeehubschrauber Pakistan besaß und ob die für Nachtflüge ausgerüstet waren. Pakistan hatte auf jeden Fall Cobras, daran erinnerte er sich.

Der pensionierte Professor Hussain wohnte drei Häuser weiter, hatte eine Glatze und trug eine Brille mit dicken Gläsern. Er hatte ein blütenweißes Kamiz an, mit dem er in dem Licht besonders auffiel. Er rief: »Wer seid ihr? Zeigt eure Papiere!«, und trat ein paar Schritte auf das Licht zu.

»Bleiben Sie stehen! Kommen Sie nicht näher! Hier herrscht eine gefährliche Situation! Gehen Sie nach Hause, und schließen Sie Türen und Fenster. Ich wiederhole: Kehren Sie nach Hause zurück!«

Jabbar stand jetzt mit etwa fünfzehn Männern da. Sie waren misstrauisch und beunruhigt. Aber er war alles andere als skeptisch. Das war die spannendste Nacht, die er je erlebt hatte. In ihrem Viertel fand ein militärischer Einsatz statt.

Sie blieben abwartend stehen. Man konnte nur schwer etwas hinter dem Licht erkennen.

Herr Gorshani war fromm, hatte einen Bart und wohnte eine Straße weiter. Er war Besitzer eines Sägewerks und trug ein blaues Kamiz. Er sagte zu Professor Hussain: »Vielleicht sind die Leute Schmuggler. Man hat sie ja nie zu Gesicht bekommen.«

»Sie sind Geschäftsleute«, sagte Professor Hussain. »Zwei Brüder. Ich habe mich gelegentlich in der Stadt mit ihnen unterhalten. Sie haben mir beim Einladen meiner Einkäufe geholfen. Ehrliche Leute. Khan heißen sie.«

Sie hießen also auch Khan. Das war nichts Besonderes. Viele Familien in Pakistan trugen diesen Namen.

»Haben unsere Streitkräfte solche Hubschrauber?«, fragte Herr Chamkanni. Er besaß Tankstellen und Autowerkstätten, war dick und schnaufte hörbar.

»Es ist ein moderner Hubschrauber«, sagte Professor Hussain. Er war Wissenschaftler und wusste solche Sachen. Aber er wusste nicht genug.

Jabbar konnte nicht an sich halten und sagte: »Ein Black Hawk. Codename UH-60. Hergestellt von der Sikorsky Aircraft Corporation in Connecticut, Amerika.«

Die Männer sahen Jabbar verwundert an, als hätten sie jetzt erst mitbekommen, dass er da war.

Herr Chamkanni fragte: »Wohnst du nicht im Haus von Abdul Khan?«

»Ja.«

»Er ist der Sohn der Haushälterin, eine Christin«, erklärte Herr Chamkanni den anderen Männern. Damit war das von Jabbar mitgeteilte Wissen sofort außer Kraft gesetzt. Er war der Sohn einer christlichen Haushälterin. Wenn er $E = mc^2$ entdeckt hätte, wäre das christliches Wissen gewesen, und sie hätten ihn dafür keines Blickes gewürdigt. Ob Herr Chamkanni auch wusste, dass Frau Khan Christin gewesen war und sich noch immer als Christin fühlte? Denn laut Jabbars Mutter war sie nur Muslimin geworden, weil sie einen Muslim heiraten wollte, und besuchte in London ganz offen eine christliche Kirche; und wenn das stimmte, bedeutete es, dass Herr Khan kein gläubiger Muslim mehr war. Ein gläubiger Muslim würde niemals erlauben, dass seine Frau Christin war. Vielleicht war Herr Khan ja heimlich Christ geworden.

Es war gut, dass keiner wusste, dass sein Taufname John war und der seiner Mutter Maria. Diese Namen, die Namen ihres Herzens, benutzten sie nie außer Haus. In dieser Welt hieß er Jabbar, in der, die kommen würde, John.

Aus dem stillen Haus waren erneut Gewehrschüsse zu hören. Und dann gab es hinter der Mauer einen Lichtblitz, der das Haus eine Sekunde lang der Nacht enthob, und einen mächtigen, tiefen, heftigen Rumms, der den Boden erzittern ließ. Stocksteif vor Schreck, starrten sie zu dem Haus hinüber.

»Gehen Sie zurück!«, ertönte es erneut hinter dem grellen Licht, jetzt in zwingendem, ungeduldigem Ton. »Es ist gefährlich! Gehen Sie zurück! Gehen Sie jetzt sofort zurück!«

Sie wichen langsam zurück, als geschehe das ohne ihr

Zutun, als würden sie ohne ihre Einwilligung an unsichtbaren Schnüren eingeholt wie Fische, die keine andere Wahl hatten. So kam es Jabbar vor.

Er bewegte sich mit den Männern mit, dreißig, vierzig, fünfzig, hundert Meter, bis sie fast vor seinem Haus waren. Seinem Haus? Dem Haus, in dem sie wohnen durften.

Das Licht ging aus, und jetzt, da sich seine Augen in der Dunkelheit zurechtfanden, sah er zwischen der Mauer und dem Black Hawk auf dem Feld einen kleinen Trupp Soldaten stehen.

»Wie können wir wissen, dass das unsere eigenen Leute sind?«, fragte Herr Rashid. Er war Jabbars Nachbar, und er schenkte ihm manchmal etwas zu naschen oder einen Keks. Wenn er mit ihm redete, klang es, als würde er Jabbar für einen Achtjährigen halten. Herr Rashid war in Deutschland reich geworden und in das Tal seiner Kindheit zurückgekehrt, um hier zu sterben. Aber in den zehn Jahren, die Jabbar ihn jetzt kannte, hatte er immer gesund ausgesehen, auch wenn er alt und runzlig war und einen Stock brauchte. Er hatte Jabbar aufwachsen sehen, aber er hatte trotzdem keine Ahnung, wie alt er war. Vielleicht nahm im Laufe des Alters das Zeitgefühl ab.

Noch mehr Gewehrschüsse. Eine zweite Explosion, aber kleiner, ohne Lichtblitz. Von dort, wo sie jetzt standen, konnten sie nur die Mauer und den Weg und die Soldaten sehen.

Niemand antwortete Herrn Rashid.

»Wir haben Cobras«, sagte Jabbar. »Vom Typ Bell AH-1G HueyCobra.«

Herr Jaffari, ein anderer Mann aus der Nachbarschaft,

warf ihm einen anerkennenden Blick zu. »Woher weißt du das, Jabbar?«

»Internet. Da steht alles.«

»Ist der Cobra auch amerikanisch?«, fragte Herr Chamkanni.

»Bell Helicopter in Texas.«

Professor Hussain fragte: »Wir können Atombomben bauen, aber keine Hubschrauber?« Niemand antwortete ihm. »Also sind das keine pakistanischen Soldaten?«

»Dem Jungen nach haben wir keine von diesem Typ«, sagte Herr Chamkanni. »Dann sind das Amerikaner.«

»Ich glaube, dass da drüben Drogenhändler wohnen«, sagte Herr Rashid, der nichts von Amerikanern in ihrer Nachbarschaft wissen wollte. Er strich Jabbar übers Haar, wie man es bei einem kleinen Kind tut. »Ich gehe wieder ins Bett.«

Andere Männer nickten und begleiteten ihn auf dem weiteren Rückzug. Aber Jabbar blieb stehen, inmitten einer Gruppe, die immer größer wurde.

Innerhalb von zehn Minuten tauchten mindestens fünfzig Zuschauer auf, unsicher, besorgt und vor allem neugierig, Jungen und Männer, die in der nahen oder etwas weiteren Umgebung wohnten, fünfhundert, sechshundert Meter entfernt. Einige hatten Taschenlampen und Smartphones bei sich, sie flüsterten miteinander wie bei einer Verschwörung und starrten zu dem Weg hinüber, zu der stummen Aggression des Black Hawk und den Männern mit ihren Waffen und ihrem Gepäck und ihren Helmen mit allerlei Monturen darauf. Nachtsichtgeräte, wie Jabbar wusste.

Erneut Waffengeräusche, aber diesmal gedämpft, als

kämen sie tief aus dem Innern des Hauses. Die Zuschauer blieben stehen und starrten, als hätten sie Röntgenaugen und könnten durch die Mauern hindurchschauen. Danach wurde es still. Die Smartphones blitzten.

Eine schöne Nacht, dachte Jabbar, eine außergewöhnliche Nacht, die ihn jetzt unter den dunklen Himmel – es war Neumond, alles war schwarz – hinausgeführt hatte, um dort gemeinsam mit bekannten und unbekannten Nachbarn auf einen Black Hawk zu starren und auf Soldaten, die aussahen wie Wesen von einem fernen Planeten. Ihm ging auf, dass sie für ihre Machtdemonstration wahrscheinlich auf eine so ruhige Nacht gewartet hatten. Es waren Amerikaner. Die pakistanische Armee hatte keine Black Hawks. Er war auch davon überzeugt, dass die Pakistaner nicht über solche Nachtsichtgeräte verfügten, wie die Männer sie an ihren Helmen hatten. Delta Force oder Seals waren das dort drüben, zweihundert Meter von ihm entfernt. Die besten Kämpfer der Welt. So nah. So fern.

Ein anderes Geräusch wurde wie aus dem Nichts laut, es kam aus dem Tal, und auch das Geräusch kannte Jabbar: ein Chinook, mit vollständigem Namen Boeing-Vertol CH-47, das zweimotorige Arbeitspferd der amerikanischen Land- und Luftstreitkräfte. Auch der CH-47 kam, wie Jabbar wusste, nicht auf der Liste der Hubschrauber vor, von denen die pakistanische Luftwaffe Gebrauch machte. Der Chinook brüllte wie ein Drache.

Die Männer, mit denen er dort stand, schauten mit offenem Mund auf das mächtige Tier, das mit eingeschalteter Landebeleuchtung und roten und gelben und weißen Blinklichtern vom Himmel herabsank und die Erde gnadenlos in

Turbulenzen versetzte, Staubwolken aufwirbelte und Büsche und Bäume zum Ächzen brachte.

Und dann bewegten sich plötzlich auch die Rotoren des Black Hawk, und seine Triebwerke erwachten zum Leben.

Soldaten kamen aus dem Tor des Hauses, sie trugen Säcke und Taschen und etwas, das wie ein *body bag* aussah – Jabbar kannte die Terminologie.

Er konnte es in dem Land, in dem er lebte, nicht laut sagen, aber er bewunderte Amerika, er bewunderte die Christen des mächtigsten Landes der Erde, er bewunderte ihren Mut und ihren Erfindungsgeist und ihre Fähigkeit, mit Chinooks und Black Hawks vom Himmel herabzusteigen und böse Männer zu bestrafen. Er wollte gern in einem Land leben, in dem er John heißen würde.

Die Soldaten – Delta Force? – tauchten in die Laderäume des Chinook und des Black Hawk, und alle auf der Straße zuckten vor Schreck zusammen, als eine Explosion ertönte und Flammen einen Moment lang hoch über die Mauer schlugen. Was hatten sie dort in die Luft gesprengt?

Die Maschinen stiegen sofort auf, die dreiblättrigen Chinook-Rotoren – sie drehten sich gegenläufig, davon hatte Jabbar gelesen, und das sah er nun mit eigenen Augen – ließen die Luft vibrieren, und das Gebrüll nahm noch weiter zu, als sich die beiden Ungeheuer, von den Flammen hinter der Mauer beleuchtet, in den Himmel erhoben. Sie stiegen mit atemberaubender Geschwindigkeit auf, ihre Lichter gingen aus, und es war kaum noch etwas von ihnen zu erkennen, als die Hubschrauber davondüsten, verschwanden, sich in der Nacht auflösten.

Als auch die Geräusche verklungen waren, merkte Jabbar,

dass er die ganze Zeit kaum geatmet hatte, so flirrend und berauschend war sein Glück. Er wusste jetzt, was seine Bestimmung war. Der Gedanke war ihm noch nie gekommen, obwohl er doch schon seit Ewigkeiten ganz besessen war von amerikanischen Waffensystemen und den Insignien der verschiedenen Teile der amerikanischen Streitkräfte, des Heeres, der Luftwaffe, der Marine. Er wollte Amerikaner werden, das stand jetzt für ihn fest. Er wollte der US Army beitreten. Er hatte jetzt ein Ziel. Er musste Pakistan verlassen und irgendwie nach Amerika reinkommen. Das war sein Auftrag. Dafür war er geboren.

6
Abbottabad, in der Nacht vom 1. auf den 2. Mai 2011
TOM und JABBAR

Vier Monate später, nachdem ich Jabbar kennengelernt hatte und mich darum bemühte, sein Überleben zu sichern, konnte ich ihn über diese Nacht befragen, über all die kuriosen Details, die in der offiziellen Geschichte von Operation Neptune Spear fehlten.

Ich fragte ihn: »Wer ging als Erster, wer tat den ersten Schritt auf das Haus zu?«

»Ich weiß nicht. Es war, als ob wir alle gleichzeitig losliefen.«

»Alle von dem Wunsch getrieben, die Geheimnisse hinter diesen Mauern aufzudecken?«

»Ja, so irgendwie. Einige fingen an zu rennen. Da rannten wir alle. Aber als wir bei den Mauern ankamen, blieben wir stehen. Die Flammen, die ich gesehen hatte, als der Chinook abflog, waren eine Spiegelung gewesen. Was da brannte, war das Hinterteil von einem anderen Hubschrauber, der quer auf der Mauer lag.«

»Das war der abgestürzte Black Hawk.«

»Ja. Den sahen wir brennen.«

Die Waghalsigen liefen weiter zum Tor. Jabbar folgte ihnen. Die Eisentüren standen offen und boten freien Zugang zum Anwesen, das sich im Widerschein der roten und orangefarbenen Flammen zu bewegen und zu atmen schien. Die Tür vom Nebenhaus lag auf dem Boden. Jabbar trat näher und sah auf dem Fußboden direkt hinter der Schwelle die Körper eines Mannes und einer Frau, die beide reglos in einer schwarzen Flüssigkeit badeten, aber er wurde sofort von starken Männern zur Seite geschoben, die den Blick auf die beiden Toten für sich reklamierten, ohne ihm Platz zu lassen, und mit dem Licht ihrer Taschenlampen das Schwarz in blutiges Dunkelrot verwandelten und mit ihren Smartphones Fotos machten.

Jabbar folgte anderen Schaulustigen zum Haupthaus. Auch dort war die Tür aus den Angeln gesprengt worden. Und er hörte Kinderstimmen, Frauenstimmen. Schreie. Weinen. Zwei Männer hasteten mit Wasserkrügen in der Hand nach draußen und rannten Richtung Tor. Sie waren offensichtlich der Meinung, dass sie Sachen aus dem ramponierten Haus mitnehmen durften.

Noch mehr Männer kamen heraus. Einer, der einen Teppich in den Armen hielt, schob Jabbar weg. Aber Jabbar gelang es trotzdem, nach drinnen zu schlüpfen.

Eine weinende Frau saß, am ganzen Leib zitternd, neben einem Toten und schien gar nicht zu merken, dass um sie herum alle möglichen Männer auftauchten und sie und den Toten anstarrten, als wären sie Außerirdische.

Jabbar hörte das Geflüster der Männer.

Ich fragte: »Da hast du den Namen zum ersten Mal gehört?«

»Ja. Es war … unglaublich. Dieser Name. Stimmte das? War er wirklich das Ziel von dem Black Hawk und dem

Chinook gewesen? Hatten sie *ihn* mitgenommen, hatten sie *ihn* erschossen? Ich konnte das wirklich nicht glauben. Ich hörte Männer sagen, dass die Amerikaner ihn ermordet und die Leiche mitgenommen hätten. Ja. Ihn. Ich hörte Kinder weinen, sie waren einen Stock höher. Ich traute mich nicht, dorthin zu gehen, sondern bin einfach mit den Männern im Erdgeschoss mitgegangen. Wir kamen in eine Küche.«

Im nervösen Licht geschwenkter Taschenlampen und Smartphones sah Jabbar, wie die Männer Besteck und Küchenutensilien und Teller und Gläser an sich nahmen. Er wollte sich eine Schale nehmen, doch erwachsene Hände rissen sie ihm aus den Fingern. Jemand rief, dass die Polizei im Anmarsch sei.

Ich fragte: »Und da hast du den Hocker gesehen?«

»Ja. Er stand direkt neben mir, unter dem Küchentisch. Ein einfacher Hocker. Ich hab ihn bei einem Bein genommen und bin zwischen den Männern hindurch zum Ausgang gerannt. An der Frau vorbei, die lag jetzt ausgestreckt auf dem Fußboden und zuckte wie wild. Ich rannte nach draußen, zum Tor, zurück zum Haus der Khans, zurück zu Mama.«

»Das war Diebstahl, Jabbar.«

»Ich dachte: Es ist ein Souvenir, so was wie ein Andenken an diese Nacht. Es war doch nichts Besonderes!«

»Was wolltest du mit dem Hocker?«

»Verkaufen. Vielleicht hätte ich damit neue Reifen für mein Fahrrad kaufen können. Oder vielleicht Prothesen für Apana. Ich dachte noch nicht daran, das große Geld damit zu verdienen. Auf die Idee kam ich erst später.«

Apana war im September des vergangenen Jahres verschwunden, und er befürchtete, dass sie tot sein könnte. Aber diesen schrecklichen Gedanken verdrängte er und hoffte, dass sie jemand mitgenommen hatte, der auch Mitleid mit ihr empfand. Er habe oft an sie gedacht, erzählte er, er habe für sie gebetet, Kerzen für sie angezündet und Gott um Gnade gebeten. Mit neuen Reifen hätte er die Umgebung abfahren und überall nach ihr forschen können.

Während er mit dem Hocker den Weg hinunterrannte, gingen im Viertel in fast musikalischem Rhythmus die Lichter wieder an, und die Dunkelheit fand ein Ende.

7
Washington D. C., Weißes Haus, 1. Mai 2011
BHO

Diese Rede wollte er selbst schreiben. Jon Favreau konnte das auch, doch diesem besonderen Moment wollte er mit seinen eigenen Worten Glanz verleihen. Er wollte nicht gestört werden. Er saß, den Laptop auf dem Schoß, im Treaty Room auf dem Sofa, unter Susan Rothenbergs *Butterfly*, dem Bild, das nicht etwa einen Schmetterling darstellt, sondern ein Pferd.

Die Eingangsworte lagen auf der Hand. Er wollte nicht drum herumreden, sondern gleich auf die Pauke hauen:

Heute Abend kann ich dem amerikanischen Volk und der Welt mitteilen, dass die Vereinigten Staaten eine Operation durchgeführt haben, bei der Usama bin Laden getötet wurde, der Anführer von al-Qaida und ein Terrorist, der für den Mord an Tausenden unschuldiger Männer, Frauen und Kinder verantwortlich ist.

Darum ging es. Das Wesentliche gleich in den Eingangsworten der Rede. Es handelte sich um einen Terroristen. Um den Mord an »Tausenden unschuldiger Menschen«. Auf das Wesentliche brauchte niemand zu warten. Terrorist,

Unschuld, Mord – gute Schlagwörter gleich in den ersten Absatz.

Jetzt musste er das auskleiden. Er hatte literarisches Gespür und scheute sich nicht vor Melodramatik. Er konnte jetzt ruhig ein paar große, dramatische Bilder verwenden:

Es ist fast zehn Jahre her, dass ein strahlender Septembertag durch den schlimmsten Angriff auf das amerikanische Volk verfinstert wurde, den es in unserer Geschichte je gegeben hat. Die Bilder von Nine-Eleven haben sich in unser nationales Gedächtnis eingebrannt – gekaperte Flugzeuge, die durch einen wolkenlosen Septemberhimmel schneiden; die Zwillingstürme, die zu Boden stürzen; schwarzer Rauch, der aus dem Pentagon aufsteigt; die Trümmer von Flight 93 in Shanksville, Pennsylvania, wo das Handeln heroischer Bürger noch mehr Leid und Zerstörung verhinderte.

Die Trümmer von Flight 93, heroische Bürger – damit konnte sich jeder identifizieren. Auch schön: ein strahlender Septembertag, der verfinstert wurde. Davon konnte sich Jon noch eine Scheibe abschneiden.

Aber jetzt musste er noch einen Schritt weiter gehen, im selben literarischen Stil, und aufzeigen, welche Auswirkungen das Ganze auf die Menschen zu Hause gehabt hatte:

Und doch wissen wir, dass die schlimmsten Bilder jene sind, die die Welt nicht gesehen hat – der leere Stuhl am Esstisch; Kinder, die ohne Mutter oder Vater aufwachsen müssen; Eltern, die niemals erleben werden, dass ihr Kind sie in die Arme schließt. Fast dreitausend Bürger wurden uns genommen, und sie hinterlassen eine klaffende Lücke in unserem Herzen.

Das war die traurige Seite, das Leid, das die Terroristen angerichtet hatten. Mit Bildern, die niemanden ungerührt lassen würden: leerer Stuhl, nie in die Arme geschlossen werden, klaffende Lücke, genommen. Ja, er konnte schreiben.

Nun etwas, das die Tragödie in etwas Positives verkehrte:

Am 11. September 2001, in unserer Zeit des Schmerzes, rückte das amerikanische Volk zusammen. Wir reichten unseren Nachbarn die Hand, und wir spendeten den Verletzten unser Blut. Wir bekräftigten unseren Zusammenhalt und die Liebe zu unserer Gemeinschaft und zu unserem Land. An diesem Tag wurden wir, ungeachtet unserer Herkunft, des Gottes, zu dem wir beteten, der Rasse oder der Ethnie, der wir angehörten, zu einer amerikanischen Familie vereint.

Das war gut. Aus der Tragödie erwuchs etwas von Wert, die Einheit eines Volkes. Er hatte nun die Elemente eingeführt.

Wir waren eine große Familie, vereint durch alles Mögliche. Vereint … Auch vereint durch den Wunsch nach Vergeltung? Ja:

Wir wurden auch vereint in der Entschlossenheit, unsere Nation zu schützen und diejenigen vor Gericht zu bringen, die diesen feigen Anschlag verübt hatten. Wir erfuhren bald, dass die Anschläge von Nine-Eleven durch al-Qaida verübt worden waren – einer Organisation unter der Führung von Usama bin Laden, die den Vereinigten Staaten öffentlich den Krieg erklärt hatte und fest entschlossen war, in unserem Land und anderswo auf der Welt unschuldige Bürger zu töten. Und so zogen wir in den Krieg gegen al-Quaida, um unsere Bürger, unsere Freunde und unsere Verbündeten zu schützen.

Es war gut, dieses »unschuldige« zu wiederholen. Und was wir taten, war nobel, »wir zogen in den Krieg« – ein schön archaisches Bild, in dem Aufopferungsbereitschaft anklang. Und es war auch gut, das Wort »heroisch« zu wiederholen. Das war es ja auch, was jetzt geschehen war.

Sie hatten den *fucker* erschossen. Aber das konnte er so nicht sagen. Es war die UBL-Einheit der CIA gewesen, die ihn wie besessen gejagt hatte. Und er hatte diesen Männern und Frauen freie Hand gegeben, das zu tun, denn er wusste, dass dies ein Knaller mit unvergleichlicher Publikumswirksamkeit werden würde:

Während der vergangenen zehn Jahre haben wir dank der unermüdlichen und heroischen Arbeit unseres Militärs und unserer Antiterrorexperten hierbei gewaltige Fortschritte erzielt. Wir haben Terroranschläge vereitelt und die Verteidigung unseres Landes verstärkt. In Afghanistan haben wir das Talibanregime beendet, das Bin Laden und al-Qaida sichere Zuflucht und Unterstützung gewährt hatte. Und überall auf der Welt haben wir mit unseren Freunden und Verbündeten daran gearbeitet, etliche al-Qaida-Terroristen zu fassen oder zu töten, darunter einige, die an der Verschwörung von Nine-Eleven beteiligt waren.

Ja, er hatte mit Drohnen Hunderte von Schurken beseitigen lassen, vielleicht sogar Tausende. Aber der Kopf der Schlange blieb von der Bildfläche verschwunden:

Dennoch entging Usama bin Laden der Festnahme, floh über die afghanische Grenze nach Pakistan. Al-Qaida operierte währenddessen weiter von dieser Grenzregion aus und mittels seiner Komplizen in der ganzen Welt.

Jetzt durfte er ein dramatisches Moment verkünden: die Erteilung des Auftrags, den *fucker* zu töten. Er fieberte danach, »ich« zu schreiben und dieses herrliche *kill or capture*. Schlicht und einfach *kill*. Der *fucker* hatte versucht, ihn zu erpressen:

Und so habe ich kurz nach meinem Amtsantritt Leon Panetta, dem Direktor der CIA, *den Auftrag erteilt, dem* killing or capture *von Bin Laden oberste Priorität in unserem Krieg gegen al-Qaida einzuräumen, unbeschadet der Fortsetzung unserer breiter angelegten Bemühungen darum, sein Netzwerk zu stören, zu zerschlagen und zu besiegen.*

Vor einem Jahr waren sie UBL auf die Spur gekommen. Er wollte nun den Eindruck vermitteln, dass er fortlaufend die Oberhoheit über die Nachforschungen gehabt hatte. Das war zwar nicht der Fall, aber der Ruhm stand ihm zu. Schließlich und endlich hatte er grünes Licht gegeben. Es hätte schiefgehen können, wie damals unter Carter bei dem Versuch, die Geiseln im Iran zu befreien. Aber Carter war ein *loser*. Nicht *smooth* genug. Um so etwas hinzukriegen, musste man rücksichtslos sein, und das war Jimmy nicht.

> *Vergangenen August, nach Jahren akribischer Arbeit seitens unserer Nachrichtendienste, wurde ich dann über eine mögliche Spur zu Bin Laden unterrichtet. Es war bei weitem noch nicht sicher, und es dauerte viele Monate, diesen Faden aufzurollen. Ich habe mich mehrfach mit meinem Sicherheitsteam getroffen, während sich weitere Hinweise ergaben, dass wir möglicherweise Bin Ladens Versteck auf einem Anwesen in Pakistan lokalisiert hatten. Und letzte Woche entschied ich endlich, dass unsere Erkenntnisse ausreichten, um konkrete Schritte zu unternehmen, und ich gab grünes Licht für eine Operation mit dem Ziel, Bin Laden festzunehmen und vor Gericht zu stellen.*

Wow, zum Schluss gleich zweimal »ich«, ganz organisch: Ich entschied, ich gab grünes Licht. Nun ein bisschen Action. Mut. Können. Und natürlich »unter meiner Leitung«:

> *Heute haben die Vereinigten Staaten unter meiner Leitung eine gezielte Operation gegen jenes Anwesen in Abbottabad, Pakistan, gestartet. Ein kleines Team*

von Amerikanern führte die Operation mit außerordentlichem Mut und Können durch. Kein Amerikaner wurde verletzt. Zivile Opfer haben sie sorgsam vermieden. Nach einem Schusswechsel töteten sie Usama bin Laden und nahmen seinen Leichnam in Gewahrsam.

Er las den letzten Satz noch einmal laut: »Nach einem Schusswechsel töteten sie Usama bin Laden und nahmen seinen Leichnam in Gewahrsam.« Wunderbar. Unglaublich, dass er das sagen durfte. Nicht George W. Bush, noch so ein *loser,* und dazu noch ein *dummer loser,* sondern er durfte diese Rede halten. Diesen Moment erleben zu dürfen war ein Geschenk Gottes. Damit hatte der *fucker* nicht gerechnet. Die Kämpfer von ST6 waren mit allem, was sie hatten finden können, auf dem Rückweg, und wenn alles gutging, würden sie die Files, mit denen der *fucker* ihm gedroht hatte, den Spionagechefs in Langley auf die Schreibtische kippen. Der Schuft musste erledigt werden, bevor er ihm persönlich gefährlich werden konnte. Aber das konnte er so nicht sagen:

Mehr als zwei Jahrzehnte lang war Bin Laden al-Qaidas Anführer und Symbolfigur, und er hat fortgesetzt Anschlagpläne gegen unser Land und unsere Freunde und Verbündeten geschmiedet. Der Tod von Bin Laden ist die bis dato größte Errungenschaft bei den Bemühungen unserer Nation, al-Qaida zu besiegen. Dennoch stellt sein Tod nicht das Ende unserer Bemühungen dar. Es besteht kein Zweifel daran, dass al-Qaida ihre Anschläge gegen uns fortsetzen wird. Wir müssen – und wir werden – wachsam bleiben, sowohl hier bei uns als auch im Ausland.

Der *fucker* hätte ihn beinahe beim Wickel gehabt. Das hatte ihn schlaflose Nächte gekostet, und er war doch verdammt noch mal grau darüber geworden. Er hatte Sympathie für den Islam, eine Religion für Ausgestoßene. Deshalb wollte er von Anfang an deutlich machen, dass er kein Feind der Muslime war. Ja, als Kind in Indonesien hatte er wie ein Muslim gebetet. Knien und sich verneigen, sich etwas unterwerfen, das größer als groß war, war ein verführerisches Ritual:

Während wir das tun, müssen wir auch bekräftigen, dass die Vereinigten Staaten sich nicht im Krieg mit dem Islam befinden – und auch nie befinden werden. Ich habe deutlich gemacht, wie es auch Präsident Bush kurz nach Nine-Eleven getan hat, dass unser Krieg nicht gegen den Islam gerichtet ist. Bin Laden war kein Führer der Muslime; er war ein Massenmörder von Muslimen. Tatsächlich hat al-Qaida unzählige Muslime in vielen Ländern abgeschlachtet, auch hier in unserem Land. Sein Ableben sollte also von allen begrüßt werden, die an Frieden und Menschenwürde glauben.

Er musste auch Pakistan in seine Geschichte einbeziehen. Wenn sie die Pakistaner vorab informiert hätten, hätten die Pakis UBL gewarnt und ihm die Gelegenheit gegeben zu entkommen. Deshalb hatten sie alles für sich behalten. Die Pakistaner waren notorische Heuchler. Immer trieben sie ein Doppelspiel. Sie konnten ihm gestohlen bleiben. Er hatte Präsident Zardari im fröhlichsten und unschuldigsten Ton angerufen, der ihm möglich war. Zardari stotterte vor Wut, sagte aber nichts Ungebührliches. Er musste nun so tun, als hätte er den Pakistanern einen Dienst erwiesen:

> *Im Laufe der Jahre habe ich wiederholt deutlich gemacht, dass wir im Inneren Pakistans zur Tat schreiten würden, wenn wir wüssten, wo Bin Laden ist. Das haben wir nunmehr getan. Aber es ist wichtig festzuhalten, dass die Zusammenarbeit mit Pakistan im Antiterrorkampf dazu beigetragen hat, uns zu Bin Laden und dem Anwesen zu führen, wo er sich versteckt hatte. Tatsächlich hatte Bin Laden auch Pakistan den Krieg erklärt und Anschläge gegen das pakistanische Volk angeordnet. Ich habe heute Abend mit Präsident Zardari telefoniert, und auch die Mitglieder meines Teams haben mit ihren pakistanischen Kollegen gesprochen. Sie stimmen darin überein, dass dies ein guter und historischer Tag für unsere beiden Nationen ist. Und im Weiteren ist es von grundlegender Bedeutung, dass Pakistan im Kampf gegen al-Qaida und seine Komplizen an unserer Seite bleibt.*

Hiernach war es wieder an der Zeit, irgendwo ein »ich« einzuflechten. Er musste betonen, dass er kein ruchloser Kriegstreiber à la George Bush war. Er war sich darüber bewusst, welchen Preis dieser Kampf forderte. Und er musste irgendetwas Trostreiches hineinschreiben, für die Familien der Soldaten, die in den vergangenen Jahren gefallen waren. Sie waren umsonst gefallen; er hatte nie an diese Kriege geglaubt und war davon überzeugt, dass die Konzepte der westlichen Demokratie in diesen Kulturen keinen Anklang fanden. Aber das konnte er nicht schreiben:

> *Das amerikanische Volk hat sich diesen Kampf nicht ausgesucht. Er kam zu uns herüber und begann mit dem sinnlosen Abschlachten unserer Bürger. Nach fast zehn Jahren der Pflichterfüllung, des Kampfes und der Opfer kennen wir den Preis des Krieges. Diese Mühen lasten jedes Mal auf mir, wenn ich als Oberbefehlshaber einen Brief an eine Familie unterzeichnen muss, die einen geliebten Menschen verloren hat, oder wenn ich in die Augen eines Militärangehörigen sehe, der schwer verwundet wurde. Amerikaner verstehen den Preis des Krieges. Aber als Land werden wir niemals dulden, dass unsere Sicherheit bedroht wird, noch werden wir tatenlos bleiben, wenn unsere Leute getötet wurden. Wir werden unerbittlich sein in der Verteidigung unserer Bürger und unserer Freunde und Verbündeten. Wir werden den Werten treu bleiben, die uns zu dem machen, was wir sind. Und an Abenden wie diesem dürfen wir zu den Familien, die durch den Terror von al-Qaida einen ihrer Lieben verloren haben, sagen: Der Gerechtigkeit ist Genüge getan.*

Er kam nicht darum herum: Er musste der CIA und den Kampfhähnen von ST6 danken. Die militärische Tradition seines Landes war nicht sein Ding, aber alle warteten darauf:

Heute Abend danken wir den unzähligen Geheimdienst- und Antiterrorprofis, die unermüdlich daran gearbeitet haben, zu diesem Ergebnis zu gelangen. Das amerikanische Volk sieht weder ihre Arbeit, noch kennt es ihre Namen. Doch heute Abend vermitteln sich die Erfüllung ihrer Arbeit und der Erfolg ihrer Jagd nach Gerechtigkeit. Wir danken den Männern, die diese Operation ausgeführt haben, denn sie verkörpern den Professionalismus, die Vaterlandsliebe und den unvergleichlichen Mut derer, die unserem Land dienen. Und sie gehören zu der Generation, die seit jenem Septembertag den schwersten Teil der Last getragen hat.

Es war unglaublich, was sie getan hatten, er war ganz benommen vor Glück. Der *fucker* war über den Haufen geschossen worden, und das gesamte Team der Operation war lebend zur Basis zurückgekehrt. Das garantierte ihm die Wiederwahl. Die Republikaner konnten nicht behaupten, dass er ein Schwächling war. Er hatte UBL einfach umbringen lassen – mehr oder weniger.

Nine-Eleven – es war Zeit, das in Erinnerung zu rufen, um kurz wieder die Totale zu sehen: der Anschlag, die Zerstörung und die Rache:

Lassen Sie mich schließlich zu den Familien sagen, die an Nine-Eleven geliebte Menschen verloren haben, dass wir ihren Verlust nie vergessen haben, wie wir auch nie nachgelassen haben in unserem Bemühen darum, alles Erdenkliche zu tun, um einen weiteren Anschlag auf unser Land zu verhindern. Und lassen Sie uns heute Abend das Gefühl der Einheit in Erinnerung rufen, das an Nine-Eleven so stark war. Ich weiß, dass es manchmal bröckelte. Aber die heutige Leistung bezeugt die Großartigkeit unseres Landes und die Entschlossenheit des amerikanischen Volkes.

Jetzt musste es präsidential werden. Damit hatte er inzwischen viel Erfahrung, und er wusste die letzten Worte bereits, bevor er sich an den Schreibtisch gesetzt hatte. Es musste großartig werden, so großartig wie seine Präsidentschaft. Amerikaner wollten es großartig serviert bekommen, und er bereitete ihnen dieses Mahl gerne:

Die Aufgabe der Sicherung unseres Landes ist noch nicht vollbracht. Doch heute Abend wird uns wieder in Erinnerung gerufen, dass Amerika alles zu erreichen vermag, was es sich vorgenommen hat. Das illustriert unsere Geschichte, ob es nun um das Streben nach Wohlstand für unser Volk geht oder den Kampf für die Gleichheit aller unserer Bürger oder die Entschlossenheit, unsere Werte im Ausland zu verteidigen, oder unsere Opfer dafür, die Welt sicherer zu machen.

Gott, wie gern würde er sagen: *The fucker was shot to hell.* Das wär was, wenn er das plötzlich in den Mund nehmen würde, *live,* vor aller Welt. Alle würden es sehen. Vielleicht seine *finest hour*? Sie hatten dem Schurken in den Kopf geschossen, und wenn alles nach Plan gelaufen war, hatten sie ihn bereits im Indischen Ozean versenkt. Schade, dass er das nicht so sagen konnte, wie es jetzt in ihm aufkam. Er jubelte. Er jauchzte vor Freude. Toter UBL. Weg. Für immer.

Jetzt präsidential schließen:

Lassen Sie uns immer daran denken, dass wir diese Dinge nicht nur deswegen leisten können, weil wir reich oder mächtig sind, sondern weil wir sind, wer wir sind: eine Nation, Gott befohlen, unteilbar, mit Freiheit und Gerechtigkeit für alle. Danke. Gott segne Sie. Und Gott segne die Vereinigten Staaten von Amerika.

Er las das Ganze ein paarmal durch, aber es gab nicht viel daran zu feilen. Vermutlich war Jon sauer, dass ihm gerade diese Rede vorenthalten wurde. Aber die wollte er selbst ausformulieren. Das war sein Vorrecht als Präsident. Sein Ding. Sein Triumph. Sein von Schüssen durchsiebter *fucker*, an dem jetzt die Fische knabberten. Wie gern hätte er dieses Bild benutzt.

Er durfte nachher nicht zu sehr strahlen, sagte er sich. Er würde über den roten Läufer des zentralen Flurs mit den doppelten dorischen Säulen zum Eingang des East Room laufen. Dort standen sein Pult mit dem Präsidentensiegel und die Teleprompter. Hinter ihm würde der Flur mit den Säulen ständig im Bild bleiben und ihm klassische präsidentiale Würde verleihen, ein bisschen wie 2008 in Denver bei seiner Rede zur Amtseinführung auf dem Invesco Field – da stand er auf einem Podium vor einer Reihe nachgemachter griechischer Säulen, die sie für zigtausende Dollar hatten bauen lassen. Der Kreis hatte sich geschlossen. Er hatte sich definitiv seinen Platz in den Geschichtsbüchern verdient.

Um fünf vor halb zwölf in der Nacht des 1. Mai des Jahres 2011 begann er mit seiner Rede. Die Welt schaute zu. Es war eigentlich der bis dahin größte Kick.

8
Afghanistan/Deutschland 2008 und 2009
TOM

Abdullah Shahs Spitzname war »der Hund«. Er mochte keine Hunde, benahm sich aber wie einer, wobei ich Hunden damit unrecht tue. Er beging mindestens zwanzig Morde. Er war ein Vertrauter des Warlords Zardad Khan, der seinerseits ein Vertrauter des Gotteskriegers Gulbuddin Hekmatyar war. Hekmatyar ist der Gründer der islamistischen Terrorbewegung Hizb-i Islami. Mit finanzieller Unterstützung der CIA kämpfte er gegen die Sowjets und gegen andere Mudschaheddingruppen. Er ist ein brillanter Opportunist mit unheimlich feinem Gespür dafür, ob sich der Wind dreht und wie es sich am besten überleben lässt; wie oft Anschläge auf sein Leben gescheitert sind, kann schon keiner mehr zählen. Er hält sich in den Bergen des Grenzgebiets zwischen Pakistan und Afghanistan auf, könnte sich aber auch im Iran verstecken, da er gute Beziehungen zu den Mullahs unterhält und früher schon vom Iran vor den Amerikanern geschützt wurde; ich war an Missionen beteiligt, die zur Ergreifung Hekmatyars führen sollten, doch wir fischten immer im Trüben.

Vermutlich ist Hekmatyar Abdullah Shah nie begegnet. Shah und Khan waren klassische Räuber, die Reisende ausnahmen, beraubten, vergewaltigten, erstachen. Den Spitznamen »der Hund« verdiente sich Shah mit seiner Nase für Beute und Blut. Er war aufs Morden versessen – ein klassischer Psychopath. Unter dem neuen Regime von Hamid Karzai wurde er verhaftet und als Erster nach dem Sturz der Taliban zum Tode verurteilt. Das Urteil wurde am 20. April 2004 durch Genickschuss im Pul-e-Charkhi-Gefängnis vor den Toren Kabuls vollstreckt. Um sicherzustellen, dass alles vorschriftsmäßig ablief, waren bei der Hinrichtung neben den Vollzugsbeamten auch Ärzte anwesend.

Wenige wissen, dass es außer dem »Hund« auch einen Mann mit dem Spitznamen »der Affe« gegeben hat. Er hieß Steven Washington und war ein Schwarzer, der bei der Minnesota National Guard diente. Die 34th Infantry Division setzt sich vornehmlich aus Soldaten der National Guards von Minnesota und Iowa zusammen. Die 34th, die auch »Red Bull«-Division genannt wird, hat in beiden Weltkriegen gekämpft und auch im Irak und in Afghanistan gedient. Sie ist fünfzehntausend Mann stark, und ihr Motto lautet: *Attack, attack, attack!* Das Hauptquartier (HQ) befindet sich in Rosemount, am Südrand von Minneapolis.

Einheiten der 34th nahmen an der Operation Enduring Freedom teil, also dem Krieg in Afghanistan. Steven Washington kehrte nicht von dort zurück. Seit Juni 2005 war er MIA, Missing in Action. 2008 bekam ich mit seinem Verschwinden zu tun. Von meinem Standort Camp Chapman wurde ich ab 2007 auf Dutzende von Missionen geschickt, und wenn ich nicht geschickt wurde, meldete ich mich zu jeder Aktion, für die Freiwillige gesucht wurden. Ich war 2006 von Vera geschieden worden, und dieser Schlag wirkte irgendwie mit verzögerter Wirkung nach. Das Einzige, was davon ablenkte, war der Kampf gegen die religiösen Eiferer der Taliban und anderer Gruppierungen. Anfang Frühjahr 2008 wurde ich auf einer FOB, einer Forward Operating Base, im Nordosten Afghanistans stationiert, bei den berüchtigten Stämmen, die ein Leben in der afghanisch-pakistanischen Grenzregion praktisch unmöglich machten. Mein Auftrag bestand darin, die Drogennetzwerke auszukundschaften und auszuheben, mit denen die Taliban in dieser Region ihre Operationen finanzierten. Den Namen der FOB werde ich nicht nennen – ich gebe ihr den Namen Apanas, des Mädchens, das ich auf dieser Basis kennenlernte und das mein Leben verändert hat.

FOB Apana war von britischen Pioniertruppen eingerichtet worden. Man konnte es dort ganz gut aushalten. Sie hatten mit Bulldozern Sandwälle aufgeschüttet, es gab klimatisierte Stahlcontainer, ein paar robuste Generatoren, wir hatten eine Art Kantine mit einem Koch, und wenn es einige Tage lang ruhig war, brachten Chinooks frische Steaks und Obst. Das Ritual dort bestand, wie jeder, der in Afghanistan gedient hat, bestätigen kann, darin, die Dörfer, Täler, Berghänge und manchmal auch -höhlen von Talibankämpfern zu säubern. Wir töteten die, die wir stellen konnten, was oft nicht leicht war, doch sobald wir weg waren, kehrten die Kämpfer mit Ersatzleuten für die Männer, die sie begraben hatten, zurück. Tagsüber nickten sie uns als Landarbeiter oder Bauern oder Händler zu, und wenn es dunkel war, öffneten sie die Luken ihrer geheimen Verstecke und griffen zu ihren Waffen. Sie beschossen uns mit AKs und Mörsern und raketengetriebenen Granaten, oder sie versuchten, uns mit IEDs, Improvised Explosive Devices, in die Luft zu jagen, an denen nichts mehr improvisiert war; es waren simple, aber gut konstruierte Minen, die mittels Funksignal oder Mobiltelefon zur Explosion gebracht wurden.

Unsere FOB sollte einen Distriktchef beschützen. Er war mit dem Provinzgouverneur verwandt und korrupt wie die Pest. Er hatte ein paar Jahre in Pakistan Medizin studiert, dort aber Probleme bekommen, und nun bekleidete er diesen Verwaltungsposten.

Rückblickend sieht man, wie katastrophal dumm unsere Erwartungen waren. Es war ein vergeblicher Kampf gegen eine tiefverwurzelte Rückständigkeit. Es herrschte anhaltendes gegenseitiges Unverständnis. Der Krieg, mit dem die *hearts and minds* gewonnen werden sollten, konnte als Preis nur die Kapitulation haben – und genau das ist schließlich eingetreten: Wir haben unsere Sachen gepackt und sind abgezogen. Wir haben das einzig Vernünftige getan, was wir nach 2001 tun konnten: Afghanistan den Afghanen überlassen. Dreizehn Jahre Kampf, zweitausendzweihundert Tote auf unserer Seite, Kosten in Höhe von einer Billion Dollar.

Es war nicht vorgesehen, dass ich zehn Monate auf der FOB Apana bleiben würde. Ich war mit einer kleinen Einheit hingeschickt worden, um drei Journalisten zu befreien, die als Geiseln genommen worden waren. Wir bereiteten uns zwei Wochen lang darauf vor, und dann erhielten wir die Info, dass die Geiseln an einen anderen Ort gebracht worden seien. Ich hätte danach nach Chapman zurückkehren sollen, aber ich erhielt eine andere Mission: Ein führender Taliban hielt sich angeblich in einer benachbarten Siedlung auf, und wir sollten ihn stellen. Das waren oft schwierige Missionen. Nachts machten wir lange Fußmärsche, tagsüber suchten wir Deckung und ruhten aus, die letzten Kilometer mussten wir praktisch unsichtbar bleiben und auf die Windrichtung achten – für die Taliban waren Hunde unrein, aber die Hunde schlugen an, wenn wir uns schmutzig und stinkend näherten –, und dann gaben wir die Koordinaten des Hauses oder des Fahrzeugs durch und strahlten das Ziel für den zerstörerischen Flug der Rakete mit einem Laser an.

Ich blieb auf FOB Apana hängen, wurde auf mein Ersuchen hin an diese Basis ausgeliehen. Es gab einiges zu tun in unserem Gebiet, und meine Chefs ließen mich machen, weil sie darüber im Bilde waren, was meiner Frau und mir 2004 und 2005 zugestoßen war, und weil sie auch von unserer anschließenden Scheidung wussten. Ich koordinierte die *covert operations* in unserer Region, während ich regelmäßig zu Beratungen mit dem Stab nach Chapman flog.

Ich nannte die FOB zunächst noch nicht Apana; das kam erst später, als ich Apana verloren hatte. Aufgrund meines früheren Rangs hatte ich dort den ungeheuren Luxus eines eigenen Zimmers, bestehend aus einem Viertel eines der von den Briten vor Ort zusammengeschweißten 48-Fuß-Container, die Mörsergranaten standhalten konnten. Die versuchten die Taliban ein-, zweimal im Monat abzufeuern. Dann trieben wir sie so weit zurück, dass sie unsere Basis nicht mehr mit ihren Mörsern erreichen konnten. Sie verloren Männer, tauchten jedoch nach einer Weile wieder auf. Sie konnten das nicht gewinnen, wussten aber, dass wir eines Tages aufgeben würden. Wir waren nicht dort, um zu bleiben. Sie schon.

Meine Eltern hatten anfangs keine Ahnung, dass sie einen Berufskämpfer in die Welt gesetzt hatten. Sie waren Musiker, mein Vater Pianist, meine Mutter Cellistin. Sie spielten im Milwaukee Symphony Orchestra, gaben Unterricht und drückten mir schon früh eine Geige in die Hand. Ich hatte keine Musikerhände. Ich war ein Junge mit ADHS und Pranken wie ein russischer Bauer, und das sagte ich auch, aber ihre Antwort lautete kategorisch: »Itzhak Perlman hat Schaufeln wie ein polnischer Bauer und dazu noch dicke Finger. Und er ist der Größte.« Ich weiß genau, dass ich meine Eltern furchtbar enttäuscht habe, sosehr sie auch behaupten, dass sie stolz auf mich sind wegen meiner Verdienste um unser Land. Sie hätten mich lieber auf einer Konzertbühne gesehen als auf dem Schlachtfeld, und das kann ich verstehen. Nach Sarahs Tod und Apanas Verschwinden habe ich beschlossen, dass ich keine Kinder mehr haben möchte, also kann ich nicht enttäuscht werden von dem, was mein Kind mir antut.

In meinem Container hörte ich zum ersten Mal seit Sarahs Tod die *Goldberg-Variationen*. Ich habe sie gehört, als mein Vater sich daran die Zähne ausbiss. Ich habe sie auch in den berühmten Aufnahmen von Glenn Gould gehört. Von denen wurde mein Vater niedergehalten. Er leidet bis heute darunter, dass er die *Variationen* nie wirklich beherrscht hat. Gould war für sie geboren. Bach hatte sie einst, ohne es selbst zu wissen, für Gould geschrieben, nicht für meinen Vater. Da drüben, auf der FOB, traute ich mich wieder, sie mir anzuhören. Drei Jahre lang war mir das unmöglich gewesen.

Als Vera mich an jenem Tag 2005 anrief, hörte ich gerade Goulds Interpretation. Ich war zu dem Zeitpunkt als Delta im Irak, in der Green Zone, dem ehemaligen Palastkomplex von Saddam Hussein, wo wir und die Koalitionspartner unsere Büros hatten, hinter T-Walls (bombensicheren Mauern), Straßensperren, Aussichtsposten und Tausenden Kilometern Stacheldraht. Ich wusste, dass es Sarah auf einmal schlechtging, aber wir hatten nicht damit gerechnet, dass sie plötzlich sterben könnte. Ich hätte erst in mehreren Wochen die Möglichkeit gehabt, einen Platz in einem Militärflugzeug zu bekommen, um von der Green Zone nach Hause zu fliegen. Wir telefonierten jeden Tag. Vera hatte sich zu Sarah ins Bett gelegt und hielt sie in den Armen, als sie einschlief. Während Gould im Hintergrund bei der Neuerschaffung der Welt mit seinen Händen summte und brummte, teilte Vera mir über die schlechte Verbindung mit, dass unser Kind gestorben war.

Auf FOB Apana kehrte mein Bedürfnis nach Gould zurück, ich weiß nicht, warum. Vielleicht, weil ich die CDs wiederbekam. Ich hatte eine Kiste mit Sachen in der Green Zone zurückgelassen, eine Kiste mit Krimskrams und Zeugs, das ich nicht mitnehmen wollte. Aber mit einer herrenlosen Kiste konnte die Militärbürokratie nicht leben. So gelangte die Kiste mit Zwischenstopps auf Stützpunkten in Deutschland, Japan, Diego Garcia, wie die Etiketten verrieten, drei Jahre später zu mir zurück. Im Container fand ich die CD-Box wieder: *A State of Wonder – The Complete Goldberg Variations 1955 & 1981.*

Es war Frühjahrsbeginn, und die Tage waren noch nicht erdrückend heiß. Ich hörte die CDs in meinem Container. Der Ventilator konnte noch aus bleiben, und die Tür stand offen. Ich hatte Apana schon mal gesehen, ein schmales, zierliches, vielleicht dreizehnjähriges Mädchen, das Sadi, ihrem Vater, überallhin folgte. Sadi war Lehrer in dem Dorf, in dem der Distriktchef residierte. Er sprach Englisch und fungierte jetzt fulltime als Dolmetscher. Ein kleiner Mann mit tiefliegenden blauen Augen unter dichten Brauen, schlank, nein, eigentlich spindeldürr. Wenn er sprach, flatterte er ständig mit seiner feingliedrigen linken Hand. Sein rechter Arm hing reglos an der Körperseite herab. Eine Schussverletzung hatte ihn unbrauchbar gemacht. Sadi und seine Tochter hatten 2002 ein Gemetzel der Taliban überlebt, waren von ihrem Heimatort weggezogen und über Kabul hierhergelangt. Sadis Frau und seine beiden anderen Töchter waren in ihrem Haus bei lebendigem Leib verbrannt. Wenn er uns bei einer Mission begleitete, blieb Apana im Camp zurück. Sadi war zwar ein moderner Afghane, aber auch moderne Afghanen lassen ihre Tochter nicht bei Leuten zurück, die keine Familienangehörigen sind. Dass Apana bei uns blieb, war also ein Zeichen tiefen Vertrauens beziehungsweise des noch größeren Misstrauens gegen die Dorfbewohner. Als ich zum ersten Mal seit Sarahs Tod die CD in den Schlitz des DVD-Players gleiten ließ, saß Apana draußen vor dem Container meiner Nachbarin von gegenüber. Im Frauencontainer wohnten ein Stabsfeldwebel und drei Medics, taffe Frauen, denen ich mein Leben anvertraut hätte – oder meine Tochter, wenn ich Sadi gewesen wäre. Dort vor meinem Zimmer, an jenem Frühjahrsabend in einer FOB, erschien in Apanas Augen, als sie zum ersten Mal die Klänge der *Variationen* hörte, ein Leuchten, ein so helles Leuchten, dass danach nur noch tiefe Finsternis sein konnte.

Ich schloss die Lautsprecherboxen an den DVD-Player an, setzte mich und zündete mir eine Zigarette an. Ich wusste nicht, ob ich diese Musik ertragen würde. Beim letzten Mal waren die *Variationen* die Hintergrundmusik zur Nachricht von Sarahs Tod gewesen. Gould setzte ein. Nein, »einsetzen« ist im Falle von Gould nicht der richtige Ausdruck. Von einem Anfang konnte keine Rede sein. Er holte etwas hervor, was immer da gewesen war, was man aber nicht gefunden hatte, weil man nicht wusste, wo man suchen sollte. Gould schon. Er rührte etwas an, was ewig war und zugleich vergänglich. Zeitlos, aber zeitlich begrenzt – das war das Herzzerreißende an dem, was ich hörte. Ich wollte nicht. Es versetzte mich in die Zeit von Sarahs Tod zurück. Ich beugte mich zum DVD-Player, um ihn auszumachen.

Und durch die geöffnete Tür sah ich Apana hereinkommen, mit offenem Mund, die großen blauen Augen aufgerissen. Sie trat ein paar Schritte auf mich zu, nein, sie schritt, muss ich sagen, und dann blieb sie minutenlang reglos stehen, als hätte sie Angst, als sträubte sie sich gegen etwas, was sie mitriss, dieses dünne Mädchen, dunkel wie ihr Vater, glänzend gebürstetes schulterlanges Haar, lange Wimpern, gelbe Strickjacke über wadenlangem geblümten Kleid, leichte Hose, schmutzige weiße Pantoffeln – eine kleine afghanische Version von Vermeers *Mädchen mit dem Perlenohrring*. Schutzlos stand sie in Bachs Universum, in dem sich eine Note wunderbar natürlich zur anderen fügte und einen harmonischen Fluss bewirkte, der über die Natur hinausragte. Sie schaute zu den Lautsprecherboxen, sah mich an, verzweifelt fast, um eine Antwort auf die Frage flehend, warum ihr das aufgebürdet wurde, warum sie inmitten der Unvollkommenheit das Vollkommene erfahren musste. Sie wusste von dem Moment an, dass Schönheit schmerzte, weil ihre Erfahrung endlich war – das wusste ich, weil ich es selbst als Kind so erlebt hatte.

Sie erschrak, als nach drei Minuten auf die sachte *Aria* die temporeiche *Variatio 1* folgte. Tränen schossen ihr in die Augen. Sie rannte weg.

Später erzählte eine von den Medics, dass sie gesehen habe, wie sich das Mädchen in der Latrine übergab.

Am 24. September 1980 wurde im Lincoln Center in New York der sechzigste Geburtstag des Geigers Isaac Stern gefeiert. Das New York Philharmonic ließ sich von Zubin Mehta dirigieren und gab den Geigern Itzhak Perlman und Pinchas Zukerman die Gelegenheit, den großen Meister zu ehren. Das Konzert wurde vom PBS live übertragen, aber ich habe es damals nicht gehört. Neben Bach und Mozart wurde vor der Pause Vivaldis *Concerto in F-Dur für drei Violinen* gespielt und nach der Pause das *Violinkonzert in D-Dur* von Brahms. Aber mir geht es um Bachs *Doppelkonzert BWV 1043*. Ich hörte es in der Interpretation von Stern und Perlman, als ich dreizehn war, also drei Jahre später. Heute braucht man nur zu googeln: »Bach – *Concerto for Two Violins* – Stern, Perlman – Mehta«, und bekommt das Konzert zu hören. 1983 zog meine Mutter die Platte aus der Hülle und legte sie auf unseren RCA-Plattenspieler, senkte die Nadel auf das Vinyl, und der RCA konnte das *Vivace* aus den Lautsprechern hervortanzen lassen.

Es ist verspielt und energiegeladen, mit Partien, in denen die beiden Geigen einander verführerisch umspielen und manchmal zusammen davonschweben, doch vom großen Orchester geerdet werden, wenn es auf sie einredet. Und dann, nach vier Minuten und drei Sekunden, beginnt das *Largo ma non tanto*.

Hier bot sich die Schönheit in Reinform dar, zart und zögernd, als entschuldigte sie sich für so viel Zerbrechlichkeit. Und Bach, Stern, Perlman und Mehta zogen die Vorhänge vor meinen Kinderaugen auf; ich hatte zum ersten Mal eine Ahnung davon, um was es im Leben geht, Schmerz und Liebe und Sehnsucht und Hoffnung und Verlust.

Ich konnte nicht im Zimmer bleiben, bei meiner Mutter, die regungslos auf die sich drehende Platte starrte, und ging auf den Flur hinaus, denn sie sollte nicht sehen, dass ich weinte.

Fünfundzwanzig Jahre später sah ich auf dem Militärstützpunkt in Afghanistan, dass es diesem Mädchen genauso erging. Bach hatte sie sehend gemacht.

9
Afghanistan/Deutschland 2008 und 2009
Fortsetzung: TOM

Seit meiner Ankunft auf der Basis vor drei Wochen hatte ich das Mädchen ein paarmal bemerkt, aber nie ein Wort mit ihr gewechselt. Das änderte sich nun. Drei Tage später tauchte sie erneut bei mir in der Türöffnung auf. Es war wärmer, ihr Gesicht glänzte von Schweiß, aber vielleicht schwitzte sie nicht, weil ihr zu heiß war, sondern vor Aufregung über das, was sie gehört hatte. Sie sah mich einige Sekunden lang an und zeigte dann resolut auf die Lautsprecherboxen. Ich lud sie mit einer Handbewegung ein, sich auf einen Stuhl zu setzen, aber sie traute sich nicht weiter herein. Glenn Gould umarmte uns, führte uns mit, enthüllte Himmel und Hölle für uns, spendete uns Trost. Sie weinte diesmal nicht, sondern blickte ernst auf die Lautsprecher, als könnte jeden Moment etwas aus ihnen hervor in Erscheinung treten. Aber nichts wurde sichtbar. Alles blieb ungreifbar. Bloße Schwingungen. Wir hörten uns die ganze CD zusammen an. Natürlich, ich weiß, warum dieses Mädchen mich so sehr rührte. Mir wurde bewusst, dass ich einen Moment wie diesen nie mit Sarah erleben würde, und ich verbarg meine Tränen nicht vor ihr. Sie schaute sich um, sah eine Box Papiertaschentücher und reichte mir eines. Dann flüchtete sie.

Drei Wochen dauerte es, bis sie ein weiteres Mal hereinkam. Ich war nicht die ganze Zeit im Stützpunkt gewesen. Ich hatte zwei Missionen ausgeführt und sie seit ihrem zweiten Besuch nicht mehr gesehen. Sie kam mit ihrem Vater herein.

»Kann ich Sie sprechen, Colonel?«

In meiner paramilitärischen Abteilung bei der CIA wurden keine Rangabzeichen getragen, aber alle nannten mich Colonel, weil ich bei den Deltas Lt. Colonel gewesen war.

»Natürlich, Sadi, komm rein.«

Er machte zwei Schritte in seinen staubigen Slippern, und hinter seinem Rücken folgte das Mädchen.

»Darf ich Sie etwas fragen, Colonel?«

Ich zog einen Stuhl heran. Er setzte sich. Das Mädchen hielt ihn am Ärmel fest. Ich bot ihm eine Zigarette an und schenkte ihm und seiner Tochter ein Glas Wasser ein, wir inhalierten schweigend, und ich wartete.

»Meine Tochter, Apana, hat erzählt, dass sie hier Laute gehört hat, Musik, die aus dem Himmel kommt. Sie kann es nicht erklären. Können Sie es erklären?«

»Sorgen Sie sich deswegen, Sadi?«

»Nein. Ich glaube nicht. Aber ich denke ... Es scheint, als habe sie sich verändert. Innerhalb kurzer Zeit. Sie sagt, dass sie die Musik ständig in ihrem Kopf hört. Darf ich fragen, was es ist, Colonel?«

Ich erzählte ihm von Glenn Gould, dem Genie, das 1964, sechs Jahre vor meiner Geburt, sein letztes Konzert gab und danach nur noch Studioaufnahmen machte. Gould war Hypochonder, Perfektionist, paranoid, eine Laune der Natur. Er starb kurz nach seinem fünfzigsten Geburtstag, am 4. Oktober 1982. Er war eine Legende. Und ich erzählte von Johann Sebastian Bach, geboren 1685 und gestorben 1750, Komponist, Organist, Musikpädagoge, Dirigent. Ich versuchte, ihm etwas von klassischer Musik zu erklären, aber das gelang mir nicht. Ich sprach von Kreativität, von Harmonie, von der strengen Rhythmik der *Goldberg-Variationen,* aber ich wusste, dass es ungenügend war.

Was ich sagte, übersetzte Sadi dem Mädchen, das sich an ihn lehnte und es sich augenscheinlich gelangweilt anhörte.

»Darf ich es hören?«, fragte er.

Ich ließ ihn die *Aria* hören. Bei den ersten Noten richtete sich das Mädchen auf und stellte sich direkt vor die Lautsprecher, mit völlig verzücktem Gesicht. Ich wechselte einen Blick mit Sadi. Er wollte aufstehen und sie aus ihrem Rausch herausreißen, aber ich machte eine beschwichtigende Gebärde, und er hielt sich zurück, ließ sich wieder auf seinen Stuhl nieder und wartete, während er seine Tochter im Auge behielt. Er hatte keinen Zugang dazu, das konnte ich sehen, für ihn war die Musik nicht mehr als eine Klangfolge ohne jede Magie.

Bei der zweiten Variation drehte sich das Mädchen energisch zu ihrem Vater um und sagte etwas. Er antwortete nicht. Sie wiederholte die Worte. Ich drückte die Pausentaste.

»Was sagt sie?«, fragte ich.

Sadi sagte: »Sie möchte die Erlaubnis, dass sie hierherkommen darf, wenn sie das möchte. Um zuzuhören.«

»Das ist für mich kein Problem«, antwortete ich. »Und für Sie, Sadi?«

»Ich möchte nicht, dass sie Ihnen zur Last fällt.«

»Das tut sie nicht.«

»Diese Musik … Was hört sie, was hören Sie, was ich nicht höre?«, fragte er.

Ich sagte: »Die Vollkommenheit.«

Er sah mich kurz an, mit unruhigem Blick, nach der Erklärung dieses Begriffs forschend.

»Ich möchte nicht, dass es ihr schadet«, sagte er.

»Bach hat noch niemandem geschadet«, antwortete ich.

Sein Blick blieb unruhig. »Ich hoffe, Sie haben recht, Colonel.«

»Wie heißt Ihre Tochter?«

»Apana.«

Sie kam ein paarmal die Woche, fünf Monate lang. Regelmäßig verbrachte sie ein bis zwei Tage auf der Basis, wenn ihr Vater als Dolmetscher mit auf einer Mission war. Dann schlief sie bei einer der Medics, Claire, einer jungen Muslima, deren Eltern aus Indien nach Amerika gekommen waren und die nach ihrem Militärdienst Ärztin werden wollte, eine kleine, aber starke Frau mit Armen wie ein Gewichtheber – sie konnte einen Verwundeten Hunderte Meter weit ziehen, bis er in Sicherheit war. Apana und ich hörten fast ausschließlich die *Goldberg-Variationen,* obwohl ich ihr auch das Doppelkonzert und andere klassische Stücke vorgespielt hatte – sie blieb dieser ersten Erfahrung treu. Durch sie konnte ich der Düsterkeit eine Zeitlang den Rücken kehren.

Ich sah den Hunger in ihren Augen, das Verlangen nach weiteren Klängen und weiteren Partiten. Und als mir einfiel, dass ich eine DVD mit Bildmaterial zu Gould hatte und ihn ihr zeigen konnte, sah sie zum ersten Mal sein knochiges

Gesicht, seine geduckte Haltung beim Spielen, den durchgesessenen Stuhl, auf dem er saß, seine nagetierhaften Kopf- und Mundbewegungen, wenn er den Oberkörper möglichst nah bei den Fingern halten wollte, die ihr Eigenleben führten, sterblich und doch auch der Zeit enthoben.

In den ersten Wochen konnten wir uns nicht unterhalten, doch ich wusste, dass dieses dreizehnjährige Mädchen alles begriff. Ihr Vater gab ihr Englischunterricht, und nach einigen Wochen gelang es uns, miteinander zu reden. Ich führte sie in der Welt der Musik herum, online war alles zu finden. Ich zeigte ihr Partituren, das Innenleben von Klavier und Cembalo, ich erzählte ihr, wie ein Symphonieorchester zusammengesetzt ist, erklärte, was eine Oktave ist und was man unter Harmonie versteht.

Nach drei Monaten bewegten sich ihre Mädchenfinger im gleichen Rhythmus wie die Finger Goulds. Sie studierte sie, Stunde um Stunde. Sie konnte den DVD-Player inzwischen selbst bedienen und die *Variationen* mit Kopfhörern anhören, auch wenn ich nicht da war. Sie war der Musiker, der ich selbst nie gewesen war. Auf fünf Blätter Papier zeichnete sie sich eine Klaviatur und spielte mit Gould mit, als tanzte sie einen Pas de deux mit seinen Fingern.

Ich war auf dem Stützpunkt, als die Nachricht eintraf, dass ein Heckenschütze Sadi ins Genick getroffen hatte, direkt oberhalb seiner IBA, seiner kugelsicheren Weste. Sadi war auf der Stelle tot.

Mit Medic Claire zusammen habe ich es Apana gesagt. Ihr Vater war als Dolmetscher bei einer Mission dabei gewesen. Sie kamen unter Beschuss, als sie sich einer kleinen Siedlung vierzig Kilometer westlich von unserer FOB näherten. Wir sagten, was wir sagen mussten. Sadi sei ein Held, wir seien alle traurig und böse und würden den Täter fassen. Claire versuchte, Apana in den Arm zu nehmen, doch sie duckte sich weg und verkroch sich in einer Ecke des Containerzimmers, wo sie sich eine Decke über den Kopf zog und so in ihrem eigenen Zelt verbarg. Ich wusste nicht, was ich tun sollte. Sie hatte schon früh ihre Mutter und ihre beiden Schwestern verloren, und ich befürchtete, dass sie dieses neuerliche Unglück nicht überleben würde. Wir haben sie dort in Ruhe gelassen, bis wir sie abends ins Bett bringen konnten. Mit sich allein hatte sie stundenlang lautlos unter ihrer Decke geweint.

Wir berieten uns mit den Afghanen auf dem Stützpunkt und beschlossen, mit dem Distriktchef zu sprechen, dem korrupten Subjekt, das wir hier mit aller Macht beschützen sollten. Apana hatte den Container nicht mehr verlassen, und wir wussten nicht, was wir machen sollten, wer für sie sorgen könnte, wo Familienangehörige von ihr wohnten.

Im Dorf, das nördlich der asphaltierten Durchgangsstraße lag (unsere FOB lag südlich davon), lebten viertausend Menschen in Familienhäusern hinter hohen Lehmmauern. Die ungepflasterte Hauptstraße war ein staubiger Suk mit fünfzig oder sechzig Läden, Buden und Ständen mit Kräutern, Gemüse, aus China eingeschmuggeltem Plastikramsch in bunten Kartons, Stoffballen, Kleidung, Geflügel in Käfigen, angebundenen Ziegen, Werkstätten, in denen geschmiedet oder geschreinert wurde. Das war der Markt der Region, wo wir, immer mit einem unbehaglichen Gefühl, auf der Hut vor einer Granate oder einem selbstgebastelten Sprengsatz, ständig in Humvees patrouillierten, vorbei an Eselskarren, an Frauen in Ganzkörperverschleierung und Männern mit tiefster Abneigung im Blick.

Wir gingen zu dritt: Claire, Major Clark Connolly (der Kommandant unserer FOB, für uns CC) und ich.

Der Distriktchef residierte im einzigen Haus, das nicht aus Lehm war, einem zweistöckigen Betonbau aus der Zeit der sowjetischen Besatzung. Wieso die Kommunisten hier etwas hatten bauen lassen, war nicht ersichtlich. Ihre Hinterlassenschaft wurde nun von einem Trupp unseres Stützpunkts gesichert, mit einem Schutzwall aus Sandsäcken und Wachleuten in Stammeskluft.

Der Distriktchef war ein frommer Mann mit hennarot gefärbtem Bart, Gebetsmal auf der Stirn, schwarzem Haar, mit Kajal umrandeten grünen Augen, die Hand auf dem Koran, kurz, er sah nicht aus wie jemand, der in einer pakistanischen Weltstadt Medizin studiert hatte, sondern wie ein religiöser Fundamentalist; trotzdem wetterte er gegen die Taliban.

Es ging das Gerücht, dass er kleine Jungen liebte – »Teejungen« oder »Tanzjungen« wurden die hier genannt –, beim Drogenhandel absahnte und mit Polizeiuniformen handelte.

Er begrüßte uns ausführlich und nahm hinter einem breiten Nussbaumschreibtisch Platz. Ein Bediensteter servierte Tee und Shir Pera (afghanischer Fondant) auf einem Silbertablett.

CC, dessen Haare so rot waren wie der Bart des Distriktchefs, redete diesen mit *Your Excellency* an und sagte, dass alle auf der FOB Sadi als Freund betrachtet hätten und mittels eines Fonds Apanas Ausbildung finanzieren wollten. Der Distriktchef, der mit pakistanischem Akzent Englisch sprach, fand, dass das ein humanes Vorhaben sei.

»Wir werden diesen Fonds mit größter Umsicht verwalten«, sagte er. »Nahe Angehörige hat das Mädchen nicht. Ich habe heute Vormittag mit den Behörden in Helmand telefoniert, und dort sagte man mir, dass es noch einen entfernten Verwandten des Vaters gebe. Man ist noch nicht mit ihm in Verbindung getreten. Man weiß nicht einmal, ob er noch lebt.«

CC fragte: »Kann Apana auf dem Stützpunkt bleiben, bis sie von jemand abgeholt wird?«

»Sie ist minderjährig und untersteht der Hoheit des Staates, in diesem Fall also mir«, sagte der Distriktchef. »Wir haben leider viele Fälle wie ihren, wir haben die Infrastruktur dafür, das geht alles seinen geregelten Gang.«

Bei den vielen Gesprächen mit Hilfsorganisationen war ihm offensichtlich der Ausdruck »Infrastruktur« nicht entgangen, ein Wort, das sich praktisch in jeden Satz einbauen ließ, doch wer nach draußen schaute, sah nur den totalen Zusammenbruch jeglicher Infrastruktur.

»In Helmand kann sie bei ihrem entfernten Onkel wohnen und zur Schule gehen. Wie alt ist sie jetzt?«

»Dreizehn.«

»Kann sie, bis sie abgeholt wird, bei uns auf dem Stützpunkt bleiben?«, fragte nun auch Claire. »Wir könnten ihr schon Unterricht geben. Sie kann bei uns wohnen, im Frauencontainer.«

»Es handelt sich um ein Muslimmädchen«, sagte der Mann, »und so modern wir hier im Dorf auch sind und bei allem Respekt vor unseren Verbündeten, das Mädchen kann nur von islamischen Menschen beherbergt werden.«

»Ich bin Muslima«, sagte Claire, »ich werde über ihre Ehre wachen. Bei mir ist sie sicher.«

Der Distriktchef nickte mit verkniffenem Mund und ließ den Blick über ihre amerikanische Uniform wandern. Er suchte nach einer passenden Antwort: »Das rechne ich Ihnen hoch an, aber Sie müssen wissen: Wir sind gesetzlich verpflichtet, dieses Mädchen in einem Heim oder bei örtlichen Pflegeeltern unterzubringen. So ist das in unserem System vorgesehen. In Amerika wird es nicht anders sein.«

CC sagte: »Wir respektieren Ihre Gesetze. Daher lasse ich Sie nun kurz mit Colonel Johnson allein. Sergeant Lakhanpal und ich werden draußen warten.«

Sie ließen mich mit dem Distriktchef allein. Ich gehörte offiziell gar nicht mehr dem Militär an, hatte als SOG keinen Rang und war somit formal auch kein Colonel, aber es klang gut und verschaffte Ansehen.

Der Distriktchef wartete, bis die Tür hinter ihnen ins Schloss gefallen war, und sagte dann: »Was kann ich für Sie tun, Colonel? Ich bin nur ein Vollstrecker des Gesetzes.«

Ich schob ihm ein Kuvert hin. Er nickte und schaute gleich nach, was drin war. Danach warf er mir einen finsteren Blick zu.

»Fünfundzwanzigtausend Afghani? Das ist bescheiden, Colonel. Das Mädchen ist auf dem freien Markt mindestens fünfhunderttausend wert.«

»Einhundertfünfzigtausend war der Preis, als ich den Mädchenmarkt zum letzten Mal gecheckt habe«, sagte ich. »Aber wir befinden uns hier nicht auf dem freien Markt. Sie bleibt bei uns. Wir schicken sie nach Amerika, sowie wir die Papiere haben. Die Afghani in dem Kuvert sind ein Zeichen der Achtung vor Ihrem Amt. Keine Kaufsumme.«

»Es ist zu wenig. Sie müssen wissen …« Er zögerte jetzt. »Sie müssen wissen, dass es den Menschen hier nicht gefallen wird, wenn sie hören, dass das Mädchen auf dem Stützpunkt geblieben ist.«

Anders gesagt: Er drohte mit Unruhen, wenn wir nicht mehr Geld auf den Tisch legten.

»Es ist keine Kaufsumme«, sagte ich und erhob mich. »Mehr bekommen Sie nicht. Sollte es Unruhen geben, werden wir den Menschen Rede und Antwort stehen. Darf ich Ihnen für Ihre Aufmerksamkeit danken, Exzellenz?«

Einen Tag später suchten wir in Sadis Häuschen ihre kümmerlichen Besitztümer zusammen – wobei auch Romane dastanden, richtige Romane, zum Beispiel englische Klassiker des neunzehnten Jahrhunderts – und lagerten sie auf dem Stützpunkt ein. Persönliche Papiere fanden wir nicht. Wir wussten verdammt gut, dass Apana nicht im Stützpunkt bleiben durfte. Wenn Bagram, unser HQ, Wind davon bekam, dass wir ein Waisenkind als ständigen Gast hatten, steckten wir in der Scheiße, aber wir meldeten nichts und taten so, als wäre es völlig normal.

Von Hunger und Durst getrieben, kam Apana hin und wieder unter ihrer Decke hervor, grau vor Trauer, mit nach innen gekehrtem Blick, dumpf und freudlos. Aber dann, nach zehn Tagen, spazierte sie bei mir herein und machte, ohne zu fragen, den DVD-Player an. Die *Variationen*. Während sie zuhörte, sah sie mich dann und wann an. Alle zweiunddreißig Variationen hörte sie sich an. Und dabei kehrte das Leuchten in ihre Augen zurück. Nein, nicht das vergleichsweise unschuldige Leuchten aus der Zeit vor dem Tod ihres Vaters. Dieses Leuchten war das einer Frau, die einen Entschluss gefasst hatte, die wusste, welches Ziel ihr Leben haben sollte.

»Erzähl mir davon«, sagte sie. »Warum heißen sie *Goldberg-Variationen*? Sie sind doch von Bach?«

»Das stimmt. Aber einer der Ersten, die über Bach geschrieben haben, Biograph heißt so jemand, hat herausgefunden, dass Bach dieses Musikstück für einen Freund komponiert hat, der nicht schlafen konnte, einen Graf Hermann Carl von Keyserlingk, und dass dieser Graf, der reich war, einen Mann in Diensten hatte, der nachts Cembalo für ihn spielte, und dieser Musiker hieß Johann Gottlieb Goldberg. Bach komponierte das Stück also für seinen Freund, den Grafen, und es heißt, dass der sich so sehr über die Komposition gefreut hat, dass er Bach zur Belohnung einen Becher mit hundert Goldstücken gab. Und der Graf ließ das Stück immer und immer wieder von Goldberg spielen. So ist der Name entstanden: die *Goldberg-Variationen*.«

»Warum Variationen?«

»Der erste Satz ist eine *Aria*, und die dreißig Stückchen, die danach kommen, sind Varianten dieser *Aria*. Der letzte Satz ist eine Wiederholung des ersten. Bach komponierte sie im Jahre 1741.«

»Warum zweiunddreißig Sätze?«

»Die *Aria*, mit der das Stück beginnt, besteht aus zweiunddreißig Takten. Ob diese *Aria* von Bach ist, weiß man nicht genau. Kann sein, dass es diese Melodie schon gab.

Zweiunddreißig Takte, zweiunddreißig Sätze. Das nennt man Symmetrie. In der Symmetrie herrscht Ausgewogenheit, und das empfinden wir als etwas Schönes.«

Ich erklärte ihr danach, dass die *Aria* im ersten Satz eine Sarabande, ein Tanzrhythmus, sei, bei dem immer die zweite Zählzeit hervorgehoben werde. Ich erzählte von der A-A-B-B-Struktur und dass in jeder dritten Variation die Melodie von einer zweiten Stimme nachgeahmt werde. Nein, ich hatte dieses Wissen nicht parat. Ich hatte mich vorbereitet, weil ich damit gerechnet hatte, dass sie das von mir erwartete.

Da sagte sie: »Ich möchte Pianistin werden.«

10

Afghanistan/Deutschland 2008 und 2009

Fortsetzung: TOM

Steven Washington war in einem Schwarzenviertel im Norden von Minneapolis aufgewachsen. Einer kriminellen Laufbahn entging er dank einer energischen Mutter und einer fürsorglichen Schwester. Er entschied sich für die Army, weil er dort gratis studieren konnte, und stieg bei der 34th Infantry Division bis zum Sergeant auf – nicht besonders hoch, aber angesichts seiner Herkunft ein gewaltiger Entwicklungsschritt.

Was ich in seiner Personalakte las, war beeindruckend. Er war fast zwei Meter groß, wog zweihundertachtzig Pfund, war sechster Dan im Taekwondo, er galt als sanftmütig, hilfsbereit, aufopferungsvoll. Erst nach seinem Verschwinden wurde festgestellt, dass sein Vater psychische Probleme hatte.

In Asadabad, in der afghanischen Grenzprovinz Kunar, hatten die Bündnispartner ein PRT stationiert, ein Provincial Reconstruction Team. Leute dieses Teams waren bei einer von Washingtons Einheit begleiteten Mission außerhalb der Stadt von Taliban unter Beschuss genommen worden.

Die PRT-Leute wollten zu einem landwirtschaftlichen Projekt, wo Agrarexperten die einheimischen Bauern in der Anwendung von Kunstdünger schulen sollten. Die zivile

Delegation bestand aus fünf Männern und drei Frauen von NGOs, die militärische Einheit war dreiundzwanzig Mann stark. Als sie durch eine verlassene Siedlung fuhren, gerieten sie in ein Kreuzfeuer aus den Lehmruinen zu beiden Seiten der Straße. Ein Zivilist wurde sofort tödlich getroffen. Sechzehn Minuten nach Beginn des Angriffs stand Washington plötzlich auf und rannte auf das Feuer zu, obwohl sein Kommandant brüllte, dass er in Deckung gehen solle. Washington hörte nicht auf ihn, sondern rannte weiter. Aus den Ruinen wurde auf ihn geschossen, aber seltsamerweise erreichte er unverletzt das freie Feld.

Es dauerte zwei Stunden, bis die gegnerischen Truppen mittels Unterstützung aus der Luft in die Flucht geschlagen werden konnten – nie schön für Landstreitkräfte, wenn sie Hilfe aus der Luft anfordern müssen. Bei den Angreifern gab es schätzungsweise neunzehn Tote, achtzehn mehr als auf Seiten der Unit. Ein Zusammenstoß, wie er sich in Afghanistan tausende Male ereignete: zahlreiche Opfer unter den Taliban, geringe Verluste beim Bündnis. Aber das war unwesentlich. Was zählte, war der symbolische Wert: Wir geben niemals auf, sagten die Taliban, ungeachtet der Zahl der Toten.

Eine Woche lang wurde intensiv nach Washington gesucht. War er übergelaufen, verrückt geworden, wollte er Selbstmord begehen? Seine Leiche wurde nicht gefunden. MIA.

Später begannen Geschichten über einen Mann zu kursieren, den sie »den Affen« nannten. Es handelte sich um einen Schwarzen, und die Namensgeber waren ganz offensichtlich nicht frei von rassistischen Ressentiments. Den

Beschreibungen nach war »der Affe« ein wahrer Riese mit mächtiger Mähne, ein verwilderter Mensch, der im Käfig gehalten wurde und dem man Gefangene gab, die er zerriss und fraß. Die Berichte häuften sich, bis so viele spezifische Informationen hereinkamen, dass wir lokalisieren konnten, wo sich »der Affe« befand. Es wurde beschlossen, ihn zu befreien oder, falls das nicht gelingen sollte, ihn von seinem Leiden zu erlösen.

Steven Washington wurde von einem afghanischen Bandenführer und Heroinschmuggler namens Ahmed Mata gefangen gehalten. Mata zog in den Bergen von Lager zu Lager und schleppte Washington in seinem Gefolge mit, wir wussten nach einer Weile, nach welchem Muster das verlief.

Mata verfügte über ein breites Informantennetzwerk, und wir mussten zu einem taktischen Schachzug greifen, der zwei Ziele gleichzeitig verfolgte. Wir würden in einem Dreieck um das Dorf herum, das als logistisches Zentrum der Taliban galt, drei verschiedene Einheiten aus Hubschraubern abspringen lassen. Das legte die Vermutung nahe, dass wir auf das Dorf im Mittelpunkt des Dreiecks vorrücken wollten. Das traf aber nur teilweise zu. Ein Trupp bewegte sich von dort weg – wir waren zu acht, das genügte, um Mata zu überrumpeln – und machte sich in einem nächtlichen Marsch zu Matas Berglager auf, während die anderen Einheiten das logistische Bollwerk durchkämmen würden.

Wir hatten die Region bestens kartiert und wussten uns während der Nacht ohne Mühe zu orientieren. Wir hielten uns in leicht hügeligem, bewaldetem Gelände auf, wo es ein Netz aus Dutzenden von Schmuggelpfaden gab. Wir hatten GPS, Nachtsichtgeräte und, wenn nötig, die Augen einer Drohne zur Verfügung. Ich befand mich in einem erfahrenen Trupp aus sechs Deltas und einem Kollegen der Special Activities Division, Muhammed Hashimi, der als Kind von Afghanistan nach Amerika gekommen war und sechs Sprachen sprach.

Zwei Jahre vorher hatte Muhammed (wir sagten M-U, sprich: Em-Ju) einen Orden bekommen, weil er bei einer von ihm geleiteten Mission eine Granate, die mir vor die Füße geworfen worden war, aufgehoben und zurückgeworfen hatte. Kaltblütig. Heldenhaft. Er hatte mir das Leben gerettet. Wir kannten uns schon von anderen Einsätzen, insbesondere ab 2002, und waren nach jenem Vorfall echte Freunde geworden.

Zwei Black Hawks würden zur Stunde null zu uns geflogen kommen, um uns und Washington und möglichst auch Mata selbst (die CIA war an ihm interessiert, deshalb waren M-U und ich an dem Ganzen beteiligt) abzuholen und zu unserer FOB zu bringen. Kurz vor Sonnenaufgang erreichten wir unseren geschützten Rastplatz, zwei Kilometer von Matas Lager entfernt, das aus einem Grüppchen von vier Steinhütten bestand, wir sahen es auf dem Hügel gegenüber. Eine Drohne hatte Mata fotografiert, mit Packeseln unterwegs, am Ende des Zugs ein Riese in Ketten – Bilder wie aus barbarischer Vorzeit, wären die Männer nicht mit AKs und Raketenwerfern ausgerüstet gewesen.

Wir kommunizierten jetzt nicht mehr mit unserer FOB oder den anderen Einheiten, sondern waren auf uns allein gestellt. Wir lagen hinter einem natürlichen Wall aus Felsen und Sträuchern. Wir sprachen kaum, aßen unsere Rationen und versuchten in der darauffolgenden kalten Nacht, auf den dünnen Matratzen, die wir ausgerollt hatten, zu schlafen. Zweiundzwanzig Stunden lang mussten wir die Luft anhalten. Der Angriff war auf halb vier Uhr nachts angesetzt. Bis dahin sollten wir Matas Lager im Auge behalten, um abzuschätzen, wie viele Kämpfer sich dort befanden.

Ich wachte auf, als mir das erste Morgenlicht ins Gesicht fiel. Es roch nach Nadelbäumen und Blumen voller Nektar. Im wärmer werdenden Tag wehten Geräusche von Matas Lager zu uns herüber. Wir hörten sie lachen, wir hörten eine Axt auf Holz schlagen, wir hörten sie beim Gebet rezitieren. Wir schliefen abwechselnd und überprüften unsere Waffen, die mit Schalldämpfern ausgestattet waren. Nichts deutete darauf hin, dass Mata von uns wusste.

Es wurde früh dunkel. Wir rieben unsere Gesichter mit schwarzer Tarnfarbe ein, versuchten, uns zu entspannen, bevor wir die zweiunddreißig Männer Matas – das war die Zahl, die wir geschätzt hatten – überrumpeln würden. Das konnten wir schaffen. Wir waren besser ausgebildet und besser bewaffnet. Und wir konnten den nächtlichen Überrumpelungsangriff zu unseren Gunsten nutzen. Um halb vier würden wir vor Matas Nase auftauchen und die schreckenerregenden Black Hawks über den Hütten erscheinen. Wir würden dem Martyrium von Steven Washington ein Ende setzen.

Muhammed lag neben mir. Er war im selben Alter wie ich, ein erfahrener Kämpfer, der aussah wie Omar Sharif, der Filmstar, der in *Doktor Schiwago* und *Lawrence von Arabien* gespielt hatte. Vor einer Woche hatte ich den Stapel Papiere für die Adoption Apanas durch meine Eltern weggeschickt. Viele Daten fehlten uns, die Papiere waren größtenteils unausgefüllt geblieben. Keine Geburtsurkunde, keine Mitarbeit seitens der afghanischen Behörden. Wir hofften auf Verständnis und Mitgefühl. Muhammed, der meine Eltern von mehreren Begegnungen her kannte, hatte netterweise einen Begleitbrief zur Befürwortung der Adoption geschrieben, in dem er sich in den höchsten Tönen über ihren Charakter ausließ. Apana lebte jetzt seit elf Wochen in unserer FOB. In ihrem Zimmer stand ein elektronisches Keyboard, und sie hatte in dieser Zeit alle Grundtechniken in den Griff bekommen. Aber ich war kein Musiklehrer. Ich hatte die klobigen Hände eines Kämpfers.

»Hast du noch was von Apanas Familie gehört?«, flüsterte M-U hinter seinem dicken Omar-Sharif-Schnauzbart. Ich verstand nicht, warum, aber er war stolz auf seine Ähnlichkeit mit der Filmberühmtheit.

»Nichts«, antwortete ich.

»Wie viel hast du ihnen geboten?«

»Zehntausend Dollar.«

»Das ist hier ein Vermögen. Für den Betrag dürfen deine Eltern mich auch gern adoptieren«, flüsterte M-U. »Wissen sie, dass du die Familie abfindest?«

»Nein.«

»Washington«, sagte einer der Deltas. »Hütte drei.«

Durch unsere Nachtsichtgeräte sahen wir den Riesen. Sie ließen ihn am Rande des Lagers seine Notdurft verrichten. Er war an Händen und Füßen mit Ketten gefesselt.

Um drei Uhr verließen wir unser Versteck, die Black Hawks waren unterwegs. Lautlos überbrückten wir fünfzig Meter pro Minute, nach jeweils zehn Metern verharrten wir fünf Sekunden lang. Es fing an zu regnen, und im Rauschen des Niederschlags ging jedes Geräusch unter, das wir versehentlich machten. Wir bildeten eine unsichtbare Todesschwadron.

Zirka vierzig Meter von den Hütten entfernt, wenige Meter unterhalb des Plateaus, auf dem sie standen, warteten wir, bis das Motorengeräusch der Black Hawks von den Bergwänden widerhallen würde. Drei Minuten dauerte das. Die Deltas teilten die drei Wachtposten, die Mata aufgestellt hatte, untereinander auf, und als das Geräusch der Chopper leise bei den Hütten ankam, hörten wir die Wachtposten einige Sekunden lang miteinander beratschlagen. Sie hatten sich aufgerichtet und spähten in triefnasser Kleidung ins Tal. Beinahe gleichzeitig fielen sie unter den dumpfen Schüssen aus den Waffen der Deltas um. Wir stürmten auf die Hütten zu.

Die Deltas warfen Handgranaten hinein, und in weißen Explosionen flogen die dünnen Wellblechdächer von den Wänden. Die ganze Operation dauerte höchstens zehn Sekunden. Die Bandenmitglieder kamen herausgetaumelt und schossen blind um sich. Waren sie so langsam und benommen, weil sie Opium geraucht hatten? Einer der Deltas rief, dass Mata in Hütte zwei unter Kontrolle sei. Wir versammelten uns bei Hütte drei, die verschont geblieben war.

M-U rief laut auf Dari, dass alle unbewaffnet nach draußen kommen sollten. Er wiederholte das ein paarmal, bis von drinnen eine Stimme zu hören war.

Er übersetzte: »Hier drinnen sind drei Männer.«

Ich sagte: »Frag, wie es dem Affen geht.«

M-U rief die Frage und bekam eine Antwort.

»Er lebt.«

Drei Bandenmitglieder kamen mit erhobenen Händen nach draußen. Sie waren noch halbe Kinder, höchstens achtzehn. Sie blieben in einigem Abstand stehen, und M-U befahl ihnen, ihre Oberbekleidung auszuziehen. Sie trugen keine Sprengstoffgürtel. Die Black Hawks hingen dreihundert Meter weiter drohend über dem Tal.

Wir betraten die Hütte, und mit den Nachtsichtgeräten, die auf unseren Helmen angebracht waren, bekamen wir die Umrisse von Washingtons Körper ins Visier. Die Hütte bestand aus einem offenen Raum von fünf mal zwölf Metern. Washingtons rechte Hand war mit einer Kette an einen Ring in der Wand gefesselt. Wir gaben an einen der Hawks durch, dass wir Washington lebend vorgefunden und keine Verluste zu verzeichnen hätten. Der Hubschrauber kam näher und schaltete über uns seine Lichter an. Es schien, als wäre plötzlich helllichter Tag. Wir schoben die Nachtsichtgeräte weg.

M-U knipste seine Taschenlampe an und ließ Washington sichtbar werden. Der große Mann blinzelte und schirmte die Augen mit einer seiner Riesenpranken ab. Er sah unversehrt aus und sogar relativ sauber. Aber die Augen in dem von Bart und wilder Mähne eingerahmten Gesicht blickten irre.

M-U sagte: »Steven. Wir sind gekommen, um dich nach Hause zu bringen. Du darfst nach Hause. Verstehst du? Wir sind Amerikaner, und wir bringen dich nach Hause.«

Wir legten unsere Waffen nieder, setzten unsere Helme ab. Die Deltas kamen auch herein und sahen Washington still an.

Washington reagierte nicht. M-U legte die Hand auf sein Knie.

»Steven. Das hier ist vorbei. Du kommst mit uns mit«, sagte M-U. Ich hörte seiner Stimme an, wie sehr ihn das bewegte.

Washington holte aus und packte ihn am Bein. M-U wurde umgerissen, als wiege er gar nichts, und ich konnte nichts anderes tun, als mich auf Washington zu stürzen, um zu verhindern, dass ein Unglück passierte. Aber das passierte dennoch. Washington ließ M-U los, zertrat mir das linke Bein, haute mir mit seiner Kette auf den Schädel und schlug die Zähne in mein Gesicht. Drei Sekunden dauerte das. Er zerfleischte mich förmlich, und wenn ihn nicht einer der Deltas durch einen Schuss daran gehindert hätte, hätte er meine Augen gefressen.

Sie flogen mich auf direktem Weg nach Bagram. Dort habe ich zwei Wochen auf der Intensivstation gelegen, wo man mich wegen der Schädelfraktur ins künstliche Koma versetzte. Als man mich bedenkenlos wieder zu Bewusstsein kommen lassen konnte, wurde ich ins amerikanische Militärkrankenhaus in Deutschland, ins Landstuhl Regional Medical Center, verlegt. Nach einem Monat kam M-U mich dort besuchen. Ich sah ihn, getrimmter Schnauzbart, strahlend weiße Zähne, mit den Krankenschwestern und sogar mit einem Pfleger flirten. Mein Kopf war mit Klammern fixiert, mein Gesicht heilte allmählich ab, und ich wartete auf allerlei chirurgische Korrekturen im Walter Reed in Bethesda, Maryland, wohin ich in einer Woche kommen würde. Mein linkes Bein steckte in einem Plastikköcher.

»Du bist nicht hässlicher geworden«, sagte M-U, als er auf einem Hocker neben meinem Bett saß.

Ich wollte lachen, aber das ging nicht. Schmerzen hatte ich kaum, dümpelte auf Betäubungsmitteln dahin. Mit der linken Hand konnte ich einen Stift führen. Ich schrieb: *Ich habe darum gebeten, mein Gesicht nach Richard Gere zu modellieren.*

Er grinste. »Der ist *out*«, sagte er. »Da bist du doppelt angeschmiert.«

Er sah an meinen Augen, dass ich lachte.

»Ich hätte hier liegen sollen, nicht du«, sagte er ernst. »Es tut mir leid, Tommy. Wenn du dich nicht auf diesen Mann gestürzt hättest …«

Ich schrieb: *Du hast mich einmal aus der Scheiße gezogen. Jetzt war ich dran. Aber nächstes Mal halte ich ihn nicht auf. Hat er es geschafft?*

»Nein. Er hat erst nach drei Schüssen aufgehört. Der letzte war tödlich. Er ist zu Hause beigesetzt worden, irgendwo in Minnesota. Scheiße, so an sein Ende zu kommen.«

Ich schrieb: *Und du? Wie geht's?*

»Ich war 'ne Weile in Urlaub. Na ja, zwangsläufig.«

Psych?

»Ja. Zwecklos. Aber da gibt es wohl Richtlinien … Ich habe mit Vera geredet. Hab ihr erklärt, dass du nicht sprechen kannst.«

Worauf sie sagte: Kann nicht schaden, wenn er mal 'ne Weile den Mund hält …

»Ich brauche dir nichts zu erklären«, sagte M-U grinsend. »Nein, sie ist besorgt und hat ein paarmal versucht, dich anzurufen, aber sie stellen sie nicht durch, weil du ohnehin nicht sprechen kannst.«

Wie geht es Apana? Hab nichts von ihr gehört.

»Haben sie dir nichts gesagt?«

Was gesagt?

»Du weißt es also nicht?«

Irgendein Scheiß?

»Gott, Tommy …«

Was ist mit ihr?

Die Apparate um mich herum registrierten den Anstieg von Herzfrequenz und Blutdruck. Die Tür flog auf, und zwei Pfleger stürzten herein, kontrollierten Anzeigen und Werte auf den Monitoren und warfen prüfende Blicke auf mich.

Alles okay. Lasst mich kurz mit meinem Gast allein.

»Ihr Gast ist Ihrer Genesung nicht förderlich«, sagte einer der Pfleger, nachdem er meinen Text gelesen hatte. Seinem Akzent war anzuhören, dass er Deutscher war.

Fünf Minuten.

»Aber keine Sekunde länger.« Sie ließen mich wieder mit M-U allein.

Erzähl.

Er wandte den Blick ab. Draußen war nichts zu sehen, nur die Brandmauer eines Nachbargebäudes.

Ich habe mich hier schon nach ihr erkundigt, aber keiner hat mir geantwortet. Und CC und Claire? Keiner hier gibt mir eine klare Antwort.

Er schüttelte den Kopf, scheute sich, mir zu erzählen, was ich jetzt schon zu wissen glaubte.

Ist es so schlimm? Sind sie …?

»Hast du hier einen Computer?«

Sie haben mir Ruhe verordnet. Jede Unruhe schade mir, haben sie gesagt.

Er sagte: »Ich hätte dir gern die Berichte zu lesen gegeben. Deine Basis hat's erwischt. Da warst du schon etwa zehn Tage in Bagram. Die Distriktverwaltung wurde von ein paar hundert Talibankämpfern unter Beschuss genommen. Deine Kameraden kamen mit allem, was sie zur Verteidigung aufzubieten hatten, zu Hilfe. Aber der Angriff war taktischer Natur. Auch die Taliban können taktisch denken. Die Basis war zu einem Teil so gut wie verlassen. Siebenunddreißig Tote im Dorf, allesamt Zivilisten. Fünfundzwanzig Tote auf Seiten der Taliban, aber das schert die nicht. Neun Tote in der Basis, allesamt von uns. Sie wurden überrannt. Das Pack hat die Türen der Munitions- und Waffencontainer aufgesprengt und beim Abzug alles in seine Trucks geladen. Es hat Stunden gedauert, bis die Basis entsetzt wurde …«

Wer sind die neun Toten? Clark Connolly?

»Nein, ich glaube nicht.«

Claire Patel?

»Keine Ahnung, Tom. Ich kannte niemanden von deiner FOB.«

Apana.

»Die haben sie mitgenommen.«

Die Taliban?

»Ja.«

11

Abbottabad, 8. Mai 2011

JABBAR

Endlich war mal was los! Für Jabbar waren es die spannendsten Tage, die er je erlebt hatte. Seine Stadt stand im Zusammenhang mit der Operation der amerikanischen Armee weltweit im Mittelpunkt der Nachrichten, und er hatte die Operation höchstpersönlich miterlebt. In den vergangenen Tagen hatte er alles gelesen, was er online finden konnte, und das Umwerfendste war natürlich, dass Usama bin Laden jahrelang sein Nachbar gewesen war. Ein paar hundert Meter von seinem Bett entfernt hatte der international meistgesuchte Terrorist im Bett gelegen. Wenn Jabbar das gewusst hätte, hätte er eine Belohnung von fünfundzwanzig Millionen Dollar bekommen können und wäre jetzt megareich gewesen, und sie hätten Visa für Amerika bekommen können – wenn man in Amerika eine halbe Million Dollar in ein Unternehmen investierte, bekam man eine Greencard, hatte er auf der Website der amerikanischen Einwanderungsbehörde gelesen. Das strebte er an, eine halbe Million Dollar zu sparen, das wollte er vor seinem dreißigsten Geburtstag schaffen, und dann würden er und seine Mutter Amerikaner werden und einfach offen als Christen leben. Der Hocker würde natürlich nicht so viel Geld bringen, klar. Obwohl …

Jabbar lag bäuchlings, das Kinn in die Hände gestützt, auf seinem Bett und schaute auf den Hocker, der neben seinem Tisch auf dem Teppich stand. Er war primitiv, ein Hocker mit drei dicken Beinen, aus einer Holzart, die er nicht bestimmen konnte, man sah die Maserung, aber er war mit Farbe lackiert. Was mochte so ein Hocker kosten, wenn man ihn neu kaufte? Er war sichtlich gebraucht und ein bisschen abgenutzt, aber er war schon etwas wert, vielleicht fünfhundert Rupien. Und wenn er beweisen konnte, dass der Hocker in der Küche von Usama bin Laden gestanden hatte und dass Usama darauf gesessen hatte – das wusste er zwar nicht genau, aber die Wahrscheinlichkeit war groß, dachte er –, dann würde er vielleicht sogar tausend Dollar dafür bekommen. Doch das konnte er ja nicht einfach sagen. Er hatte den Hocker schließlich gestohlen, na ja, gestohlen, in dem Moment hatte der eigentlich niemandem gehört, denn der Besitzer war tot. Oder gehörte er nicht Bin Laden, sondern den Brüdern Al-Kuweiti? Die waren aber auch tot, und die Frau des einen Bruders auch, also gehörte der Hocker vielleicht der noch lebenden Frau des anderen Bruders. Oder einer der Frauen von Bin Laden.

Im Erbrecht kannte sich Jabbar nicht aus, und er nahm sich daher vor, mal zu recherchieren, wer nach pakistanischem Recht nun eigentlich der legitime Eigentümer des Hockers war. Zu seiner Mutter hatte er gesagt, dass er ihn im Sperrmüll vor einem der großen Häuser in der Nachbarschaft, das gerade umgebaut wurde, gefunden hatte, und das war eine dumme Lüge gewesen. Wenn der Hocker dort gestanden hätte, hätten die Arbeiter ihn mitgenommen, denn er war Geld wert, nur hundert Rupien vielleicht, aber trotzdem, kein Arbeiter rümpft bei hundert Rupien die Nase.

Lügen hatten in Jabbars Leben eigentlich nichts verloren, und er schämte sich, dass er seine Mutter angelogen hatte. Er musste feststellen, dass der Besitz von Diebesgut für Unruhe sorgte. Es begann mit einem Diebstahl, und der Diebstahl musste durch eine Lüge verheimlicht werden. Warum das Ganze? Weil er sein Fahrrad instand setzen wollte. Wenn der Hocker fünfhundert Rupien einbrachte, konnte er zwei Reifen und Schläuche kaufen und den Dynamo für das Licht erneuern. Er hatte nämlich schon zweitausend Rupien gespart. Rupien waren keine Dollar. Eine Rupie war null Komma null null neun neun Dollar wert, also rund einen Dollarcent. Wenn man Rupienmillionär war, hatte man zwar viel Geld, aber das war kein Vergleich zu einem Dollarmillionär. Jabbar hatte sich vorgenommen, Dollarmillionär zu werden. Aber zuerst musste er den Hocker verkaufen. Er stand in seinem Zimmer und war der sichtbare Beweis dafür, dass er gestohlen und seine Mutter getäuscht hatte.

Konnte er ihn anonym bei eBay anbieten? Wenn er in der Beschreibung sagen würde, dass dies ein Hocker von Bin Laden war, dass der berühmte Terroristenführer darauf gesessen hatte, wenn er in der Küche seines Hauses in Abbottabad etwas aß und trank, dann würden Sammler darauf bieten. Sammlern waren manchmal die simpelsten Gegenstände ganz viel Geld wert – so hatte es Jabbar gelesen. Ob es Sammler gab, die interessiert waren an ... Er suchte das Wort und fand es: an *Kuriosa* von Bin Laden? Reiche Araber? Oder vielleicht Leute, die in Amerika ein Museum hatten und den Hocker in eine Vitrine stellen würden, mit einem Schild dran: *Hocker von Usama bin Laden*? Oder ein Milliardär, der den Hocker haben wollte, weil er Bin Laden hasste und sich beim Blick auf den Hocker sagen konnte, dass Bin Laden sich nie mehr mit seinem Allerwertesten darauf niederlassen würde? Es gab reiche Leute, die die verrücktesten Sachen mit ihrem Geld machten, wieso sollte es da niemanden geben, der diesen Hocker für eine *halbe Million Dollar* kaufen wollte? Beziehungsweise fünfzig Millionen Rupien?

Vor Aufregung hielt es ihn nicht mehr auf dem Bett, er stand auf und starrte aus dem Fenster, auf die Betriebsamkeit rund um das Haus ein paar hundert Meter weiter, das Haus, das jetzt von zig Soldaten bewacht wurde. Es wimmelte dort von Menschen, die von nah und fern gekommen waren, auch Journalisten und Kamerateams aus Europa und Amerika. Das Problem war: Wer glaubte schon, dass ein sechzehnjähriger christlicher Junge den Hocker von Usama bin Laden kurz nach der Stürmung aus dem Haus entwendet hatte? Waren in der Nacht mit Smartphones Fotos von der Küche gemacht worden? Bestimmt, er hatte drinnen das Blitzen von Smartphone-Kameras gesehen. Aber ob die Männer es wagten, die Fotos auf ihre Facebook-Seite hochzuladen? Da hätten sie doch gleich die Polizei bei sich zu Hause, denn die kontrollierte alle Facebookseiten, und die Männer würden verhört und geschlagen werden. Wen hatte er in dem Haus mit einem Smartphone gesehen? Wer hatte die Küche fotografiert? Und damit auch den Hocker? Oder hatte dort niemand fotografiert, weil eine Küche, auch Bin Ladens Küche, nicht interessant war, die erschossenen Brüder Al-Kuweiti dagegen umso mehr?

Jabbar setzte sich an seinen Tisch und fand über Google – der Dell-Laptop war eine Leihgabe der Familie Khan für seine Ausbildung – auf der Site eines Auktionshauses das Wort *zertifiziert*. Ein dort angebotenes Gemälde war *zertifiziert*. Wer konnte den Hocker *zertifizieren*? Die Frauen und die Kinder, die die Stürmung des Hauses überlebt hatten, waren an einen unbekannten Ort gebracht worden, wie er gelesen hatte. Sie konnte er nicht darum bitten, wobei ohnehin die Frage war, ob sie ihn nicht gleich verraten würden. Der Besitz des Hockers würde also auf keinen Fall schnell und leicht zu großem Reichtum führen. Fünfhundert Rupien, wenn er das wert war. Nicht schlecht. Aber vielleicht war der Hocker auch nur hundert Rupien wert. Was kostete ein alter Hocker bei einem Händler? Er musste in der Stadt Erkundigungen nach den Preisen von neuen und von gebrauchten Hockern anstellen. Wenn er die kannte, hatte er einen Richtwert dafür, was der Hocker mindestens wert war. Und höchstens … Wenn er ihn *zertifizieren* lassen könnte, würde der Wert des Hockers in astronomische Höhen steigen. Dann könnte er bei Sotheby's oder Christie's auf einer Auktion an den Höchstbietenden verkauft werden. *Anonymer Araber kauft Bin Ladens Hocker für $ 6 000 000 von anonymem Anbieter*. Eine halbe Million wäre natürlich der Wahnsinn. Dann könnten sie dieses Land verlassen. Eine halbe Million Dollar für einen Hocker? Warum nicht? Oder träumte er sich jetzt reich?

Sie waren heute Morgen in die Kirche gegangen. Zwanzig Mitglieder ihrer Gemeinde waren dort gewesen und fünf Journalisten aus Europa, die wegen Bin Laden in der Stadt waren. Sie hatten Psalmen gesungen. Er hatte es nicht lassen können, bei dem Überdach unterhalb des Seitenfensters der Kirche nachzuschauen. Das tat er jede Woche. Dort hatte er am 31. Mai 2009 Apana entdeckt. Es war Pfingsten gewesen und der Tag der Beerdigung von Colonel Clutterbuck. Zum letzten Mal hatte er Apana am 10. September 2010 gesehen. Vierzehn Monate lang hatten seine Mutter und er für das Mädchen sorgen dürfen. Jabbar war davon überzeugt, dass sie von Gott gesandt war. Apana weinte, als er sie sah, lautlos. Sie weinte nicht, weil sie ihn sah, sondern weil sie Musik hörte, die sie schön fand. Dass sie einfach verschwunden war, quälte ihn, aber vielleicht hatte auch das eine göttliche Ursache. Die konnte er genauso wenig ergründen, wie er ergründen konnte, warum Apana verstümmelt war. Die Hände kann man durch einen Unfall verlieren, aber die Ohren? Sie weinte, als in der Kirche die Lieblingsmusik von Colonel Clutterbuck gespielt wurde – komischer Name, aber Engländer hatten manchmal komische Namen. Pastor Gill spielte die CD, die der Colonel selbst bereitgelegt hatte, auf einem CD-Player ab. Der Colonel war einundneunzig Jahre alt geworden. Sein Vater war vor dem Zweiten Weltkrieg als Offizier in Abbottabad stationiert gewesen, und der Colonel hatte hier seine ersten Lebensjahre verbracht, bevor seine Familie nach England zurückging. Vor fünfzehn Jahren war er aber wieder nach Abbottabad gekommen, als seine Frau gestorben war und er selbst dachte, dass er nicht mehr lange zu leben hätte. Er wollte hier inmitten seiner Kindheitserinnerungen sterben. Das dauerte allerdings viel länger, als er gedacht hatte, denn das Klima hier oben in den Bergen tat ihm unheimlich gut. Herr Rashid, Jabbars Nachbar, war auch nach Abbottabad zurückgekommen, um hier zu sterben, und blieb am Leben.

Im vergangenen Jahr hatten Colonel Clutterbuck die Kräfte verlassen. Er kam manchmal drei Wochen lang nicht in die Kirche. Jabbar bekam immer Süßigkeiten und Münzen von ihm. Sein Begräbnis hatte er von A bis Z schriftlich festgelegt, von den Blumen über das Foto von Grace auf dem Sarg bis hin zur Musik.

Grace hatte überall dort, wo der Colonel stationiert war, Kindern Musikunterricht gegeben. Sie liebte die Musik von Bach. Der Colonel weniger, er zog die Beatles und Andrew Lloyd Webber vor, doch bei seiner Beerdigung sollte auch die Lieblingsmusik von Grace zu Gehör gebracht werden. Dann wisse Grace, dass er zu ihr unterwegs sei, sagte Pastor Gill zur Einleitung. Die Sache mit der Musik war eine gravierende Abweichung von den Regeln. Pakistanische Christen hielten sich streng an den vorgeschriebenen Ablauf des Gottesdienstes, und noch nie war in der Kirche eine CD gespielt worden. Aber jetzt schon. Der Colonel hatte der Kirche eine große Erbschaft hinterlassen.

Jabbar gefiel es nicht so gut, und er schlich sich aus der Kirche. Es war Pfingsten, das Fest der Ausgießung des Heiligen Geistes. Pfingsten war immer neunundvierzig Tage nach Ostern, da war Jesus am dritten Tag nach seiner Kreuzigung auferstanden von den Toten. Und Jabbar war sich sicher, dass das Mädchen nicht zufällig neben der Kirche hockte. Er hatte das Gefühl, dass er sie finden sollte, weil sie beschützt werden musste. Das war ein christlicher Auftrag. Man muss sich für die Schwachen und Schutzlosen einsetzen. Nein, er sah nicht gleich, dass sie sehr schön war und sehr traurig. Sie hatte ein Tuch über sich gezogen. Er sah an den Bewegungen des Tuches, dass sie weinte.

Durch das offenstehende Fenster wehten eckige Klavierklänge nach draußen, er hatte so etwas noch nie gehört. Er fand einen Zweig im Garten neben der Kirche, mit dem er das schmutzige Tuch anhob. Ein Mädchen. Die Arme des Mädchens endeten an den Handgelenken. Sie hatte keine offenen Wunden, aber die Stümpfe sahen abscheulich roh und bestialisch aus. Sie stank, wie Landstreicher stinken. Tränennasse Wangen. Jabbar war wie vom Donner gerührt. Es ging alles ganz schnell, als würde eine Lampe angeknipst, als flüstere ihm der Heilige Geist ein, dass dieser kleine Mensch hier saß, um von ihm versorgt zu werden. Das Mitleid, das er empfand, war größer als jedes andere Gefühl, das er bis dahin gehabt hatte. Ach, wie viele Bettler hatte er in Abbottabad gesehen, wie viel Einsamkeit und Verlassenheit – warum war sie anders? Weil sie keine Hände hatte?

Er hockte sich neben sie, während er mit dem Zweig das Tuch hochhielt. Er wartete darauf, dass sie ihn ansehen würde. Aber das tat sie nicht. Sie weinte nur. Endlos lange weinte sie, während diese merkwürdige Musik aus der Kirche geweht kam. Musik, von der die verstorbene Frau des Colonels so begeistert gewesen war. Der Colonel hatte Pastor Gill erzählt, dass sie ihr Leben lang mit ihr gekämpft hätte. Komisch, mit Musik zu kämpfen. Aber sie war schwer zu spielen. Und dann hatte sie jemand vollendet gespielt, und das sollte jetzt beim Begräbnis des Colonels, der selbst eher gewöhnliche Lieder mochte, zu hören sein.

Jabbar ließ das Tuch hinunter und ging in den Gottesdienst zurück. Er musste sich beherrschen, um nicht gleich seine Mutter anzusprechen.

Nach dem letzten Psalm sagte er: »Mama, Mama, ich muss dir etwas zeigen. Etwas ganz Trauriges.«

Seine liebe kleine Mutter ging mit ihm hinaus. Aber das Mädchen war weg.

»Was ist denn hier?«

Seine Mutter hatte ihr hübsches geblümtes Kleid angezogen, ihr Kirchenkleid nannte sie es. Dazu trug sie eine Hose und ein Tuch, das ihre Haare zur Hälfte bedeckte, wie es die meisten Frauen trugen.

»Hier saß ein Mädchen, Mama. Sie hat fürchterlich geweint. Niemand kümmert sich um sie. Sie sah ganz schmutzig aus, und ich glaube, dass sie Hunger hat. Sie hatte keine Hände, Mama, da kann man doch nicht essen! Können wir nicht für sie sorgen? Ist das nicht unser Auftrag, Mam?«

»Die Kirche sorgt schon für so viele Menschen. Den Flüchtlingen aus Afghanistan wird geholfen, und wenn wir uns um jeden kümmern sollen …«

»Das sage ich ja gar nicht, Mama. Ich rede von uns. Nicht von der Kirche. Andere Leute können für andere Bettler sorgen, aber dieses Mädchen …«

»Wo ist sie denn?«

»Ich weiß es nicht. Sie war gerade noch hier. Ich gehe sie suchen, ja?«

»Der Pastor wartet auf uns.«

Nach dem Gottesdienst versammelte sich die Gemeinde immer im Haus des Pastors, wo seine Frau Tee und Kuchen servierte.

»Dieses eine Mal gehe ich nicht mit, Mam. Ich möchte das Mädchen finden.«

»Und dann? Was kannst du tun?«

»Ich möchte ihr etwas zu essen kaufen.«

»Wie isst sie, wenn sie keine Hände hat?«

»Wir müssen ihr helfen. Ich weiß nicht, wie sie ohne Hände essen kann.«

Seine Mutter schwieg einen Moment und lächelte dann.

»Lieber Junge«, sagte sie, »tu nur, was du tun musst.«

Es dauerte vier Tage, bis er das Mädchen fand. Überall stieß er auf afghanische Flüchtlinge und Bettler, überall herrschte Not und Scham.

Das Mädchen saß in einer kleinen Gasse neben einem Laden mit bunten Stoffballen in einem der Basare von Abbottabad, denn dort hatte sie die besten Chancen, ein Almosen zu bekommen. Jabbar blieb mit seinem Fahrrad auf der anderen Seite der belebten Straße stehen und wartete ab. Nach einer Stunde kam eine Frau aus dem Laden und stellte einen Plastiknapf vor sie hin. Er kannte die Frau, sie war die Inhaberin des Stoffgeschäfts. Er radelte hier regelmäßig entlang, denn bei ihr waren drei hübsche Mädchen angestellt, die mit emsigen Maschinen Kleider nähten. Er sah jetzt, wie die Bettlerin aß: Sie kniete sich hin, beugte sich vor und machte, auf ihre Stümpfe gestützt, die gleichen Bewegungen mit dem Kopf, die Hunde machten, wenn sie tranken. So aß sie. Wie ein Hund. Was hatte sie von der Frau bekommen? Gelben Reis mit etwas Gemüse, soweit er sehen konnte.

Er überquerte die Straße und trat näher, ohne ihr das Gefühl zu vermitteln, dass er sie beobachtete. Neben dem Hundemädchen lag ein Stück Papier. Darauf standen zwei

Worte: *Sei barmherzig*. Und da lag ein Foto von Usama bin Laden. Das war ein schlechter Mensch, aber vielleicht hatte sie dieses Foto, weil manche Leute ihn gut fanden und ihr deshalb Geld gaben.

Die Frau von dem Laden stellte jetzt mit einer schwungvollen Bewegung einen Napf Wasser neben den Reis. Das Mädchen sah sie unterwürfig an.

»Vielen Dank, Allah sei gepriesen«, flüsterte das Mädchen.

Die Frau wiederholte: »Allah sei gepriesen.« Sie war dick und üppig, hatte glänzendes, volles schwarzes Haar und viel Schmuck um die Handgelenke. Jabbar tat so, als interessiere ihn die Schaufensterauslage des Ladens, aber das war natürlich Unsinn, ein Junge fand hier nichts nach seinem Geschmack, im ganzen Laden gab es nichts als Stoff, eine Unmenge Ballen, jeder anders, jeder mit eigenem Muster und Farbton. Das Mädchen schlabberte weiter, sie hatte keine andere Wahl, wenn sie leben wollte. Jabbar nahm sich vor, nachher zu Hause auch mal so zu essen, das war zwar irgendwie albern, aber er wollte einfach wissen, wie es war, wenn man Hunger hatte und keine Hände und niemanden, der einem mit einem Löffel etwas Essen auf die Zunge legen konnte. Seine Mutter würde Verständnis dafür haben, wenn er das versuchte.

Es dauerte zwölf Minuten, bis sie den Reis aufgegessen hatte. Danach trank sie das Wasser, na ja, trank ... Sie tauchte das Gesicht hinein und schlürfte es auf. Er hätte ihr gern das Gesicht abgetrocknet, aber das konnte er nicht tun. Ein Christenjunge konnte nicht einfach ein Muslimmädchen anfassen, nicht einmal eine Bettlerin.

Er radelte nach Hause und wartete, bis seine Mutter zu Bett ging. Als er sie im Badezimmer hörte, machte er bei sich ein Handtuch nass und griff zu einer Box mit weißen Papiertüchern. So schnell er konnte, radelte er zu der Stelle zurück, wo er sie gesehen hatte. Es war schon dunkel und die Straße so gut wie verlassen.

Da saß sie, zusammengekauert wie ein banges Vögelchen.

Jabbar schloss sein Fahrrad ab und trat vorsichtig näher. In ihren Haaren klebte Reis. Er blieb stehen und drückte sich an eine Schaufensterscheibe, bis er sich schnell und geräuschlos neben sie hocken konnte.

Sie zuckte zusammen.

»Hab keine Angst«, sagte er.

Er nahm das nasse Handtuch und schob ihr Kopftuch zurück. Nun sah er, dass sie keine Ohrmuscheln hatte. Er erschrak unwillkürlich. Aber er hatte einen Auftrag und tat, was er tun musste, wie seine Mutter gesagt hatte.

Vorsichtig bewegte er das nasse Handtuch auf ihr Gesicht zu, und sie wich zurück, bis sie ihn ansah. Danach schloss sie die Augen und hob das Gesicht fast flehend zu ihm auf.

Jabbar säuberte ihre Lippen und ihr Kinn und danach ihre Wangen, und es war ihm völlig schnuppe, dass sie sah, wie ihm dabei fast die Tränen kamen. Während er ein Papiertuch aus der Box zog, wusste er, dass er sie liebte, obwohl er sie gar nicht kannte. War das Verliebtsein? Er hatte keine Ahnung. Er war alt genug, um Begierde zu kennen, wie die Begierde nach den blendend aussehenden Mädchen an den Nähmaschinen. Aber dieses Mädchen war anders. Sie war versehrt. Sie hatte ein wunderschönes Gesicht, wie eine Göttin in einem Hindutempel.

12

Abbottabad, 8. Mai 2011

TOM und JABBAR

»Wissen Sie, Mister Tom«, erzählte Jabbar, »meine Mutter und ich haben jeden Tag für sie gesorgt, jeden Tag. Das machten wir abends, denn tagsüber war es zu gefährlich. Wir haben in der Kirche eine Kollekte gemacht und konnten nach zwei Monaten Prothesen kaufen. An den Ohren konnten wir nichts machen. Sie hat ein paar Worte gesprochen, aber viel gesagt hat sie nie. Sie kam aus Afghanistan und war von schlechten Männern misshandelt worden. Mehr hat sie nicht erzählt. Aber ihren Namen hat sie uns gesagt: Apana. Schöner Name, finden Sie nicht?«

»Wunderschön«, sagte ich.

Jabbar dachte oft an sie. Vierzehn Monate lang hatte er ihr mehrmals die Woche das Gesicht gewaschen, und seine Mutter hatte ihr bei anderen Sachen geholfen, Frauensachen. Die Familie Khan war zwar modern und sozial eingestellt, aber dass eine Bettlerin in ihr Haus einzog, hielten sie dennoch für keine so gute Idee. Denn dann wollten womöglich alle Bettler unter ihrem Dach leben.

»Ich hätte mir so sehr gewünscht, dass sie zu uns kommt, aber Mama hatte Frau Khan gefragt, und die hatte nein gesagt. Wir hätten es einfach machen sollen, ohne zu fragen.

Aber sie hatte auch ein bisschen Angst, dass die Leute mitbekommen würden, dass Apana Muslimin ist.«

»Wo war sie bei schlechtem Wetter?«

»Dann hat sie sich im Schuppen neben der Kirche verkrochen. Aber sie konnte auch launisch sein, und dann sträubte sie sich gegen alles und fror lieber, als bei der Kirche Schutz zu suchen. Ich hatte manchmal den Eindruck … Es war fast so, als ob sie fand, dass sie Kälte und Hunger verdient hätte. Finden Sie es verrückt, dass ich das dachte?«

»Nein. Finde ich nicht verrückt.«

»Ich wollte natürlich wissen: Was war passiert? Warum hatte sie keine Hände und keine Ohren? Hatte sie etwas verbrochen, und war das die Strafe von ihrer Familie gewesen? Sie wollte nicht darüber reden. Wenn ich es doch tat, lief sie weg und war manchmal tagelang unauffindbar.«

Er hatte keine Erklärung dafür, warum sie vor einem Jahr, am 11. September 2010, an keinem ihrer festen Plätze mehr zu finden war. Er konnte sich nicht vorstellen, dass sie die Versorgung durch ihn und seine Mutter aus freien Stücken aufgegeben hatte. Es musste irgendetwas anderes geschehen sein, etwas Schlimmes. Sie war verschwunden.

Ich sagte: »Und da dachtest du: Der Hocker wird alles verändern, der Hocker wird mir helfen, sie wiederzufinden.«

»Ja. Wenn ich den Hocker von Bin Laden für viel Geld verkaufen könnte, würde ich einen Aufruf in die Zeitungen und ins Fernsehen setzen und sagen: Apana, komm zurück, ich kaufe ein Haus für dich und neue Hände und neue Ohren!«

»Erzähl mir, wie du sie wiedergesehen hast.«

»Das war am 8. Mai, eine Woche nach der Operation der

Seals. Bei dem Haus von Bin Laden war immer noch viel los. Ich wollte wieder mal gucken gehen, und das wollte meine Mutter natürlich nicht, aber ich versprach, dass ich die Hausaufgaben später machen und ganz bestimmt vor Sonnenuntergang wieder da sein würde.

Ich nahm mein Fahrrad mit, aber ich fuhr nicht damit, dafür war es eigentlich zu warm. Ich ging zu dem Haus und guckte mir an, was die Soldaten und Touristen und Journalisten machten.«

»Fandest du das immer noch so spannend?«

»Ja, es war spannend. Ich dachte die ganze Zeit: Wie kann ich den Hocker verkaufen? Wie fange ich das richtig an? Und ich dachte: Was machen die Journalisten wohl, wenn ich ihnen den Hocker zeige? Kaufen sie ihn mir ab? Solche Sachen dachte ich. Aber es war niemand da, den ich kannte, und da habe ich mich aufs Fahrrad gesetzt und bin ein bisschen auf den Sandwegen rumgefahren.«

»Und dann?«

»Sie stand da, ein paar hundert Meter von Bin Ladens Haus entfernt. Bei einer Garage, die Türen standen offen.«

»Was hatte sie an?«

»Sie trug einen weiten, roten Salwar Kamiz, ohne Dupatta. Sie war sauber und gesund.«

»Was hast du gemacht?«

»Ich hab gebremst. Bin abgestiegen. Sie sah mich ganz ernst an. Ich dachte, ich träume. War ich in meinem Zimmer eingeschlafen, und sie war gar nicht echt? Ich sagte: ›Apana?‹ Und sie nickte, ziemlich ungerührt, wie es schien. Aber das war nicht wirklich so. Und ich sagte noch einmal: ›Apana …‹«

»Und was sagte sie?«

»Sie sagte: ›Jabbar.‹ Das sagte sie. Und ich sagte: ›Zwick mich mal in den Arm.‹«

»Warum?«

»Weil ich dachte, dass ich träume. Ich sagte: ›Tu's. Tu's bitte.‹«

»Wie hätte sie dich zwicken können, Jabbar?«

»Ja, das war dumm von mir. Sie hat zuerst nichts gemacht, und ich hätte mich ohrfeigen können, weil sie mich ja nicht zwicken konnte. Aber sie fand eine Lösung. Sie beugte sich vor, und ich spürte, dass sie mich biss, ganz sanft, ohne mir wehzutun, hier, in den Oberarm.«

»Was hast du dabei gespürt?«

»Muss ich das wirklich erzählen, Mister Tom?«

»Ja.«

»Ich spürte … Ich spürte ihre Lippen. Und danach sagte sie: ›Ich wusste, dass du kommen würdest.‹ Das sagte sie. Ich wusste nicht, woher sie das wusste. Aber sie hatte recht. Es war undenkbar, dass ich sie nie mehr wiedergesehen hätte.«

»War das alles? Hast du nicht noch etwas anderes gedacht?«

»Erzählen Sie auch nicht weiter, was ich gedacht habe?«

»Natürlich nicht, Jabbar.«

»Ich dachte … Ich wollte … Ich wollte sie küssen, wirklich. Aber ich hatte Angst, dass sie wegrennen würde. Oder dass sich der Traum verflüchtigen würde. Ja, das war es, was ich wollte. Und jetzt komme ich mir ganz blöd vor, weil ich das erzählt habe.«

13
London, 8. Juli 2011
TOM

Nein, ich habe im Februar 2011 nicht aus einer Anwandlung heraus gekündigt. Ich war Ende 2009 nach mehr als einem Jahr intensiver Reha und sechzehn Operationen im Gesicht und am Bein wiederhergestellt, mehr oder weniger, aber es war klar, dass ich nie mehr einsatzfähig sein würde. Einen Schreibtischposten hatte ich nie angestrebt. Und die abgedrehten Phantastereien über die Entführung von Bin Laden trugen dazu bei, dass ich am Tag nach Vitos Geburtstagsfeier zu der Überzeugung gelangte, nie mehr eine nennenswerte Rolle spielen zu können.

Aber direkter Auslöser für meine Kündigung war etwas ganz anderes. Ich erhielt die Nachricht, dass Vera ein Mädchen zur Welt gebracht hatte – ihr zweites Mädchen. Das erfuhr ich zwei Tage nach Vitos Party, am 8. Februar. Meine Mutter rief mich deswegen an. Ich habe Vera sofort eine SMS geschickt. Es sei eine leichte Geburt gewesen, simste sie zurück, »als hätte ich ein Geschenk ausgepackt«. Sechseinhalb Pfund.

Ich war nicht bei ihrer Hochzeit gewesen, obwohl sie mich der schönen Ordnung halber dazu eingeladen hatte. Sie war im dritten Monat schwanger, als sie einen Internetmilliardär heiratete. Ich war an dem Tag zu einem Checkup im Walter Reed. Vera hatte ihren Verlust kompensiert. Wobei sie selbst, glaube ich, nicht so über ihre neue Tochter gedacht haben dürfte. Ihr Mädchen – Eva – war ein Neuanfang. Unsere Tochter wurde am 10. Februar 2003 geboren. Sie starb am 23. Januar 2005.

Ich weiß nicht, ob ich jeden Tag an sie denke, daran, was hätte sein können und was ich nie erfahren werde – ihre Fähigkeiten, Talente, Fehler, Dummheiten –, aber die Trauer über ihren Tod ist so etwas wie die Fassung einer Brille, die man trägt. Sie rahmt alles ein, was man sieht, auch wenn man nicht darauf achtet.

Ich konnte sofort bei einem Security-Consulting-Unternehmen in London anfangen. Beriet im Frühjahr 2011 ein paar Monate lang Scheichs und Prinzen, die halb London aufgekauft hatten und mit ihren Bugattis und Lamborghinis zum Shoppen bei Harrods vorfuhren. Stellte nicht viel dar, die Arbeit, die ich da machte, war aber außerordentlich gut bezahlt. Horrend teure Gutachten über die Sicherung von Häusern und Apartments, über die Unschädlichmachung von Abhöreinrichtungen, über die Schulung von Bodyguards. Alles ganz locker, aber ich blieb rastlos.

Natürlich – Sarah. Dass ich ihren Tod nicht hatte verhindern können, nagte an mir, aber ich war in der bewussten Woche nicht in Spanien, sondern im Irak gewesen, und als sie starb, war ich wieder im Irak, und Vera saß einsam und verlassen an ihrem Sterbebett. 2006, ein Jahr nach Sarahs Tod, wurden wir geschieden. Wir konnten das Leid nicht miteinander teilen, dachten immer nur an ein und dasselbe, wenn wir zusammen waren – gibt es Menschen, die sich durch den Tod eines Kindes nähergekommen sind? Ich habe keine Ahnung, was das heißen soll, sich näherkommen nach der Katastrophe.

Ich habe diesen Consulting-Zirkus drei Monate lang durchgehalten. Bis ich am Morgen des 2. Mai die Rede von Obama sah. Noch am gleichen Tag sagte ich im Büro in Knightsbridge – wirklich ein sehr schicker Arbeitsplatz –, dass ich aufhöre. Ich erledigte in der Woche noch, was ich zu erledigen hatte, und dann war ich ein freier Mann. Frei? Frei zu tun, was ich versäumt hatte.

Als ich zur Behandlung im Walter Reed gewesen war, hatten mir meine Eltern gemailt, dass der Adoptionsantrag für Apana abgelehnt worden sei. Wir verfügten nicht über die richtigen Papiere von den afghanischen Behörden. Nein, natürlich nicht: Die würden wir nie bekommen. Die Ablehnung zeugte von Bequemlichkeit und einem beleidigenden Mangel an Mitgefühl für ein Kind, das Schutz brauchte. Die berüchtigte amerikanische Bürokratie hielt sich an die Regeln und nichts als die heiligen Regeln der *pencil pushers*. Nicht, dass es nach dem Anschlag auf die FOB noch etwas ausgemacht hätte, abgesehen von meinem Ärger, nein, meiner stillen, kalten Wut über die Bürokratie. Apana konnte gar nicht adoptiert werden, denn sie war verschwunden. Ich musste, was sie betraf, den Tatsachen ins Auge sehen.

Ich hatte etwas unterlassen, etwas nicht eingelöst.

Unweit von Victoria Station hatte ich eine Wohnung am Eccleston Square, auch sehr schick, viktorianische Reihenhäuser, um einen Park herum gelegen. Die Wohnung war zwar winzig, aber komfortabel und sauber. Dazu mietete ich ein kleines Büro in der Wilton Road, gegenüber von einem

Sainsbury's-Supermarkt und mit einem notleidenden italienischen Restaurant im Erdgeschoss. Dort machte ich mich an die Rekonstruktion der Geschichte von Apana.

Apana wurde 1995 in Laschkar Gah geboren, einer Stadt in der Provinz Helmand, eingebettet zwischen die Flüsse Helmand und Arghandab. Rund zweihunderttausend Menschen leben dort. Die Region war jahrhundertelang umkämpft, und zwischen 1992 und 2001 herrschten Mudschaheddin und danach Taliban-Kämpfer über Laschkar Gah. Der Name ist persisch und bedeutet »Militärbaracken«.

Vor tausend Jahren herrschten die Ghasnawiden über weite Regionen dieses Teils der Welt, eine ursprünglich türkische, persifizierte Dynastie. Ihre Fürsten hatten in Laschkar Gah ihre Winterhauptstadt, zu deren Schutz am Fluss Truppen aufgestellt waren.

Ich habe Mails geschickt und über drei Ecken in Kandahar, hundertvierzig Kilometer östlich von Laschkar Gah, einen Lokalreporter gefunden, der für mich recherchiert hat.

Afghanische Familiennamen sind etwas ganz anderes als Familiennamen bei uns im Westen, es gibt sie eigentlich gar nicht, wie ich verstanden habe. Sadi, Apanas Vater, hätte sich Sadi Ali nennen können – nach seinem Vater Ali. Genauso gut hätte er sich aber auch den Namen Karzai geben können – sie gehören derselben ethnischen Gruppe an, die ursprünglich aus Karz kommt, einem Dorf in der Provinz Kandahar. Sadis Vater war Mitglied der kommunistischen Partei und wurde 1996 ermordet. Sadi hatte eine Lehrerausbildung, doch nach dem Rückzug der Sowjets wurde es gefährlich, Lehrer zu sein, und er verließ die Stadt seiner nächsten Angehörigen und nahm eine Stelle bei einem Onkel in Kandahar an – kein richtiger Onkel, sondern ein einflussreiches Mitglied derselben ethnischen Gruppe. Dort lernte er seine Frau kennen. Nach der Vertreibung der Taliban kehrte Sadi nach Laschkar Gah zurück, wo er in einem Vorort ein Haus für seine Familie fand – er hatte inzwischen drei Töchter. Mit Apana überlebte er eine Vergeltungsaktion. Er flüchtete nach Kandahar, blieb dort drei Jahre, bekam dann Arbeit in Kabul und wurde später Leiter des Schuldistrikts, in dem meine letzte FOB angesiedelt war. Schließlich trat er als Dolmetscher und kultureller Berater in unsere Dienste ein. Das führte zu seinem Tod.

Am 1. Januar 2009 lag ich auf der Intensivstation in Bagram, als unsere FOB überfallen wurde. Die Taliban führten einen massiven Ablenkungsangriff auf das Distriktstädtchen – der Halunke, der sich Distriktchef nannte, hatte sich von den Taliban kaufen lassen, wie sich später herausstellte –, und eine zweite Gruppe stürmte unsere Basis, die zu dem Zeitpunkt wegen der schwachen Besetzung kaum verteidigt werden konnte (Claire und CC waren im Städtchen und kehrten später wohlbehalten nach Bagram zurück). Was an Waffen und Munition in der Basis gelagert war, wurde gestohlen.

Einer der Afghanen in der Basis, die den Anschlag überlebten, erzählte den Ermittlern das Folgende (ich habe den Bericht): Apana war das alles entgangen. Sie war in Claires Containerzimmer und hatte Kopfhörer auf, die ihre Ohrmuscheln völlig bedeckten. Sie spielte auf ihrem Yamaha-Keyboard und hörte nicht, was sich auf dem Stützpunkt abspielte. Zwei Talibanmänner kamen herein, befragten sie, was sie da tue, schlugen sie und stellten fest, dass sich das Mädchen mit westlicher Musik abgab. Sie setzte sich zur Wehr, als die Männer ihr Keyboard zertrümmerten. Sie schrie, als sie die CDs zerbrachen. Sie kratzte sie, als sie die Musikzeitschriften als Teufelszeug ausmachten und verbrannten. Sie schlugen sie so lange, bis sie schwieg. Als sie abrückten, nahmen sie sie in einem ihrer Trucks mit.

Der Lokalreporter schickte mir Berichte über eine öffentliche Bestrafung in Khar, einem pakistanischen Städtchen auf der anderen Seite der Grenze. Dort sollte am 6. Januar 2009 eine junge afghanische Frau mit dem Abhacken ihrer Hände und dem Abschneiden der Ohren bestraft worden sein. Es gab keine Bilder davon, nur mündliche und schriftliche Berichte.

Das Mädchen sollte sich dekadenter Künste schuldig gemacht und den Teufel angebetet haben, so der Lokalreporter. Es handelte sich seiner Meinung nach um Apana.

»Das war noch eine milde Strafe«, schrieb er, »normalerweise hätte sie als Teufelsanbeterin enthauptet werden müssen.« Khar liegt im sogenannten »Stammesgebiet«. Am 30. Oktober 2006 feuerten pakistanische Hubschrauber in der Umgebung von Khar Raketen auf ein Trainingscamp von al-Qaida ab. Achtzig Terroristen wurden dabei getötet. Später, am ersten Weihnachtstag 2010, warf eine Frau zwei Handgranaten auf das Verteilungszentrum der Welternährungshilfe in Khar, worauf sie sich selbst in die Luft sprengte. Vierzig Tote, fünfzig Verletzte.

Es gab keine handfesten Beweise dafür, dass die bestrafte junge Frau Apana war. Daran klammerte ich mich. Aber verwirrend war es schon: Wenn ihr das zugestoßen sein sollte, war es meine Schuld. Ich hätte sie niemals die *Goldberg-Variationen* hören lassen dürfen. Es klingt vielleicht übertrieben, aber hätte ich sie nicht vor der Kraft der ultimativen Schönheit beschützen müssen? War sie an den Folgen der brutalen Verstümmelung ihres Körpers gestorben? Und war das nicht vielleicht noch eine Gnade, verglichen mit einem Leben ohne Hände und Ohren, ohne Angehörige, in einer Kultur, in der Menschen eine verstümmelte Frau bespucken? Ihr Vater hatte sich für uns aufgeopfert, und wir hatten seine Tochter nicht beschützen können. Wenn sie nicht tot war, war sie vielleicht von einem Talibankämpfer zur Frau genommen worden. Das war unsere Schuld, meine Schuld. Was tut man, wenn man schuldig ist?

14

London, 8. Juli 2011

Fortsetzung: TOM

Ich saß in meinem kleinen Büro in der Wilton Road und schrieb Mails und sogar antiquierte Faxe und rief nachmittags und abends jeden in Langley an, von dem ich mir ein wenig Verständnis erhoffte. Ich lief bei der CIA gegen Wände – ich war weg, hatte nichts mehr zu sagen und konnte keine Hilfe bei meinen Nachforschungen nach dem Schicksal eines wertlosen afghanischen Mädchens erwarten. Sie hätten vollstes Mitgefühl, sie seien ja keine Unmenschen, sagten alle, aber sie könnten nichts machen, da sei nichts zu finden, und sie müssten Leute dafür freistellen, was angesichts der gesetzten Prioritäten nicht gehe.

So reagierte die Organisation, für die ich mein Dienstverhältnis bei Delta Force aufgegeben hatte. Sie hätten mich ruhig unterstützen und einem Kind, das niemanden mehr hatte, helfen können. Für mich waren sie damit gestorben.

Wen kannte ich, der mich unterstützen konnte? Der bei mir in der Kreide stand?

Die Telefonnummern von Muhammed Hashimi, dem Doppelgänger von Omar Sharif, waren allesamt gesperrt. Wir hatten 2009, während meiner Reha, häufig Kontakt gehabt, aber das ließ 2010 allmählich nach. Im Juni 2010 hatte er mir mitgeteilt, dass er die CIA verlassen und »was Eigenes« anfangen würde. Danach nur noch ein paar Mails.

Ich fand ihn ganz einfach über Google. M-U machte in Katar, was ich in London gemacht hatte. Ich mailte meine Telefonnummer an seine Geschäftsadresse. Binnen einer Stunde rief er mich an.

»Ich hörte, dass du dem Schönheitschirurgen, der dein Gesicht rekonstruiert hat, ein Foto von mir gezeigt und gesagt hast: So will ich's haben«, sagte er.

»Du kannst bei den Frauen jetzt nicht mehr landen, M-U, ich bin ein schönerer Omar Sharif, als Omar Sharif es je war.«

»Die Zeiten sind für mich sowieso vorbei, Tommy. Ich werde heiraten. Sie will, dass ich meinen Schnauzbart abrasiere. Vielleicht, für die Hochzeit. Und ich muss dich was fragen. Klingt abgedroschen, aber ich hatte auch vor, dich in den nächsten Wochen anzurufen, du bist mir nur zuvorgekommen. Aber zuallererst: Stimmt es, dass du von Langley weg bist?«

»Ja, das stimmt.«

»Haben sie sich wenigstens Mühe gegeben, dich umzustimmen? Mich haben sie einfach gehen lassen, aber dich?«

»Es lag an mir. Ich hab's versucht, aber es ging nicht mehr. Ich hatte genug.«

»Sorry, Tom. Sorry, sorry.«

»Wieso sorry?«

»Ich hätte mich öfter bei dir melden müssen. War blöd, ich schäme mich dafür. Ich hab die üblichen lahmen Ausreden, dass ich viel um die Ohren hatte und mein Geschäft aufgebaut habe, und dann lernte ich Raiza kennen und war plötzlich verlobt. Bei mir also alles in bester Ordnung. Und bei dir, wo du jetzt frei bist?«

»Ich hab hier in London ein paar Consulting-Sachen gemacht, aber damit hab ich vor zwei Monaten aufgehört, und jetzt treibt mich etwas um, wofür ich deine Hilfe benötige.«

»Ich bin übermorgen in London. Da könnten wir uns treffen, ja? Ich nehme an, dass es um etwas geht, was wir jetzt nicht am Telefon besprechen sollten.«

»Ja. Lieber unter vier Augen. – Raiza heißt sie?«

»Gott, Junge, sie ist bildschön. Kinderärztin. Und du, eine Freundin?«

»Nein. Nichts Festes.«

»Klingt nicht schlecht. Claridge's, Brook Street. Vier Uhr? Abgemacht, Tom?«

Später an diesem Tag rief Vito an. Das tat er nicht oft, höchstens ein paarmal im Jahr. Nach Geronimo hatte ich ihm meine Glückwünsche gemailt, aber gesprochen hatten wir uns nicht.

»Ich beneide dich, mein Freund«, sagte ich jetzt. »Unglaublich, was ihr gemacht habt. Eine perfekte Operation.«

Er gab sich zurückhaltend, seine Stimme verriet weder Begeisterung noch Stolz: »Ach, kommt drauf an, wie man's sieht. Wie schmeckt das Leben als freier Mann?«

Auch er benutzte das Wort »frei«. Mein Leben hatte nichts Freies. Ich hatte versagt, bei zwei Kindern, die ich hätte beschützen müssen.

»Keine Rapporte mehr, Vito. Keine Vorgesetzten. Keine Verantwortung.«

»Sprich weiter, und ich kündige auch. Du bist doch jetzt in London, oder?«

»Nach wie vor. Aber ich arbeite nicht mehr für Secure Advice. Bin jetzt selbständig, Vito. Kannst mein Partner werden.«

»Weißt du, da sage ich nicht gleich nein. Jeannie und ich trennen uns nämlich.«

»*No way*. Jetzt, nach deinem großen Triumph?«

»Nicht am Telefon, Tom. Ich fliege heute noch nach London, bin morgen Vormittag dort. Hast du Zeit? Wollen wir zusammen essen?«

»Natürlich hab ich Zeit. Wo bist du untergebracht?«

»Ein Freund hat in einem Fünfsternehotel für mich gebucht, bezahl ich nicht selbst. Claridge's.«

Probehalber, denn das war kein Zufall, sagte ich: »Wir können auch zu dritt zusammen essen, mit Muhammed.«

Vito blieb kurz still: »Ja?«

»Ich habe ihn gerade gesprochen«, sagte ich.

»Wär vielleicht gar nicht so schlecht. Er schuldet dir ja wohl was, oder?«, fragte Vito.

»Nein, nichts«, sagte ich.

»Trotzdem … Setzt du dich zu uns, Tom?«

Ich postete Muhammed eine Textnachricht: *Bin morgen Abend mit Vito dabei.* Er postete zurück: *Mir ist alles recht, aber bitte keine Frauengeschichten.*

Omar Sharif hatte einen gewissen Ruf, Vito ebenso. Miterlebt habe ich es bei ihm allerdings nie, und ich weiß nicht, ob das der Grund war, warum Jeannie ihm den Laufpass gegeben hatte. Viele Seals und Deltas hatten Eheprobleme.

Wenn man das Haus verließ, wusste man nie, ob man zurückkommen würde. Jede Abreise konnte ein Abschied für immer sein.

Das Claridge's ist genau das, was man sich darunter vorstellt. Das British Empire, das Weltreich, in dem die Sonne nie untergeht. Marmorböden in glänzendem Schwarzweiß. Säulen und Kronleuchter. Ein Hotel, in dem kein Gast nach dem Preis fragt. Ich konnte mir ein solches Hotel nicht leisten, Vito auch nicht, aber M-U hatte mit seinem neuen Job offenbar kräftig Reibach gemacht.

Ich meldete mich an der Rezeption und wurde von einem Pagen zu einem der Penthouses geleitet. Ich wusste nicht, was hier üblich war, und gab dem Pagen zwei Pfund. Er bedankte sich, als wären es zwanzig.

Vito machte mir auf. Ich betrat ein Wohnzimmer, das dreimal so groß war wie mein gesamtes One-bedroom-Apartment, mit zwei Sitzecken und einem Esstisch mit acht Stühlen. Alles in gedeckten Farben, gediegen und nach den Maßgaben der transnationalen Elite geschmackvoll.

M-U schenkte Vito gerade ein Glas Whisky ein. Wir umarmten uns und klopften einander nach Männerart auf den Rücken. M-U küsste mich auf beide Wangen. Ich ihn meinerseits.

»He, Tommy, wie gut. Magst du Whisky?«, fragte er.

»Weißt du, was er gerade macht?«, fragte Vito.

»Was machst du?«, fragte ich M-U.

M-U grinste: »Ich schenke Whisky ein, aus einer Flasche, die dreißigtausend Dollar kostet. Ein Glas davon kostet hier zweitausendsiebenhundertundfünfzig.«

»Dafür kann man sich ein Auto kaufen«, sagte Vito.

»Für ein Glas kann man in Urlaub fahren«, sagte ich. »Muss das denn wirklich sein, M-U?«

»Ich habe einen Account ohne Limit. Wenn ich es nicht tue, denken sie, ich bin unsicher. Jetzt wissen sie, dass ich nehme, was ich kriegen kann.«

»Wer sind ›sie‹?«, fragte ich.

»Ich lebe in Katar, Tommy, was denkst du? Macallan Lalique, zweiundsechzig Jahre alter Old Single Malt Scotch Whisky aus Speyside in den schottischen Highlands. Ist noch nicht mal die teuerste Flasche, die sie hier haben. Auf ein gutes Gelingen!«

»Gott sei gelobt und gepriesen«, sagte Vito.

Wir prosteten uns zu.

»Auf das Leben, Jungs«, sagte M-U.

»Auf das Leben«, wiederholten wir.

Ein Schluck fünfhundert Dollar. Ja, schmeckte wirklich gut – aber war das so viel Geld wert? Nicht für mich. Doch ich ließ es mir nicht entgehen. Ach, ich sollte nicht so scheinheilig tun: Ja, verdammt, das Zeug war köstlich.

Wir sahen uns mit leuchtenden Augen an. Aberwitzig teuren Whisky zu trinken schweißte uns zusammen. Wir ließen uns in die Polstersessel sinken.

»Möchtest du etwas über das Theater bei dir zu Hause loswerden?«, fragt M-U Vito.

Vito zuckte die Achseln: »Was gibt's da schon zu sagen? Ich hab was Dummes gemacht, einmal zu oft. Jeannie kam dahinter. Hat mir den Laufpass gegeben. Ausgerechnet jetzt.«

»Und die Kinder?«, fragte ich.

»Alle bei ihrer Mutter. Die konnten natürlich nicht bleiben.«

»Das wird dich ’ne Stange Geld kosten«, sagte M-U.

»Ja. Scheiße. Ich muss das Haus verscherbeln.«

»Ich könnte dir einen Job anbieten«, sagte M-U.

»Was zahlst du?«, fragte ich.

»Grundgehalt zweihunderttausend. Steuerfrei. Plus Übergangsbonus.«

»Du lügst«, sagte Vito.

»Diese Suite kostet fünftausend Pfund. Pro Tag. Die haben da drüben überhaupt keinen Begriff vom Geldwert. Wenn sie dich haben wollen, gibt es kein Limit.«

»Was zahlen sie dir?«

»Dreihundertfünfzigtausend.«

Vito und ich wechselten einen Blick. Ich brauchte das nicht. Ich hatte Rücklagen und andere Prioritäten. Aber Vito würde nichts mehr übrig behalten, wenn er Jeannie jeden Monat einen Großteil seines Solds abtreten musste.

»Und warum ich dann nur zweihunderttausend?«, fragte Vito.

»Ich sagte doch, das ist das Grundgehalt. Du kommst alles in allem ohne weiteres auf dreihunderttausend.«

»Das wären fünfundzwanzig Riesen im Monat. Ich könnte Jeannie leicht fünf pro Monat geben und hätte immer noch ein Vermögen für mich.«

»Vorausgesetzt, du behältst für dich, was du tatsächlich verdienst. Sonst verlangt sie die Hälfte. Bist du ernsthaft interessiert?«, fragte M-U.

»Ja.«

»Tom?«, fragte M-U.

»Mir geht es hier gut. Ich brauche nichts.«

»Ich schon«, sagte Vito.

M-U fragte: »War sie's wert, dieses eine Mal, das einmal zu viel war?«

Vito seufzte und schüttelte den Kopf: »In dem Moment schon. Gott, zum Anbeißen, die Kleine, gerade neu in der Verwaltung. Einen Arsch hat die ... Und echt voll bei der Sache, dazu hat Jeannie keine Lust mehr.«

»Na, mit der kannst du dich doch dann wunderbar trösten«, sagte M-U.

»Ich will's noch mal mit Paartherapie versuchen«, sagte Vito. »Mal sehen, ob Jeannie nicht doch wieder ... Sie ist schon mal weg, vor zwei Jahren. Da ist sie auch wiedergekommen.«

»Jeannie ist doch Neapolitanerin, nicht?«, fragte ich.

»Ihre Großeltern«, bestätigte Vito nickend.

»Gib ihr etwas Zeit zum Dampfablassen«, riet ihm M-U, als wisse er genau, was es hieß, mit einer Neapolitanerin verheiratet zu sein. »Die kommt wieder. Vorausgesetzt, du lässt die Finger von dieser Verwaltungstussi.«

»Nicht so einfach«, sagte Vito mit gequältem Gesicht.

Wir tranken noch einen Schluck. Dreimal fünfhundert.

M-U sagte: »Schön, dass ihr mich beide sprechen wolltet. Wegen ein und derselben Sache?«

Vito und ich sahen uns an.

»Nein«, sagte ich.

»Bestimmt nicht«, sagte Vito.

»Aber ihr habt keine Geheimnisse voreinander?«

»Ich nicht«, sagte ich. »Du, Vito? Aber lasst uns doch heute das Zusammensein genießen und dann jeweils ein separates Treffen vereinbaren. Wie lange bist du noch in der Stadt, M-U?«

»Das hängt von meinen Meetings morgen ab. Ist es bei dir was Kompliziertes, Tom?«

»Ich benötige deine Hilfe, ja. Ich möchte jemanden wiederfinden.«

M-U nickte. »Jemanden, der verschwunden ist?«, fragte er. »Das Mädchen?«

Vito fragte: »Könnte ich auch irgendwas dazu beitragen, Tom, was dieses Mädchen betrifft?«

»Ich würde von euch beiden gern hören, was ich tun kann. Aber M-U hat natürlich in Afghanistan die besten Kontakte«, sagte ich.

»Und du, Vito?«, fragte M-U.

»Ich brauche dich. Geld. Geld ist für dich kein Problem. Ich bin hier zum richtigen Zeitpunkt beim richtigen Mann.«

»Wie viel?«

»Hunderttausend. Vielleicht etwas mehr.«

»Himmel. Das ist 'ne Stange Geld, Mann.«

»Ich weiß.«

»Erpresst die Kleine dich? Hat sie Fotos von dir?«

»Denkst du etwa, das würde mir den Schlaf rauben? Die könnten von mir aus auf Facebook erscheinen«, sagte Vito. »Da würdet ihr noch Minderwertigkeitskomplexe kriegen.«

»Sollen wir wirklich messen?«, fragte M-U.

»Ich bitte euch«, sagte ich. »Jeder hat den Größten, okay?«

M-U grinste: »Vito, mein Freund, warum brauchst du so viel Geld?«

Vito schnaubte. Schaute sich suchend um.

»Ist es hier *safe*?«

»Ich habe es nicht säubern lassen«, sagte M-U. »Probleme, wenn sie mithören?«

»Nicht für mich«, sagte ich.

»Für mich schon«, sagte Vito. »Ich brauche absolute Geheimhaltung von dir, M-U. Absolut. Wenn das, was ich dir zu erzählen habe, nach außen dringt, kostet mich das Kopf und Kragen. Ungelogen.«

»Zweifelst du an mir?«, fragte M-U.

»Keine Sekunde«, sagte Vito, »deshalb bin ich hier. Weil ich dir vertraue.«

»Wenn du sagst, dass ich den Mund halten soll, dann tu ich das, Vito. Ich fänd's scheiße, wenn du daran zweifelst.«

»Ich zweifle nicht daran. Sorry, wenn der Eindruck entstanden ist. Ich meinte eher Mikrophone hier im Zimmer.«

»Ist schon okay. Was willst du, sollen wir woandershin gehen?«

»Nach unten ins Restaurant?«, schlug Vito vor. »Da ist viel los. Und ich hätte auch Appetit auf was.«

»Kein Jetlag?«, fragte ich.

»Bei dem, was mich momentan umtreibt, kriegt man keinen Jetlag«, sagte Vito. »Ich platze schier vor Adrenalin.«

M-U sagte: »Soll ich die Flasche mitnehmen?« Er wartete nicht auf eine Antwort, sondern griff zu der eckigen, schuhkartonförmigen Flasche und schraubte den Verschluss drauf.

Wir gingen nach unten. Das Restaurant, betrieben von

Chefkoch Gordon Ramsay, war vollbesetzt. Sechs Wochen Wartezeit für Reservierungen. In der Lobby entstand Aufregung, und Smartphones blitzten, als Elton John in Glitzeranzug und mit Gefolge hereinschritt. Das war zu viel für uns.

Es war halb neun Uhr abends, aber draußen war noch helllichter Tag.

15

London, 8. Juli 2011

Fortsetzung: TOM

Zwei Straßen weiter fanden wir in einem Keller ein einfaches indisches Restaurant. Auch dort war es voll, aber eine schöne Inderin führte uns gleich an einen Tisch im hinteren Teil des Lokals. Ich sah meine Freunde auf ihren Hintern schielen, als sie sich in dem auffallend engen Sari zwischen Gästen und Tischen hindurchschlängelte. Mit schwungvoller Geste wies sie uns den schlicht eingedeckten Tisch an, als wollte sie gleich zu einem traditionellen indischen Tanz ansetzen.

Ungeniert stierten meine Freunde sie an. Es machte ihr nichts aus, die Götter hatten sie nun mal mit diesen Augen und diesen Brüsten und diesem Hintern gesegnet, und die Männer schmachteten.

Muhammed erklärte ihr, dass wir uns selbst was zu trinken mitgebracht hätten, und stellte ihr ein großzügiges Trinkgeld in Aussicht.

»Und, *by the way*, Sie haben einen hübschen Sari an«, säuselte er noch und vertraute auf die Wirkung seiner Filmstarvisage.

Sie lächelte entwaffnend.

»Das ist ein Ghagra Choli. Den tragen Frauen in Rajasthan und Gujarat. Und manchmal auch im Punjab. Sie haben also schon etwas zu trinken. Vielleicht doch noch etwas Wasser? Und soll ich gleich die Karte bringen?«

»Gern«, sagte M-U. »Warum sind Sie hier und nicht in Bollywood, wenn ich fragen darf?«

Bevor sie reagieren konnte, sagte Vito: »Dieser Ghagra steht Ihnen ausgezeichnet. Darf ich fragen, wie Sie heißen?«

»Shama«, sagte sie.

»Und was bedeutet das?«, fragte M-U.

»Flamme«, sagte sie und wandte sich von unserem Tisch ab.

»Ich schmelze dahin«, sagte Vito, als sie weg war.

»Ich würde es anders nennen«, sagte M-U.

»Warum hältst du dich so zurück?«, fragte Vito mich. »Sie ist eine Schönheit.«

Ich nickte: »Das sehe ich. Aber ich halte mich lieber vornehm zurück, während ihr euch aufführt wie geile Hunde. Da kann ich nur positiv auffallen.«

»So funktioniert das nicht, Junge«, sagte M-U. »Du musst schon was dafür tun.«

»Du bist verlobt.«

»Ich darf doch wohl noch flirten, oder?«

Ein Junge brachte die Speisekarten und Gläser, die Frau hatte offenbar genug davon, von meinen Freunden angestiert zu werden. M-U schenkte behutsam ein. Es war laut, aber wir brauchten nicht die Stimme zu erheben. Hier konnte uns keiner abhören.

»Sicher genug hier, Vito?«

»Ich denke schon.«

»Wofür benötigst du das Geld?«

»Wenn ich es sage, hörst du einfach nur zu, okay?«

»Natürlich. Aber es ist ein Haufen Geld. Ich habe noch nicht so viel auf die hohe Kante legen können. Ich verdiene zwar viel« – er schob uns die Gläser zu – »aber so einen Betrag zu verleihen, Junge. Ich heirate in drei Monaten. Ihr kommt doch, ja? Wird alles organisiert. Bringt jemanden mit, ja? Und, Tommy, weil du mich damals ... Du hast mir das Leben gerettet, als dieser Affe ... Willst du mein Trauzeuge sein, Tom? Würdest du mir die Ehre erweisen?«

Er legte die Hand auf meine Schulter.

»Ja, natürlich, Muhammed, gern, aber eins muss ich dir sagen, andersrum hätte ich dich nie darum gebeten.«

»Ich weiß, ich hab auch keine Ahnung, warum ich dich darum bitte.«

Er packte mich bei den Schultern und schüttelte mich durch – Männer haben eigenartige Gepflogenheiten, wenn sie ihre Gefühle zum Ausdruck bringen.

»Für alles wird gesorgt. Inklusive Smoking, maßgeschneidert. Nichts ist gut genug. Zweiter Oktober, das ist ein Sonntag. Newport Beach, Kalifornien, da haben ihre Eltern ein Häuschen mit dreizehn Schlafzimmern. Gilt auch für dich, Vito. Du musst kommen. Ich hoffe, du kannst Jeannie mitbringen.«

Daraufhin nahm M-U eine Hand von Vito und eine Hand von mir und drückte sie, während er die Lippen zusammenpresste, als übermannte ihn die Rührung. Man ist eben Schauspieler, oder man ist es nicht.

Als er uns wieder losließ, sagte er: »Okay, schieß los, Vito. Ich werde dir helfen, wenn ich kann.«

Vito schlug die Augen nieder, fing an zu schnaufen, was selbst bei der Geräuschkulisse in diesem Keller für mich hörbar war – ich saß ihm gegenüber, Muhammed saß zwischen uns an dem eckigen Standardrestauranttisch mit rotweiß karierter Tischdecke und Plastiksets –, und beugte sich zu uns herüber.

»Geronimo«, flüsterte er.

Ich erinnerte mich trotz des reichlichen Alkoholgenusses damals Wort für Wort an unser Gespräch vor einem halben Jahr. Aber das waren Suffspinnereien gewesen.

M-U und ich wechselten einen Blick. Verwundert.

»Noch mal«, sagte M-U. »Habe ich richtig gehört?«

Vito nickte und flüsterte ein weiteres Mal, noch leiser: »Geronimo. Bin Laden.«

»Ich verstehe nicht ganz«, sagte M-U mit forschendem Blick. »Wofür ist das Geld? Was willst du damit machen?«

»Geronimo«, wiederholte Vito.

M-U nickte. »Ja, Geronimo. Ich kenne den Namen. Hab davon gehört.«

Vito schluckte: »Er ist noch am Leben.«

»Am Leben?«, wiederholte M-U leise. Er sah mich an. Suchte Unterstützung, denn hier war was verquer: Hatte Vito 'ne Schraube locker?

Und ich dachte: O Gott, sind sie wirklich so weit gegangen? Nein, unmöglich. Das kann nicht sein. Vito macht nur irgendwelche Umschweife, damit er M-U so weit kriegt, ihm das Geld zu leihen. Ungeschickte Umschweife.

M-U sagte: »Vito, mein Freund, das kann nicht sein. Du warst doch selbst dabei, oder?«

Vito nickte, schluckte.

»Du bist ST6, Vito. Du warst in Abbottabad, oder? Du hast die Einheit angeführt!«

»Ja.«

»Wie kannst du da sagen: Er lebt noch?«

»Er lebt noch«, sagte Vito. »Wirklich.«

M-U starrte in Vitos Gesicht. Ich sah ihn denken: Er braucht Hilfe, der berufliche Druck und das Theater mit seiner Ehe haben ihn fertiggemacht. Er muss zum Seelenklempner. Der Meinung war ich auch.

Ich sagte: »Habt ihr's gemacht, wart ihr wirklich so irre, dass ihr's gemacht habt? Ich glaub's nicht.«

Vito schluckte erneut, nickte.

»Nein, Vito, das kann nicht sein«, sagte ich.

Wir waren alle drei einen Moment lang still. Verwirrt blickte M-U zwischen Vito und mir hin und her.

»Nehmt ihr mich jetzt auf den Arm? Ist das ein Scherz? Das ist ein Scherz. Vito, verarsch mich nicht.«

»Ich verarsch dich nicht, M-U«, sagte Vito.

M-U wandte sich an mich: »Tom, das ist hirnrissig. *Too much*. Sag, dass ich recht habe.«

»Du hast recht. Vito schwafelt. Ist doch so, nicht, du hast dir das aus den Fingern gesogen.«

Vito machte eine Gebärde mit beiden Händen, die seine Ratlosigkeit ausdrückte: »Ich wollte, es wäre so. Aber wir haben es gemacht. Es hat einfach geklappt. Wir haben ihn. Er redet. Isst. Scheißt.«

»Wer?«, fragte M-U.

»Der Mann mit diesem Codenamen«, sagte ich.

»Du glaubst ihm?« M-U sah mich verärgert an.

»Nein. Ich glaube ihm nicht. Was ich aber schon weiß ... Vor einem halben Jahr, bei seinem Geburtstag, saßen wir mit ein paar ST6-Leutchen zusammen. Sie hatten den Auftrag erhalten, Geronimo zu erschießen. Das wollten sie nicht. Wir soffen uns die Hucke voll und spannen uns zurecht, wie man seine Exekution faken könnte. Und mit dem Stuss will er dir jetzt offenbar das Geld aus den Rippen schneiden. He, Vito, hast du keine andere Geschichte auf Lager?«

»Wie geht die Geschichte denn nun? Vito, was willst du eigentlich sagen?«, fragte M-U fast verzweifelt.

»Wir haben es gemacht«, sagte Vito. »Fehlerfrei. Wir haben Geronimo nicht getötet. Wir haben ihn vorher durch jemand anderen ausgetauscht …«

»Durch wen?«, fragte M-U und setzte sich auf. Ein Verhör.

»Einen Doppelgänger.«

»Ihr habt einen Doppelgänger umgelegt?«

»Ja.«

»Und was ist mit der DNA?«

»Die DNA war von seinem Sohn.«

»Du bist verrückt«, sagte M-U.

Er starrte ein paar Sekunden lang vor sich hin, griff dann zur Speisekarte und tat, als studiere er sie. Dann sah er Vito wieder an.

Der indische Junge erschien am Tisch, und wir bestellten viel zu viel.

»Sind Sie sich sicher? Das sind Gerichte für gut zehn Personen!«

»Wir haben Hunger«, sagte M-U. »Hier geschehen Dinge, die mich furchtbar hungrig machen.«

Als der Junge weg war, sagte er: »Das kann nicht sein. Wer weiß wie viele CIA-Augen haben zugesehen. Wie hätte man Geronimo da rausholen und einen anderen reinschleusen können?«

»Es gab einen Tunnel.«

»Einen Tunnel?«

»Natürlich gab es einen Tunnel«, sagte Vito, als rede er mit einem Kind. »Als ob Geronimo ein Haus ohne Fluchttunnel bauen lassen würde! Komm schon, natürlich war da ein Tunnel.«

»Und wir wussten das nicht?«

»Nein. Sie haben nichts gefunden. Sie sind zwar eine Weile damit befasst gewesen, kamen aber zu dem Ergebnis, dass kein Tunnel da sei. Den gab es aber doch.«

»Und den habt ihr entdeckt?«

»Nicht wir. Andere haben ihn entdeckt.«

»Wer?«, fragte M-U.

»Leute, denen wir vertrauen konnten. Tadschiken.«

»Mein Vater war Tadschike«, sagte M-U.

»Ich weiß«, sagte Vito.

»Tadschiken hassen Geronimo«, sagte M-U. »Massoud war Tadschike.«

»Ich weiß«, sagte Vito.

»Du sagst ja gar nichts«, sagte Muhammed zu mir. Er schenkte noch mal ein: »Gut, dass ich diese Flasche mitgenommen habe.«

»Ich weiß nicht, was ich sagen soll«, sagte ich und wandte mich an Vito: »Du solltest jetzt aufhören mit diesem *act*. War ja ganz witzig. Nein, war überhaupt nicht witzig. Erklär jetzt lieber, wofür du so viel Geld brauchst. Ohne Scheiß.«

M-U sagte: »Gib's ruhig zu, das war nur ein kleiner

Scherz. Ein leicht missratener Scherz, aber egal. Ein kleiner Scherz von einem alten Kumpel.« Über den Tisch gebeugt, zischte er ihm zu: »Der Präsident hat die Nachricht vom Tod Geronimos höchstpersönlich in die Welt geschickt. Geronimo ist mausetot. Von euch abgemurkst.« Er zeigte mit dem Finger auf Vito: »Sag mir jetzt nicht, dass Obama davon weiß.«

»Nein. Niemand weiß etwas«, sagte Vito mit betrübtem Gesicht.

»So soll es auch bleiben«, sagte M-U.

»Wie groß ist die Gruppe der Insider?«, fragte ich. Endlich hatte ich etwas zu fragen.

»Mit mir zusammen elf Mann. Und jetzt ihr, dreizehn also. Und die fünf Tadschiken.«

»Und die fünf Tadschiken«, wiederholte M-U.

»Also eigentlich achtzehn Mann«, sagte Vito nickend.

»Zählen ist gar nicht so einfach«, sagte M-U. »Und du denkst – wenn das wahr ist, was ich nicht glaube –, dass das geheim bleiben kann, bei achtzehn Mann, darunter fünf Tadschiken?«

»Das wird es wohl müssen.«

»Mit Sicherheit. Denn wenn das wahr ist, wenn es so ist, wie du sagst, dann ist das eine Form von Insubordination, über die halbe Bibliotheken vollgeschrieben werden dürften. Dann ist dies die unglaublichste Form von Insubordination in der ganzen verdammten Geschichte. Wenn das wahr ist, habt ihr alle beschissen«, sagte M-U.

Und dann fing er an zu grinsen. Und zu kichern und schließlich laut zu lachen.

»Gott, wenn das wirklich wahr ist … Ihr habt die ganze

Welt beschissen. Langley. Das Pentagon. Das Weiße Haus. Echt alle auf Erden. Gott, das wär ein Ding.«

»M-U, guter Freund«, sagte Vito, während er eine Hand auf dessen Unterarm legte, »es ist wahr. Wir haben es gemacht.«

»Vito, *sweetheart,* das kann nicht sein.«

»Kann es schon. Denn es ist so. Wir haben es gemacht. In derselben Nacht, ein paar Stunden vor unserem *raid,* haben die Tadschiken einen Inder aus Goa in das Haus geschmuggelt, ein wirklich vollkommener Doppelgänger war das ...«

»Dieser Heini vom Strand dort?«, unterbrach M-U ihn. »Wie hieß der noch?«

»Ben Laden«, sagte ich.

»Dieser Clown? Ich kenne ihn. Alle, die mal dort gewesen sind, kennen ihn. Habt ihr das wirklich gemacht? Habt ihr den armen Kerl gekidnappt? Mein Gott.«

Vito nickte.

»Ihr habt diesen Mann geopfert. Vito, wie konntet ihr ...?«

»Der Zweck, M-U, der Zweck. Geronimo wollten wir unbedingt lebend in unsere Gewalt bekommen, verstehst du?«

»Wie habt ihr diesen Doppelgänger nach Abbottabad gebracht?«

»Haben die Tadschiken gemacht. Mit dem Schiff nach Karachi. Dann mit einem Kleinbus nach Islamabad. Dort haben sie ihn festgehalten, bis die Operation losging.«

»Und woher wusstest du von diesem Tunnel?«

»Haben auch sie gemacht. Sie sind Afghanen, Tunnelkämpfer. Kostete sie ein paar Wochen, Geronimos Tunnel zu finden. Wir haben es nicht gekonnt. Die Tadschiken schon. Wir sind überqualifiziert, zu theoretisch, glaube ich. Die Tadschiken, mit denen wir arbeiten, denken nicht theoretisch. Die haben einen Riecher.«

»Ja, die haben einen Riecher«, wiederholte M-U ungläubig. »Und die Frau von Geronimo, bei der dieser Clown schlafen sollte, dachte nicht: Er ist ja heute Nacht so gar nicht mein kleiner Geronimo, sondern eher ein geiler Inder?«

»ZK-122. Ein Betäubungsmittel in der Versuchsphase. Geruchloses Gas. Die Jungs hatten genug davon bei sich für die ganze Stadt. Haben das Zeug in dem Haus austreten lassen. Deswegen schliefen alle wie die Murmeltiere. Es gab keinerlei Widerstand. Sie sind nicht mal aufgewacht, als der Black Hawk gecrasht ist. Auch nicht von den Explosionen. Haben tief geträumt. Was meinst du wohl, warum es keinen Widerstand gab! Das ganze Scheißviertel saß aufrecht im Bett wegen dem Lärm von den Choppern und dem Crash und unseren ganzen Aktionen, aber Geronimo pennte schön weiter und drehte sich noch mal auf die andere Seite. Das verdanken wir diesem verdammten ZK-122! Sie mussten Geronimo durch den Tunnel tragen, denn er war groggy wie nur sonst was.«

Das Essen kam. Tandooris, Currys, Gemüsegerichte, genug für ein ganzes Waisenhaus.

M-U starrte auf den Tisch: »Und ihr habt Theater gespielt bei eurem *raid*?«

»Nein, das war echt.«

»Das nennst du echt?«

»Wir hatten keine Ahnung, ob wir den Richtigen oder

den Falschen hatten. Wir hatten an dem Abend und in der Nacht keinen Kontakt zu den Tadschiken.«

»Und die DNA?«

»Der Medic sollte zwei Röhrchen mit seinem Blut füllen. Eine davon ging mit dem Black Hawk zurück, die andere mit dem Chinook.«

»Sie sehen doch, dass es nicht seine DNA ist, oder?«

»Die hatten sie nicht. Zum Abgleich hatten sie DNA von einer Halbschwester von Geronimo. Und bekamen das Blut von seinem Sohn.«

»Der Medic gehört zur Gruppe der achtzehn?«

»Ja. Sonst hätte es nicht hingehauen.«

M-U begann, sich etwas auf den Teller zu schöpfen. Er lud ihn voll, bis sich das Essen darauf türmte.

»Das treibt mich zum Wahnsinn«, sagte er. »Und es macht mich hungrig. Mordsmäßig hungrig. Tom, sag du doch auch mal was. Sag, dass das wirklich eine blöde Art ist, mich zum Wahnsinn zu treiben, und dass das alles gelogen ist.«

»Ja, das soll nur dazu dienen, dich zum Wahnsinn zu treiben. Und mich auch. Vito, mein Freund, ich höre da wer weiß wie viele Sachen heraus, die schiefgehen konnten.«

»Sie gingen nicht schief. Das ist es ja gerade. Wenn es keinen Tunnel gegeben hätte, wär finito gewesen. Das war die Crux. Ein Tunnel.«

»Den wir nicht gefunden haben«, sagte M-U, schmatzend und konzentriert vor sich hin starrend.

»Haben wir doch. Wir schon. Die CIA nicht.«

M-U sagte: »Ich habe keinerlei Meldungen gehört, dass ein Tunnel gefunden wurde. So etwas dringt doch sofort nach außen.«

»Der Eingang war in einem Schrank in der Küche vom Haupthaus. Keiner hat nach einem Tunnel gesucht, auch die Pakistanis nicht. Aber sie haben ihn inzwischen gefunden, hörte ich.«

»Ihr habt also einen Doppelgänger in den Ozean geschmissen?«

»Ja.«

»Alle Welt denkt, dass Geronimo tot ist, aber er ist quicklebendig?«

»Ja.«

»Wo haltet ihr ihn fest?«

»Faizabad.«

»Bei den Tadschiken?«

»Ja.«

»Das machen deine fünf Freunde?«

»Ja. Ich habe mit ihnen gearbeitet. Sie sind Söhne von zwei Halbbrüdern von Massoud.«

»Kenne ich sie?«

»Ich denke schon.«

»Geben sie auch gut auf ihn acht?«

»Ich denke, dass sie anständig mit ihm umgehen, ja. Aber ich bezweifle, dass sie sich an die Genfer Konvention halten.«

»Foltern sie ihn?«

»Wir nennen das doch verschärfte Vernehmung, M-U, oder?«

»Bist du dort gewesen, hast du ihn gesehen?«

»Nein. Der Kontakt läuft nur über die Tadschiken.«

M-U sah ihn einen Moment lang verwundert an: »Du hast ihn nicht persönlich gesehen?«

»Nein.«

»Du vertraust auf die Integrität von fünf dahergelaufenen Tadschiken?«

»Ich kenne sie. Ich habe mit ihnen gearbeitet. Ich vertraue ihnen.«

Ich sagte: »Das ist eine Schwachstelle in deiner Geschichte, Vito, dass du ihn nicht gesehen hast. Hättest du besser vorbereiten müssen ...«

»Du glaubst mir nicht?«, fragte Vito mit betrübtem Blick.

»Nein.«

»Hör zu, Junge«, sagte M-U, »angenommen, dein Gefasel hat irgendetwas mit der Wirklichkeit zu tun, dann ist doch die Wahrscheinlichkeit, dass ihr schlicht und ergreifend den Original-Geronimo erschossen und danach im Ozean entsorgt habt, echt sehr groß. Und der Witz ist, dass diese Tadschiken jetzt einen drittrangigen indischen Straßenartisten gefangen halten und euch weismachen, sie hätten einen Tunnel gefunden und alle in dem Haus mit ZK-122 ins Reich der Träume befördert, während das alles zu hundert Prozent Verarschung ist, verstehst du? Ihr werdet sehenden Auges hinters Licht geführt. Tadschiken! Ich bin ein halber Tadschike. Und denen vertraut ihr? Ihr wisst nichts. Hast du den Tunnel gesehen? Nein. Hast du nicht. Du hast ein Trüppchen Tadschiken angeheuert, und die behaupten, sie hätten einen kleinen Schmierenkomödianten aus Indien nach Karachi verschleppt und den großen Geronimo aus seinem Bett gezerrt und statt seiner den kleinen Schauspieler hineingelegt. Hast du konkrete Beweise dafür gesehen, dass die den authentischen *G-Man* haben? Und nicht das Duplikat aus Goa? Nein.«

Er schaute von Vito zu mir, beherrscht, überzeugt, dass er recht hatte. Ich zuckte die Achseln.

Vito sagte: »Sie haben uns Videos gezeigt, sie haben alles aufgezeichnet. Ich bin nicht verrückt. Er ist es wirklich«, sagte er resigniert.

M-U nahm schweigend ein paar Bissen von seinem Essen. Fragte danach: »Wofür brauchst du das Geld nun wirklich?«

»Dafür. Für das, was ich gesagt habe.«

»Okay, erklär es mir«, sagte M-U geduldig.

»Die Tadschiken ... Wir bezahlen sie. Und jetzt haben wir keinen Cent mehr. Wir hatten zusammengelegt und ihnen hundertzehntausend gegeben. Das ist für uns ein Haufen Geld, zehntausend pro Nase. Aber die Tadschiken wollen mehr.«

»Sie wollen mehr?«, wiederholte M-U. »Wie viel wollen sie?«

»Mit hunderttausend wären sie zufrieden.«

»So, sie wollen also gern noch hunderttausend extra. Zweihundertzehntausend also insgesamt. Sie sind zu fünft, das wären also zweiundvierzigtausend pro Nase. Ein Haufen Geld in deren Gegend, Vito.«

Wir aßen eine Weile schweigend.

Nach zwei, drei Minuten sagte Vito: »Warum gehst *du* nicht zu ihm?«

»Zu wem?«, fragte M-U.

»Geronimo.«

»Das ist nicht dein Ernst.«

»Doch, mein voller Ernst«, sagte Vito. »Sehen heißt glauben. Wenn sie ihn haben, wenn sie ihn wirklich haben ...«

»Dann gebe ich ihnen alles, was sie wollen, meinen Tadschiken-Kollegen«, unterbrach ihn M-U.

»Hunderttausend genügen«, sagte Vito.

»Würde ich auch meinen«, erwiderte M-U, »wenn ich ein Geronimo-Imitat im Keller versteckt hätte. Guter Deal. Der Echte war lebend fünfundzwanzig Millionen Dollar wert. Aber der liegt bei den Fischen.«

Ich sagte: »Willst du wirklich, dass M-U nach Faizabad fährt?«

»Ja.«

»Willst du mich reinlegen?«, fragte M-U. »Stehst du dann mit versteckter Kamera da? Willst du, dass ich zum Arsch der gesamten *fucking* Army werde?«

»Mensch, Mann, denkst du wirklich, ich würde dich zum Spaß bis dorthin fahren lassen?«

»Ja.«

Wir aßen wieder eine Weile, ohne ein Wort zu sagen.

M-U fragte: »Und du, Tommy, wen hast du im Keller versteckt?«

»Niemanden, mein Lieber. Niemanden. Aber ich möchte jemanden finden.«

»Apana«, sagte M-U.

»Vielleicht ist sie tot. Aber ich habe einen Hinweis erhalten, dass sie in Pakistan ist. Dabei musst du mir helfen. Du hast die Kontakte. Ich nicht. Ich muss sie finden, verstehst du?«

»Dir helfe ich«, sagte M-U, »aber dir …« Er sah Vito mitleidig an: »Mann, sag doch einfach, wofür du die Kohle brauchst. Und hör mit dieser Scheißgeschichte auf.«

Vito schüttelte gequält den Kopf und legte sein Besteck hin: »Für diese Tadschiken. Das ist der Grund.«

Er sah uns hilflos an.

»Ich habe in meinem Leben schon viele schräge Geschichten von Typen gehört, die mich anpumpen wollten«, sagte M-U, »aber deine Story übertrifft alles, Vito. Geronimo lebt. Ha. Hast du auch Elvis im Angebot?«

16
London, 10. Juli 2011
DANNY DAVIS

In diesem Kapitel machen wir Bekanntschaft mit Danny Davis. Zum obigen Datum war er vierzig Jahre alt. Er war Mathematiker, schlank, mittelgroß, hatte ein schmales, aristokratisch anmutendes Gesicht mit ergrauenden Schläfen und einen geschmeidigen Gang. Sein Englisch hatte den Akzent eines jovialen Australiers. Dazu besaß er einen obsessiven Geist, den er auf das Schreiben komplexer Softwareprogramme und die Analyse heikler Situationen richten konnte.

Eine Freundin von Dannys Freundin Deborah hatte ein Kind bekommen und gab einen *baby shower*. Danny wollte möglichst jede Stunde nutzen, die er mit Deborah zusammen verbringen konnte, denn er war viel auf Reisen, und wenn er zu Hause in London war, arbeitete er fünfzehn, sechzehn Stunden am Tag. An diesem Tag nicht.

Die Party fand an diesem Sonntagnachmittag um drei in einem schicken Haus in Kensington, Courtfield Gardens, statt, nur zweihundert Meter von ihrer Wohnung entfernt.

Es war leicht bewölkt und dreiundzwanzig Grad warm. Danny wäre am liebsten den ganzen Nachmittag mit Deb durch die Stadt geschlendert. Er konnte Deb stundenlang ansehen, wenn er die Gelegenheit dazu bekam. Sie war fast genauso groß wie er, schlank, vielleicht etwas zu schlank, und weil sie viel Sport trieb, hatte sie gutausgebildete Muskeln. Es war nicht immer leicht, ihre Stimmungen und Gedanken zu erraten, da sie nicht unbedingt ein extravertierter Typ war, und so überraschte sie ihn immer wieder mit ihrem Einfallsreichtum, auch im Bett. Mit ihr konnte man sich unmöglich langweilen. Sie war kritisch, schwierig, fordernd, kompromisslos, und sie umarmte ihn dankbar, wenn er ihr eine Tasse Kaffee brachte, als wäre das die größte Gnade im Leben. Arm in Arm gingen sie auf einem vierzigminütigen Umweg zur Wohnung von Julia und Michael Wolf.

Deb hatte ein Geschenk für den kleinen Jungen gekauft, der vor drei Wochen rituell beschnitten worden war und das, so Deb, »praktisch verschlafen hatte«, ein Pulloverchen. Das Baby ihrer Freunde erhöhte unweigerlich die Dringlichkeit ihres eigenen Kinderwunsches, und Danny brachte der Form halber einige Einwände vor, ihre Arbeit und die Reisen und ihre kleine Wohnung, aber er sah ein, dass es Zeit wurde und Deb jetzt, mit vierunddreißig, nicht viel länger warten sollte. Wenn sie heute Nacht schwanger werden würde, wäre sie bei der Geburt fünfunddreißig und er einundvierzig.

Die Familien von Julia und Michael waren schon zu einem früheren Zeitpunkt festlich zur *Berit Mila*, zur Beschneidungszeremonie, empfangen worden, der heutige Umtrunk war vor allem für Freunde und Bekannte.

Deborah und Julia, die frischgebackene Mutter, waren beide Dozentinnen am King's College. Fachbereich Philosophie. Sie hatten sich vor drei Jahren kennengelernt und inzwischen einige Artikel zusammen geschrieben, und momentan arbeiteten sie an einem Buch über Postmoralität, was auch immer das sein mochte.

Danny war ein Technikfreak, Logarithmist nannte er sich selbst manchmal spöttisch. Er war ein vielgefragter IT-Consultant und wurde von seiner britischen Firma auf alle Kontinente geschickt. Allein in diesem Jahr war er bestimmt schon drei Monate unterwegs gewesen. Wenn er das fünf Jahre lang durchhielt, würden sie reich sein und sich ein Haus im Grünen leisten können. In zehn Jahren könnte er aufhören zu arbeiten, aber er wusste nicht, was er außer Arbeiten sonst tun könnte, also kam diese Option nicht in Frage.

Er zählte rund vierzig Gäste bei Julia und Michael Wolf. Michael war Anwalt und aktives Mitglied der konservativen jüdischen Gemeinde. Danny war nirgendwo Mitglied. Seine Eltern hatten ihn zwar in der jüdischen Tradition erzogen, doch der Glaube hatte ihn nie gepackt. Trotzdem war er genauso traditionsbewusst wie Michael. Er war im australischen Canberra aufgewachsen, wo es eine kleine jüdische Gemeinde mit eigenem Kulturzentrum gab. Seine Eltern waren eher in kulturellem als in religiösem Sinne jüdisch und hatten die Synagoge immer für etwas Überflüssiges gehalten. Sie hatten den Glauben also nie gepflegt, bis auf die Beschneidung Dannys am achten Tag nach seiner Geburt.

Wenn Deb und er einen Sohn bekämen, würden sie sich ebenfalls dafür entscheiden. Deb hatte eine religiöse Seite, die sie »spirituell« nannte, sie liebte Rituale und Feiertage, die im Kreise der Familie begangen wurden. Was Letzteres betraf, gestaltete sich ihr Leben etwas schwierig. Debs Eltern lebten in Pittsburgh, Pennsylvania, seine, wie gesagt, in

Canberra. Sie waren nicht verheiratet, lebten offiziell nicht mal zusammen – er hatte der Form halber seine eigene kleine Wohnung in der Old Brompton Road –, und auch das würde sich ändern, wenn Deb schwanger werden sollte. Sie wollte heiraten, er auch. Eine Chuppa. Er würde mit der Sohle seines rechten Schuhs das Glas zerbrechen. Welchen Ursprung dieser Brauch hatte, war unklar, Danny hatte es mal nachgeschlagen. Vermutlich sollte damit ursprünglich an die Trümmer des zerstörten zweiten Tempels erinnert werden, auf den selbst im Moment der größten Freude Bezug genommen werden musste.

Michael Wolf hatte eine Kippa auf. Er war Strafverteidiger und musste bei der Arbeit seit Herbst 2008, als am Gericht die Perücken abgeschafft worden waren, ohne Kopfbedeckung auskommen. Die Perücke war für ihn so etwas wie das jüdische Käppchen gewesen, das er in Zeiten umstrittener Religiosität nur in seinen eigenen vier Wänden trug, um die öffentliche Zurschaustellung von Symbolen zu vermeiden.

Julia hatte sich gleich nach der Niederkunft wieder mit Deb ans Hot Yoga gemacht und sah aus, als wäre sie nie schwanger gewesen. Michael trieb keinen Sport, aus Prinzip nicht, wie er sagte, und jetzt setzte er ein bisschen Übergewicht an. Er war schon früh völlig grau geworden, hatte ein kurzgestutztes Bärtchen, das dunkler war als sein Haupthaar, und trug eine Brille mit dünnem Goldgestell. Stolz stand er in der Mitte des großen Wohnzimmers und wiegte sich leise, damit das Neugeborene, das in einem Tragesack vor seiner Brust hing, ungestört weiterschlief. Wie konnte man Julia beschreiben? Sie war der Typ Julia Roberts, ein schon fast ätherisches Wesen mit riesigen Augen, die mit seligem Ausdruck auf ihr prachtvolles Kind und die kultivierten Gäste in ihrer prachtvollen Wohnung blickten. Kaum zu glauben, dass dieses schmale Becken das Kind getragen hatte.

Danny kannte einige Leute vom Sehen. Wechselte mit dem einen oder anderen ein paar Worte, trank zu schnell zwei Gläser köstlichen Weißwein – Goldwater, ein Sauvignon Blanc aus Neuseeland –, mit dem das für den Empfang angeheuerte, ganz in Schwarz gekleidete Personal herumging, und fühlte sich leicht besäuselt.

Es waren noch ein paar Dozenten vom King's College da, mit einigen hatte er schon mal am Tisch gesessen, und anderen hatte er bei Empfängen zugenickt. Manchmal warf jemand einen Blick auf die Narben an seinen Händen – schwer zu übersehen, wenn er ein Glas darin hielt –, aber in dieser kultivierten englischen Gesellschaft verlor keiner ein Wort darüber.

Auch Aaron Gross war da. Dessen Renommee ging ihm gegen den Strich. Aaron war ein antizionistischer jüdischer Professor, der sich im *London Review* und *New York Review* vehement gegen die Siedlungen aussprach und neuerdings für eine »Einstaatenlösung« plädierte. Aus unerfindlichen Gründen stürmte Gross immer mit herzlichem Grinsen auf Danny zu, wenn sie irgendwo aufeinandertrafen, als hätten sie im politischen Sinne dieselbe Blutgruppe. Dieses Missverständnis war allerdings nicht Aaron, sondern Danny zuzuschreiben, der Aaron immer nach dem Mund redete, wenn Israel zur Sprache kam.

»Hi, Danny, gut, dich zu sehen.« Smart, silbergraues Haar

bis über den Kragen seines Sakkos, unrasiert, postmoderner Spitzbart, keine Krawatte, das Klischee des erfolgreichen linken Intellektuellen. Aaron war klein, aber er kompensierte das durch Lautstärke und lebhaftes Gestikulieren.

»Hallo, Aaron.«

»Ich hörte, dass du gerade aus Katar zurück bist. Wie war's?«

»Wahnsinn, was da abgeht«, sagte Danny. »Ich war wirklich beeindruckt. Die Leute, mit denen ich gearbeitet habe, sind alle hier bei uns ausgebildet worden und ganz modern. Privat wird auch ein Gläschen Wein getrunken. Frauen ohne Kopftuch. War eine wirklich lehrreiche Woche.«

»Ich bin seit fünf Jahren regelmäßig dort, gebe jedes Jahr ein dreiwöchiges Seminar. Katar University. *Open-minded,* die Menschen.«

»Keine Probleme als Jude?«

»Nie. Ist kein Thema. Wenn ich nach Tel Aviv fliege, halten sie mich stundenlang fest und machen Terz um jedes Brotkrümelchen in meinem Koffer, aber in Katar läuft alles glatt, und alle sind zuvorkommend. Geht dir das nicht auch so, wenn du nach Israel fliegst?«

»Ich bin höchstens einmal im Jahr dort. Aber es gibt immer Theater«, log Danny.

Aarons Frau Charlotte tauchte bei ihnen auf. Sie küsste Danny links und rechts auf die Wange und fragte: »Bist du ein Fan von Elton John?«

Charlotte war eine hochgewachsene Blondine aus einem steinreichen angelsächsischen Geschlecht, das sich im frühen achtzehnten Jahrhundert in Massachusetts niedergelassen hatte und dort ausgedehnte Ländereien besaß.

An ihren Fingern steckten Ringe, die man eigentlich nur unter bewaffnetem Geleitschutz tragen konnte. Vor der Tür wartete ihr Chauffeur mit einem verlängerten Audi A8. Es war nicht schwer, sowohl links als auch reich zu sein. Sie spendeten viel, wie Deb erzählt hatte.

»Elton John? Ein bisschen«, sagte Danny lächelnd.

»Lass den Mann in Ruhe, Charlotte«, feixte Aaron.

»Hier, schau mal, Sir Elton und ich. Bin ihm im Claridge's begegnet …«

»Sie war eingeladen«, fügte Aaron hinzu, als bedürfe ihre Anwesenheit in dem opulenten Hotel einer Rechtfertigung. Sie war reich genug, um das ganze Hotel kaufen zu können.

Charlotte hielt Danny ihr Smartphone hin, auf dessen Display sie in der Tat neben der kleinen Gestalt des großen Barden zu sehen war. Sie war einen Kopf größer. Elton Johns Anzug glitzerte im Licht.

Charlotte sagte strahlend: »*Your Song* ist doch eines der schönsten Lieder, die je geschrieben wurden, oder?«

»Ganz deiner Meinung«, sagte Danny. »Aber *Bohemian Rhapsody* bleibt mein Favorit. Ich bin und bleibe ein Queen-Fan.«

»Ja, sagenhaft gut, aber ein bisschen zu barock«, sagte sie.

»Du bist Sir Elton da einfach über den Weg gelaufen?«, fragte Danny.

»Er wollte bei Ramsey essen. Ich kam gerade aus dem Restaurant, man isst dort wirklich phantastisch. Und als wir gingen, kam Elton John gerade in die Lobby. Ich fragte ihn, ob ich ein Foto von ihm machen dürfte, und er sagte: Wenn du auch mit drauf bist. Ein unheimlich sympathischer Mensch, wirklich.«

»Reich mir die Hand, Charlotte.«

Sie streckte ihm die Hand hin, und Danny schüttelte sie.

»Ich habe jetzt die Hand einer Frau geschüttelt, die Elton John die Hand geschüttelt hat. Mit der Hand hat er die Noten zu *Your Song* geschrieben«, sagte Danny.

Charlotte lachte.

»Schickst du mir das Foto aufs Handy, Charlotte?«, sagte Danny. »Ich lasse es einrahmen.«

Mit ruhigen Händen – obwohl sein Herz jede Menge Adrenalin durch seinen Körper jagte – schickte er ihr eine leere SMS, damit sie seine Nummer hatte, und sie antwortete mit dem Foto.

Der Anblick des Fotos neutralisierte die Wirkung des Alkohols auf der Stelle. Bei der ersten sich bietenden Gelegenheit verließ er Charlotte und Aaron und bat Deborah, ihn zu entschuldigen, er müsse dringend weg, um ein paar Mails zu beantworten, die gerade eingegangen seien.

»Warte einen Moment«, sagte sie, »dann komme ich gleich mit.«

Aber sie konnte sich nicht loseisen, und nach zwanzig Minuten riss ihm der Geduldsfaden, er zeigte auf sich und auf die Tür, und sie gab mit einer Kopfbewegung ihre Einwilligung, dass er gehen dürfe.

Als er draußen in der Sonne zu ihrer Wohnung lief und sich vergewissert hatte, dass ihm niemand folgte, schickte er eine Textnachricht an die sicherheitsgeschützte Nummer. Das Foto hängte er an.

Er wusste nicht, ob es etwas zu bedeuten hatte, aber auf

dem Foto war Muhammed Hashimi zu sehen. In Katar hatte er für Muhammed Hashimi einen Auftrag ausgeführt. Tel Aviv war an Hashimi interessiert.

Eine Minute später, er war noch auf der Straße, rief Roy Sharett, sein *handler* von der israelischen Botschaft, an.

Danny fragte: »Mit wem ist Muhammed Hashimi da zusammen?«

»Zwei Amerikaner. Der eine ehemaliger Special Operations CIA, der andere aktives Mitglied von Seals Team Six und Unitleader beim Bin-Laden-Raid. Interessante Truppe«, sagte Sharett. »Wie kommst du an dieses Foto?«

Danny erklärte, dass er das Foto gerade auf einer Party bekommen habe: »Ich habe Hashimi vor zwei Monaten in Katar näher kennengelernt. War fünf Tage in seinem Büro. Hab einmal in meinem Hotel ein Glas mit ihm getrunken. Hashimi hat seine Schäfchen ins Trockene gebracht. Heiratet demnächst eine Frau, die dem herrschenden Clan angehört.«

»Vielleicht sollen die beiden für ihn arbeiten«, sagte Sharett.

»Wenn er mir ein gutes Angebot macht, tue ich das auch«, sagte Danny.

»Ich schließe mich an«, sagte Sharett. »Besten Dank, ich geb das weiter.«

17

Amsterdam, 12. Juli 2011

Fortsetzung: DANNY DAVIS

Zwei Tage später flog Danny nach Amsterdam. Er nahm den Zug vom Flughafen zum Hauptbahnhof und trank im Wintergarten eines Hotels neben einer großen Baugrube eine Tasse Kaffee. Er war schon verschiedene Male hier gewesen, und die Baugrube schien dauerhaft zu sein, ein postmodernes Kunstwerk. Das Hotel gehörte zu ihrem Netzwerk und hing voller Kameras, die der Gesichtserkennungssoftware auf israelischen Computern zu tun gaben. Wie erwartet, wurde er von niemandem verfolgt. An der Rezeption fragte er nach Hope Smith.

Sie hatte ein bescheidenes Zimmer im vierten Stock und hieß nicht Hope Smith, sondern Ruth Fiorentino und war Tochter italienischer Juden, die 1946 nach Palästina emigriert waren. Sie war dreiundsechzig und der Kopf des europäischen Netzwerks. Sie war gerade aus Mailand angekommen, in Gesellschaft zweier schlanker junger Männer, die aussahen wie modebewusste italienische Metrosexuelle, aber in Wirklichkeit Krav-Maga-Experten waren. Ruth war klein und klapperdürr, hatte einen dichten Schopf rotbraun gefärbter krauser Locken auf dem Kopf, das Näschen einer Eule, die Augen eines Adlers, Finger wie Geierklauen – das waren Vergleiche, die sie selbst gezogen hatte. »Ich bin eine ganze Voliere, ich weiß«, hatte sie bei dieser Gelegenheit in einem Restaurant in Rom mit leisem Schmunzeln gesagt. Bei jenem Essen war die Zusammenarbeit besiegelt worden.

Sie küsste ihn, als wäre sie seine Tante. Sie war mütterlich, hochgebildet und Mitglied eines Komitees, das Liquidationen absegnete. Das blieb Danny erspart. Er war ein begabter Techniker, der mit seinem Job den perfekten Deckmantel hatte und den Eindruck erweckte, genau das zu sein, was man in ihm sah: ein offenherziger, fröhlicher blonder Australier. Wenn Deb ein Kind bekam, würde er das Ganze seinlassen.

Sie hatte eine Nespresso-Maschine im Zimmer und machte ihnen Espresso. Das Foto mit Elton John lag ausgedruckt auf ihrem Bett. Danny erzählte ihr, wie es in seinen Besitz gekommen war, von der Beziehung zu dem Antizionisten Aaron Gross und dessen Frau Charlotte, seinem Job in Katar.

Ruth erzählte, dass sie vorgehabt hatten, Muhammed Hashimi zu rekrutieren, aber davon abgesehen hatten, als sie merkten – dank der Anpassungen, die Danny am Computersystem von Hashimis Firma vorgenommen hatte –, dass er Kontakte zu den Saudis unterhielt. Hashimi hatte sein Consulting-Unternehmen, aber er hatte auch einen Draht nach Riad. Es war noch nicht klar, ob er den für die Al-Thanis unterhielt, die Familie, die den Kleinstaat regierte, oder in eigener Regie. Hashimi hatte sich mit einer Verwandten des Clanführers Scheich Hamad bin al-Thani verlobt. Das war ein Freibrief für den Erwerb grenzenlosen Reichtums gegen absolute Loyalität. Es lag also auf der Hand, dass er nicht Informant der Saudis war, sondern als Loyalist der

Al-Thanis die Informantenrolle vorspiegelte. Es gab viele Kontakte zwischen den Al-Saudis und den Al-Thanis, aber sie misstrauten einander und kauften wenn möglich Informanten im jeweils anderen Lager. Die Verlobung war freilich ein Beleg für Hashimis wahre Gesinnung, und das wussten auch die Saudis.

»Mit Hashimi kommen wir nicht weiter«, sagte Ruth. »Zu dem kriegen wir keine offene Leitung. Aber interessant ist dieser Junge hier.« Sie zeigte auf Tom Johnson. »Hübsche Laufbahn beim aktiven Zweig der CIA. Special Activities Division, die Special Operations Group. Wurde bei einer Operation im Dezember 2008 in Afghanistan schwer verletzt. Hat Anfang Februar gekündigt und lebt jetzt in London. Nicht ganz klar, was er da macht. Er ist geschieden. Eine Tragödie in seinem Leben: Er hatte ein kleines Kind, das bei den Anschlägen in Madrid am 11. März 2004 verletzt wurde, die Kleine war dreizehn Monate alt. Sie ist ein Jahr später gestorben. Daran ist seine Ehe zerbrochen. Er heißt Tom Johnson, aber aufgepasst: Er hat zwar den Namen eines *white Anglo-Saxon*, aber er ist Jude. Großeltern mütterlicherseits Russen, die nach Amerika gegangen sind. Eltern sind ganz passable Musiker. Er nicht. Starker Mann, wie du siehst. Bisschen ungestüm in seiner Jugend und ging mit achtzehn zur Army. Fiel auf, ist irrsinnig schnell die Karriereleiter hochgeklettert, wurde in die Delta Force aufgenommen und landete schließlich beim geheimen Zweig der CIA. Nicht schlecht, was wir binnen vierundzwanzig Stunden an Infos zusammentragen können, hm?«

Sie grinste und tätschelte sein Knie.

»Großartig, gut zu wissen«, sagte Danny. »Aber wozu soll ich mir das alles zu Gemüte führen? Ich habe nie derartige Rückmeldungen auf meine Arbeit erhalten. Ich bin kein aktiver Agent. Ich schaffe nur die Voraussetzungen für bestimmte Dinge. Logarithmist bin ich, wie ich dir schon mal sagte.«

»Ich weiß, Danny. Ich möchte dich zu nichts zwingen, ich kann dich nur darum bitten.«

»Worum möchtest du mich bitten?«

»Es weicht von dem ab, was du bisher gemacht hast. Du müsstest aktiv werden. Das ist was völlig anderes. Aber du bist ein umgänglicher Mensch, wie wir bemerkt haben. Du kapselst dich nicht ab, du bist offen, du bist interessiert, du könntest einen ausgezeichneten Rekrutierer abgeben.«

»Rekrutierer?«

»Ja, du könntest andere dazu bewegen, für uns zu arbeiten.«

Danny sah sie verdutzt an. »Das … das … Ruth, ich weiß nicht, ob ich das machen sollte.«

»Wir helfen dir.«

»Ich kann Computer manipulieren. Aber Menschen? Tom Johnson?«

»Tom Johnson, ja.«

»Was soll ich genau machen?«

»Sein Freund werden. Und ihn dann rekrutieren.«

»Er ist ein CIA-Mann. Er kennt alle Tricks.«

»Wir könnten etwas arrangieren, und dann schaust du, ob er jemand ist, mit dem du befreundet sein könntest.«

»Ich möchte keine Scheinfreundschaft mimen, das geht mir zu weit.«

»Gerade deswegen bitten wir dich darum.«

»Du willst, dass es echt ist, obwohl du es arrangierst?«

»Ja.«

»Warum ich?«

»Ihr habt etwas gemeinsam.«

»Was?«

»Die Musik.«

»Die Musik? Wie meinst du das? Elton John?«

»Bach.«

Danny fehlten kurz die Worte. Er blickte auf seine Hände, die Narben. 1991 hatte ein Lastwagen das Taxi gerammt, mit dem er auf dem Weg zum Flughafen war. Er wurde eingeklemmt, musste aus dem Auto herausgesägt werden.

»Wir haben uns sein Amazon-Konto angesehen«, sagte Ruth. »Die *Goldberg-Variationen*. Sechs Varianten der *Variationen* hat er in den letzten Jahren bestellt. Plus DVDs von Glenn Gould.«

Danny war 1991 zum Elisabeth Concours in Belgien zugelassen worden. Ein Franzose mit britischem Namen gewann in dem Jahr, Frank Braley. Spielte später mit dem London Philharmonic, dem französischen Nationalorchester, dem Gewandhausorchester Leipzig, dem Boston Symphony Orchestra. Danny wusste nicht, ob er je so groß hätte werden können. Angestrebt hatte er es schon. Aber er hatte eine weitere Begabung, die Mathematik, und die entwickelte er weiter. Hatte viel miteinander zu tun, Bach und Mathematik. Vielleicht hatte dieser Tom Johnson das gleiche Empfinden: dass Bach zu Klang gewordene Mathematik war, so wie das Universum zu Materie gewordene Mathematik. Bei dem Musikwettbewerb hatte Danny das

Unmögliche gewollt: nach Gould die vollkommenen *Goldberg-Variationen* spielen.

»Ich könnte einfach bei ihm klingeln und sagen, dass ihr ihn dazu auserkoren habt, für euch zu arbeiten.«

»Das wäre ein bisschen zu direkt, findest du nicht?«

»Warum sollte der Mann empfänglich sein für ... Tja, was kann ich ihm bieten? Wollt ihr ihn erpressen? Gibt es ein Geheimnis, mit dem ihr ihn zwingen könnt, für euch zu arbeiten?«

»Nein.«

»Hat er eine Freundin? Gibt es da was?«

»Wechselnde Beziehungen.«

»Was hat er euch zu bieten?«

»Zugang zu Informationen in Katar. Den Al-Thanis. Mit Muhammed Hashimi geht ein neuer Stern auf. Wäre schön, wenn Johnson für ihn arbeiten würde.«

»Sie sind Freunde. Warum sollte er seinen Freund verraten?«

»Braucht er nicht. Es geht nicht um Verrat. Aber das Elton-John-Foto hat uns neugierig gemacht. Diese drei Männer: Hashimi, der ST6-Mann, Tom Johnson. Aber da ist noch etwas. Siehst du den da?«

Sie nahm das Foto und zeigte auf eine halb abgeschnittene Gestalt links von den drei Männern. »Das Foto ist mit einem Samsung Galaxy mit sechzehn Megapixel gemacht worden. Wir haben es vergrößert.«

Sie zeigte ihm ein zweites Foto mit einer Vergrößerung dessen, was von dem halben Mann sichtbar war.

»Das ist Kamal Durrani, einer der Laufburschen des Londoner Netzwerks vom saudischen Geheimdienst Muchabarat. Durrani ist gebürtiger Pakistaner. Der Muchabarat hat seine Leute überall in London. Kann also Zufall sein, dass er da war. Vielleicht ist er ein Fan von Elton John und wollte ihn um ein Autogramm bitten. Aber es kann auch sein, dass er unser Trio observierte.«

»Was denkst du?«, fragte Danny. »Was läuft da?«

»Keine Ahnung. Irgendwas. Wir wissen nicht, was. Aber man riecht einfach, dass sich da was abspielt. Dieser ST6-Mann – der hat hier in London nichts zu suchen. Es gab offenbar einen dringenden Anlass. Da spielt sich was ab, und wir wollen wissen, was es ist, bevor es uns um die Ohren fliegt. Du kannst uns helfen, Danny. Du weißt, was es heißt, von der Seele der *Goldberg-Variationen* zu sprechen.«

18

Faizabad, 3. August 2011

UBL

Vor zwei Tagen hatte der Ramadan begonnen, und der reinigende Rhythmus des Fastens passte besser zu seinen derzeitigen Lebensumständen. Es fehlte ihm an nichts. Er bekam zu essen, Wasser, Tee, Obst. Er konnte sich in dem Keller frei bewegen – dass es ein Keller war, nahm er jedenfalls an. Die Wände waren aus rohen Steinen, die Decke, die außerhalb seiner Reichweite lag, war mindestens vier Meter hoch und gewölbt, der Betonfußboden war ungefliest, die schwere Tür war aus Schmiedeeisen. Das solide alte Untergeschoss eines klassischen Hauses, so gebaut, dass man es im Winter warm und im Sommer kühl hatte. Aber es gab keine Fenster. Das Licht kam von einer nackten Glühbirne hoch über seinem Kopf. Seine Notdurft verrichtete er in einen Eimer, der mittags – er nahm an, dass es in etwa mittags war, er hatte kein rechtes Gefühl mehr für den Tagesrhythmus – gegen einen sauberen ausgetauscht wurde. Bei der Gelegenheit bekam er auch frisches Wasser in einem Gefäß aus rostfreiem Stahl, Seife, ein Handtuch. Einmal in der Woche einen sauberen orangefarbenen Overall. Er schlief auf einer neuen Matratze, vermutlich eigens für ihn angeschafft; kein Kopfkissen, aber eine Decke. Sie stutzten ihm den Bart, schnitten ihm die Haare. Im Keller roch es nach dem, was sein Körper ausschied. Das war nicht angenehm, aber auch keine Beschwernis. Es hatte in seinem Leben Zeiten mit weniger Komfort gegeben. Wenn es hierbei blieb, würde er überleben – falls sie ihn nicht exekutierten.

Drei Dinge quälten ihn. Insbesondere: Niemand redete mit ihm. Keine Worte. Keine Gesichter. Sie trugen Motorradhelme und waren ganz in Schwarz gekleidet, einschließlich ihrer Hände, wie Actionhelden in einem albernen Hollywoodfilm. Er sprach die Männer manchmal an, die immer zu viert auftraten, aber sie reagierten nicht. Was ihn noch quälte: eine Kamera in einem Winkel an der Decke. Und drittens: das fehlende Tageslicht. Die Glühbirne ging zu einer bestimmten Zeit aus, er nahm an, bei Sonnenuntergang, und dann blieb er in völliger Dunkelheit zurück. Er konnte nicht mal seine eigenen Hände sehen.

Seit drei Tagen hatte sich der Tagesablauf verändert. Ramadan, dachte er, es musste Ramadan sein. Er hatte mit den Fingernägeln Striche in eine Ecke des Fußbodens geritzt und zählte die Tage anhand der Mahlzeiten und der an- und ausgehenden Beleuchtung. Das sahen sie über die Kamera, aber sie hinderten ihn nicht daran.

In diesen Raum drang kein Laut von außen, also auch nicht der Muezzin, der fünfmal am Tag zum Gebet aufrief. Er hatte keine Uhr. Wusste also nicht, wann er beten musste. Er tat es, wenn ihm danach war. Das war oft der Fall. Im Raum lag keine Sadschada, und so kniete er auf dem nackten Betonboden.

Wenn die Tür aufging, sah er eine Wand aus den gleichen rohen Steinen. Und manchmal glitt ein wenig Tageslicht darüber. Nicht immer. Offenbar befand sich dort eine Treppe mit einer Tür, die die Männer nicht immer zumachten, wenn sie ihn aufsuchten. Durch diese Tür war er zu Beginn hierhergeführt worden, und durch sie würde er den Raum wieder verlassen, tot oder lebendig.

Die Reise hatte etwa zehn Tage gedauert, schätzte er. Er hatte einen Helm getragen, dessen schwarzes Visier kein Licht durchließ. Er wurde davon klaustrophobisch, hatte immer wieder Schweißausbrüche und hyperventilierte, er bat um etwas frische Luft und ein Minütchen ohne das geschlossene Visier, aber der Helm erstickte seine Worte. Sie machten von Zeit zu Zeit ein Fenster auf, und dann spürte er den Fahrtwind auf seinen Händen, hörte Verkehrsgeräusche und Hupen und die Kakophonie eines Dorfes oder der Stadt, durch die sie kamen. Er war an Händen und Füßen gefesselt, und an Flucht zu denken war zwecklos.

Während der Reise war er nicht durchgehend bei Bewusstsein gewesen. Er erinnerte sich an Injektionsnadeln. Den größten Teil der Reise hatten sie ihn in Schlaf versetzt. Nachts hielten sie an, damit er auf dem Feld seine Notdurft verrichten konnte. Dann wurde ihm der Helm vom Kopf gezerrt, und er sah endlich die vermummten Männer, die ihn transportierten, und machte in der Ferne die Lichter einer Siedlung aus oder die Scheinwerfer von Lastwagen. Die Männer waren Profis, aber keine amerikanischen Special Forces. Vielleicht war er in der Gewalt einer Bande Krimineller oder von Stammesmitgliedern, die ihn nun meistbietend verkaufen würden. Fünfundzwanzig Millionen waren ihnen offenbar nicht genug. Er hatte keine Ahnung, was er wert war. Vielleicht würden die Amerikaner sogar hundert Millionen für ihn hinblättern. Die Männer, die ihn bewachten, würden reich werden; er hatte nicht den Eindruck, dass sie andere Motive hatten, denn sie hatten ihn nicht geschlagen, wollten nichts von ihm in Erfahrung bringen, verrichteten ihre Arbeit still und leise, ohne miteinander zu kommunizieren. Sie trugen keine Waffen, jedenfalls nicht sichtbar, aber er war kein erfahrener Kämpfer und bildete sich nicht ein, dass er diese vier Männer überwältigen könnte.

Anfangs hatte er jeden Tag gefragt, wo seine Familie sei. Die Männer schwiegen. Das war für ihn am schlimmsten, nicht zu wissen, wo seine Frauen und seine Kinder waren. Und das Mädchen in der Garage. Sie war auf ihn angewiesen. Er nahm an, dass Hunger und Durst sie nach draußen getrieben hatten, oder vielleicht hatten die Männer sie getötet. Vielleicht hatten sie alle getötet. Er wusste nichts. Das war neben der Stille und dem fehlenden Tageslicht das, was ihn am meisten quälte, nein, das war überhaupt das Allerschlimmste. Es war das Martyrium, das sie sich für ihn ausgedacht hatten. Keinerlei Information. Keinerlei Blickkontakt. Wie lange jetzt schon? Seit sie ihn entführt hatten, waren hundert Tage vergangen, schätzte er. Hatten die Frauen Alarm geschlagen oder die treuen Brüder? Sein Sohn Khaled, sein Nachfolger – lebte er noch? Wenn er an seinen Sohn dachte, übermannten ihn die Gefühle, und er weinte vor Ohnmacht und Verzweiflung. Hatte der Westen davon erfahren, das Weiße Haus? Oder hatten diese Männer das Ganze in aller Heimlichkeit vollbracht? Er hatte viele Feinde, und wenn die Amerikaner sich etwas in den Kopf gesetzt hatten, hielt sie nichts zurück, aber er war nicht im

Flugzeug transportiert worden. Die Gegebenheiten deuteten auf eine Stammesoperation hin – ausgeklügelt, zielsicher, glatt und straff organisiert. Während der Reise hatten sie jede Nacht den LKW gewechselt. Das war nicht leicht. Dafür bedurfte es einer verlässlichen Hierarchie, Logistik und Infrastruktur. Bei jeder Umladestation konnte es Komplikationen geben. Aber alles lief wie am Schnürchen. Mit keinem der LKWs gab es Probleme.

Wie hatten sie ihn aus dem Haus geholt? Hatten sie den Tunnel entdeckt? Oder waren sie einfach durchs Tor gekommen? Warum konnte er sich nicht an diesen Moment erinnern? Sie hatten ihn betäubt. Sie hatten alle betäubt. Mit einem Gas? Er entsann sich, dass er ins Bett ging, an jenem Abend bei seiner jüngsten Frau, und danach hatte er erst wieder Eindrücke davon, wie er in einem Lastwagen zu sich kam. Er sah nichts, war in dem schwarzen Helm gefangen. Er konnte jetzt noch die Panik jenes Moments fühlen, er wollte sich bewegen, und er wollte schreien, aber er war der Macht anderer ausgeliefert. Er betete zu Allah. Dadurch hatte er die Reise durchgestanden. Er betete eigentlich fortwährend, auch jetzt in dem Keller. Ja, das war eine Stammesaktion. Die Welt wusste nichts davon. Er konnte auf eine Übereinkunft hoffen. Mit einem Familienclan war immer zu verhandeln. Das waren Geschäftsleute. Es sei denn, er war einem der Clans in die Hände gefallen, mit denen die Taliban sich bekriegten. Aber sie hatten ihn nicht gefoltert. Sie behandelten ihn mit Rücksicht auf seine körperliche Verfassung. Zum Glück war er gesund. Er hatte kein Nierenleiden, wie man im Westen glaubte. Er musste Geduld haben und warten, bis die Verhandlungen begannen. Er hatte Geduld. Er verfügte über Selbstbeherrschung, Ruhe und Vertrauen in Allah, den Allbarmherzigen. Er würde warten, bis jemand zu ihm sprach.

Das Licht war ausgegangen, wurde aber nach einer halben Stunde – es fühlte sich wie eine halbe Stunde an – wieder angemacht. Jetzt nahm die Helligkeit zu, die Glühbirne war offenbar an einen Dimmer angeschlossen. Der war noch nie benutzt worden. Der Keller war in gleißende Helligkeit getaucht.

Die Tür ging auf, und die vier schwarzen Ninjas kamen herein. Sie nahmen ihre strategischen Positionen rund um ihn herum ein. Er richtete sich auf und zog die Decke schützend um seinen Leib, während er auf der Matratze sitzen blieb. Er war nicht bekleidet, neben der Matratze lagen der Overall und seine Unterwäsche.

Einer der Ninjas stellte in der Mitte des Raums einen Klappstuhl auf. War die Zeit für das erste Verhör gekommen? Würde man ihn jetzt foltern? Er wusste nicht, ob er körperlichen Schmerzen lange standhalten konnte.

Ein Mann erschien, mit unverdecktem Gesicht. Er trug einen Khet Partug, die afghanische Variante des traditionellen Salwar Kamiz, mit schwarzer Weste darüber, aber ihm fielen sofort die Rolex und der Ring und die ins Haar geschobene glänzende Sonnenbrille auf. Der Mann blieb im Türrahmen stehen und sah ihn einige Sekunden lang an. Dann schüttelte er den Kopf und grinste. Der Mann erinnerte ihn an eine Filmfigur, einen Schauspieler. Der Mann strahlte Macht und Selbstvertrauen aus, wie er da stand, mit in die Seite gestemmten Händen und diesem unverschämten

Grinsen, als lache er ihn aus. Er wusste, dass er diesen Mann in einem Film gesehen hatte, aber welchem?

Der Mann ging langsam, ohne ihn dabei aus den Augen zu lassen, zu dem Klappstuhl, nahm darauf Platz und beugte sich nach vorn. Entspannt stützte er sich mit den Ellbogen auf den Oberschenkeln ab.

In akzentfreiem amerikanischem Englisch fragte der Mann: »Welche Sprache bevorzugen Sie?«

Das waren die ersten Worte, die er seit Monaten gehört hatte, und das war das erste Gesicht, das er seit Monaten gesehen hatte. Ein Schauspieler. Ihm wurde bewusst, was Isolation mit einem Gefangenen machte: Er war dankbar, dass ihn jemand aus seiner Einsamkeit erlöste, dass da ein Mensch war, der das Wort an ihn richtete.

»Englisch ist in Ordnung«, sagte er leise.

Der Mann nickte beifällig, mit triumphierendem Blick, zufrieden mit dem, was er sah und hörte. Er fragte: »Benötigen Sie Medikamente?«

»Nein.«

»Sie bekommen genug zu essen?«

»Ausreichend, ja.«

»Sie können sich waschen?«

»Ja.«

»Möchten Sie einen Koran?«

»Gern.«

»Eine Sadschada?«

»Ja, gern.«

»Bekommen Sie.«

»Vielen Dank.«

»Rauchen Sie?«

Der Mann nahm ein Päckchen Zigaretten aus seiner Westentasche, klopfte eine heraus und bot sie ihm an. Er nahm sie. Der Mann hielt das Feuerzeug unter seine Zigarette. Er inhalierte tief, behielt den Rauch lange in der Lunge und atmete dann langsam durch die Nasenlöcher aus.

Der Mann wandte den Blick nicht von ihm ab, als er sich selbst eine Zigarette anzündete.

Er fragte: »Wie heißen Sie?«

Der Mann antwortete: »Wie heißen *Sie*?«

»Das wissen Sie.«

»Ich würde es gerne aus Ihrem Mund hören.«

»Usama bin Mohammed bin Awad bin Laden.«

Der Mann nickte. Warum, war nicht ersichtlich.

Er fragte den Mann: »Wie heißen Sie?«

»Muhammed.«

»Sie sind Muslim?«

»Ja.«

»Sie sind Amerikaner?«

Der Mann, der sich Muhammed nannte, nickte.

»Bin ich im Gewahrsam der amerikanischen Regierung?«

»Darüber möchte ich nichts sagen.«

»Was wollen Sie von mir?«

»Wir wollen alles wissen, was Sie wissen. Wir wollen mit Ihnen reden, als wären wir Ihre Biographen. Wir wollen jedes Detail Ihres Lebens erfahren. Wir wollen Ihre Pläne kennenlernen, Ihre Phantasien, Ihre Frustrationen, Ihre Wünsche, alles. Zu dem Zweck sind Sie hier.«

»Warum denken Sie, dass ich Ihnen das alles mitteilen werde?«

»Sie haben keine andere Wahl.«

Muhammed betrachtete ihn mit Sympathie, als bedaure er, dass sie sich unter diesen Umständen gegenübersaßen.

»Wo ist meine Familie?«

»Für die ist gesorgt.«

»Sind alle am Leben?«

»Fast alle.«

»Wer nicht?«

»Die Brüder Abrar und Abu Ahmed haben unsere Aktion nicht überlebt. Bushra, die Frau von Abrar, ebenso wenig. Und auch Ihr Sohn nicht.«

»Mein Sohn?«

»Es tut mir leid.«

»Mein Sohn …«

Er hatte schon geweint und wollte sich diesem Mann gegenüber nicht schwach zeigen.

»Er hat sich heldenmütig gewehrt«, sagte Muhammed mit einem Gesichtsausdruck, als falle es ihm unheimlich schwer, diese traurigen Nachrichten zu übermitteln. Der Mann war in der Tat ein Schauspieler.

Er antwortete: »Sie brauchen kein Mitgefühl zu heucheln.«

»Sie sind ein Vater, der einen Sohn verloren hat. Ich verstehe, dass das schmerzlich ist«, sagte Muhammed.

»Und die Frauen? Die Kinder?«

»Alle wohlbehalten.«

»Wo sind sie?«

»In Sicherheit.«

»Weiß die Welt, was Sie getan haben?«

»Ja.«

»Warum zeigen Sie mich der Welt dann nicht als Ihren

Gefangenen? Warum sperren Sie mich nicht in einen Käfig und lassen die Presseagenturen kommen?«

»Sie sind tot. Alle denken, dass Sie tot sind.«

Er blickte in Muhammeds ebenmäßiges, intelligentes, männliches Gesicht. Auf den Schnauzbart über den sinnlichen Lippen.

»*Lawrence von Arabien*«, sagte er.

Muhammed sah ihn überrascht an. »Was sagen Sie?«

»*Lawrence von Arabien*. In dem Film habe ich Sie gesehen. Sie sind Sherif Ali.«

Muhammed und die Ninjas lachten.

Muhammed sagte: »Sie kennen den Film?«

»Ich habe die DVD. Ich sehe mir oft Filme an. Sie sagen viel über Ihre Kultur aus. Interessant zu sehen, wie diese Filme Ihren Werten und Ihrem Denken Gestalt verleihen.«

Muhammed sagte: »Was sagen Ihre Taten über Ihre Kultur aus?«

»Sie sagen, dass wir den Platz auf Erden einnehmen werden, der uns rechtmäßig zusteht.«

»Das wird von diesem Keller aus nicht gelingen.«

»Die Bewegung ist nicht von mir abhängig. Mein Platz wird von Tausenden anderer eingenommen werden.«

Muhammed sagte: »Sie unterschätzen unsere Spannkraft. Sie haben unsere Kultur nie verstanden. Sie wissen nicht, welche Gegenkräfte Sie entfesseln. Sie haben schlafende Riesen geweckt. Was Sie uns antun, sind letztlich nicht mehr als Nadelstiche.«

»Sie sind erschöpft. Sie halten diesen Kampf nicht durch, und Sie werden unsere Region wieder verlassen, und dann werden wir uns zurückholen, was Sie uns weggenommen haben. Sie haben vielleicht Drohnen und Cruise Missiles, aber wir haben die ewige Kraft Allahs, des Allbarmherzigen, und fürchten uns daher nicht vor dem Tod.«

»Haben Sie keine Angst vor dem Tod?«

»Ich freue mich darauf.«

Muhammed betrachtete ihn jetzt mit skeptischem Blick, während er die Zigarette zwischen Zeige- und Mittelfinger an seine Lippen führte. Er inhalierte tief. Dann sagte er: »Sie werden uns alles sagen.«

»Alles, was ich weiß, ist überholt. Ich bin kein Anführer mehr. Ich sage Ihnen alles, was ich weiß. Sie haben nichts davon.«

»Sie arbeiten also mit?«

»Steht es mir frei, das zu verweigern?«

»Nein.«

»Also arbeite ich mit.«

»Wir werden Sie in Kürze umquartieren.«

»Ich werde keinen Widerstand leisten.«

»Sie können keinen Widerstand leisten. Sie sind nicht mehr Herr Ihres Schicksals.«

»Das ist Allah, der Allbarmherzige.«

Sie waren beide beim Filter ihrer Zigarette angelangt.

Muhammed fragte: »Möchten Sie noch eine Zigarette?«

Er nahm sie an und fragte: »Was meinten Sie, als Sie sagten, ich sei tot?«

»Die Welt denkt, dass Sie bei unserer Operation getötet wurden. So haben wir es bekanntgegeben.«

»Ihr Präsident?«

»Ja. Er hat es der Welt gesagt.«

Allmählich kristallisierte sich für ihn heraus, was hier vor sich ging. Wenn es sich um eine offizielle Festnahme gehandelt hätte, wäre anders mit ihm umgesprungen worden und man hätte ihn in einem anderen Raum gefangen gehalten. Er sagte: »Aber er weiß nicht, dass ich noch lebe?«

»Wir folgen seinen Anweisungen.«

»Darf ich sagen, dass ich Ihnen nicht glaube?«

»Sie dürfen alles sagen. Es ist uns nur lieb, wenn Sie alles sagen.«

»Und meine Familie denkt auch, dass ich tot bin?«

»Ja.«

Sie trauerten um ihn. Seine Kinder wurden jede Nacht von seinen Frauen getröstet. Hatten sie sich nach hundert Tagen mit dem Unvermeidlichen abgefunden, hatte der Schmerz einen festen Platz in ihrer Seele gefunden?

»Ich möchte sie sprechen.«

»Das geht nicht.«

»Sie wollen doch, dass ich mitarbeite, oder?«

»Sie arbeiten mit.«

»Kann ich den Präsidenten treffen?«

»Ich schließe nichts aus.«

»Ich möchte ein Abkommen mit ihm schließen.«

»Sie glauben, dass Sie dem Präsidenten etwas anzubieten haben?«

Es war ihm gelungen, dem Präsidenten die Nachricht zuzuspielen, dass er wusste, was der Präsident der Welt verschweigen wollte. Hatte der USB-Stick die Stürmung des Hauses überlebt? Hatten sie den Stick gefunden? Und er fragte sich unvermittelt: War das Ganze womöglich vom Präsidenten in die Wege geleitet worden, um den Stick zu finden? Oder bluffte Muhammed? Ja, das war Bluff. Das hier war eine Stammesoperation.

»Tadschike, Sie sind Tadschike, oder?«, fragte er.

»Mein Vater, ja. Aber ich bin in Amerika aufgewachsen.«

Er zeigte auf die Männer. »Tadschiken?«

»Sie haben eine gute Intuition. Aber wir stehen alle im Dienst des amerikanischen Präsidenten.«

»Ich möchte gern ein Geschäft mit Ihnen machen.«

»Erst mal wollen wir reden. Danach machen wir vielleicht Geschäfte.«

Er hätte am liebsten laut herausgeschrien, dass er einen USB-Stick im Besitz hatte, auf dem sich Informationen befanden, die den Präsidenten vernichten würden. Aber er musste das mit Geduld einfädeln. Ruhig bleiben. Er sagte: »Sie werden nicht enttäuscht sein.«

»Ich erwarte viel von Ihnen«, antwortete Muhammed. Dann sagte er: »Ich mache ein Foto von Ihnen.«

Er streckte die Hand aus, und einer der Ninjas reichte ihm ein Mobiltelefon mit kleiner, dicker Antenne. Es war ein Satellitentelefon, wie er selbst es auch schon benutzt hatte.

Muhammed suchte nach dem richtigen Bildausschnitt. »Bitte kurz stillsitzen.«

Das Blitzlicht blendete ihn für einen Moment. Er sagte: »Sie sehen diesem Schauspieler sehr ähnlich.«

Muhammed antwortete: »Omar Sharif.«

»Omar Sharif, ja.«

»Sie sind nicht der Erste, der das sagt.«

»Das kommt vor allem durch den Schnauzbart.«

»Der Schnauzbart, das wird's sein. Mein Vater hatte den

gleichen Schnauzbart, aber er sah Omar Sharif nicht im Entferntesten ähnlich.«

»Warum verkaufen Sie mich nicht an den Präsidenten? Fünfundzwanzig Millionen Dollar. Sie wären allesamt reich.«

Muhammed sah sich das Foto auf dem Display des Telefons an und sagte: »Sie sind schon an den Präsidenten verkauft worden.«

»Nein. Das hier ist eine unabhängige Operation. Ich kenne das Prozedere und Reglement vom amerikanischen Militär. Das hier ist nicht Amerika.« Er machte eine Handbewegung, die den Keller umfasste. »Und die Jungs ...« – er zeigte auf sie – »... die Jungs sind keine amerikanischen Soldaten. Sind Sie Geschäftsmann?«

»Wer ist nicht Geschäftsmann?«

»Dann könnten wir zu gewissen Übereinkünften gelangen.«

Muhammed stand auf. »Ich möchte keine falschen Hoffnungen wecken.«

»Ich sagte es schon: Sie werden nicht enttäuscht sein.«

»Ich erwarte nichts und werde von daher auch niemals enttäuscht«, sagte Muhammed.

»Ich biete Ihnen hundert Millionen für meine Freilassung.«

»Sie sind mehr wert.«

»Kann ich Sie erreichen, wenn ich möchte?«

»Sagen Sie es einem meiner Männer.« Muhammed ging zur Tür.

»Warum haben Sie den Kindern verschwiegen, dass ich noch lebe?«

Der Mann drehte sich für einen Moment um: »Sie hätten uns nicht geglaubt.«

»Warum nicht?«

»Sie haben Ihre Leiche gesehen.«

Der Mann verschwand, gefolgt von den Ninjas, die, rückwärts gehend, eine Mauer bildeten und in fester Reihenfolge den Keller verließen. Die Tür wurde geschlossen. Das Licht ging aus.

19

Faizabad, 4. August 2011

Fortsetzung: UBL

Er blieb aufrecht sitzen. In völliger Dunkelheit. Wut brandete in ihm hoch. Und Rachegelüste. Der Amerikaner hatte ihn zutiefst gedemütigt, hatte ihm Zigaretten zugesteckt und ihn angeredet, als wäre er ein minderwertiger Mensch. Er musste sehen, dass er das hier überlebte, und dann würde er dort, wo die Tadschiken lebten, die Straßen in Friedhöfe verwandeln. Er würde dafür sorgen, dass ihnen die Augen ausgestochen wurden, ihre Frauen vergewaltigt und ihre Kinder zu Sklaven gemacht wurden. Er blieb sitzen, schäumend vor Unmut, Widerwillen, ohnmächtigem Zorn.

Als er gebetet hatte und zur Ruhe kam, wusste er, dass er sich nicht lähmen lassen durfte. Er musste weiterdenken, musste Alternativen erwägen. Das war das Einzige, was er in der Schwärze dieses Kellers tun konnte.

War es vielleicht doch die CIA? Spielten sie ein Psychospiel mit ihm? War dies der Auftakt für ein methodisches Vorgehen, das ihn von Tag zu Tag kleiner machen würde, bis mit der Zeit nichts mehr von ihm übrig war als ein unterwürfiger Bettler? Er war außerstande zu beurteilen, was von den Worten des Mannes, der sich Muhammed nannte, wahr oder nicht wahr war. Vielleicht hieß er in Wirklichkeit Charlie oder Christian.

Wo war er, als sie ihn verschleppt hatten? Er schlief. Er befand sich in genau so einem dunklen Loch wie jetzt. Sie hatten ihn betäubt. Und seine Familie und die Al-Kuweitis. Wenn es eine Operation der CIA gewesen war oder wenn sie von den Special Forces des Militärs durchgeführt worden war, dann befand er sich jetzt in einer *black site*, in einem Gefängnis, wo die amerikanische Gesetzgebung nicht galt und wo sie jede Verhörmethode anwenden konnten, die sie für nötig hielten. Dann war er also in Afghanistan. Sie hatten ihn über die Grenze geschmuggelt und ihn im Keller einer amerikanischen *black site* eingesperrt.

Und seine Familie? Vielleicht hatte man alle getötet. Alle …? Oder wurden sie auch auf einer Basis festgehalten und wie Ungeziefer behandelt, in einem Keller wie diesem, mit einem Eimer, in den sie sich entleerten, wo sie beim Beten auf dem Betonboden knieten, wo die Kinder wimmerten, wenn das Licht ausging und völlige Dunkelheit ihren Herzen Angst einjagte? Rache. Um Allahs ewige Heiligkeit zu ehren.

Bomben mit radioaktivem Material. Wenn er das hier überlebte, würde er im Namen seiner Kinder alles in Bewegung setzen, um die dekadenten Städter Europas und Amerikas das Fürchten zu lehren. Sie würden in Panik aus ihren Häusern und Straßen flüchten, wenn radioaktive Strahlung durch die Wände sickerte. Mit kranken Organen würden sie Schutz auf dem Lande suchen, bar der Reichtümer, die ihre parasitäre Kultur vom Rest der Menschheit gestohlen hatte. Namentlich von den Muslimen. Er musste am Leben bleiben. Das war der Auftrag. Er musste seinen Kommandos zu verstehen geben, dass sie alles andere beiseiteschieben und sich nur einer Hauptsache widmen sollten: Schlagt zu mit allem, was ihr an schmutzigen Bomben finden könnt. Verseucht ihre Büros, ihre Museen, ihre Tempel des Unglaubens wie Theater und Parlamente und Bars und Tanzlokale, zerstört ihre Bücher, ihre Musik, die Seele ihrer Kultur.

Hass war seine Energiequelle. In den Momenten tiefster Verzweiflung hatte er immer Hoffnung aus der Hitze seines Hasses geschöpft. Des Hasses, der von seiner heiligen Furcht vor Allah gespeist wurde. Christen und Juden glaubten zu wissen, wer ihr Gott war, und das war lächerlich. Als ob ein Mensch mit seinem begrenzten Verstand den universellen Verstand Gottes erfassen könnte – nein, Allah war unergründlich, immens unergründlich und äußerte sich logisch oder unlogisch, wie immer es Ihm behagte. Was Er der Menschheit gegeben hatte, war der Heilige Koran – darin offenbarte Er Seine Botschaft.

Plötzlich ging das Licht an. Er merkte, dass er lag – war er eingeschlafen, ohne sich dessen bewusst zu sein? In seinen Gliedern pulsierten Hass und Wut; auch wenn er träumte, träumte er als Rächer. Er hatte lange geschlafen.

Die vier Ninjas kamen mit ihren einstudierten kleinen Schritten herein. Sie breiteten einen schlichten rechteckigen Gebetsteppich aus, eine Sadschada, und legten eine Ausgabe des Heiligen Korans darauf. Einer der Ninjas zeigte auf die Wand links von ihm, und er begriff, was der Ninja meinte: Das war die Richtung für das Gebet, dort lag Mekka. Er nickte. Danach zogen sie sich still und leise wieder zurück. Er wartete, ob sie das Licht jetzt ausmachen würden, doch es blieb an. Er kroch zu dem Gebetsteppich, nahm das Buch auf und begann, die vertrauten heiligen Worte zu lesen:

Al-Fatiha. Bismi Allahi alrrahmani alrraheemi, Alhamdu lillahi rabbi alAAalameena, Alrrahmani alrraheemi, Maliki yawmi alddeeni, Iyyaka naAAbudu waiyyaka nastaAAeenu …

»Die Eröffnung. Im Namen Allahs, des Allbarmherzigen! Lob und Preis sei Allah, dem Herrn aller Weltenbewohner, dem gnädigen Allerbarmer, der am Tag des Gerichts herrscht. Dir allein wollen wir dienen, und zu Dir allein flehen wir um Beistand.«

Beim Lesen und Meditieren löste sich die Wut nicht auf, sondern wurde schärfer, zielgerichteter, klarer, als handelte es sich um flüssiges Glas, das er in Form blasen konnte.

Danach legte er die Sadschada in die Mitte des Raums und sprach das Gebet, das seinem Gefühl nach im Tageszyklus an der Reihe war. Er hatte den orangefarbenen Overall angezogen, der Koran lag vor ihm, und er fühlte sich geborgen und gesegnet.

Hinter sich hörte er das Schloss, die Tür, die sich öffnete. Er schaute auf und erstarrte, als unbekannte Gestalten hereinkamen. Nicht die Ninjas, nicht der Mann, der sich Muhammed nannte. Acht Männer. Sie trugen traditionelle Kleidung und über den Köpfen schwarze Balaklavas mit Augen- und Mundlöchern. Munitionsgürtel. Headsets mit Kommunikationsapparatur. G28-Automatikwaffen von Heckler & Koch in Sandfarbe. Neue Turnschuhe, alle acht.

Sie stellten sich um ihn herum auf und begafften ihn, als wäre er ein Objekt. Er hörte sie atmen, schnell, als seien sie gerannt. Sie begafften ihn wie eine Jahrmarktsattraktion, eine Missgeburt. Gehörte das zu den CIA-Techniken? Kam nach dem relativ milden Muhammed nun der gnadenlose Folterer? *Good cop – bad cop.*

»Hund. Wir haben dich«, sagte einer von ihnen. Auf Arabisch. So, wie sich nur das Arabisch der Saudis anhörte.

Schwarze Augen in den Balaklavas. Er bedeutete einem der Kämpfer etwas mit einer Handbewegung, und dieser richtete das Objektiv eines Smartphones auf ihn. Sie filmten ihn.

»Sag deinen Namen. Ich will ihn hören«, sagte der Mann.

»Sie kennen meinen Namen. Deshalb sind Sie ja hier«, antwortete er.

Er kniete auf der Sadschada. Sie hatten ihn beim Beten gestört.

»Dein Name«, wiederholte der Mann.

Was sollte das, dieses Theater um seinen Namen? Muhammed hatte ihn auch hören wollen. Das bedeutete, dass sie ihn unterworfen hatten. Wenn er seinen Namen nannte, kapitulierte er. Mit dem Nennen seines Namens gab er seine Würde auf. Mit dem Hören seines Namens nahmen sie ihm seine Identität.

Er murmelte: »Usama.«

Mit einem Fingerschnippen gab der Mann einem Kämpfer einen Befehl. Der Kämpfer trat auf ihn zu und holte mit der behandschuhten Hand aus. Ein Schlag auf seine Wange. Nicht hart. Nicht schmerzhaft. Ein Machtbeweis.

»Dein Name.«

Er beherrschte sich. Er hatte keine Wahl. Das ist die CIA, schoss es ihm durch den Kopf. Sie wollten ihn brechen, bis er um Gnade wimmerte.

»Usama – bin Mohammed – bin Awad – bin Laden.«

Der Mann machte erneut eine Handbewegung in Richtung des Kämpfers mit dem Smartphone. Er hörte auf zu filmen.

Und der Mann, der der Anführer dieser Gruppe war, rief nun mit geballter Faust: »Wir haben ihn! Allah sei gepriesen! Wir haben das Ungeheuer! Sieg!«

Die anderen Männer ballten ebenfalls die Fäuste und riefen ihm nach: »Sieg! Sieg! Sieg! Allahu Akbar! Allahu Akbar!«

Die Balaklavas verbargen ihre Gesichter, aber er sah, dass sie lachten und strahlten. Und sie begannen, wie Frauen zu trillern. Mit aufgesperrten Mündern und tanzenden Zungen stießen sie das hohe arabische Freuden- und Triumphgeheul aus.

Er senkte den Kopf und ließ die Männer jubilieren. Mit geschlossenen Augen suchte er die Erinnerung an seine Kinder auf, an seine Frauen, an die Genugtuung, die eingetreten war, als die Bilder von Nine-Eleven auf seine Netzhaut fielen. Er würde sich rächen. Er würde ein vorbildlicher Gefangener sein und die CIA täuschen. Ayman Al-Sawahiri führte die Bewegung schon seit einigen Jahren an und hatte ein perfektes Gespür für Timing und Dramatik. Sowie Ayman bereit war, würde den Chefs dieser trillernden Schießbudenfiguren das letzte Stündlein schlagen. Sie würden ausradiert werden und in den Flammen Allahs verschwinden.

Es wurde still um ihn herum, und er fühlte ihre Blicke.

Ein Kämpfer stellte neue Turnschuhe vor ihn hin.

Der Anführer sagte: »Zieh sie an. Wir gehen auf die Reise.«

Er änderte seine Position, setzte sich auf den Boden und

zog die Schuhe an. Die richtige Größe. Keine Schnürsenkel, sondern ein Klettverschluss.

Danach erhob er sich. Er war größer als die Kämpfer im Raum. Damit nahm er sich etwas von seiner Würde zurück.

Zwei Kämpfer fassten ihn rechts und links beim Arm, ein dritter fesselte seine Handgelenke mit einem Kabelbinder. Eng. Sie hielten ihn bei den Ellbogen und schoben ihn nach draußen. Er leistete keinen Widerstand.

Er verließ den Kellerraum und betrat einen Gang. Rechts war in der Tat eine Treppe, ebenfalls aus rohem Stein, die zu einer offenstehenden Tür führte, wo ihn das Tageslicht fast blind machte.

Er folgte den Männern nach oben und fühlte die Wärme der Luft draußen. Es war Sommer.

Oben standen weitere Kämpfer, mindestens zwanzig Mann, in der gleichen Kleidung, Vermummung, Bewaffnung. Er befand sich in einer großen, traditionell gebauten Scheune mit sichtbaren Stützbalken und kleinen Fenstern, einem Fußboden aus glatten Backsteinfliesen in Fischgrätmuster. Die Kämpfer sahen ihn mit großen Augen an. Er las ihre Verwirrung, Zufriedenheit, Faszination. Handelte es sich doch um eine CIA-Operation? Wer waren diese Männer? Saudis? Nein, keine Saudis. Warum strafte Allah ihn? Warum sollte Allah ihn seinen erbittertsten Feinden ausliefern? Tadschiken mit einem saudischen Kommandanten?

Durch das Fenster sah er eine grüne Landschaft. Bäume. Berghänge.

Er fragte den Anführer: »Darf ich erfahren, wo wir sind?«

»Zehn Kilometer westlich von Faizabad.«

Faizabad. Er war dort gewesen, als er gegen die Kommunisten gekämpft hatte. Unterstützt von der CIA. Weite Täler mit einem lieblichen Fluss, wie hieß er noch? Darya-ye Kowkcheh. Er hatte sich darin gewaschen. Da hatte er noch eine wilde Haarmähne gehabt und sich mit Frauen eingelassen, mit denen er nicht verheiratet war. Sie hatten sich dort an den Ufern für ihn gewaschen. Er hörte das Rauschen des Wassers. Roch die Kräuter. Er sah den Mond auf ihrer Haut schimmern, das Leuchten ihrer Augen, ihre Schenkel. Allah war milde zu ihm gewesen. Und nach dieser Prüfung würde Er ihm wieder zugetan sein.

Man brachte den Mann herein, der sich Muhammed nannte. Er war gefesselt. Sein Gesicht, das Gesicht von Omar Sharif, war zerschlagen. Seine Lippen bluteten, seine Augen waren zugeschwollen. Keine CIA? Er war Schauspieler. Das war nicht echt. Das war ein Ding von der CIA, womit man ihn verrückt machen wollte. Sie zwangen Muhammed auf die Knie.

Der Anführer der Gruppe tauchte hinter Muhammed auf. Er streifte seine Ärmel hoch und sagte, als handelte es sich um eine sachliche Mitteilung: »Allahu Akbar.« Und er zog Muhammeds Kopf nach hinten und schlitzte ihm mit einer einzigen schnellen Bewegung die Kehle auf. Dann trat der Anführer zur Seite, und Muhammed sackte vornüber und fiel auf den Boden. Zuckungen durchliefen seine Gliedmaßen, während aus seiner Kehle im Rhythmus seines noch pochenden Herzens feuerrotes Blut auf die Steine strömte.

Er sah still zu, wie den Mann das Leben verließ. Wandte sich dann mit erhobenem Kopf an den Anführer. »Wohin bringen Sie mich?«

Mit blutverschmierten Händen reichte der Anführer, den

Blick unverwandt auf den Sterbenden gerichtet, einem der Kämpfer das Messer und sagte: »Nach Hause. Sie gehen nach Hause.«

»Wo ist das Zuhause?«

Der Anführer sah ihn an. »Riad.« Ein anderer Kämpfer gab ihm einen Lappen, an dem er sich die Hände abwischte.

Der Kämpfer mit dem Messer hockte sich neben den Toten und hatte wenig Mühe mit dessen Enthauptung.

Zweiter Teil

Am schwärzesten Tag für die amerikanischen Streitkräfte im nun mehr als zehn Jahre andauernden Krieg in Afghanistan schossen am Samstag Aufständische einen Chinook-Transporthubschrauber ab, wobei dreißig Amerikaner den Tod fanden, darunter mehrere Navy-Seal-Kommandomitglieder der Einheit, die Osama bin Laden tötete, sowie acht Afghanen, wie amerikanische und afghanische Sprecher verlautbaren.

The New York Times, 6.8.2011

20
London, 5. August 2011
TOM

Eine Woche nach unserer turbulenten Diskussion über UBL am 8. Juli in diesem indischen Lokal schickte mir M-U eine Mail, dass das Software-Unternehmen Global Solutions in London einen Consultant suche. Das Unternehmen habe festgestellt, dass seine Kunden nicht nur an Software interessiert seien, sondern auch an der Hardware-Beratung, und suche jetzt Mitarbeiter, die dazu beitragen könnten. Die Firma habe in Katar für ihn gearbeitet, Toptechniker, schrieb M-U. Ob ich Interesse an einem Gespräch hätte.

In Sachen Apana hatte M-U »ein paar Leute angerufen« und sie gebeten, ob sie was in Erfahrung bringen könnten. Er war zu dem Zeitpunkt der Einzige, der mir half, nachdem ich bei der CIA niemanden hatte mobilisieren können. Ich nervte meine ehemaligen Kollegen und Vorgesetzten mit meinem Gebettel und meinen Appellen an Ehre und Anstand; der Auffindung irgendeines Mädchens konnten sie keine Priorität einräumen. Sie hätten natürlich vollstes Mitgefühl für mich, und das meinten sie, glaube ich, auch aufrichtig, aber Gefühle dürften in bürokratischen Organisationen keine Rolle spielen. Ich musste abwarten, was M-U mit seinen Kontakten zutage fördern konnte.

Unterdessen stellte M-U selbst, wie Vito mir erzählt hatte, Nachforschungen an, was die Tadschiken in Faizabad mit dem Geld von Vito und seinem Team angestellt hatten. Die Geschichte vom falschen Usama war spektakulär, aber natürlich völlig unmöglich – wenn sie stimmte, handelte es sich um einen der größten Gags *ever* und würde einem Filmproduzenten einen Haufen Geld wert sein. Vorläufig glaubte M-U nichts und ich genauso wenig. Die Geschichte war zu verrückt. Auf einer seiner Reisen nach Afghanistan wollte M-U einen Ausflug nach Faizabad machen, hatte er angekündigt und Vito angedroht, dass er ihm die Hölle heißmachen würde, wenn er völlig für die Katz nach Faizabad gepilgert sein sollte.

»Du musst fahren«, hatte Vito gesagt, »so schnell wie möglich, denn ich weiß nicht, wie lange wir das Ganze noch unter Kontrolle behalten können.«

Am Freitag, den 5. August 2011, traf ich mich nachmittags mit Danny Davis in seinem Büro in der Norton Folgate in der City of London. Blond, schlank, Australier, intelligent, ungezwungen. Ich lernte auch einen der Firmeninhaber kennen, einen Amerikaner. Sie hatten mich schon gescreent – offenbar hatten sie Zugang zu Datenbanken mit hohem Sicherheitsstandard; dafür brauchte man die Genehmigung, und die hatten sie wohl, zumindest nahm ich an, dass sie sich nicht ins System reingehackt hatten. Ihr Netzwerk hatte demnach weitreichende Tentakel, und daraus machten sie auch kein Hehl. Sie hatten richtig spekuliert: Für einen wie mich war das ein Zeichen von Stärke.

Sie hatten festgestellt, dass ihre Auftraggeber ein Gesamtpaket von Sicherheitsempfehlungen begrüßen würden: Computer, Gebäude, Menschen. Das ließe sich alles integrieren, und sie wollten mit jemandem reden, der das Paket zusammenstellen könne. Kein langfristiger Job. Ein halbes Jahr Arbeit. Für einen Scheck in interessanter Höhe. Danach könnten wir sehen, ob wir noch länger miteinander zu tun haben wollten.

Auf Davis' Tisch lag eine DVD von Glenn Gould. Ich hatte sie gleich beim Hereinkommen gesehen, wartete aber damit, mich danach zu erkundigen, bis wir unser berufliches Gespräch beendet hatten.

Ich glaube nicht, dass ich außerhalb des Hauses meiner Eltern oder außerhalb meines eigenen Umfelds je irgendwo eine DVD von Gould hatte herumliegen sehen. Und nun hier in dieser Firma. Global Solutions. Es machte mich nicht stutzig, ich sah keinen Grund zur Beunruhigung, wieso auch? Nichts deutete darauf hin, dass diese DVD absichtlich dort platziert worden wäre. Mir war zwar klar, dass man einfach nur mein Amazon-Konto einzusehen brauchte, um Aufschluss über meine musikalischen Vorlieben zu erhalten, aber was hätte das bedeutet? Was hätte ich daraus schließen sollen? Nichts anderes, als dass Danny Davis ein Bach-Adept war oder ein Gould-Adept. Schön.

Ich fragte ihn nach der DVD, und er erzählte, dass er von Kindesbeinen an von den *Variationen* fasziniert gewesen sei und auch von Goldberg. Aus einer Schublade zog er eine CD mit Kompositionen von Goldberg selbst. Er habe Klavier gespielt, erzählte Davis, doch seine Karriere habe eine unerwartete Wendung genommen, und er habe dann Mathematik und Computerwissenschaften studiert. Die Narben auf seinen Handrücken mussten etwas mit dieser Wendung zu tun haben, dachte ich, aber ich fragte nicht nach.

Er hatte sich also mit Johann Gottlieb Goldberg befasst, dem Mann, dessen Name für immer mit den *Variationen* verbunden war. Ich wusste nicht mehr als das, was Wikipedia mir von Goldberg erzählt hatte: ein Cembalospieler, der seinen Brotherrn nachts mit Musik unterhalten musste. Danny wusste, wer Goldberg wirklich war.

Goldberg sei ein Wunderkind gewesen und habe auch das Nötige geschrieben. Aber er sei jung gestorben, und seine eigenen Kompositionen hätten nie den Ruhm der *Variationen* erlangt. Davis konnte mit seiner Begeisterung nicht an sich halten, als er merkte, dass wir eine Passion teilten. Es war schon nach fünf, und er nahm zwei Fläschchen Pils aus dem kleinen Kühlschrank in seinem Büro, Timothy Taylor's, Kennern zufolge das beste Bier im Vereinigten Königreich.

Goldberg sei 1727 als Sohn eines Geigenbauers im polnischen Gdansk geboren worden. Sein Vater habe das Fach bei dem berühmtesten Geigenbauer der damaligen Zeit, Christoph Menner, gelernt, der ebenfalls in Gdansk lebte. Schon früh habe Goldberg Cembalo und Pianoforte, also den Vorläufer des modernen Klaviers, gespielt. Und natürlich auch Geige. Er sei also, von Musik durchdrungen, im Instrumentenbauermilieu aufgewachsen. Um 1738 sei er als elfjähriger Junge, der damals schon als virtuoser Cembalospieler bekannt gewesen sei, nach Dresden gegangen, das damals eines der bedeutendsten kulturellen Zentren Europas war, erzählte Davis.

Und er erzählte mir von Johann Adolph Hasse, einem namhaften und erfolgreichen Komponisten, der in Dresden gigantische Opern aufführen lassen konnte und weit mehr Geld verdiente als Johann Sebastian Bach. 1755 habe er für die Oper *Ezio* fünfhundert Sänger und Schauspieler und hundert Pferde auf die Bühne gebracht. Solche Spektakelstücke seien damals genauso teuer und komplex gewesen wie die Hollywood-Spektakelfilme der heutigen Zeit.

Kein Zweifel, Davis war ein Musikfreak. Und Musikfreaks haben mein Interesse und meine Sympathie. Mit einem Fläschchen Bier kommt ein Australier nicht weit, und so beschlossen wir, noch mit einigen Kollegen von Davis in ihren Stamm-Pub ›The Water Poet‹ zu gehen, der in dem typischen Londoner Sträßchen Folgate liegt. Es war inzwischen sechs Uhr, und es war Freitag. Die Straßen waren voll heiterer Menschen in Wochenendstimmung. Es war warm, der Himmel blau, es würde ein langer Sommerabend werden. Zu Davis' Kollegen gehörte Cathy, eine schlanke Frau von Anfang dreißig mit einem Gesicht wie eine ägyptische Sphinx, Katzenaugen, breite Wangenknochen, wallendes dunkles Haar. Sie hatte einen israelischen Akzent. Wir waren als Einzige unverheiratet und blieben zusammen übrig, als ihre Kollegen zu ihren Familien nach Hause gegangen waren. Wir standen draußen und rauchten. Nach dem Bier war ich zu Whisky übergegangen, sie trank Weißwein. Dutzende City-Angestellte um uns herum. Bisschen ungewohnt, so mit ihr zusammen. Sie war eine schöne Frau, nein, eine interessante Frau. Intelligenter, argwöhnischer Blick. Schöne Hände. Wir plauderten ein wenig. Wir hatten beide niemanden, der auf uns wartete. Sie checkte zwischendrin auf ihrem Handy die eingegangenen Nachrichten. Ich auch.

Ich hatte nicht mehr in meine Mailbox geschaut, seit ich Global betreten hatte.

Eine SMS von Vito. Er war wieder in Bagram, hatte aktiven Dienst.

Meldung, dass M-U tot ist. Die T. auch getötet. Keine Spur von Gast. Fuck. Fuck. Fuck. Ruf dich morgen an.

Cathy sah mir an, dass ich etwas Furchtbares las.

»Schlechte Nachrichten, Tom?«

Ich nickte. War zu nichts anderem fähig als zu dem Klischee: Ich kippte den Whisky in einem Zug runter. Fragte, ob sie noch etwas trinken wolle, und sie zeigte auf ihr Glas. Ging nach drinnen, um an der Bar Nachschub zu holen. Da stand eine Riesenmeute, und ich musste warten.

Muhammed. M-U. Was wusste Vito noch? Was war passiert? Taliban? Und bedeutete das … bedeutete das, dass Vitos Geschichte bestätigt war? Hätte es einen anderen Grund gegeben, M-U zu ermorden? Warum hatten sie ihn getötet und nicht als Geisel genommen? Gott, M-U. Mein Freund. M-U tot.

Cathy bot mir eine neue Zigarette an, als ich wieder neben ihr stand und die Gläser auf einen Stehtisch gestellt hatte.

»Ist es etwas, worüber du reden möchtest?«, fragte sie.

Ich gab ihr Feuer, sog dann meinerseits den Rauch in meine Lunge. Ach, M-U, mein Freund. Was hatten sie mit ihm gemacht?

»Ein Freund von mir«, sagte ich. »In Afghanistan. Ermordet.«

»Das tut mir leid«, sagte sie. »Kollege von dir, Exkollege?«

Ich nickte.

»Wenn du jetzt weg willst, mit Familie reden willst und so, nimm keine Rücksicht auf mich«, sagte sie.

»Ich brauche mit niemandem zu reden. Der, mit dem ich reden möchte ...«

Ich simste Vito: *Bist du jetzt erreichbar?* Keine Antwort. Vito hatte gesimst, dass er morgen anrufen würde. War er unterwegs? Auf Mission?

»Guter Freund von mir«, sagte ich. »Vermutlich die Taliban ... Sie haben ihn ... Er hätte gar nicht dort sein müssen, war ein ...«

Ja, was war es eigentlich? Wem konnte ich wie erklären, weshalb M-U dort gewesen war? Zur Überprüfung einer Räuberpistole von Vito? Dass ich hier mit einer Mitarbeiterin von Global stand, hatte übrigens ganz und gar mit M-U zu tun. Sie hatten M-U um Namen für ein Projekt gebeten. M-U hatte mich genannt. Sie kannten M-U also.

»Muhammed Hashimi«, sagte ich.

Sie sah mich einen Augenblick lang stumm an. »Ich kenne ihn«, sagte sie dann. »Er ist bei uns im Büro gewesen. Ist ein Kunde von uns. Wir haben in Katar für ihn gearbeitet, Danny war bei ihm. Er ...? Scheiße ...«

Ich wollte mehr wissen. Wieder simste ich Vito: *???*

Keine Reaktion.

Ich sagte: »Das Einzige, was ich weiß, ist, dass er tot ist. Ich habe keine weiteren Informationen. Hast du einen Laptop dabei?«

»Nein. Aber wir können ins Büro gehen. Ist rund um die Uhr geöffnet.«

Wir gingen zum Büro zurück, direkt um die Ecke. Ich erzählte, dass ich M-U schon zehn Jahre kannte, erzählte von der Heldentat mit der Granate, von der Mission zur Befreiung des Mannes, den sie »den Affen« nannten, vom Ende meines aktiven Dienstes.

Cathy führte mich in das Bürogebäude, das nur zu einem kleinen Teil von Global angemietet war, im achten Stock, hinter einer Lobby, die mit einer Schleuse aus zwei bombensicheren Glastüren gesichert war. Der Fußboden, die Decke, die Wände und Fenster waren mit Materialien verkleidet, die das Abhören erschwerten, wie Cathy erklärte.

In ihrem kahlen Büro, in dem es kein Fitzelchen Papier oder Ordner oder Bilder an der Wand gab – spartanisch –, nahm sie einen Laptop aus einem Schließfach, schaltete ihn ein und ließ mich auf ihrem Stuhl Platz nehmen.

Auf der Tischplatte stand ein einziges persönliches Accessoire, ein gerahmtes Foto von einem jungen Mann, der ein dunkelrotes Barett mit militärischem Abzeichen trug. Ich konnte gerade noch einen Blick darauf werfen, bevor sie es wegstellte.

»Sayeret Matkal. Spezialeinheit der israelischen Streitkräfte«, sagte ich.

Sie sah mich kurz an, zuckte die Achseln und stellte das Foto wieder auf den Tisch zurück. Sie verhielt sich, als sei sie bei etwas ertappt worden, als habe sie einen Fehler gemacht.

»Attraktiver Typ«, sagte ich.

Sie nickte wieder.

»Dein Mann?«, fragte ich.

»Mein Bruder«, sagte sie.

»Du bist Israelin?«

»Ja.«

»Ist er noch im aktiven Dienst?«

»2006 gefallen.«

»Libanon?«, fragte ich.

»Ja.«

»Sind hier noch mehr Israelis?«

»Zwei andere. Probleme damit?«

»Überhaupt nicht. Als ich zum Militär ging, war ich lange hin- und hergerissen, ob ich nicht als Hayal Boded nach Israel gehen sollte.«

Natürlich kannte sie die Bezeichnung. Jedes Jahr zogen Tausende junger Juden aus der ganzen Welt nach Israel, um dort in der Armee zu dienen. Weil sie ohne Eltern oder nahe Verwandte im Land waren, wurden sie Hayal Boded genannt, *lone soldier* – in Israel ein Ehrentitel. Dass ich das erwogen hatte, bedeutete, dass ich Jude war. Sie warf mir einen forschenden Blick zu.

»Du siehst aus wie ein Amerikaner schottischer Abstammung«, sagte sie. »Nein, ein Nachfahre schottischer Krimineller, die vor zwei Jahrhunderten entflohen sind.«

»Vielen Dank für die respektvolle Typisierung. Russische Juden, meine Urgroßeltern. Geflohen vor den Pogromen in Kiew, 1905.«

»Hundert Tote, dreihundert Verletzte«, sagte sie. »Hab mal ein Referat darüber gehalten. Plünderungen, Vergewaltigungen, Mord. Pogrom, wie es im Buche steht. Es gab damals in Russland eine ganze Welle von Pogromen. Mehr als dreitausend Juden wurden ermordet. Absurd, dass der Zionismus unter russischen Juden so populär wurde.«

»Und die Emigration nach Amerika«, sagte ich. »Deine Vorfahren?«

»Bagdad«, sagte sie.

Ich tippte M-Us Namen auf dem professionellen Computer ein, einem starken Dell, kein Yuppie-Mac.

Aktuelle Meldungen von Presseagenturen schossen über den Monitor. Kurzmeldungen zum Tod eines amerikanischen *contractor,* der in der Umgebung eines Städtchens im Norden von Afghanistan tot aufgefunden worden sei. Enthauptet. Das hatte Vito nicht erwähnt. Oh, M-U, lieber Freund.

»Darf ich auch mal sehen?«, fragte Cathy.

Ich reagierte nicht, aber sie stellte sich neben mich und las mit. Ich hörte, wie ihr der Atem stockte. Sie ging um den Tisch herum, drehte an einem Schalter neben der Tür und stellte damit die Klimaanlage an. Sie setzte sich mir gegenüber an den Schreibtisch. Zündete sich eine weitere Zigarette an und schob mir das Päckchen hin, schlug die Beine übereinander.

»Er war doch gar kein *contractor,* oder?«, sagte sie. »Er arbeitete in Katar. Für die Familie dort. Ich habe mit ihm gesprochen. Er saß auf dem Stuhl, auf dem ich jetzt sitze.«

Ich sagte: »Er war wegen etwas anderem dort.«

M-U war kein *contractor*. Jeder in unserem Business bekam, wenn er kündigte, sofort Mails und Anrufe von Firmen wie Kellogg, Brown & Root oder IAP Worldwide Services. Die führten Aufträge für staatliche Behörden aus. Heikle Aufträge manchmal oder solche, für die die staatlich angestellten juristischen Berater keine legale Rechtfertigung finden konnten. Damit konnte man ziemlich viel Geld scheffeln.

»Hast du ein Aufnahmegerät?«, fragte ich.

»Ich habe ein Programm auf dem Computer. Und mit deinem Handy geht's natürlich auch«, sagte sie.

Ich zeigte zur Decke. »Ich meine, zeichnet ihr die Gespräche, die ihr führt, auf? *Voice-activated?*«

»Klar. In einem Unternehmen wie dem unseren macht man das. Möchtest du etwas loswerden, was du unserer Security nicht anvertrauen möchtest?«

»Nein. Da ist nichts.«

Sie fragte: »War er verheiratet, Kinder?«

»Nein. Er wollte demnächst heiraten. Newport Beach. Was ist mit deinem Bruder passiert?«

»Daran möchte ich jetzt nicht denken«, sagte sie. »Wie dein Freund. Schlimmer noch.«

Ich nickte. Die Hisbollah verstümmelte die Leichname ihrer Feinde. Primitiv, tribalistisch, rituell.

Trotz allem konnte ich ein Schmunzeln nicht unterdrücken. »Er sah aus wie Omar Sharif. Darauf war er stolz.«

»Wer ist Omar Sharif?«

»Den kennst du nicht?«

»Wer ist das?«

»Ein berühmter Schauspieler. *Doktor Schiwago*, *Lawrence von Arabien?*«

»Nie gesehen.«

»Doch. Du hast Muhammed gesehen. Welche Filme siehst du dir denn an?«

»Wenn ich Zeit habe, Fernsehserien. Britische, skandinavische.«

Ich tippte den Namen von Sharif ein. »Er lebt noch, Omar Sharif. Ein Glück. *Doktor Schiwago* war einer der ersten Filme, die ich gesehen habe. Es gibt Menschen, die für alle Zeit am Leben bleiben sollten.«

»Darf ich ihn mal sehen?«

Ich klickte ein Foto von Omar Sharif an und drehte den Laptop zu ihr hin. Sie beugte sich über den Monitor.

»Nein. Den kenne ich nicht. Aber er sah ihm tatsächlich verdammt ähnlich.«

»Schöne Filme. Schöner Schauspieler. Muhammed Hashimi war ihm wie aus dem Gesicht geschnitten. Derselbe Charakterkopf. Schnauzbart. Das Grinsen des geborenen Charmeurs. Identische Augen. M-U hat viele Frauen gehabt. Zum Glück. Er hatte kein langweiliges Leben. Es war turbulent. Immer Theater, Konflikte, Abenteuer. Bei ihm war immer herrlich viel los. Geschichten. Anekdoten. Theorien. Schön, jemanden wie ihn zum Freund zu haben. Er wollte demnächst heiraten, habe ich das schon gesagt?«

Sie nickte. Sie hatte mysteriöse Augen. Ich hatte viel getrunken, aber Vitos Nachricht hatte mich mit einem Schlag ernüchtert.

»Ich sollte sein Trauzeuge sein.«

Ich musste ein Schluchzen unterdrücken und sog verbissen an meiner Zigarette. Mir wurde bewusst, dass jetzt niemand mehr Apanas Spur nachgehen konnte. M-U wollte das tun. Er hatte Leute darauf angesetzt. Wen?

»Ich habe hier nichts zu trinken«, sagte Cathy. »Wollen wir wieder in den ›Water Poet‹ gehen?«

»Ja, lass uns das machen«, sagte ich. »Nimmst du bitte den Laptop mit?«

»Der darf das Büro nicht verlassen.«

»Vielleicht kommen in den nächsten Stunden genauere Infos rein.«

»Dein Phone«, sagte sie.

»Was musstet ihr für ihn machen?«

»Ich weiß nicht, ob ich darüber sprechen darf. Du weißt, was wir machen. Wir schreiben spezifische Softwareprogramme für spezifische Zwecke.«

»Das Wörtchen *spezifisch* ist mir nicht spezifisch genug.«

»Wir machen da weiter, wo andere Programme aufhören.«

»Ihr könnt in die Hardware von Muhammed in Katar reinsehen?«

»Nur er kann das. Und die Leute, die er lizenziert hat.«

»Was ist deine Aufgabe hier?«

»Ich bin Junior Partner. Ich schreibe an den Programmen mit.«

»Eure Auftraggeber müssen großes Vertrauen zu euch haben.«

»Alles läuft über persönliche Kontakte. Wir machen keine Werbung. Brauchen nicht an die große Glocke zu hängen, wie gut wir sind. Unsere Auftraggeber wissen uns zu finden.«

»Ist ihnen bekannt, dass hier Israelis arbeiten? Ich nehme an, dass eure Auftraggeber vor allem arabische Prinzen und dergleichen sind, oder?«

»Damit haben sie kein Problem. Im Gegenteil, sie screenen uns.«

»Und das Foto von deinem Bruder steht immer auf deinem Tisch?«

»Hier kommen nie Kunden her.«

»Muhammed schon, hast du gesagt.«

»Wir saßen im Sitzungsraum. Er wollte rauchen, hatte keine Zigaretten dabei. Ich schon. Wir haben hier kurz eine geraucht. Netter Typ. Verstand was vom Flirten. Zog mich mit seinen Blicken aus. Tun sie alle, die Prinzen und Sultane und Scheichs. Bei jeder Frau, nur damit das klar ist. Und dieses Foto steht erst seit ein paar Tagen hier. Ich bin gerade umgezogen. Hab das Foto mit ins Büro genommen. Ein Lapsus.«

»Was sagen die Prinzen, wenn sie entdecken, dass dein Bruder Sayeret Matkal war?«

»Nichts. Sie kennen meinen Leumund. Ich war in Haifa eine rebellische Studentin. Meine Freunde waren Araber. Hab Israel verlassen, weil ich fand, dass das ganze zionistische Projekt entgleist ist. War Mitglied einer antizionistischen Studentenvereinigung.«

»Du bist schon lange weg aus Israel?«

»Vierzehn Jahre.«

»Du denkst immer noch so?«

»Das geht dich nichts an. Wollen wir gehen?«

Wir gingen zurück und mussten eine Stunde lang auf einen Tisch warten. Wir aßen etwas, sie erkundigte sich nach meiner Kindheit, meinen Eltern. Ob ich verheiratet sei.

»Geschieden. Vielleicht auch gut so. Meine Arbeit ließ sich nicht mit einer Ehe vereinbaren.«

»Kinder?«

Die Frage wurde mir häufiger gestellt, aber ich hatte nicht die Freiheit, meine Antwort darauf zu variieren, konnte nicht einfach so tun, als hätte es Sarah nie gegeben, sie verleugnen. »Eine Tochter. Sie ist gestorben.«

»Oh ... Tut mir leid ... Ich hätte das nicht fragen sollen.«

»Das ist eine normale Frage. Auf die du fast immer eine normale Antwort erhältst. Kleine Kinder haben nicht zu sterben, nicht in unserer Welt. In Afrika vielleicht, aber nicht in Amerika und Europa. Du bist nie verheiratet gewesen?«

»Nein. Zweimal eine längere Beziehung.«

»Jemand wie du muss doch ...«

»Muss doch was?«

»Wenn ich das sage, klinge ich wie ein Sexist.«

»Vielleicht bist du das auch«, sagte sie schmunzelnd.

»Dann ist es egal«, sagte ich. »Jemand wie du muss doch Kinder bekommen! Du bist klug, attraktiv, und irgendwann wird es doch schwierig, oder?«

»Was ist das nur, dass eine gewisse Art von Männern meint, Frauen vorschreiben zu können, ob sie schwanger werden müssen oder nicht?«

»Machtlosigkeit«, sagte ich. »Machtlose Männer, die gerne schwanger geworden wären.«

»Also Neid, so nennt man das wohl«, entgegnete sie.

»Das erklärt alles«, sagte ich.

»Woran ist deine Tochter gestorben?«

»Der Anschlag in Madrid 2004. Sie ist nicht gleich gestorben. Dauerte noch ein Jahr.«

»Wie alt war sie?«

»Zwei. Ich möchte nicht daran denken. Anderes Thema, okay?«

Was war das andere Thema? Der Mord an M-U? Ich trank erneut zu viel, wollte das auch. Der Pub machte schon um elf Uhr dicht, und sie fragte, ob ich mit zu ihr ginge.

»Nicht, was du denkst. Ich habe einen guten Weißwein da. Den kannst du mit nach Hause nehmen.«

Sie wohnte keine zehn Minuten entfernt, wir gingen zu Fuß. Die Straßen waren noch voller Leben. Es hätte ein angenehmer, entspannter Spaziergang sein können, mit einer Frau durchs mitternächtliche London. Ich hätte Cathy gern den Hof gemacht – altmodische Wendung, aber ich benutze sie gern. Ich war jedoch zu betrunken und trauerte um M-U. Keine Ahnung, ob ich Cathy zu einer gemeinsamen Nacht hätte überreden können. Sie erweckte nicht den Eindruck, als ob bei ihr sexueller Notstand herrsche und sie jede sich bietende Gelegenheit zum primitiven Austausch von Körpersäften ergreifen müsse.

Seit meiner Ankunft in London war ich allein gewesen, mehr oder weniger. Hatte einen kleinen Ausrutscher mit einer Frau im Büro von Secure Advice gehabt, meinem letzten Arbeitgeber, mit der ich in Edinburgh gewesen war. Wir hatten einen Kunden besucht und im Hotel nebeneinanderliegende Zimmer gehabt. Im Fahrstuhl fielen wir übereinander her und schafften es gerade noch in ihr Zimmer. Sie war stark, und das Ganze wirkte auf mich wie ein Ringkampf. Ich tat, was zu tun war, und das hatte auch durchaus etwas Entspannendes, aber für mich sollte es bei diesem einen Mal bleiben. Eine Woche später klingelte sie bei mir und drängte sich förmlich in meine Wohnung. Bevor ich sie überhaupt begrüßen konnte, ließ sie ihren Burberry-Regenmantel fallen, überzeugt, dass kein Mann dem widerstehen konnte: Sie hatte nichts darunter an. Sie hatte recht. Ein weiterer Ringkampf. Irgendetwas Elementares stimmte nicht zwischen uns. Ich mag große Brünette, aber die

Chemie stimmte nicht, auf dieser fast animalischen Ebene unterhalb der Bewusstseinsschwelle zog sie mich nicht an, obwohl sie einen wunderbar multifunktionalen Mund hatte. Einen Tag darauf sagte ich ihr, dass ich nicht mehr wolle. War danach schwer, ihr im Büro in die Augen zu sehen. Ich wollte sie nicht kränken, aber ich hatte sie nun mal abgewiesen und damit gedemütigt. War alles sehr unerquicklich. Dumm von mir. Das war bis dahin meine einzige Beziehung in London gewesen.

Cathy – war das ihr richtiger Name? – wohnte in einem modernisierten Altbau in einer noblen Straße. Die Mieten waren hier astronomisch. In ihrer Wohnung – Dutzende von Umzugskartons standen noch unausgepackt herum – hing der Geruch von frischer Farbe und neuem Teppichboden. Sie machte ein Fenster auf, und wir rauchten, auf der Fensterbank sitzend, bis mir die Kehle brannte; wir entkorkten dann doch die Flasche Sancerre, und sie fuhr ihren privaten Laptop hoch und suchte nach Einträgen rund um M-Us Tod. Aber da war nichts. Keine Details. Wir tauschten Erinnerungen an frühere Jobs, Lieben, unsere Eltern aus – das Gespräch, das normalerweise die Paarung einleitete. Aber nicht jetzt. Nicht in meiner Stimmung und nicht mit dieser selbstbewussten Frau. Um Viertel nach drei fiel ich fast um. Cathy nicht. Sie wirkte noch ganz frisch. Es dauerte bis vier Uhr, bis ich mich damit abgefunden hatte, dass Cathy und ich einander nicht näherkommen würden. Ich bat sie, ein Taxi zu rufen, und erhob mich schon mal.

Da kamen die SMS-Berichte herein. Einer, zwei, drei, dann zehn, sie hörten nicht auf.

Der erste war von einem Exkollegen in Langley: *Chinook crash A. Keine Überlebenden. Kameraden darunter. Wo bist du?*

Der zweite: *Hast du gehört? Vito bei Crash getötet.*

Der dritte: *Tom, ein ganzes ST6-Team getötet? Ist das wahr? Was hast du gehört?*

Das war zu viel und nach der Meldung von Muhammeds Tod unmöglich ein Zufall. Wer war an Bord gewesen? War es die alte Crew von Operation Neptune Spear? Jetzt auch Vito?

Ich setzte mich wieder hin. »Ich muss mal kurz an deinen Computer, okay?«

»Neuigkeiten über deinen Freund?«

»Weitere schlechte Nachrichten. Andere Freunde.«

Presseagenturen und Networks brachten die ersten Berichte: »Ein Hubschrauber ist heute von afghanischen Aufständischen abgeschossen worden, nachdem er Truppen bei einem Feuergefecht zu Hilfe gekommen war. Dem Vernehmen nach sind dabei dreißig Amerikaner ums Leben gekommen.«

Um welche Uhrzeit war das passiert? In D.C. war es jetzt Abend, in Kabul früher Morgen.

ABC: »Der Chinook-Hubschrauber hatte eine *Quick-Reaction Force* an Bord, die Bodentruppen in der ostafghanischen Provinz Bamyan unterstützten sollte.« Stimmte nicht, Bamyan lag eher in der Mitte, wie ich wusste. »Nach dem Crash brachen die Truppen, die sich das Feuergefecht geliefert hatten, den Feindkontakt ab und sicherten das Absturzgelände, so der *Official*.«

So schnell schon so präzise Informationen?

»Was ist los? Tom?«

»Crash. Chinook. Mit Männern drin, die ich kenne.«

»Was ist passiert? Abgeschossen?«

»Diesem Bericht nach abgeschossen. Wenn das stimmt, ist das der größte Verlust, den wir dort je hatten. Ein vollbesetzter Chinook. Bamyan ist nicht so weit von Kabul entfernt. Mit einem Hubschrauber ist man im Nu da. Kitzlig dort. Viele Kämpfer. Wie konnten sie bloß …?«

Ich beantwortete die SMS-Berichte, und die Informationsströme explodierten. Der eine schrieb, dass vierzig Mann an Bord gewesen seien, der andere achtunddreißig, worunter sechs oder acht oder zehn von einem afghanischen Kommando. Und ein Hund. Fünfzehn Männer von ST6, meinte einer. Nein, zehn. Zwanzig meldete ein anderer. Und zwei Seals von anderen Einheiten. Und ein Supportteam. Und Männer von anderen Einheiten.

»Soll ich das Taxi abbestellen?«

»Nein, ich gehe. Ich muss telefonieren. Ich muss das alles aufdröseln. Das ist zu viel auf einmal. Da stimmt was nicht. Hier ist was faul.«

»Was denn?«

»M-U und Vito beide weg? Auf einen Schlag?«

»Ich kann dir nicht folgen. Wer ist Vito?«

»Danke, Cathy, für diesen Abend und diese Nacht. Es tut mir leid, dass ich so viel Chaos gestiftet habe. Das konnte ich nicht ahnen.«

»Du darfst bleiben, wenn du möchtest.«

»Ich ruf dich morgen an, okay?«

»Gut.«

Sie küsste mich auf die Wange.

Ich lief die Treppe hinunter, unsicher. Blieb kurz stehen und drehte mich zu ihr um.

»Wie heißt du wirklich?«

»Chavva.«

»Von Chai?«

»Ja. *Leben.*«

21

London, 6. August 2011

Fortsetzung: TOM

Draußen wartete das Taxi, ein TX4, das jüngste Modell der bekannten Londoner Taxis. Ich simste mehrmals an Vito, bekam aber keine Antwort. Ich suchte die Nummern der Jungs heraus, mit denen ich damals in Vitos Garten Geburtstag gefeiert hatte, simste sie an, aber auch von ihnen erhielt ich keine Rückmeldung. Waren sie alle ausradiert worden? Bei diesem Crash zerschmettert?

In meiner Wohnung rief ich Bekannte aus Harvey Point, meiner alten Basis, an, Leute, die ich von der ST6-Basis Dam Neck kannte. Niemand hatte weitere Informationen. Man war in Afghanistan noch mit der Klärung der Faktenlage befasst, der Absturzort war noch »aktiv«, das heißt, es waren noch Bergungsarbeiten im Gange, es würde noch Stunden dauern, bis die Leichen geborgen waren, und vielleicht sogar Tage, bis der Chinook weggeräumt war.

Konnte nicht schlafen. Hatte Zigaretten im Haus und setzte die Rauchsession fort. Trank bitteren Kaffee. Schlief gegen sieben Uhr vor lauter Erschöpfung auf meinem Stuhl ein und wurde um zwölf Uhr mit schmerzendem Rücken wach. Googelte, mailte, simste, telefonierte Leute in Amerika aus dem Bett.

In den vergangenen Stunden hatte sich geklärt, was passiert war. Ich konnte mir ein Bild machen.

Es war ungefähr wie folgt abgelaufen: Ein Kommandant der Taliban, der auch regelmäßig Geschäfte mit den Amerikanern machte, hatte eine aktuelle Info über eine Zusammenkunft von Kämpfern in der Ortschaft Quli Khish. Eine Einheit Army Rangers wurde darauf angesetzt, doch die Mission kam in Schwierigkeiten, als die Gegenwehr massiver war als erwartet. Als sie einen wichtigen Talibanführer flüchten sahen, während sie selbst unter Beschuss lagen und nicht manövrieren konnten, forderten sie Unterstützung an. Das Tal um Quli Khish ist eng, Hubschrauber können nur auf einem Weg hinein.

Von einer anonymen Quelle im Netz wurde die Hypothese vertreten, dass das von Anfang an ein Hinterhalt gewesen sei: »Die Taliban wussten, welche Route der Hubschrauber nehmen würde, es ist die einzig mögliche Route. Also bezogen sie Stellung auf den Bergen zu beiden Seiten des Tals, und als sich der Transporthubschrauber näherte, griffen sie mit Raketen und anderen modernen Waffen an. Der Chinook wurde mehrmals getroffen.«

Wonach sah das aus? Der doppeltes Spiel spielende Talibankommandant hatte eine Info über eine Zusammenkunft verkauft, die abgekartet war und zu nichts anderem dienen sollte als dazu, die Rangers herbeizulocken. Die Rangers wurden unter Druck gesetzt, man wartete auf Verstärkung aus der Luft. Die sollte von den Taliban mit ihren Man Portable Air Defense Systems, MANPADS, unter Beschuss genommen werden. Die Taliban verfügten über russische SA-7- und SA-16- und chinesische FN-6-Raketen und vermutlich auch über die SA-24, die die weltbesten waren. Sie waren allesamt *heat-seeking*.

Zweiundzwanzig Navy Seals waren angeblich ums Leben gekommen, die meisten vom Team 6, der Einheit, deren Mitglieder an der Mission beteiligt waren, bei der Usama bin Laden getötet wurde. Am späten Nachmittag (also späten Vormittag im Pentagon), nachdem alle Leichen geborgen waren, wurden die Namen der Gefallenen bekanntgegeben. Darunter Vito, Sam, Robbie, Ed, Jerry, Mike.

Musste ich Jeannie anrufen? Die war natürlich bereits informiert worden. Ich versuchte, sie zu erreichen, aber ihre Leitung war ständig besetzt.

Was konnte ich tun? War das ein Unglück, das in keinerlei Zusammenhang mit dem Tod von M-U stand? Ich hatte auf einen Schlag zwei treue Freunde verloren. Was sie miteinander verband, war die irre Geschichte von UBL. Sie waren aus dem Weg geräumt worden, das wollte mir nicht aus dem Kopf. Dieser Gedanke trieb mich immer mehr um. Waren es die Taliban gewesen oder andere Mächte? Ich hatte Freunde verloren. Und darüber hinaus war durch M-Us Tod der Weg zu Apana restlos abgeschnitten.

Ich rief ein paar Leute bei der CIA an und versuchte, sie davon zu überzeugen, dass es einen Zusammenhang zwischen dem Absturz des Chinook und dem Tod von Muhammed Hashimi gab. Aber ich konnte das nicht untermauern, da ich Vitos Geschichte über UBL verschweigen musste. Und wer sollte mir glauben? Wenn ich die Geschichte über UBL erzählt hätte, hätten sie mich ein für alle Mal als Spinner abgetan. Wer hatte meine Freunde ermordet? War das von einer bestimmten Seite ausgegangen?

Oder waren das Verschwörungstheorien, und ich sah Gespenster?

Abends rief ich Cathy an. Sie hatte die Nachrichten verfolgt und war bestürzt über die Zahl der Toten, klar, wer nicht? Ich erzählte, dass ich viele von ihnen persönlich gekannt hätte.

Zwischen ihr und mir hatte sich eine gewisse Vertrautheit eingestellt. Wir hatten uns beim Abschied am frühen Morgen nur flüchtig mit der Wange berührt – aber wir hatten viele Stunden zusammen verbracht und Berichte von Tod und Verderben miteinander geteilt.

Sie fragte, ob ich etwas vorhätte oder ob ich an diesem Abend allein sein wolle.

Ich sagte: »Ich muss mit Leuten reden. Kennst du Leute?«

»Ich kenne Leute, ja. Was meinst du?«

»Für wen arbeitet ihr?«

»Für wen? Für unsere Kunden.«

»Für wen noch?«

»Wir sind Partner bei Global. Worauf willst du hinaus?«

»Bei meinem früheren Arbeitgeber bleiben mir die Türen verschlossen. Du weißt, wen ich meine, oder?«

»Ich denke schon, ja …«

»Ich habe die starke Vermutung, dass du noch einen anderen Arbeitgeber hast.«

»Ich arbeite für Global.«

»Nur für Global?«

»Was ist los, Tom? Was soll das?«

»Ihr habt für Muhammed Hashimi gearbeitet. Ihr habt ihn nach jemandem gefragt, der möglicherweise ein Projekt für euch übernehmen könnte. Aber dieses Foto auf deinem

Tisch, Chavva. Das war ein Fehler. Ein gravierender Fehler. Ich kann damit leben. Bei jemand anderem wäre er fatal gewesen. Wie kannst du einen solchen Fehler machen? Du, als Profi?«

»Was für ein Fehler? Ich habe keine Ahnung, wovon du sprichst. Ich möchte dieses Gespräch nicht am Telefon führen. Kommst du zu mir? Oder soll ich zu dir kommen? Was ist in dich gefahren?«

»Oder ... Nein, es ist natürlich anders. Stand das Foto absichtlich dort? War das ein Test? Wow, ihr denkt ganz schön weit voraus! Reife Leistung, Chavva.«

»Wer, *ihr*? Was ist in dich gefahren?«

»Ihr wusstet, dass ich mit in den Pub gehen würde. Wir sollten allein zurückbleiben. Du solltest noch kurz ins Büro zurückmüssen, weil du deinen Laptop brauchtest oder so, ich sollte mitgehen, natürlich würde ich dir willenlos folgen, einer wie dir, Chavva, mit deinen Augen, deinen Beinen, und ich würde dann versehentlich das Foto von deinem gefallenen Bruder zu Gesicht bekommen. Hast du überhaupt einen Bruder? Sei ehrlich. Ich bin nicht enttäuscht, ich fühle mich nicht manipuliert, ich bin voller Bewunderung. Und das Büro – das war irgendein leerer Raum, den ihr für solche Zwecke benutzt. Hast du einen Bruder?«

»Registrierst du überhaupt noch, was du sagst? Ich verstehe ja, dass dich diese Scheißnachrichten nicht unberührt lassen, aber jetzt gehst du entschieden zu weit. Wo bist du?«

»Ihr wolltet wissen, ob ich eure Inszenierung durchschauen würde. Und meine Reaktion würde entscheiden, ob ihr mit mir arbeiten wollt oder nicht. Habe ich bestanden?«

»Wo bist du?«

»In meiner Wohnung. Du hast die Adresse, nehme ich an.«

Eine halbe Stunde später stand sie vor meiner Tür. Mit Danny Davis. Ich schlug vor, dass ich ihnen erzählte, was ich über Muhammed Hashimi und Vito Giuffrida wusste. Dafür wollte ich eine Gegenleistung. Ihren Einsatz bei der Auffindung der Mörder. Und ich wollte, dass sie mir halfen, ein Mädchen zu finden.

Eine Stunde später wurde ich von einer italienischen Nummer aus angerufen. Da saßen wir in dem Restaurant unter meinem Büro in der Wilton Road und tranken lausigen Chianti. Wir vereinbarten ein Treffen in Amsterdam.

22
Abbottabad, 7. August 2011
JABBAR

Jabbar verstand nicht, wieso Apana weinte, wenn sie diese Musik hörte. Er dachte: Hör sie dir doch nicht an, wenn sie dich so traurig macht. Aber immer wieder bat sie darum, und dann legte er die CD ins Laufwerk des Laptops, und sie lauschte der Musik, während die Tränen in ihren Augen schimmerten. Es waren die CDs von Colonel Clutterbuck (oder vielleicht hatten sie auch seiner Frau gehört), die Pastor Gill in einer Schublade im Kirchenbüro aufbewahrt hatte. Der hörte sie sich auch nicht an, zu viel zu tun, sagte er, aber Jabbar hatte das Gefühl, dass ihm die Musik gar nicht so gut gefiel und er froh war, die CDs los zu sein. Apana fand die Musik schön. Vielleicht zu schön.

Seit dem 10. Mai war sie bei ihnen zu Hause. Im Dachgeschoss des großen Hauses der Familie Khan gab es genügend Zimmer. Sie hätten zehn oder zwanzig obdachlose Mädchen im Personaltrakt unterbringen können. In der Garage, in der Apana gewohnt hatte, hatte er Wasservorräte gesehen, aber gegessen hatte sie schon zwei Tage lang nichts mehr. Sie hatte sich in dieser Garage ihr eigenes Eckchen eingerichtet, auf einer Art Zwischengeschoss, gut zwei Meter über dem Boden, zur rückwärtigen Wand hin. Sie schlief dort auf einer Matratze, hatte Decken und auch eine Lampe, die mittels einer Verlängerungsschnur an eine Steckdose unten neben der Tür angeschlossen war, ja sogar eine eigene Toilette in einem Winkel des Zwischengeschosses, welcher Luxus. An den Wänden hingen alle möglichen Werkzeuge, und ein klappriges Moped stand da und Autoreifen und Gartengeräte. Auch einen kleinen Kühlschrank gab es. Das war gar keine schlechte Behausung gewesen, nein, eine perfekte sogar – er konnte sich vorstellen, dass Millionen armer Pakistaner froh wären über so einen sicheren Unterschlupf. Wer hatte dort für sie gesorgt? Der Eigentümer der Garage? Wer war das? Sie wollte in den ersten Wochen nicht reden, auch nicht mit Jabbars Mutter, die sie in die Arme schloss, als hätte sie eine verlorene Tochter wiedergefunden. Jabbar hatte seine Mutter binnen zweier Tage davon überzeugt, dass Apana nicht dort in der Garage bleiben konnte und die Familie Khan ja nicht zu erfahren brauchte, dass eine Bettlerin unter ihrem Dach wohnte. Und wer sollte sie auf der Straße wiedererkennen, wenn sie sauber war und gutgekleidet und Handschuhe über ihren Haken trug? Es bestand keine Gefahr. Sie mussten ja nicht lügen, sagte er, sie mussten nur etwas verschweigen.

Inzwischen war Apana seit drei Monaten in dem Zimmer gegenüber dem seinen. Sie konnte sich jetzt mit seiner Mutter zusammen in ihrem Badezimmer waschen, sie konnte hinter den schützenden Mauern durch den Garten spazieren, sie konnte mit ihm Videos angucken, sie hatte eine Familie.

Sie war keine Christin und betete fünfmal am Tag auf dem kleinen Teppich in ihrem Zimmer. Aber trotzdem ging sie sonntags mit zur Kirche. Dann wartete sie draußen und schlüpfte nach drinnen, wenn niemand sie sehen konnte.

Sie hatte ihn nach Jesus gefragt, nach dem Kreuz und dem Leiden von Gottes Sohn – sie verstand das nicht, Gott hatte doch gar keinen Sohn –, und sie wollte, dass er ihr weitere Bilder von Jesus zeigte, von einem weinenden, leidenden Jesus und von tröstenden Marien. Sie konnte sie sich minutenlang anschauen. Nach einigen Malen summte sie in der Kirche die Psalmen mit. Und nach zwei Monaten sprach sie mit ihnen zusammen das Dankgebet vor dem Essen, stellte aber auch den Kreislauf ihrer islamischen Gebete nicht ein. War sie zusätzlich Christin geworden? Vielleicht ist sie jetzt beides, Christin und Muslima, dachte Jabbar. Ob das möglich war, diese Kombination? Getauft war sie jedenfalls nicht. Dass es nicht ungefährlich war, ein Muslimmädchen mit in die Kirche zu nehmen, war ihm bewusst, aber sie waren vorsichtig. Wenn Apana neben ihm auf die Bank glitt, sah er den besorgten Blick des Pfarrers.

Außerdem hörte sie sich täglich die *Matthäus-Passion* an, auch von Bach komponiert, demselben Mann, von dem die Musik stammte, über die sie immer weinen musste. Jabbar suchte die Übersetzung der Lieder für sie heraus: *»Komm, süßes Kreuz, so will ich sagen, Mein Jesu, gib es immer her! Wird mir mein Leiden einst zu schwer, So hilfst du mir es selber tragen.«*

Heute waren sie wieder in der Kirche gewesen. Jabbars Mutter hatte Apana ihr Kirchenkleid gegeben und trug selbst einen von ihren Arbeitskitteln, und so gingen sie Arm in Arm die Straße hinunter, wie Mutter und Tochter. Über die Haken hatte seine Mutter Handschuhe gezogen, und ein Hidschab bedeckte Apanas Ohren. Was man von ihr sah, waren ihre schönen Augen und ihr schönes Gesicht.

Man sah ihr nicht an, dass sie verstümmelt war. Er wusste es, seine Mutter auch, aber der Rest der Welt brauchte nicht zu wissen, dass sie gedemütigt worden war und somit von jedermann gedemütigt werden konnte. Gott wusste es natürlich, aber Er nahm keinen Anstoß daran. Warum Er zugelassen hatte, dass Apana verstümmelt wurde, war für Jabbar ein verwirrendes Rätsel. Gott hatte offenbar beschlossen, sich aus der Welt zurückzuziehen, und Er hatte die Menschen ihrem Schicksal überlassen, auf dass sie aus ihren Fehlern und Missetaten lernten. Lernten sie? Ja, dachte Jabbar. Aber längst nicht immer.

In der Kirche schlug er die Seiten für sie um, obwohl sie kein Urdu lesen konnte. Sie betete mit. Sie sang mit. Das könne zu einem Problem werden, vertraute Pastor Gill ihm an, als sie anschließend bei ihm zu Hause Tee tranken und Kuchen aßen – seine Mutter half Apana beim Essen und Trinken. Sie müssten wirklich geheim halten, dass das Mädchen Muslima sei. Auf den Abfall vom islamischen Glauben stand die Todesstrafe, und die gesamte Kirchengemeinde haftete mit, so war das Gesetz in Pakistan, wo die Scharia angewandt wurde. Aber er könne sie nicht zurückweisen, sagte der Pfarrer, das würde gegen die christliche Lehre verstoßen.

»Sie kommt aus Afghanistan, sie hat hier keine Verwandten, also kann keiner was von ihr wollen«, sagte Jabbar.

»Sie ist doch diese Bettlerin, oder? Wir haben damals Geld für Prothesen gesammelt, nicht? Ich habe sie oft im Basar gesehen, glaube ich«, sagte der Pfarrer. »Also haben auch andere sie gesehen. Wenn die jetzt entdecken, dass sie hierherkommt, könnten sie uns übel mitspielen. Ich möchte nicht, dass die Gemeinde dafür leiden muss, Jabbar.«

»Als Christen müssen wir das Kreuz tragen«, sagte Jabbar großspurig.

Der Pfarrer sah ihn einen Moment lang streng an, lächelte dann aber und strich ihm übers Haar, als ob Jabbar ein kleines Kind sei, das erwachsener tut, als es ist. Ach, der Pfarrer meinte es nur gut.

Als sie nach Hause gingen – wie auf dem Hinweg liefen Jabbars Mutter und Apana Arm in Arm –, fragte Apana: »Kann ich wieder Hände bekommen?«

Jabbar und seine Mutter wechselten einen Blick. Sie wussten nicht, was sie sagen sollten.

»Hände wachsen nicht nach«, sagte seine Mutter schließlich.

Apana fragte: »Ich meine: Roboterhände? Wie im Film?«

Jabbar hatte ihr *Terminator I* und *II* gezeigt. Die fand sie sehr gut, aber auch ein bisschen eigenartig.

»In Amerika«, sagte Jabbar. »In Amerika können sie dir Roboterhände an die Arme machen.«

»Dann müssen wir nach Amerika«, sagte Apana entschieden.

»Das wäre schön«, bestätigte Jabbars Mutter.

Sie gingen ein Weilchen still weiter, und an ihren Blicken sah Jabbar, dass sie sich jetzt in Amerika wähnten – in Gedanken, nur in Gedanken.

»Ich möchte Klavier spielen«, sagte Apana.

»Ja?«, erwiderte Jabbar fragend.

»Dann könntest du in der Kirche Orgel spielen«, sagte

Jabbars Mutter. »Seit Frau Wing gestorben ist, spielt niemand mehr.«

»Möchtest du das Musikstück spielen?«, fragte Jabbar.

»Ja. Und andere Stücke. Bach. Ich möchte den ganzen Tag Bach spielen. Immerzu.«

»Wenn du Roboterhände hast, bist du die beste Bach-Spielerin der Welt«, sagte Jabbar.

»Und vielleicht können sie dir dann auch Ohren machen«, sagte seine Mutter.

»Das stelle ich mir nicht so schwierig vor«, sagte Apana, »denn die brauchen sich nicht zu bewegen. Die kann man einfach aus Plastik herstellen und ankleben oder so. Aber Hände … Finger sind so kompliziert.«

Jabbar sagte: »Ich hab gegoogelt, was in Fingern so alles abläuft. In jeder Hand sind siebenundzwanzig Knöchelchen, das Handgelenk hat acht. Dann gibt es noch fünf Mittelhandknochen und außerdem zig kleine Muskeln und Sehnen.«

»Ja«, sagte Apana, »Hände sind unheimlich kompliziert.«

Jabbar sagte: »Die Amerikaner haben Menschen auf den Mond gebracht. Dann können sie auch eine Hand nachmachen. Nein, verbessern.«

»Das denke ich auch«, sagte seine Mutter.

Apana fragte: »Wie kommen wir nach Amerika?«

»Darum kümmere ich mich«, sagte Jabbar.

Er lief jetzt dicht neben ihr, ohne sie aber zu berühren, das gehörte sich nicht.

Er sagte: »Ich werde studieren, und dann werde ich reich, und wir gehen nach Amerika.«

»Was willst du studieren?«

»Ich möchte Arzt werden. Und dann beantragen wir ein Visum. Ärzte lassen die Amerikaner einreisen. Und dann werde ich dort Geschäftsmann, und dann werde ich reich und investiere fünfhunderttausend Dollar. Dafür bekommt man in Amerika eine Greencard, und damit darf man in Amerika bleiben.«

Apana fragte: »Was ist eine Greencard?«

»Was der Name sagt: Es ist eine grüne Karte. Darauf steht dein Name und so. *Permanent Resident Card* heißt sie. Die bekommst du von der Regierung. Wenn du von der Polizei angehalten wirst, kannst du die Karte vorzeigen, und dann ist alles in Ordnung.«

Apana fragte: »Nimmst du mich dann mit, Jabbar?«

»Ohne dich gehe ich nicht weg, Apana.«

»Wirklich nicht?«

»Nein.«

»Warum nicht?«

Jabbar konnte nicht sagen: Weil ich in dich verliebt bin, sogar wenn ich deine Armstummel sehe und die Überbleibsel von deinen Ohren.

Seine Mutter antwortete: »Weil du bessere Menschen aus uns machst, Liebes. Du sorgst dafür, dass wir barmherzig und selbstlos sind. Und das ist es, was Jesus von uns verlangt.«

Sie tranken Tee, als sie zu Hause waren. Danach recherchierte Jabbar auf dem Laptop, wo er künstliche Hände kaufen konnte. Ob die Ärzte die im Tausch gegen den Hocker von Bin Laden anbringen würden? Dessen Tötung schlug immer noch große und heftige Wellen. Der Hocker war Geld wert, aber wie viel? Er hatte sich in der Stadt umgesehen, und hier und da gab es alte Hocker zu kaufen. Sie kosteten wenig. Für den Hocker, wie er jetzt dastand, ohne das Wissen, das er über ihn hatte, konnte er vielleicht zweihundert Rupien bekommen. Aber wenn man wusste, dass er Bin Laden gehört hatte, dann war er ein Vermögen wert, dann sah man einen goldenen Sessel darin.

Ihr Haken klopfte an seine Tür. Die Stelle, auf die sie immer klopfte, hatte er schon dick abgeklebt, damit das Holz nicht beschädigt wurde. Er erhob sich von seinem Bett und machte auf.

»Ich muss etwas erzählen«, sagte Apana.

»Okay«, sagte er.

Sie kam herein und ließ sich auf dem Hocker nieder. Er setzte sich auf die Bettkante und sagte: »Roboterhände heißen offiziell künstliche Hände. Es gibt zwei Länder, in denen man sehr gute künstliche Hände machen kann. Das sind Amerika und Israel.«

»Israel? Das ist das Land der Juden. Die sind doch schlecht, nicht?«, sagte Apana.

»Ja. Aber sie können sehr gute Hände machen.«

»Wie viel hast du schon für Amerika gespart?«

»Nicht sehr viel.«

»Wirst du wirklich Arzt?«

»Vielleicht schon. Und wenn nicht, werde ich Erfinder.«

»Was erfindest du dann?«

»Das weiß ich noch nicht. Darüber werde ich nachdenken.«

»Ich möchte gern nach Amerika«, sagte sie.

»Ich auch.«

»Ich möchte auf einer Ranch leben. Mit einem großen

Klavier. Flügel heißt so was. Und dann dürfen Menschen kommen und zuhören, wenn ich Bach spiele. Gratis. Ich spiele dann jeden Abend. Sie dürfen auch über Nacht bleiben.«

»Dafür müssen sie aber bezahlen«, sagte Jabbar, »denn sonst wird es zu teuer.«

»Du hörst dich an wie ein Geschäftsmann«, sagte sie und lachte.

»Eine Ranch ist teuer. Wenn Menschen bei dir übernachten, wollen sie auch essen. Das können wir nicht einfach verschenken, Essen.«

»Wer kocht? Du?«

»Meine Mutter. Und dann müssen die Gäste bezahlen. Hundert Dollar für eine Mahlzeit.«

»Ist das nicht zu viel?«

»Amerikaner sind reich.«

»Du willst auch reich werden, oder?«

»Ja«, sagte er.

Sie sahen sich an, und er fragte sich, ob sie wusste, dass er sie über alles liebte. Sie schlug die Augen nicht nieder, wie sie es sonst immer tat, sondern sah ihn ohne Scham an. Er musste etwas sagen: »Apana ...«

Sie nickte. Er hatte keine Ahnung, warum sie nickte, aber sie nickte.

Er wollte andere Dinge sagen, aber er hatte das Gefühl, dass diese Sätze nicht gesagt werden konnten. Also sagte er, was er sich jetzt zu sagen traute: »Ich lasse dich niemals allein.«

Sie nickte noch immer. Was meinte sie mit diesem Nicken? Meinte sie, dass er ruhig sagen konnte, dass er verliebt war?

Sie sagte: »Ich möchte gern, dass du bei mir bleibst. Und deine Mutter auch.«

»Warum bist du damals weggegangen, Apana? Wir haben für dich gesorgt. Und mit einem Mal warst du verschwunden. Ich habe dich ganz lange gesucht. Und plötzlich warst du wieder da. Was, wenn ich dich nicht gefunden hätte?«

Jetzt schlug sie die Augen nieder. »Es tut mir leid«, sagte sie.

»Wer hat die ganze Zeit für dich gesorgt? Gab es eine andere Familie?«

»Keine Familie«, sagte sie, kopfschüttelnd und ihn immer noch nicht ansehend.

»Eine Frau? Sollten wir uns bei ihr bedanken? Die sucht jetzt auch schon lange, denke ich. Die ist jetzt traurig, dass du verschwunden bist.«

Sie sah ihn wieder an. »Warst du traurig?«

»Ja.« Das »Ja« war fast dasselbe wie: Ich bin in dich verliebt. Wusste sie, dass er das meinte?

Ein liebes, verhaltenes Lächeln zog über ihr Gesicht.

Dann sagte sie: »Keine Frau, es war keine Frau.«

»Keine Frau?«

»Es war ein Mann.«

»Ein Mann? Der hat für dich gesorgt?«

»Ja.«

»Ein Mann ...«, wiederholte er sorgenvoll.

Was mochte der Mann ihr angetan haben? Ob er sie missbraucht hatte? Ob er sie in dieser Garage gefangen gehalten hatte, um sie ...?

»Hat er dich ... Hat er dir wehgetan?«

Heftig schüttelte sie den Kopf, aber er glaubte ihrem

Nein nicht. Sie konnte natürlich nicht darüber reden, nicht mit ihm, einem Jungen. Seiner Mutter konnte sie ihre Erfahrungen vielleicht anvertrauen, aber wie konnte er seiner Mutter in unverfänglichen Worten klarmachen, dass Apana womöglich von einem Mann missbraucht worden war?

Sie hatte nicht verwahrlost und krank ausgesehen, als er sie wiedergefunden hatte. Aber das schloss nichts aus.

»Wer war es? Wohnt er hier in Bilal Town? Müssen wir zur Polizei gehen?«

»Nein«, sagte sie. »Nicht zur Polizei.«

»Hat er dir wehgetan?«

»Er hat für mich gesorgt«, sagte sie.

»Hat er dir Essen und Wasser gebracht?«

»Ja. Und auch Seife und Zahnpasta und Handtücher. Richtige, saubere.«

»Warst du die ganze Zeit in der Garage?«

»Ja. Aber wir sind auch nach draußen gegangen. Nachts. Immer spät. Wenn alle schliefen. Dann sind wir mit dem Moped herumgefahren. Ich saß vor ihm.«

»Wohin denn?«

»Wir sind einfach herumgefahren. Dann hat er Zigaretten geraucht, und ich habe Süßigkeiten von ihm bekommen. Oder manchmal auch ein Eis. Immer Vanille.«

»Warum immer Vanille?«

»Er sagte, dass er das Wort so gern möge. Dann fühle er sich wieder wie ein Kind, sagte er.«

»Wirklich?«

»Ja. Er hatte Gummibänder dabei, und damit befestigte er einen Löffel an meinem Haken, und dann konnte ich

Eis essen. Manchmal in einem Park. Er rauchte die ganze Zeit. Und er redete ununterbrochen. Die ganze Zeit hat er geredet. Er war immer böse.«

»Böse auf dich?«

»Nein. Nicht auf mich. Auf Amerika. Auf die Juden und die Kafire. Manchmal hat er auch Witze gemacht.«

»Über wen?«

»Über den Präsidenten.«

»Von Pakistan?«

»Von Amerika.«

»Wie heißt der Mann?«

»Der Präsident heißt Obama.«

»Nein, ich meine, dieser Mann.«

»Er hat nie gesagt, wie er heißt.«

»Aber du wusstest doch wohl, wer er war, oder?«

Jetzt schwieg sie. Er wartete darauf, dass sie weitersprach, aber sie schwieg standhaft.

Plötzlich kam Jabbar ein abscheulicher Gedanke, weshalb sie schwieg. Er hatte sie in seinem Viertel wiedergefunden, dem Viertel, das jetzt wegen jemand anderem berühmt war. Sie stand da draußen bei dieser Garage, eine Woche, nachdem die Seals das Haus gestürmt hatten. Sie hatte nichts mehr zu essen. Wer hatte ihr das Essen gebracht? Wer hatte sie versorgt und sie nachts auf sein Moped gesetzt und sie wie eine Tochter behütet, genau so, wie seine Mutter es jetzt tat? Und warum hatte dieser unbekannte Mann plötzlich mit alldem aufgehört? War er krank geworden? War er verreist, oder war sie ihm langweilig geworden, war ihm das Geld ausgegangen? Hunderte Männer in Bilal Town hätten sie versorgen können. Aber würden die über Kafire und

Juden und den Präsidenten von Amerika reden? Vielleicht schon, vielleicht ... Warum wollte sie nicht sagen, wie er hieß?

»Wie war sein Name?«, fragte er.

Sie schüttelte stumm den Kopf.

»Wie sah er aus?«

Sie schüttelte erneut den Kopf. »Ich habe ihn nur bei Nacht gesehen. Er trug einen Helm. Aus Leder. Und er hatte immer einen Schal um den Mund.«

»Was für eine Stimme hatte er?«

»Sanft.«

»Welche Sprache?«

»Paschtu.«

»Nicht Arabisch?«

»Nein.«

»Warum warst du bei ihm?«

»Er hatte mich mitgenommen.«

»Von deinem festen Platz im Basar?«

Sie nickte.

»Warum? Wollte er dir wehtun?«

Sie zog die Schultern hoch.

»Hattest du Angst vor ihm?«

»Am Anfang. Danach nicht mehr.«

»Hat er dich eingeschlossen?«

»Am Anfang. Danach nicht mehr. Aber ich ging nicht nach draußen.«

»Warum nicht?«

»Ich weiß nicht. Es war gefährlich.«

»Für dich?«

»Für ihn. Abends machte ich die Tür auf. Die war schwer.

Bei klarem Himmel schaute ich mir die Sterne an. Wenn es bewölkt war, machte ich die Tür wieder zu.«

»Was hast du den ganzen Tag gemacht? War er auch tagsüber mal da?«

»Nein. Er kam nur nachts. Ich schlief tagsüber. Ich hörte mir Rezitationen des Korans an. Ich verstand das Arabisch nicht, aber es klang schön. Nachts war ich wach. Dann wartete ich auf ihn.«

»Jede Nacht?«

»Ja. Aber er kam nicht jede Nacht. Er kam, wenn kein Essen mehr da war. Dann füllte er alles auf. Dann rauchte er eine Zigarette und erzählte, was in der Welt passiert war.«

»Das hat er dir alles erzählt?«

»Ja.«

»Einer verstümmelten Bettlerin?«, höhnte er.

Es tat ihm sofort leid, dass er das gesagt hatte.

»Es tut mir leid«, sagte er, »das hätte ich nicht sagen dürfen.«

Sie brauchte ein paar Sekunden, um diese Worte zu verdauen. Danach sagte sie: »Ich habe mich das auch gefragt. Ich wusste nicht, warum er für mich sorgte und warum er mit mir redete.«

Was sie erzählte, konnte nicht wahr sein. Wenn das stimmte … Nein, das konnte nicht sein. Der Mann, an den er dachte, hatte das Haus nie verlassen, das war viel zu gefährlich. Dieser Mann war es nicht. Es musste ein anderer Mann in Bilal Town gewesen sein. Er hatte das Moped in der Garage stehen sehen. Es war eine Garage mit teuren Sachen. Er hatte das dringende Bedürfnis, jetzt sofort mit seinem Fahrrad hinzufahren.

»Er hat dich also auf seinem Moped mitgenommen?«

Sie nickte.

»Warum?«

»Weiß ich nicht. Weil er nicht allein herumfahren wollte.«

»Ist das alles?«

»Ich denke schon.«

»Hat er dir wehgetan?«, fragte er abermals.

Es war sinnlos, diese Frage immer wieder zu stellen, sie würde nie darauf antworten. Aber ihm wurde ganz schwindlig vor Wut, wenn er daran dachte, dass der Mann ihr wehgetan hatte, sie besudelt hatte – nein, er durfte nicht wie ein Pakistaner oder Inder denken, keine Wörter wie besudelt oder rein oder unrein benutzen.

Sie antwortete nicht, mehrere Sekunden lang nicht.

»Er hat für mich gesorgt«, sagte sie leise.

»Nach dem zehnten September voriges Jahr warst du weg«, sagte er.

»Ich bin nicht von mir aus weggegangen. Er hat mich in der Nacht mitgenommen.«

»Warum ausgerechnet in der Nacht?«

»Ich weiß es nicht. Er war glücklich, sagte er.«

»Worüber?«

»Über den Präsidenten war er glücklich. Er hat oft darüber gesprochen. Manchmal auch auf dem Moped. Dann rief er irgendwas und musste schrecklich lachen. Und ich auch.«

»Hattest du da keine Angst mehr vor ihm?«

»Nein.«

»Was sagte er über den Präsidenten?«

»Er sagte dann … Dass er den Präsidenten Kot essen lassen würde.«

»Das hat er gesagt?«

»Ja. Und dann lachte er.«

»Den Präsidenten von Amerika?«

»Ja.«

»Der Präsident ist mächtig. Das ist schrecklich, was dieser Mann gesagt hat.«

»Er hat es gesagt. Er sagte, dass er das Geheimnis des Präsidenten kennt.«

»Welches Geheimnis?«

»Das hat er nicht gesagt.«

»Sagst du auch die Wahrheit?«

»Ja.«

»Ein Mann, der dir vom Geheimnis des Präsidenten von Amerika erzählt?«

»Ja.«

»Das ist nicht wahr.«

»Und doch ist es so gewesen.«

»Und dann kam er plötzlich nicht mehr?«

»Ja.«

»Seit der Nacht kam er nicht mehr?«

»Welcher Nacht?«

»Der Nacht, in der die amerikanischen Soldaten da waren.«

Sie nickte.

»Danach blieb er weg?«

Sie reagierte nicht. Aber es ist eindeutig, dachte er. Sie war von diesem Mann versorgt worden, diesem Mann, tatsächlich, diesem Mann. Er fühlte, wie Ekel in ihm aufstieg, als müsse er sich gleich übergeben. Er erhob sich vom Bett und wollte weggehen, ihren Blick in seinem Rücken. Doch unvermittelt blieb er stehen, als ihm der Gedanke kam, dass ihre Geschichte … dass ihre Geschichte viel mehr wert sein könne als der Hocker, wenn es stimmte, was sie sagte … Spielte es eine Rolle, ob es stimmte? Ja. Er musste Beweise haben. Er konnte den Laptop mitnehmen. Darin war eine Kamera.

»Komm«, sagte er, »wir gehen zur Garage.«

Sie stand auf.

23

Abbottabad, 7. August 2011

Fortsetzung: JABBAR

Die Muezzine von Abbottabad riefen zum Asr auf, zum Nachmittagsgebet, das der Gläubige verrichten muss, wenn der Schatten eines Objekts um die Länge des Objekts größer ist als zu Mittag. Es gab Islamgelehrte, die das berechneten, Jahre im Voraus. Apana murmelte die Gebete, während sie ihm folgte. Das war eigentlich nicht erlaubt, wie Jabbar wusste. Vorgeschrieben war, dass sie kniete und sich den Gebeten hingab und sich damit Allah unterwarf.

»War er groß?«, fragte Jabbar über seine Schulter.

Apana murmelte weiter, tat, als habe sie ihn nicht gehört. Sie hatte recht, es war ungehörig, dass er diese Frage während des Asr stellte – wenn er das bei jemand anders gemacht hätte, hätte er Prügel bezogen, hätten sie ihm die Arme gebrochen oder die Zunge abgeschnitten. Ein Christ, der einen Muslim beim Beten störte, war ein schlimmer Gesetzesbrecher. Also schwieg er und ließ sie beten.

Würde er jetzt reich werden? Sein armer Vater war von einer Meute erschlagen worden. Er war mit seinem Geschäftspartner – so nannte seine Mutter es vornehm, aber sie hatten einfach nur einen gemeinsamen Sandalenstand gehabt – in Streit geraten. Der Streit wurde immer heftiger, und dann bezichtigte der Partner Jabbars Vater, einen Koran verbrannt zu haben. Wenn er reich war, würde er den Sarg mit dem Leichnam seines Vaters nach Amerika fliegen lassen.

Der Gang zur Garage dauerte sechs Minuten; wenn er mit dem Rad gefahren wäre, hätte er eine Minute dafür gebraucht. Mit dem Laptop, den er in seinem Rucksack bei sich trug, würde er Fotos von dem Moped und den Sachen in der Garage machen. Und er musste Fotos von ihrer Matratze machen und allem, was er sonst noch finden konnte. War dies die Chance, so viel Geld zu verdienen, dass sie nach Amerika ausreisen konnten? Es sah ganz danach aus, ja, wirklich, es sah sehr danach aus! Dank Apana, der Bettlerin, würden Los Angeles und New York und Chicago plötzlich in greifbare Nähe rücken! Sie hatte nichts, aber sie war ihr Gewicht in Gold wert! Er musste ein Buch schreiben oder ein Filmskript. Die Geschichte Apanas schrie förmlich nach Hollywood!

Sie näherten sich der Garage. Sie war geräumiger als für einen normalen PKW nötig. Hier passte ein ganzer Lastwagen rein. Die Garage stand zwischen anderen Bauten, weiteren Garagen oder Gebäuden, in denen Sachen gelagert wurden – nicht wenige Leute in Bilal Town waren reich und hatten so viele Sachen, dass sie in Lagerräumen abgestellt werden mussten. Die Schlösser waren schwer und stark.

»Ja, er war groß«, sagte Apana, nachdem sie ihre Gebete beendet hatte.

Jabbar hatte die Frage fast schon wieder vergessen. Er musste Gespräche mit Apana führen und diese für ein Filmskript verwenden. Oder vielleicht zuerst für ein Buch. *Die bemerkenswerte und wahre Geschichte von Apana, der Bettlerin.*

Sie führte ihn zu den grünen Türen. Sie sahen beide gleichzeitig die Köpfe der dicken Parkerschrauben, mit denen die Türen verriegelt waren. Es waren mindestens sechzig. Wer hatte das gemacht?

Sie sahen sich unsicher an. Er wollte gegen die Tür treten und ein Loch hineinhacken. Aber die Tür sah uneinnehmbar aus, wie eine Wand aus Granit. Er musste diese Schrauben herausdrehen. Sie waren mit einem elektrischen Apparat reingedreht worden, den starke Männerhände gehalten hatten, vielleicht sogar Soldatenhände. Hatte die pakistanische Armee das gemacht? Hatten sie die Garage gefunden? Er nahm sich vor, in der kommenden Nacht mit einem Schraubenzieher wiederzukommen und alle Schrauben zu entfernen und dann zu fotografieren, was zu fotografieren war – falls die Garage nicht ausgeräumt worden war.

Er beruhigte sich. Er musste mit den Tatsachen arbeiten. Er durfte sich nicht in Wut oder Verärgerung verlieren, sondern musste planvoll erkunden, wie er die Geschichte von Apana so überzeugend wie möglich notieren konnte.

Er fragte, während er den Laptop aus dem Rucksack nahm: »Wo wohnte dieser Mann?«

»Weiß ich nicht.«

»Bist du je bei ihm zu Hause gewesen?«

»Nein.«

»Er öffnete die Tür und kam herein?«

»Nein.«

»Wie dann? Schwebte er herein? War er ein Dämon?«

»Er kam aus dem Fußboden.«

»Aus dem Fußboden? Wie eine Ratte?«

»Da war eine Klappe. Die sah man nicht. Ein Autoreifen

lag darauf. Der war an der Klappe befestigt. Wenn er weg war, legte ich einen weiteren Reifen obendrauf, das wollte er. War schwer.«

»Eine Klappe? Was war unter der Klappe?«

»Ich weiß es nicht. Ich habe nie hineingeschaut.«

Er richtete die eingebaute Kamera des Laptops auf Apana und die Tür. »Bleib mal kurz so stehen.« Er machte ein Foto von ihr. »Wohnte er unter der Garage?«

»Ich glaube schon.«

Jabbar schüttelte den Kopf. »Niemand lebt unter einer Garage. Und dieser Mann … Der wohnte irgendwo anders …«

Er verstaute den Laptop wieder im Rucksack.

»Der Scheich«, sagte sie. »Er wollte, dass ich ihn ›der Scheich‹ nannte.«

Sie sah ihn unverwandt an, weil sie sehen wollte, wie er reagierte. Sie stand nahe vor ihm, nahe genug, dass er sie hätte küssen können. Aber das ging nicht. Das war ihm klar.

»Welcher Scheich?«, wiederholte er.

»Der Scheich.«

»Der Scheich?«, sagte er noch einmal.

»Ja.«

Sein Herz klopfte auf einmal ganz schnell, als ob er rannte.

»Sagte er einen Namen dazu? Scheich Achmed?«

»Nein. Einfach nur der Scheich.«

Sie schaute von links nach rechts, an den Gebäuden entlang, zu den Seitenstraßen weiter hinten, aber da war kein Mensch. Er folgte ihren Blicken. Was suchte sie? Da war niemand. Niemand konnte sie sehen.

Dann presste sie ihre Lippen auf die seinen. Ganz kurz. Ganz schnell. So sanft. So wunderbar.

Sie rannte schnell weg, zurück nach Hause, und er folgte ihr, während er den Rucksack, der auf seinem Rücken hüpfte, zu bändigen versuchte. Er holte sie ein und fasste sie beim Arm.

Sie blieb stehen, mit niedergeschlagenen Augen, und er sah, dass sich ihre Brust heftig hob und senkte. Er wollte, dass sie ihn ansah und noch einmal tat, was sie gerade getan hatte.

»Der Scheich«, sagte er, »der Scheich, das war doch …?«

»Spielt das eine Rolle?«, fragte sie leise. »Wenn ich Hunger hatte, gab er mir zu essen. Wenn es kalt war, hat er mich gewärmt. Wenn ich schmutzig war, konnte ich mich waschen. Und auf dem Moped saß ich vorn und fühlte den Wind, und im Park und am Ufer des Flusses lag ich im Gras.«

»Er war ein schlechter Mensch. Er wollte alle ermorden.«

»Aber für mich hat er gesorgt.«

»Warum? Was wollte er von dir?«

»Nichts. Er wollte nichts. Er hat mit mir gesprochen. Das ist alles.«

»Warum mit dir?«

»Er wollte einfach nur reden.«

»Warum?«

»Er sagte, dass er niemanden hat, dem er vertrauen kann, wie er mir vertraut.«

»Warum?«

»Weil ich keine Ohren hätte, sagte er.«

Sie fing leise an zu weinen.

Die Schöpfung weint jetzt, dachte Jabbar, alle Sterne weinen. Er wusste, dass es sich nicht gehörte, aber er umarmte sie und ließ sie in seinen sicheren Armen weinen.

Danach, als sie ausgeweint hatte und mit ihren Unterarmen ihre Wangen getrocknet hatte, trat sie von ihm weg und sagte: »Ich war geborgen, zum ersten Mal seit damals.«

»Wann war *damals*?«

Sie holte ein paarmal tief Luft, sagte es schnell: »Als mir die Talibanmänner die Hände abhackten und die Ohren abschnitten.«

Er wusste, dass er sie ansah, wie er noch nie jemanden angesehen hatte. Und wie er nie mehr in seinem Leben jemanden ansehen würde. Er konnte kaum atmen vor Mitleid. Er fühlte ihren Schmerz, als schlügen sie das Beil in seine Handgelenke. War es das, was Jesus gefühlt hatte, als ihm das Leiden der Menschen bewusst wurde? Ein Mitleid so groß wie das Universum? War es dieses Bewusstsein, was dieses schöne, schwache, verstümmelte Mädchen in ihm weckte? Und nicht nur in ihm – auch in diesem Mann? War sie heilig?

»Warum haben sie das getan?«, fragte er mit heiserer Stimme.

»Musik«, sagte sie. »Musik. Ich hörte Musik. Ich spielte.«

»Hassen sie das?«

»Sie begreifen nicht, dass Allah Schönheit ist.«

»Nein«, sagte er, obwohl er sie nicht ganz verstand, oder doch? »Das begreifen sie nicht«, sagte er. »Und dann?«

»Ich wurde krank. Die Wunden entzündeten sich. Aber nach ein paar Tagen stand ich wieder auf. Sie gaben mich weg. Sie gaben mich Männern. Die taten mir weh. Die gaben mich an einen anderen Mann. Der tat mir auch weh. Aber er ließ mich gehen, weil ich stank, wie er sagte. Ich wurde zur Frau, verstehst du?«

Er nickte, schlug aber die Augen nieder. Er begriff, was sie meinte. Frauensachen. Er scheute sich nicht vor Frauensachen. Jesus ehrte Frauen, sogar schlechte Frauen. Noch nie hatte jemand über so etwas mit ihm gesprochen. Das war intim.

»Und dann bist du betteln gegangen?«

»Ja.«

»Wo ist deine Familie?«

»Tot.«

»Wer hat für dich gesorgt?«

»Als mein Vater tot war, sorgten Amerikaner für mich. Ein Mann, der Tom heißt. Er hat mir die Musik vorgespielt.«

»Die Musik vom Colonel?«

»Ja.«

»Was ist mit dieser Musik?«

»Allah. Allah spricht durch diese Musik.«

»Was sagt Er denn?«

»Er sagt, dass wir uns nicht zu fürchten brauchen, weil Er uns liebt.«

»Sagt er das wirklich?«

»Ja.«

»Und dieser Bach? Was machte der?«

»Allah sprach zu ihm. Und Bach hat es aufgeschrieben. Genauso wie der Prophet Mohammed, Friede sei mit ihm, Allah durch einen Engel hörte.«

»Ist Allah auch Gott?«

Sie sah ihn einen Augenblick lang nachdenklich an und antwortete dann mit großem Ernst: »Ja, ich denke schon.

Ich denke, dass Gott und Allah dieselbe … dieselbe Kraft sind.«

»Ja«, sagte er, obwohl er keine Ahnung hatte, ob das stimmte.

Sie gingen zurück. Hin und wieder berührten sich ihre Arme. Er hatte keine Angst mehr, dass andere es womöglich sahen. Wenn sie ihn beleidigen und provozieren würden, würde er nicht darauf reagieren, sondern einfach neben ihr weitergehen.

»Was hat der Scheich dir erzählt?«

»Böse Sachen«, sagte sie. »Er wollte Bomben auf Europa und Amerika werfen. Er hasste die Kafire dort. Er wollte, dass alle auf der Welt Muslime werden. Das sei der Auftrag des Propheten Mohammed, Friede sei mit ihm. Wenn es nicht im Guten gehe, dann im Bösen, sagte der Scheich. Er erzählte von Plänen, die er hatte. Er wollte Flugzeuge explodieren lassen. Er wollte das Wasser vergiften. Er wollte Atomdinger treffen.«

»Atomdinger? Atombomben? Atomkraftwerke?«

»Atomkraftwerke, gibt es die?«

»Ja. Was sonst noch?«

»Das Geheimnis. Er kenne das Geheimnis des Präsidenten. Dann musste er immer lachen. Er sagte dann Sachen, die ich nicht wiederholen kann, über den Präsidenten.«

»Was war das Geheimnis?«

»Das war geheim«, sagte sie. »Der Scheich sagte einmal: Er weiß jetzt, dass ich es weiß. Und er weiß auch, dass ich weiß, dass er es weiß. So sagte er das.«

»So spricht ein Dämon. In Rätseln.«

»Das war es, was der Scheich sagte.«

»Was war das Geheimnis? Wenn wir das Geheimnis kennen, dann …«

Er sprach die Worte nicht aus: Dann werden wir reich. Dann konnten sie das Geheimnis an die Amerikaner verkaufen. An Hollywood. Oder an die Regierung.

»Er hatte das Geheimnis irgendwo versteckt«, sagte sie.

»Wo denn?«

»Niemand könne es finden, sagte er immer lachend. Niemand würde dort suchen.«

»In der Garage? Hatte er es dort versteckt?«

Aber dann war die Wahrscheinlichkeit groß, dass man es gefunden hatte. Da waren Männer gewesen, die die Tür zugeschraubt hatten. Das hatte einen Grund. Diese Schrauben sollten etwas verborgen halten.

»Da war ein Tunnel«, sagte sie. »Ein niedriger Tunnel. Der Scheich hatte Probleme mit seinem Rücken. Davon musste er sich erholen. Ich massierte ihm mit meinen Ellbogen den Nacken. Danach konnte er wieder gerade stehen.«

»Du hast ihn angefasst?«

»Mit meinen Ellbogen. Nur damit.«

Das pakistanische Militär hatte den Tunnel entdeckt. Deshalb war die Garagentür zugeschraubt worden. Das ist alles unglaublich, dachte er. Wenn er das aufschreiben würde … Jeder auf der Welt würde das lesen wollen. Oder nicht? Wer würde ihm glauben? Wer würde einer Bettlerin ohne Hände und Ohren glauben? Niemand würde ihr glauben. Und ihm auch nicht. Ein Christenjunge aus Abbottabad erzählte die wahre Geschichte vom Scheich? Keinen Cent würde er dafür bekommen. Es sei denn, er fand das Geheimnis. Der Scheich hatte es an einem Ort versteckt, den alle übersahen, wo niemand suchen würde. Jabbar musste also alles untersuchen. Wenn er das Geheimnis fand, war das der Schlüssel zur Greencard. Er würde Spielberg treffen. Und Apana würde neue Hände bekommen, darum würde er Spielberg als Gegenleistung für das Geheimnis bitten. Spielberg war Jude, okay, das war Jesus auch, als Jude geboren, aber das durfte kein Hinderungsgrund sein. Apana musste Hände und Ohren bekommen, und sie würden auf einer Ranch leben. Sie würde Klavier spielen, und er würde DVDs davon machen und die in Afghanistan verbreiten lassen und den Taliban zeigen, dass Apana gewonnen hatte. Sie würde die Talibanmänner hören lassen, wie Allahs Musik klang. Er musste also überall suchen, in der Garage, im Haus vom Scheich.

In der Küche hatte seine Mutter einen Teller mit Granatäpfeln für sie hingestellt. Er nahm den Teller mit in sein Zimmer, und ohne dass sie es verabredet hatten, folgte ihm Apana. Sie setzte sich auf den Hocker und sah ihn abwartend an.

Er legte seinen Rucksack aufs Bett und kniete sich neben sie. Wieso war es jetzt spannend, dass sie bei ihm war? Schaute sie anders, saß sie anders, war ihre Haltung eine andere? Schweigend und mit geradem Rücken schaute sie zu, wie er mit einem kleinen Löffel die fleischigen roten Kerne aus der harten Schale kratzte. Danach öffnete sie von sich aus den Mund, und er legte ihr mit dem Löffel die Kerne auf die Zunge. Sie vermieden es, sich anzusehen. Nein, sie konnten sich nicht ansehen. Es war auf einmal ... Auf einmal war es anders. Der Kuss hatte alles anders gemacht. Ihre Erzählung auch. Alles war jetzt ... intim, dachte Jabbar. Sie waren intim. Er musste schlucken, obwohl er gar nichts aß, und er schluckte noch einmal. Er fütterte sie. Wieder öffnete sie mit zugekniffenen Augen den Mund für ihn, als ob sie … Er wollte nicht wissen, was auf dieses *als ob* folgen könnte. Intim. Das Verlangen war kaum zu zügeln. Er wollte es nicht zügeln. Dann haute sie ihm eben eine runter mit ihrem Haken.

Er beugte sich vor und küsste sie, schmeckte den Granatapfel, und sie schob ihn nicht von sich weg, nein, sie legte die Arme um ihn, er hörte, dass in seinem Nacken die Haken gegeneinandertickten, aber nichts hielt ihn zurück. Und seltsamerweise öffnete sie ihren Mund, und er auch, und er erschrak kurz, aber auch wieder nicht, denn er kostete ihre Zunge, und ihre Zunge war das Schönste und Süßeste, was er je gekostet hatte.

24

Amsterdam, 9. August 2011

TOM

Sie nannte sich Hope Smith, ein Name, der zu einer blonden amerikanischen Christin gepasst hätte, aber sie sah eher aus wie ein halbes Schtetl. Vielleicht war sie einmal schön gewesen, jetzt war sie eine ältere Frau, klein, klapperdürr, mit dickem, rotgefärbtem Kraushaar und scharfen Gesichtszügen und dazu Augen, die eine fast beängstigende Intelligenz verrieten.

Später hörte ich, dass sie in Kreisen israelischer Sicherheitsdienste eine Legende war. Ihr wirklicher Name war Ruth Fiorentino – sie nannte ihren Namen am Ende unseres ersten Gesprächs. Sie war Teil des Teams gewesen, das die palästinensischen Terroristen gejagt hatte, die für den Tod von elf israelischen Sportlern bei den Olympischen Spielen in München 1972 verantwortlich gewesen waren. Es dauerte Jahre, aber alle Terroristen wurden schließlich eliminiert, es war einer der berühmten *cases* in der Welt der Geheimdienste.

Ich traf sie im Sitzungsraum eines Hotels in der Nähe des Amsterdamer Hauptbahnhofs. Es wimmelte in der Lobby und auf den Fluren des Hotels von Überwachungskameras – das hier war eine israelische *location,* die zweifellos mit Billigung der niederländischen Behörden funktionierte.

Nachdem ich mich an der Rezeption gemeldet hatte, wurde ich in einen sterilen fensterlosen Raum in den Eingeweiden des Hotels geführt. An den Wänden hingen zwei Spiegel – Einwegspiegel, das konnte gar nicht anders sein. Hope erschien nach zirka drei Minuten, begleitet von zwei elegant gekleideten jungen Männern.

Wir stellten uns gegenseitig vor, und die beiden jungen Männer zogen sich nach einem entspannten Kopfnicken von Hope Smith zurück. Aus einer Edelstahlkanne schenkte sie uns Kaffee ein. An der Seite des Tisches stand eine weitere Kanne und dazu etwa zehn Fläschchen Wasser und Cola in Dosen.

»Der Tod Ihrer Freunde – es tut mir leid, das zu hören«, sagte sie mit einer rauhen, krächzenden Stimme, die man nicht unbedingt mit ihrem zerbrechlichen Äußeren in Verbindung gebracht hätte. »Der Unfall mit diesem Chinook ist furchtbar. Die höchste Zahl von Toten für Ihre Truppen in Afghanistan. So viele Special-Ops-Jungs, was für ein Verlust. Sie kannten viele von ihnen?«

»Ja, leider.«

»Nehmen Sie sich selbst Zucker und Milch?«

Ich ließ beides stehen, und wir schlürften den heißen, bitteren Kaffee aus den Hoteltassen. Ich streute doch lieber ein wenig Milchpulver hinein.

Sie sagte: »Sie wollten mit jemandem von unserer Organisation sprechen.«

»Ja.«

»Ich weiß nicht, ob wir Ihnen behilflich sein können. Hoffentlich ist Ihnen das klar. Wir sind kein – wie soll ich sagen – Dienstleistungsunternehmen. Wir haben gewisse

Beweggründe. Mit Blick darauf tragen wir Informationen zusammen. Sie sind ein alter Hase. Sind selbst Special Ops einer Kollegenorganisation.«

»War …«

»Wir wollen keinen Interessenkonflikt. Wir können ohne die Kontakte zu Ihrer ehemaligen Organisation nicht überleben.«

»Ich glaube nicht, dass es den gibt«, sagte ich. »Ich habe keine Verpflichtungen mehr. Ich halte mich, was die Operationen betrifft, an denen ich beteiligt war, an die Regeln. Punkt. Worum es mir geht, ist … Meine Freunde sind, denke ich, aus einem bestimmten Grund gestorben. Muhammed Hashimi und Vito Giuffrida und seine Crew. Da muss es einen Zusammenhang geben. Dass sie innerhalb von achtundvierzig Stunden getötet wurden, kann kein Zufall sein.«

»Dort herrscht Krieg.«

»Ich weiß. Der Chinook befand sich zum falschen Zeitpunkt am falschen Ort. Aber es hat den Anschein, als ob die ganze Aktion von Anfang an zum Scheitern verurteilt war. Der Chinook wurde in dieses Tal gelockt.«

»Dort herrscht Krieg«, wiederholte sie. »Es war ein gut geplantes und gut durchgeführtes Täuschungsmanöver der Taliban. Wir sollten auf die Führung in Bagram blicken, dort wurden Fehler gemacht. Dass die Taliban so etwas versuchen würden und schon früher versucht haben und in Zukunft auch weiterhin versuchen werden, liegt auf der Hand. Bagram hätte das vorhersehen müssen. Der Chinook hätte dort niemals fliegen dürfen, ohne Schutz vor den RPGS und MANPADS.«

»Da bin ich ganz Ihrer Meinung, Frau Smith.«

»Nennen Sie mich Hope. Darf ich Sie Tom nennen?«

»Da bin ich ganz deiner Meinung, Hope. Der Chinook wurde in die Falle gelockt. Aber ich stelle trotzdem Fragen dazu. War das wirklich allein die Aktion eines Grüppchens von Talibankämpfern? Oder wurden sie von anderen Kräften dirigiert?«

»Wie zum Beispiel?«

»Das möchte ich mit dir besprechen.«

»Und dein Freund Muhammed Hashimi?«

»Der wurde im Norden von Afghanistan umgebracht. Sein Kopf lag auf seiner Brust, zwischen fünf Kämpfern vom Massoud-Clan.«

»Es heißt, dass er wegen eines Drogendeals dort war. Man hat Opiumspuren gefunden.«

»Unsinn. Er war selbständiger Operator und hat von Katar aus gearbeitet. Er hatte dort gerade eine eigene Firma gegründet. Er war nicht in der Drogenszene. Er hatte erstklassige Beziehungen zu den führenden Familien in Katar. Wollte demnächst heiraten. Er war aus einem ganz anderen Grund in Afghanistan.«

»Du hast kürzlich mit ihm gesprochen?«

»Ja. Am 8. Juli. In London.«

Sie machte eine Handbewegung zu einem der Spiegel hin, und in der nächsten Sekunde erschien einer der jungen Männer mit einer Mappe. Sie zog ein Foto daraus hervor und schob es mir hin. Der junge Mann ließ uns wieder allein.

Es war ein Foto von Elton John mit einer unbekannten Frau, ein Selfie. Im Hintergrund M-U, Vito und ich in der Lobby vom Claridge's.

»Ja, ich hatte schon vermutet, dass so was passiert ist«, sagte ich. »Jemand von euch hat uns gesehen. Wen hattet ihr im Visier?«

»Niemanden im Besonderen. Das Foto kam uns in die Hände, weil Muhammed Hashimi wegen seiner Position und seinen Möglichkeiten in Katar von Interesse für uns war.«

Ich fragte: »Ist Global ein Dummy von euch?«

»Nein. Das sollte man nie machen. Es ist ein legitimes Business. Neunzig, fünfundneunzig Prozent der Aufträge haben keinerlei nachrichtendienstlichen Bezug. Wir machen nur Gebrauch von Global, wenn wir keine anderen Möglichkeiten haben.«

»Aber ihr habt schon jemanden auf mich angesetzt.«

»Du hast eine interessante Vita, Tom. Und zudem bist du Jude. Wir mussten das abtasten.«

»Weshalb?«

»Wegen deiner Beziehung zu Hashimi.«

»Das wäre ein sinnloser Versuch von euch gewesen. Ich habe … Ich hatte eine Beziehung zu ihm, die nicht korrumpierbar war.«

»Ich spreche nicht von Korruption. Vielleicht hätten wir ihm gegenüber mit offenen Karten spielen können.«

»Unmöglich, er hätte nie für euch gearbeitet.«

»Ist jetzt alles blanke Theorie.«

»Ja. Theorie«, wiederholte ich.

Hope fragte: »Was willst du von uns?«

»Eure Hilfe.«

»Bei was?«

»Beim Herausfinden der Wahrheit.«

»Was willst du mit der Wahrheit?«

»Rache und Abschluss.«

»Rache verstehe ich – aber was meinst du mit Abschluss?«

»Ich will das zu Ende bringen. Dieses Kapitel meines Lebens muss abgerundet werden. Aber das geht nur, wenn ich die Wahrheit finde. Und ein Mädchen.«

»Ein Mädchen?«

»Ein Mädchen.«

»Was für ein Mädchen?«

»Ein Kind, das ich nach dem Tod seines Vaters 2008 in meine Obhut genommen habe. Er hatte für uns gearbeitet. Sie wurde Waise. Wir haben uns auf unserer Basis um sie gekümmert. Die Basis wurde am 1. Januar 2009 überfallen, und sie wurde von den Taliban verschleppt. Ich habe Hinweise darauf, dass sie in Khar ist, das ist ein pakistanisches Grenzstädtchen, nicht sehr weit von unserer Basis entfernt, dass sie dort am 6. Januar 2009 von den Taliban verstümmelt wurde. In Khar hat man ihr die Hände abgehackt und die Ohren abgeschnitten. Man beschuldigte sie, teuflischen Aktivitäten nachgegangen zu sein. Damit meinen die Taliban: Sie hörte Bach und spielte Klavier. Vielleicht hat sie es überlebt. Ich muss sie wiederfinden.«

»Warum?«

»Ich muss wissen, was mit ihr geschehen ist.«

»Warum?«

»Ich bin verantwortlich.«

»Warum?«

»Ich habe sie Bach hören lassen. Ich habe ihr ein Keyboard geschenkt.«

Sie sah mich einen Moment lang ungerührt an. »Gut«,

sagte sie, »ich verstehe. Was hat sie mit deinen Freunden zu tun?«

»Nichts. Aber wenn du mir hilfst, erzähle ich dir, was meiner Meinung nach mit meinen Freunden passiert ist, und die Geschichte wird deinen Amsterdam-Trip zu einem der interessantesten machen, die du je unternommen hast.«

»Du hast ja keine Ahnung, was für interessante Trips ich in meinem Leben schon unternommen habe, Tom.«

»Die allerinteressantesten, nehme ich an. Aber dieser Trip gehört zu den Top Five.«

»Du bist dir deiner Sache ja ziemlich sicher.«

»Ich habe nur eine Geschichte.«

»Hat sie etwas mit deiner Organisation zu tun?«

»Ich hoffe, nicht. Aber ich kann nichts ausschließen.«

»Vielleicht können wir dir ja doch mit dem Mädchen helfen, wenn Tel Aviv einverstanden ist, aber wir unternehmen nichts, wenn wir damit unsere Beziehung zu Langley aufs Spiel setzen, verstehst du?«

»Versteh ich.«

»Vielleicht können wir da und dort suchen und fragen. Aber es liegt schon lange zurück, oder? Januar 2009 ... Es darf nichts kosten, und wir gehen keine Risiken ein, klar?«

»Klar. Aber vielleicht ist meine Geschichte so außergewöhnlich, dass du mich schon mit Geld und dem Eingehen von Risiken belohnen möchtest.«

»Ich verspreche nichts, Tom.«

»Was hättest du für Usama bin Laden übrig?«

Sie sah mich erstaunt an. Setzte sich anders hin. »Für Bin Laden? Seine Leiche?«

»Alive and kicking.«

Sie blinzelte mit den Augen, schaute zu einem der Spiegel, dann zu mir.

»Bin Laden?«, sagte sie mit dem ganzen Sarkasmus, den sie aufbringen konnte, und das war viel.

»Alive and kicking«, wiederholte ich.

»So wie Elvis?«, fragte sie. Auch M-U hatte Elvis zur Sprache gebracht. »Hast du den auch *alive and kicking* im Angebot?«

»Nein. Aber ein paar Marsmännchen«, sagte ich.

Sie seufzte. »Was ist das für ein Spiel, Tom? Du bist kein Freak. Wir haben unsere Hausaufgaben gemacht. Ich habe heute Nacht deine Akte gelesen. Chavva lobte dich in den höchsten Tönen. Was willst du hiermit erreichen?«

»Usama bin Laden«, wiederholte ich. »Muhammed Hashimi wollte Usama bin Laden in einem Safehouse von Tadschiken in Faizabad aufsuchen.«

Jetzt sah sie mich stumm an, rieb gespannt die Daumen der zusammengefalteten Hände übereinander. Sie ließ Zeit verstreichen. Zehn, zwanzig Sekunden.

Dann sagte sie trocken: »Er hat nicht Elvis aufgesucht?«

»Nein.«

Wir sahen einander unverwandt an.

»Für wen hältst du mich, Tom?«

»Du leitest die Aktivitäten in Europa, Hope, das nehme ich jedenfalls an. Du stehst ziemlich weit oben auf der Leiter. Du mischst wahrscheinlich bei der Auswertung der wichtigsten Aktionen mit. So etwas denke ich.«

»Wie lautet deine wirkliche Geschichte? Wozu musste ich diese Reise machen?«

»Usama bin Mohammed bin Awad bin Laden. Geboren

am 10. März 1957 in Riad und nicht am 1. Mai 2011 in Abbottabad, Pakistan, gestorben. Er lebt. Muhammed Hashimi hat ihn gesehen, mit ihm gesprochen, vorige Woche. Danach wurde Hashimi ermordet. Und das Seals-Team, das Bin Laden gekidnappt, also nicht getötet hat, Hope – also nicht getötet hat, hörst du? –, ist vorigen Samstag beim Crash eines Chinook westlich von Kabul ums Leben gekommen. Was ist der Zusammenhang zwischen dem Tod von Hashimi und dem Tod von Giuffrida? Der Zusammenhang heißt Usama bin Laden. Der in der Nacht vom 1. Mai 2011 von ST6 bei einer aberwitzigen, irren Aktion aus diesem Haus in Abbottabad entführt und durch ein Double ersetzt wurde.«

»Ein Double?« Sie sah mich weiterhin mit tödlichem Sarkasmus an.

»Ein Double, ja. Wenn du schon mal in Goa am Strand warst, hast du dort einen ununterbrochenen Strom von Verkäufern mit Taschen und Kappen und T-Shirts und Jongleure und Komödianten und Musiker gesehen. Einer dieser Komödianten nannte sich Ben Laden.«

»Ben?«

»Ben Laden. Der absolute Doppelgänger. Den haben sie in das Haus eingeschleust. Den echten haben sie mitgenommen.«

»Vor der Nase deiner Organisation?«

»Ja, Hope.«

»Unmöglich.«

»Es gab einen Tunnel. Den haben meine Kollegen vom Nachrichtendienst nicht gefunden. Der war nicht auf der Bauzeichnung, und sie konnten ihn auch aus der Luft nicht sehen. ST6 hat eine Gruppe von Tadschiken eingeschaltet.

Meisterhafte Tunnelbauer. Die haben ausbaldowert, wie sie in diesem Viertel einen Tunnel anlegen würden, von dem Haus aus. Und sie haben nach ein paar Tagen den Eingang gefunden.«

»Und das Blut? Und die Frauen und Kinder in dem Haus?«

»Das Blut war von UBLs Sohn Khaled. Sie haben alle in dem Haus betäubt. ZK-122. Weißt du, was das ist?«

»Tom, ich bin gelernte Chemikerin.«

»Gut«, sagte ich, »gut, dann weißt du, wovon ich spreche.«

Ich konnte nicht mehr an mich halten. »Sie haben dieses verdammte Haus mit dem Zeug vollgepumpt und Usama durch einen Doppelgänger ersetzt. Die haben danach in dem Haus so tief geschlafen, dass sie nicht mal der Höllenlärm der Black Hawks geweckt hat. Hast du schon mal unter so einem Ding gestanden, Hope?«

Sie nickte.

»Halb Abbottabad saß senkrecht im Bett, weil die Hawks über der Stadt kreisten, aber in dem Haus haben sie geschlafen wie die Murmeltiere und daher auch nicht auf ST6 gefeuert. Und dann haben sie einen Leichnam mitgenommen, den sie gehörig misshandelt und dem sie mit ihren HK416 eine Batterie 5,56-Millimeter-Geschosse ins Gesicht gefeuert hatten, so dass nichts mehr von seiner Visage erkennbar war, und sie haben zwei Röhrchen mit Blut von Bin Ladens Sohn gefüllt, der zufällig auch erschossen worden war, und dann haben sie diesen Leichnam so schnell wie möglich im Ozean versenkt. Das heißt, den falschen UBL haben sie versenkt. Denn das Original war schon zwei Stunden vor dem Raid aus dem Haus geholt worden und war tief schlafend und träumend unterwegs nach Afghanistan. Zu einem Safehouse in Faizabad. Das ist die Geschichte, Hope. Ist sie deinen Trip wert?«

Sie blieb stumm. Aber der Unglaube wich nicht aus ihrem Blick.

Sie sagte: »Du bist ein Phantast. Starke Geschichte, keine Frage, aber reine Phantasie. Ich reise nicht gern für Phantasien. Es sei denn, es sind meine eigenen. Was soll ich damit?«

»Es gibt jetzt eine Gruppe, eine Macht, was weiß ich, die UBL übernommen hat. Hashimi ist tot, die Jungs, die das Ganze ausgetüftelt haben, sind tot, die Tadschiken, die es ausgeführt haben, auch. Alle, die etwas damit zu tun hatten, sind umgebracht worden. Irgendwer muss UBL jetzt in seiner Gewalt haben. Ich habe keine Ahnung, wer das ist. Langley? Haben sie entdeckt, dass sie von unseren eigenen Seals verarscht worden sind? Aber würden sie dann so weit gehen, dass sie ST6 und Jungs von anderen Einheiten durch die Taliban abschießen lassen? Nein, undenkbar. Also sind es andere. Die Taliban? Haben sie ihn befreit? Dann hätte UBL inzwischen von sich hören lassen. Also nein. Ihr? Ich hoffe es. Aber ich glaube nicht. Russen? Chinesen? Mittels lokal angeworbener Talibantypen? Könnte sein. Wenn man ihn hat, wenn UBL redet und seine Geheimnisse preisgibt, kann man die Welt manipulieren wie die Pest. Dann gewinnt man Erkenntnisse, die man bis jetzt nicht hat. Warum, Hope, warum lautete der Auftrag *kill or capture*?«

»Ich habe keine Ahnung, Tom, sag es mir.«

»Hätte der Auftrag an ST6 nicht lauten müssen: *Whatever happens, it's capture*? So hätte es doch sein müssen, oder? Da ist doch was faul an der offiziellen Geschichte, oder? Denken sie im Weißen Haus und im Pentagon und in Langley wirklich, dass wir alle verblödet sind? Hat dich nichts an dieser offiziellen Geschichte zweifeln lassen? Leute wie ich sehen in der offiziellen Geschichte nichts als Lücken. Und ich bin mir sicher, Hope, dass Leute wie du auch Fragen gestellt haben, als sie die Geschichte hörten, als der Präsident der Welt triumphierend erzählte, dass sie UBL abgemurkst hätten. Sie hatten ihn nicht lebend, sondern tot. Es gab praktisch keine Gegenwehr, und trotzdem mussten sie ihn eliminieren. Warum? Warum musste UBL zum Schweigen gebracht werden? Ich glaube, Hope, dass dir dieser Gedanke auch durch den Kopf gegangen ist, oder? Und genau das ist der Grund dafür, dass ST6 diesen Auftrag schlichtweg verweigert hat. Verweigert haben sie ihn, verdammt. Sie haben ihre eigene Operation geplant. Wenn die schiefgegangen wäre, hätten sie ihn erschießen müssen, das Original meine ich, aber die Tadschiken hatten den Doppelgänger ins Bett gelegt, neben eine völlig betäubte Frau, die so viel ZK-122 eingeatmet hatte, dass sie dachte, sie liege neben *fucking* George Clooney. ST6 wollte nicht mitmachen bei diesem *kill or capture*. Im Handbuch fürs Militär läuft das unter Hochverrat. Sie haben alle angeschmiert. Einschließlich Präsident Obama. Wenn das rausgekommen wäre, hätten sie bis zum Jahr 2100 in Leavenworth gesessen. Aber es ging gut. Wie groß war die Wahrscheinlichkeit? Eins zu hundert? Ich habe keine Ahnung. Sie haben's hingekriegt! Gott, sie haben's hingekriegt, unglaublich, diese Irren, dieser total verrückte Vito, dieser dumme, dumme M-U …«

Ich musste kurz unterbrechen und die wütende Trauer

abreagieren, die mich zu überwältigen drohte. Ich stand auf und ging in dem kleinen Raum auf und ab. Ich spürte, dass ihr Blick mir folgte. Eine Minute ließ sie mich in Ruhe.

»Erzähl weiter«, forderte sie mich dann auf.

Ich nickte, nahm mir aber noch etwas Zeit.

Ohne sie anzusehen, sagte ich: »Muhammed Hashimi wurde von Vito einbezogen, weil sie Geld benötigten. Natürlich war den Tadschiken aufgegangen, dass UBL eine Goldgrube für sie war. Er war netto fünfundzwanzig Millionen wert. Einem anderen Bieter vielleicht sogar hundert Millionen. UBL hatte ernstzunehmende Feinde. Feinde, die ihn, koste es, was es wolle, lebend in die Hände bekommen wollten. Warum wollte unser Commander-in-Chief, dass er erschossen wird? Warum sollte er zum Schweigen gebracht werden?«

Ich sah sie wieder an, setzte mich hin. »Warum? Ihr könnt eure Analysten darauf ansetzen. Bei euch in Tel Aviv sitzen brillante Denker. Die können so was rauskriegen. Warum wollte der Präsident von Amerika, dass UBL zum Schweigen gebracht wird? Darüber könntet ihr ein paar interessante Rapporte anfertigen, scheint mir. Was die Tadschiken wollten, war klar. Geld. Die Tadschiken wollten Geld. Vito nahm Kontakt zu Muhammed auf. Ich war dabei, in diesem Hotel in London. Als Freund. Als Vertrauter. Und auch, weil ich von Muhammed dasselbe wollte wie von dir: Hilfe. Für das Mädchen. Muhammed glaubte nichts, genau wie du. Ist nach Faizabad gegangen, um sich das Objekt mit eigenen Augen anzusehen. Deswegen war er dort. Er wollte den Mann sehen, von dem alle sagen, seine Leiche sei im Indischen Ozean von den Haien gefressen worden. Aber das war die

Kopie, nicht das Original, verstehst du? Das Original wurde von Männern des Stammes von Massoud gefangen gehalten. Sie gehören zu den besten, härtesten Kämpfern, die man in Afghanistan finden kann, und sie sind alle fünf umgebracht worden. Von Talibantypen? Nein. Special Ops. Kann nicht anders sein. Diese Tadschiken lassen sich nicht von Taliban umlegen, so gut die auch sein mögen. Diese Tadschiken hatten mit Sicherheit einen Schutzkordon rund um das Safehouse gezogen. Wer hat den durchbrochen? Das waren Special Ops. Von welchem Land? Hope, in diesem Augenblick sitzt irgendwer UBL gegenüber, wie du mir gegenübersitzt. Wer hat Faizabad verpfiffen? Verkauft, nehme ich an? Die Tadschiken? An wen? Hat Al-Sawahiri ein Angebot gemacht, das sie nicht ablehnen konnten? Oder Mullah Omar? Und kassierten sie dann nicht Gold, sondern eine Ladung Blei, wie das in diesen Kreisen so geht? Aber warum ist UBL dann nach seiner Befreiung nicht in Erscheinung getreten? Man stelle sich nur mal vor, er würde vor einem Monitor auftreten, auf dem ein Video von Obama läuft, der seinen Tod bekanntgibt, während UBL selbst putzmunter dasitzt. Siehst du es vor dir, Hope? Das hätten sie gemacht, und die ganze Welt hätte kopfgestanden, und Langley und das Pentagon und das Weiße Haus wären bis auf die Knochen blamiert gewesen, und die allerschärfste Untersuchungskommission hätte jede Sekunde von Operation Neptune Spear untersucht und den Betrug durch ST6 entdeckt, und meine Freunde würden bis in alle Ewigkeit in Leavenworth sitzen. Aber nichts davon ist passiert. Dieser Chinook ist abgeschossen worden. Eine ganze ST6-Einheit existiert nicht mehr. Ich glaube, dass dieselben *movers* dahinterstecken wie bei Faizabad. Meine Freunde hatten UBL, Hope, sie hatten das einfach gedeichselt. Und jetzt …«

Sie schenkte mir Wasser ein. Ich wusste nicht, was sie dachte, das war schwer einzuschätzen.

»Muhammed Hashimi«, sagte sie. »Ein gutaussehender Mann. Ähnelte ein bisschen diesem Schauspieler, komm …«

Ich trank einen Schluck und sagte leise: »Omar Sharif.«

»Ja. Deine Beziehung zu Hashimi. Ich möchte gerne alles darüber hören. Von Anfang an.«

Ich fragte: »Legst du deine Skepsis ab?«

»Nein. Niemals. Ich möchte das Bild weiten. Deine Geschichte ist wahnwitzig, aber nichts ist wahnwitziger als die Wirklichkeit. Eine der drei Erkenntnisse, die mir dieser Beruf beschert hat.«

»Und die anderen zwei?«

»Es kann immer noch schlimmer kommen. Und: Eine stehengebliebene Uhr zeigt zweimal am Tag die richtige Zeit an. Vielleicht bist du eine stehengebliebene Uhr.«

»Mir egal, wie du mich nennst. Ich will Gerechtigkeit.«

»Ein großes Wort.«

»Muhammed und meine Freunde von ST6 sind von ein und derselben Partei ermordet worden. Kann nicht anders sein. Was hat euch an ihm interessiert?«

»Er stand sich nicht nur gut mit den Kataris, sondern auch mit Riad, und in dieser Region ist so viel in Bewegung. Wir wollten wissen, ob wir ihn rekrutieren konnten.«

»Keine Chance«, sagte ich.

»Er ist im Juli zweimal in Riad gewesen, nach eurem Gespräch in London. Er hat in der gleichen Zeit ein paarmal lange mit Leuten in Tadschikistan gesprochen, alle vier hat er in der Hauptstadt Duschanbe getroffen. Und einen in Faizabad. Irgendeine Ahnung, wen er dort kannte?«

»Nein.«

»Hast du ihn nach London noch einmal gesprochen?«

»Ich nehme an, dass ihr die Mails zwischen ihm und mir gesehen habt. Wir haben uns über das Aufspüren des Mädchens ausgetauscht. Über UBL wollten wir nicht per Mail kommunizieren.«

»Verstehe ich«, sagte sie.

Wir schwiegen kurz. Eine Stunde war jetzt um, und ich war schon ausgelaugt, hatte ausgeredet, ausgefühlt.

Sie sagte: »Wenn das wahr ist …«

Ich konnte nicht darauf reagieren. Ich musste Kräfte sammeln. Das hier würde noch den ganzen Tag dauern. Und den Abend. So lange, bis sie jedes Detail von mir gehört hatten und einen Bericht mit Vorgehensempfehlungen zusammenstellen konnten. Ich war schon oft ausgefragt worden – das hier war anders.

Ich fragte: »Womit sind die Tadschiken getötet worden?«

Sie sagte: »Es sind Hülsen von MK262s gefunden worden.«

»Dann haben sie M4A1s benutzt. Oder MK12SPRs. Es gibt Dutzende von Ländern, die solche Waffen haben.«

»Tom, du musst mir helfen, ich möchte gerne die ganze Geschichte hören. Präzise, Schritt für Schritt, von dem Moment an, da du Muhammed kennenlernst, Vito, alle anderen. Wir müssen präzise sein. Wenn ich das hier intern verkaufen soll, geht das nur, wenn die Details was taugen. Denn das ist eine Geschichte, die der Vorstellungskraft ziemlich viel abverlangt, verstehst du? Als Ausgangspunkt für einen

Tom-Clancy-Thriller, gut, aber du willst, dass wir was damit machen. Was willst du eigentlich?«

»Ich will, dass ihr die Mörder in die Luft jagt.«

»Das ist nicht unsere Geschichte, Tom.«

»UBL ist unser aller Geschichte, Hope.«

»Wir denken in Begriffen von Gewinn und Verlust. Ich habe keine Ahnung, was er uns, sollte deine Geschichte stimmen, bringen könnte.«

»Geh davon aus, dass meine Geschichte stimmt. Und angenommen, er ist nicht von den Taliban befreit worden, sondern in die Hände von … von den Pakistanis gefallen. Vom Iran. Und sie behalten UBL ganz für sich. Was er an Informationen im Kopf hat, ist ein ganzes Warenhaus voll Geschichten, Namen, Kontakten, Geldgebern, Safehouses, Netzwerken, Plänen, Verschwörungen. Wer ihn in die Hände bekommt, erhält eine Blaupause vom Innenleben al-Qaidas. Versuch herauszufinden, wer die Tadschiken getötet hat. Dann findest du die Spur zu UBL und seinem Hirn.«

»Wir sind nicht stark in Afghanistan. Wir haben alle Hände voll mit unseren Nachbarländern zu tun, mit dem Iran, und wir haben begrenzte Mittel, auch wenn es nicht so aussieht. Konzentrieren wir uns erst mal auf Hashimi. Wenn wir sein Verhalten nachvollziehen und hieb- und stichfeste, zwingende Fakten hinsichtlich des Zwecks seines Besuchs in Faizabad ermitteln können, dann habe ich etwas, womit ich meine Kollegen überzeugen kann.«

»Was du hast, sind die Toten.«

»Tom, du weißt, wie das geht, ich brauche eine Geschichte.«

»Die hast du.«

»Eine Geschichte, die auf Fakten basiert.«

»Du hast dieses Foto im Claridge's«, sagte ich. »Weshalb waren wir dort?«

»Freunde, die sich besuchen«, sagte sie. »Ich habe de facto nicht mehr als das. Und ihren Tod.«

»Du hast doch unsere Mails, oder?«

Sie schob das Foto von der Lobby des Claridge's ein weiteres Mal zu mir hin und zeigte auf eine Gestalt am Bildrand.

»Kamal Durrani, gebürtiger Pakistaner. Stammgast im Claridge's. Verdient sich als Leiharbeitnehmer für den saudischen Muchabarat etwas dazu. London hängt voller CCTVs, und Tel Aviv fand Bilder von ihm am selben Abend in der Brook Street, etwa vierzig Meter hinter euch. Wo seid ihr hingegangen?«

»In ein indisches Restaurant.«

»Hierauf siehst du ihn besser. Erkennst du ihn?«

»Nein.« Ein ganz gewöhnlicher Pakistaner mit asiatischen Zügen, eitlem Schnauzbart, sorgfältig gescheiteltem Haar. Ich kannte solche zweischneidigen Situationen: Man wollte ihn erkennen, man wollte, dass er in dem Restaurant war, weil dann eine Struktur entstand anstelle einer Reihe von Zufällen. Aber ich hatte ihn noch nie gesehen.

»Eine Hilfskraft vom Muchabarat folgte uns also?«

»Sieht so aus.«

»Warum?«

»Weil ihr dort wart. Für alle Fälle, denken wir. Aber vielleicht hat er in Riad etwas in Gang gesetzt, genau wie bei uns. Ein aktiver ST6, ein ehemaliger SAD und ein *rising star* in Katar. Einfach so in einem teuren Londoner Hotel. Das schaut man sich natürlich mal an. Das tun wir, und unsere Freunde in Riad genauso.«

»Muhammed stand also unter besonderer Beobachtung des Muchabarat? Wie Vito und ich auch? Und er ist zweimal in Riad gewesen?«

»Und hat eine ganze Reihe von Telefonaten geführt, ja.«

»Er war jemand, der die Kontakte zwischen Katar und Riad festigen sollte. So etwas sagte er, wenn ich mich recht entsinne.«

Sie lächelte mich an. »Wir können gern eine kurze Pause machen, vielleicht etwas essen, wie spät bist du aufgestanden?«

»Ich bin nicht aufgestanden. Ich habe gar nicht geschlafen.«

»Möchtest du dir kurz die Beine vertreten?«

»Ja. Mal kurz an einer Gracht entlanglaufen. Mal kurz schöne alte Dinge anschauen. Die Huren in den Schaufenstern bestaunen. Manche davon sind bildschön.«

»Sind die jetzt schon wach?«

Ich schaute auf meine Armbanduhr. Halb zwölf.

»Vielleicht gehe ich auch kurz in einen Coffeeshop. Einen Joint hab ich seit meinem achtzehnten Lebensjahr nicht mehr geraucht. Bin zwar kein Befürworter dieser Shops, aber jetzt …«

»Nimm dir eine Stunde Zeit. Halb eins wieder hier. Wollen wir dann zusammen zu Mittag essen?«

»Gern.«

Wir erhoben uns. Sie gab mir die Hand.

»Ich glaube dir, Tom. Ich habe dir geglaubt, seit du

hereingekommen bist. Ich sehe das Strickmuster. Aber es bleibt eine wahnwitzige Geschichte. Das verstehst du doch auch. Wenn ich nachher Bericht erstatte ... Das geht direkt nach Jerusalem. Das hat Priorität fürs Sicherheitskabinett. Und keiner von uns möchte diesen Männern etwas vorlegen, was sich später als Fata Morgana erweist.«

Die Tür wurde von einem ihrer modischen Begleiter geöffnet.

»Hope«, sagte ich, »ich glaube, dass du mehr hast. Sonst wäre ich nicht hier. Und du wärst nicht extra aus Italien gekommen. Ich denke, dass du allerhand Informationen über Muhammed hast.«

»Du solltest für uns arbeiten, Tom. Ich mag Jungs wie dich.«

»Ich arbeite jetzt für euch«, sagte ich. »Da ist doch mehr, oder?«

Sie gab ihren Begleitern ein Zeichen, dass sie noch eine Minute brauchte. Wir blieben in der Tür stehen.

Sie sagte: »Wir glauben, dass er mit den Saudis wegen Geld verhandelte.«

»Geld wofür?«

»Eine Transaktion vielleicht?«

»Du meinst ...?«

Undenkbar, dachte ich. M-U, der UBL verkaufen wollte?

Hope erzählte: »Hashimi hatte eine ganze Handysammlung. Haben diese Jungs alle. Und ein Satellitentelefon. Die sind schwer anzuzapfen. Er hatte eine mysteriöse SMS-Korrespondenz mit jemandem in Riad. Eine Nummer in einem der Gebäude des Muchabarat. Sie boten ihm fünfhundert sechs null. Sie schrieben das in Ziffern: 500 und eine 6 und eine 0. Wir glauben, dass damit fünfhundert Millionen gemeint waren.«

»M-U saß in Katar«, entgegnete ich. »Wir wissen nicht, worum es dabei ging.«

»Hashimi wollte tausend sechs null. Eine Milliarde. Sie willigten ein.«

»Hope, du weißt nicht, worum es ging. Öl? Waffen? Maschinen?«

»Nenn mich Ruth. Ich heiße Ruth Fiorentino.«

Wir gaben uns erneut die Hand. Sie sah mich jetzt anders an, mütterlich fast.

»Hi, Ruth«, sagte ich.

»Hi, Tom.«

Das war ein Moment, den sie sorgfältig vorbereitet hatte. Ihr richtiger Name. Vertrauen. Sie wusste, was sie tat.

Sie flüsterte jetzt: »Die letzte Meldung, die Hashimi nach Riad schickte, zwei, drei Stunden, bevor er getötet wurde, bestand aus nur einem Wort.«

»Welchem Wort?«

»Geronimo«, sagte sie.

25

Abbottabad, 20. August 2011

JABBAR

Sie hatten einen zusätzlichen Mund zu stopfen, doch unter der Regie von Pastor Gill sprangen ihnen die anderen Christen in Abbottabad bei. Sie gaben Kleidung in der Kirche ab und brachten Töpfe mit Reis und Gemüse, ja manchmal sogar Hühnchen zu ihnen nach Hause. Sie hatten Apana als Bettlerin auf der Straße gesehen, aber da war sie eine undeutliche Gestalt gewesen, mit monströsen Haken statt Händen. Jetzt war sie Gegenstand ihrer Mildtätigkeit geworden – Jabbar war nicht ganz davon überzeugt, dass ihr Verhalten frei von Scheinheiligkeit war, er wusste nicht genau, wie er ihre Großzügigkeit deuten sollte. Aber wie auch immer – er war einfach froh, dass Apana da war, dass seine Mutter der Familie Khan nichts gesagt hatte und dass die Christen taten, was Jesus ihnen aufgetragen hatte.

Jeden Tag gab er ihr Unterricht. Sie lernte schnell. Ihr Vater war Lehrer gewesen, und nach seinem Tod hatten Amerikaner eine Zeitlang ihre Betreuung übernommen, aber das war »eher spielen als lernen« gewesen, hatte Apana gesagt.

Jabbar machte Rechenaufgaben mit ihr und brachte ihr die Grundzüge von Algebra und Geometrie bei. Sie strahlte, als sie erfasste, dass es eine ewige Ordnung bei der Berechnung der Seiten und Winkel von Dreiecken gab.

»Das hat uns Allah, der Allbarmherzige, geschenkt«, flüsterte sie, »damit wir nicht einsam sind. Genau wie die Musik. Wenn ich die *Goldberg-Variationen* höre, dann höre ich Allah, den Allbarmherzigen. Ich hab die Musik auch in meinem Kopf gehört, als es mir schlechtging. Deshalb bin ich nicht gestorben.«

Jabbar verstand nicht so ganz, was sie meinte. Es kam öfter vor, dass sie in Worten sprach, die ihm schleierhaft waren, die aber an etwas rührten, das größer war als alles, was Jabbar kannte – wie wenn sie eine Heilige wäre. »Ja, damit wir nicht einsam sind«, wiederholte er. Und er wartete darauf, dass er sie wieder küssen durfte. Das durfte er nicht immer. Es gab Tage, an denen sie seine Mutter und ihn nicht ansah, an denen sie eigentlich nichts auf der Welt ansah, sondern in sich selbst versunken war und immer nur Bach hörte. Dann ließ er sie in Ruhe. Er wollte nicht aufdringlich sein, auch nicht, wenn er selbst brannte vor Verlangen. Er war jung, aber doch schon ein Mann, und er war sich der Grenzen dessen, was erlaubt war, bewusst. Er war ein erfahrener Reisender im Netz und hatte gesehen und begriffen und vor allem gefühlt, was Männer und Frauen zueinander hinzog und auch voneinander trennte. Ja, gut, da war die Lust, aber vor allem liebte er Apana über alles. Er wollte sie heiraten.

Am Samstag, dem 10. September, beschäftigten sie sich gerade mit der Zahl π (Pi): 3,14159265359.

»Wieso diese Ziffern?«, fragte Apana.

»Das weiß keiner. Es ist so«, antwortete Jabbar.

»Wer hat das herausgefunden?«

»Schon vor langer Zeit gab es in Griechenland einen

Mann, der sich damit beschäftigt hat, mit dem Problem des Kreisumfangs und des Kreisdurchmessers. Den Durchmesser kann man leicht messen, aber der Umfang ist schwierig. Wie viel größer ist der als der Durchmesser? Immer mehr Leute kamen in die Nähe von π. Bis jemand es genau ausrechnete.«

»Wie weit geht die Zahl?«

»Endlos weit. Du kannst weiterrechnen bis in alle Ewigkeit. Und dann bist du immer noch nicht am Ende.«

»Endlos?«

»Ja.«

»Wie Allah«, sagte sie.

»Und die Liebe von Jesus«, fügte Jabbar hinzu.

»Das ist also π«, sagte sie.

Solche Dinge sagte Apana, und das war auch der Grund dafür, dass er sie liebte. Andere Gründe waren ihre blauen Augen und ihre Lippen und die Form ihrer Hüften, auf die er seine Hände gelegt hatte, als sie sich im Stehen geküsst hatten. Er kannte auch das Verlangen, ihre kleinen Brüste anzufassen, aber er fürchtete, dass sie dann böse werden könnte.

»So sehen wir eines der Geheimnisse Allahs«, sagte Apana.

Sie waren in der Küche, bei Tee und Gebäck. Seine Mutter war im Salon der Familie Khan und wischte mit einem weichen Tuch den Staub von den Schränken und Tischen. Alles musste blitzblank sein, denn Pakistaner liebten die Sauberkeit.

Apana ließ im Haus ihren Kopf unbedeckt. Sie trug ein weites langes Kleid mit Ärmeln, die bis zu den Ellbogen gingen, und sie hatte nicht gewollt, dass er ihr die Prothesen umband. Die Armstümpfe machten ihr manchmal Beschwerden, »Phantomschmerzen« hieß das, sie fühlte ihre Hände und Finger, aber so, »als ob sie in der Tür eingeklemmt sind«, erklärte sie. Sie hatte also Schmerzen an Körperteilen, die sie verloren hatte – das war grausam, dachte Jabbar, eine merkwürdige Strafe Gottes.

Er hatte den Laptop auf den Tisch gestellt und googelte für sie eine längere Zahlenfolge von π:

3,14159265358979323846264338327950288419716939937510
5820974944592307816406286208998628034825342117067982
148086513282306647093844609550582231725359408128481117
45028410270193852110555964462294895493038196442881097
5665933446128475648233

»Würdest du das bitte für mich aufschreiben?«, bat Apana. »Dann behalte ich es bei mir. So ein schönes Geheimnis.«

»Welches Geheimnis hatte der Scheich herausgefunden?«, fragte Jabbar.

Sie sprachen regelmäßig über den Scheich. Sie wussten beide, dass es gefährlich war, wenn sie anderen erzählten, wer Apanas Beschützer gewesen war. Der Scheich hatte von Massenmorden geträumt, von der Zerstörung von Städten und Ländern, aber eine kleine Bettlerin hatte er vor Hunger und Kälte bewahrt. Konnte die Außenwelt mit diesem Bild vom Scheich leben? Würden die Amerikaner nicht wütend sein, wenn diese Botschaft aus Apanas Mund kam? Was war das Geheimnis?

»Das hat er nie gesagt. Wie oft soll ich es noch sagen: nie.«

»Vielleicht sollten wir ein Buch machen aus dem, was du erlebt hast«, sagte Jabbar, wieder einmal gepackt von dieser glorreichen Idee. »Du erzählst alles, und ich schreibe es auf. Das wollen ganz viele Menschen in Amerika und Europa lesen. Wirklich. Und dann laden sie uns ein, zu ihnen zu kommen und darüber zu reden. Dann gibt es Talkshows im Fernsehen und im Radio. Und Leute kommen zu Lesungen, die wir machen. Dafür bezahlen sie viel Geld. Und dann kaufen wir schöne neue Hände für dich. Und Ohren. Und dann machen wir eine Firma auf oder ein Restaurant oder eine Zeitung, denn dafür haben wir dann das Geld, und wir bekommen Greencards und werden Amerikaner.«

»Aber dann wissen doch alle, was … was mir zugestoßen ist!«

»Ja.«

»Ich weiß nicht, ob ich das möchte.«

»Es ist doch nicht schlimm, wenn die Welt weiß, was dir zugestoßen ist! Diese schlechten Männer, die dich … die dir so wehgetan haben, die müssen bestraft werden. Das machen die Amerikaner, wenn sie dein Buch gelesen haben. Und wenn sie vom Scheich hören … Wirklich, das ist … Das schlägt ein wie eine Bombe, wie man im Westen sagt.«

»Komisch«, sagte sie.

»Und wenn wir das Geheimnis kennen würden …«

Sie schüttelte den Kopf. »Keiner kann es finden, hat der Scheich gesagt, wirklich keiner.«

»Aber wenn er das Geheimnis irgendwo versteckt hat, muss es zu finden sein. Genau wie π. Eines Tages findet es jemand. Und dann sagen alle: Unglaublich! Aber es war immer schon da. Es existierte, aber niemand wusste es. Bis jemand es sah.«

»Es ist fast vier Monate her, dass der Scheich getötet wurde. Keiner hat das Geheimnis gefunden. Es sind dauernd Soldaten in dem Haus, alles ist untersucht worden«, sagte Apana, »und keiner hat es gefunden.«

»Oder sie haben nie bekanntgegeben, dass sie das Geheimnis gefunden haben«, sagte Jabbar, besorgt, dass er bei der Entdeckung des Geheimnisses zu spät kommen würde. »Wie oft hat der Scheich darüber gesprochen?«

»Fast jedes Mal, wenn wir mit dem Moped herumgefahren sind. Jedes Mal, glaube ich.«

»Denk gut nach, Apana. Hat er noch etwas gesagt?«

»Ich habe alles erzählt.«

Das traf wahrscheinlich zu, aber man konnte nie wissen, ob sie nicht vielleicht doch etwas übersehen hatte. Sie hatte Dutzende Male davon erzählt, weil Jabbar Dutzende Male danach gefragt hatte: Der Scheich hatte sich in einem fort damit gebrüstet, mit seinem Geheimnis. Vielleicht hatte Apana doch etwas vergessen.

»Ich hab den Präsidenten an den Pünktchen, Pünktchen, Pünktchen«, hatte der Scheich angeblich gesagt, und er sagte auch: »Er weiß, dass ich weiß, dass er es weiß.«

»Apana, wir kennen uns nun schon so lange, wir sind … Wir sind doch intim, nicht?«

Sie nickte, schlug die Augen nieder.

»Dann kannst du mir doch sagen, was der Scheich tatsächlich gesagt hat, und nicht immer nur Pünktchen, Pünktchen, Pünktchen!«

»Ich traue mich nicht.«

»Warum nicht?«

»Es ist ein schlimmes Wort. Ich kann keine schlimmen Wörter sagen.«

»Sieh mich an, Apana.«

Das tat sie.

»Du kannst es ruhig sagen. Das Geheimnis des Scheichs ist doch unser Geheimnis, nicht?«

Sie nickte.

»Sag das Wort ruhig.«

»Nein.«

»Dann finden wir das Geheimnis nie«, sagte Jabbar enttäuscht.

»Ich kann …«

»Was kannst du?«

»Wenn ich etwas anderes meine, dann kann ich …«

»Ich verstehe dich nicht.«

»Was braucht man für einen guten Kuchen?«

»Ist das ein Rätsel?«

»Nein. Was braucht man, wenn man einen Kuchen backen will?«

»Was meinst du?«

»Hör mir doch zu: Was gehört in einen Kuchen hinein?«

»Ich weiß es nicht. Mehl, vermutlich, Milch.«

»Und was noch, Jabbar?«

»Eier?«

»Genau.«

»Was meinst du?«

»Was du gerade gesagt hast.«

»Eier?«

Sie nickte. Und Jabbar wurde rot.

»Ich hab den Präsidenten ...« Er zögerte, wollte es aber aussprechen, so schlimm es auch war. »... an den Eiern?«

Sie wandte das Gesicht ab und versteckte sich hinter ihren Armen, aber er sah, dass sie lachte.

»Ich hab den Präsidenten an den Eiern«, sagte Jabbar jetzt mit wachsendem Selbstvertrauen. »Das hat der Scheich gesagt? Apana?«

Sie wandte sich wieder zu ihm um. Und jetzt sah sie ihm ohne Scham in die Augen und nickte.

»Eier«, sagte sie.

Das war etwas sehr Aufregendes. Dass sie das so einfach sagte. Mit diesem Mund. Und diesen Augen. Berauschend war das, als schaue man darin hinter die Wolken.

Jabbar konnte sich nicht mehr beherrschen. Er beugte sich vor, und sie wich nicht zurück. Am Tisch sitzend, küssten sie sich.

Danach widmeten sie sich wieder Dreiecken und Kreisen und lösten Rechenaufgaben.

Über Jabbar war nun eine große Ruhe gekommen. Und auch Unruhe. Endlich hatte Apana dieses ärgerliche »Pünktchen, Pünktchen, Pünktchen« ausgefüllt. Und sie hatte etwas Schlimmes gesagt, das unglaublich spannend war.

Ich hab ihn an den Eiern. Das hatte der Scheich über den Präsidenten gesagt. Das war nicht respektvoll. Es gehörte sich nicht für einen Scheich, so zu reden.

Jabbar fragte: »Wie war der Scheich, wenn er über den Präsidenten sprach?«

»Er strahlte. Soll ich es noch einmal erzählen?«, bot Apana an.

»Ja.«

»Der Scheich strahlte dann«, sagte Apana. »Er war glücklich, und wir sangen Allah, den Allbarmherzigen, an. Dann saßen wir auf dem Moped, und am Ufer des Flusses gab er mir Schokolade, Stückchen für Stückchen, und er ließ mich Limonade trinken, und dann sagte er: Riechst du das, den Duft der Nadelbäume, riechst du das Wasser, Wasser kann man riechen! Und bevor wir zurückfuhren, rauchte der Scheich zwei oder drei Zigaretten, mit tiefen Zügen, ganz tief, dann hörte ich ihn schnaufen.«

»Welche Marke? Pakistanische oder amerikanische?«, fragte Jabbar.

»Amerikanische. Marlboro. Und Camel.«

»Das hab ich mir gedacht«, sagte er. »Hast du geraucht?«

»Er hat mich manchmal einen Zug von seiner Zigarette nehmen lassen. Er hielt sie mir vor den Mund. Aber ich mochte das nicht. Ich musste davon husten. Dann lachte der Scheich.«

»Rauchen ist schlecht«, sagte Jabbar. So hatte er es gelernt.

Er bekam gar nicht genug von diesen Geschichten über den Scheich. Natürlich, die Frauen und Kinder des Scheichs hatten auch ihre Geschichten, die sie jetzt unter dem Druck ihrer Bewacher erzählen mussten, aber die von Apana waren seiner Meinung nach anders. Ursprünglicher. Verwirrender. Wer wusste schon, dass der Scheich so oft auf einem Moped durch seine schöne Stadt gefahren war? Manchmal sogar mit einer Bettlerin ohne Hände zusammen in die Wälder gegangen war? War es ein Fluch oder ein Segen, dass er den Hocker mitgenommen hatte, er, Jabbar, ein einfacher Christenjunge aus Bilal Town?

Apana hatte schon früher von Männern erzählt, die in der

Garage aufgetaucht waren. Zweimal war das vorgekommen: Sechs Wochen vor dem Abend, an dem der Scheich getötet wurde, und an demselben Abend. Die Männer hatten kein Auge für das gehabt, was sich über ihren Köpfen befand, sondern nur für das, was unter ihren Füßen war. Apana hatte die Luft angehalten, bis sie fast erstickte. Sie hatte die Augen zugekniffen und stumm, aber inständig zu Allah, dem Allbarmherzigen, gebetet – ihr war nichts passiert. Waren das Seals-Männer, die etwas auskundschaften wollten?, hatte Jabbar gefragt. Nein, hatte Apana entschieden geantwortet, sie hätten die Sprache ihres Landes gesprochen, sie seien aus dem Norden Afghanistans gewesen, Tadschiken.

Jabbar schloss daraus, dass auch Tadschiken Seals werden konnten. Diese Seals hatten sich als Kundschafter betätigt, sie hatten die ganze Nachbarschaft durchforstet. Vielleicht waren sie sogar, ohne dass sie es wussten, bei ihnen zu Hause gewesen. Tadschiken, die Seals waren; in Amerika war jeder willkommen, wenn er sich anstrengte, hart arbeitete, Einsatz bewies, stolz war, dass er einen amerikanischen Pass hatte – auch ein pakistanischer Junge konnte Seal werden, wenn er stark war und Köpfchen hatte.

26

Abbottabad, 4. September 2011

TOM und JABBAR

Am 3. September, nachdem Apana zuvor schon das Wort »Eier« geflüstert hatte, hatten sie sich noch einmal geküsst, und dann hatten sie wieder Rechenaufgaben gemacht und sich noch mal geküsst, und dann hatte Jabbar noch mehr Fragen zum Scheich gestellt.

Apana wollte ihn necken und fing wieder mit ihrem »Pünktchen, Pünktchen, Pünktchen« an.

»Wie fandest du das?«, fragte ich.

Wir waren in einem Hotelzimmer in Rawalpindi, als er mir das erzählte. Wir mussten uns verstecken.

»Ein bisschen kindisch, mädchenhaft. Aber es hat mich auch angemacht.«

»Erzähl mir mal genau, wie das ging.«

»Sie sagte: Der Scheich sagte: Keiner kann es finden. Sie gucken überall, auch in der Küche, aber sie gucken nicht mit ihrem Pünktchen, Pünktchen, Pünktchen.«

»Mit ihrem Pünktchen, Pünktchen, Pünktchen?«, fragte ich.

»Ja. Mit ihrem Pünktchen, Pünktchen, Pünktchen.«

»Wusstest du es sofort?«

»Eigentlich schon. Wir sahen uns an, wir wussten beide,

welches Wort es war. Und da sagte ich: Sag es. Und sie sah mich richtig frech an. Sie traute sich jetzt, alles zu sagen. Sie sagte: Willst du wirklich, dass ich es sage? Und ich sagte: Ja, sag es. Wirklich?, fragte sie. Sag es, sagte ich. Und da sagte sie es.«

»Was sagte sie?«

»Hintern.«

»Das war das Wort?«

»Ja, Mister Tom.«

»Und wie hast du darauf reagiert?«

»Sie dürfen das aber nicht weitererzählen. Ganz bestimmt nicht. Versprechen Sie das?«

»Ich verspreche es.«

»Ja?«

»Ganz bestimmt.«

»Danach haben wir uns wieder geküsst.«

»Wann hast du in dem Hocker nachgesehen?«

»Abends erst, als ich im Bett lag und auf den Hocker schaute, da habe ich den Zusammenhang hergestellt.«

Durch das dunkle Haus hatte sich Jabbar mit dem Hocker in der Hand nach unten geschlichen, nach draußen, in die Garage. In der Garage fand er dann ein geschütztes Fleckchen, hinter Herrn Khans weißem Toyota Landcruiser, dessen Motorhaube offen stand, weil die Batterie an ein Ladegerät angeschlossen war.

Er legte den Hocker mit der Sitzfläche nach unten auf den Betonboden, um hier, in der Abgeschiedenheit der Garage, die Beine abzubrechen und den Sitz aufzusägen. In der Garage hing das Werkzeug von Herrn Khan an den Wänden.

Alles war neu, denn Herr Khan war nie da, und wenn er da war, machte er nie was damit.

Apana und seine Mutter hatten ihn nicht gesehen, als er das Haus verließ, er war mit dem Hocker allein.

Er hob einen Hammer vom Haken an der Wand und nahm sich das erste Bein vor. Drei Schläge. Nicht zu laut. Er schaute durch das hohe Fensterchen zum Haus hinüber, aber dort blieb es dunkel und ruhig. Noch drei Schläge, mit beiden Händen um den Griff des Hammers.

Das Bein brach an der Verbindungsstelle mit der Sitzfläche ab.

Er legte den Hammer hin und nahm das lose Bein in die Hand. Es war an der Bruchstelle ausgehöhlt. Ein Plastiktütchen. Jabbar schlug das Herz bis zum Hals. Er ließ sich auf den Boden sacken.

»Ich hab das Tütchen aus der Höhlung rausgepult. Das ging ganz leicht, als ob es herauswollte, als ob … Als ob es endlich rauskonnte, in die Welt.«

Ich fragte: »Was war drin?«

»Ein USB-Stick. In dem Tütchen war ein USB-Stick, Mister Tom.«

Nach einer schlaflosen Nacht, in der er zwischen Hoffnung und Verzweiflung geschwankt hatte, war er am frühen Morgen in die Hauptstraße von Abbottabad geradelt, den lärmigen, von Auspuffgasen verpesteten Karakorum Highway. Den Hocker hatte er nicht noch weiter aufgebrochen. Er hatte das Bein mit stinkendem Wunderleim aus dem Topf, den er in der Garage fand, wieder angeleimt. Nun stützte es die Sitzfläche wie zuvor. Weg mit diesem greulichen Hocker, dachte er, dem Hocker aus der Hölle.

Selbst zu so früher Stunde herrschte auf der breiten Hauptstraße bereits Hochbetrieb. Die Händler wollten den Hocker nicht, bis schließlich einer hundert Rupien dafür bot. Nicht viel. Jabbar kaufte Süßigkeiten, die er nach dem Gottesdienst mit Apana im Garten teilen wollte. Aber war es klug gewesen, den Hocker zu verkaufen? Ob irgendwer entdecken würde, dass es der Hocker vom Scheich gewesen war? Es war ein unscheinbarer Hocker. Aber er machte ihm eine Heidenangst. Der Hocker war der Beweis für den Diebstahl, den er begangen hatte, und die Anhänger vom Scheich würden ihn finden und ihn enthaupten, wenn bekannt wurde, was er getan hatte. Es sei denn, er konnte rechtzeitig nach Amerika entkommen.

In der Kirche sang Jabbar und betete zum Kreuz und flehte um Erlösung und Gnade. Er betete für seine Mutter und Apana, und er betete auch um Weisheit. Und Erkenntnis. Und Gelassenheit.

Er war jung und ging noch zur Schule und gab sich alle Mühe, damit er in zwei Jahren am Abbottabad Medical College zugelassen wurde. Dafür brauchte man gute Noten in Mathematik und Physik. Die hatte er. Er konnte Arzt werden, wenn er das anstrebte, und die Khans hatten schon zugesagt, dass sie sein Studium finanzieren würden. Aber die Frage war, ob er nächstes Jahr noch am Leben sein würde. Was sich in seiner Hosentasche befand – seiner Sonntagshose mit der scharfen Bügelfalte, die seine Mutter hineingeplättet hatte –, konnte ihm den Tod bringen oder ein tolles Leben als Millionär. Es war schrecklich. Er konnte kaum atmen vor Angst.

Es hatte eine halbe Stunde gedauert, bis er den Code geknackt hatte, mit dem der Stick gesichert war. Der Code bestand aus nur einem Wort, auf Arabisch geschrieben: *Apana*. Sieben Fotos. Ein kurzes Video. Nein, kein Video, es waren Filmsequenzen, die mit einer alten 8-mm-Kamera aufgenommen worden waren, er erkannte das am Flackern und an der Grobkörnigkeit. Und eine Datei mit Zeit- und Ortsangaben, allesamt Orte in Pakistan.

»Was hast du gesehen?«, fragte ich.

»Ich sah … einen Mann, er war jung. Er war fröhlich, er lachte, er sah sehr selbstsicher aus. Er war größer als alle anderen um ihn herum. Er trug traditionelle Kleidung.«

»Wo war er?«

»Er war in einer pakistanischen Stadt. Auf einem der Fotos sah man ihn beten, auf den Knien, wie ein Muslim. Und auf den bewegten Bildern zog er seine Sandalen aus und ging in einen Gebetsraum, eine Moschee. Auf einem anderen Foto trug er eine Kopfbedeckung für fromme Muslimmänner.«

»Was hast du dabei gedacht?«

»Ich bekam solche Angst. Ich wollte nicht, dass die Bilder echt sind. Dass sie mit Photoshop bearbeitet sind, hoffte ich. Er ist doch Christ, das hat er doch selbst gesagt? Aber das stimmt nicht. Er war darauf Muslim. Er betete wie ein Muslim. Die Bilder sind gefälscht, Mister Tom. Das hoffte ich.

Aber dass der Scheich sie versteckt hatte, das bedeutete … das bedeutete, dass sie echt sind. Ich hatte totale Panik, Mister Tom. Was hatte ich getan? Der USB-Stick war ein Fluch, ein Todesurteil.«

»Wer war es?«

»Das sage ich nicht.«

»Wer war es?«, wiederholte ich.

Er weigerte sich, den Namen zu nennen.

27
Abbottabad, 11. September 2011
Fortsetzung: JABBAR

Eine Woche später trugen seine Mutter und Apana beide einen Tschador. Sie wollten am Tag des Gedenkens an die Anschläge auf Amerika nicht auffallen, der Pfarrer hatte davor gewarnt. Vielleicht gab es Männer, die die Anschläge unterstützt hatten und außer sich waren, weil der Scheich in ihrer Stadt getötet worden war.

Hatten immer so viele Männer mit schwarzen Bärten und harten Augen und groben Händen an den Mauern gelehnt, waren immer so viele Frauen in Burkas und Niqabs mit prall gefüllten Taschen in der Hand irgendwohin geeilt?

Sie hatten den Gottesdienst hinter sich und gingen nach Hause zurück. In seiner Hosentasche der USB-Stick, ein stummes Raubtier. Was darauf war, konnte ihn verschlingen.

Nicht die CIA oder ISI, die Inter-Services Intelligence, der Geheimdienst von Pakistan, hatten den Stick gefunden, nein, ein x-beliebiger Junge aus dem Viertel, in dem das Haus des getöteten Scheichs stand, der Sohn einer Haushälterin, ein Junge, der nicht mehr besaß als ein altes Fahrrad. Er hatte einen Hocker geklaut. Weil das in jener chaotischen Nacht nun mal ging. Während die Hubschrauber mit dem Leichnam des Scheichs auf dem Weg nach Afghanistan waren, versuchte jeder, etwas aus dem Haus mitgehen zu lassen, aber an einem Hocker war keiner interessiert, der lohnte sich nicht – für einen Jungen, der nichts hatte, aber schon. Jabbar hatte darauf gesessen, Apana auch. Jabbar trug einen Teufel in seiner Hosentasche, einen Dämon in Gestalt eines USB-Sticks. Darüber konnte er mit niemandem reden, nicht einmal mit Apana.

Heute war es genau zehn Jahre her: Nine-Eleven. In Amerika fanden große Gedenkveranstaltungen statt. Jabbar hatte sich vorgenommen, sich nachher die Gedenkfeier in New York online anzusehen. Er wusste jetzt Dinge … Wer war er eigentlich? Ein Niemand in einem armseligen Land mit dem verhängnisvollen Wissen um ein verhängnisvolles Geheimnis.

Seine Mutter hatte ihm erlaubt aufzubleiben, wenn es lange dauern sollte; und wenn er sich langweilte, würde er sich noch einmal die Bilder auf dem Stick ansehen. Er besaß das Ding nun mal und wollte sie sehen, obwohl sie ihm die Kehle zuschnürten. Danach würde er den Stick verbrennen, zum Schmelzen bringen, und was dann noch davon übrig war, würde er einem Lastwagen vor die Reifen werfen.

Jabbar hatte Pläne geschmiedet. Die simpelste Lösung wäre: nach Islamabad gehen, einfach zur amerikanischen Botschaft, die in der diplomatischen Enklave fast so etwas wie einen Stadtteil für sich bildete, und dort um ein Gespräch mit dem Botschafter bitten. Aber er sah schon vor sich, was am Eingangstor passieren würde. Man würde ihn bei den Mauern und Zäunen, die das Gelände vor Angriffen schützten, mit einer achtlosen Handbewegung am Durchgang hindern. Man würde ihn, wenn er um ein Gespräch mit dem Botschafter bat, zuerst anschnauzen und sich dann über ihn totlachen. Ein sechzehnjähriges Jüngelchen mit dem großen Geheimnis vom Scheich. Es war natürlich auch lächerlich, was ihm so alles durch den Kopf taumelte, ein Gedanke idiotischer und unmöglicher als der andere. Der Stick war einen Dreck wert. Das Ding war nur etwas wert, wenn man Zugang zu Leuten hatte, die mit dem Geheimnis umgehen konnten, wie wenn es eine Waffe wäre. Was würde er machen, wenn er den Stick für viel Geld verkaufen konnte, was würde er machen? Hätte Apana doch bloß geschwiegen. Er hätte den Hocker stehenlassen sollen. Er musste den Stick verbrennen. Das war die einzige Lösung.

Sie gingen durch den Park östlich vom Karakorum Highway zurück, an den gemähten Rasenflächen entlang und den Studenten, die dort im Gras lagen und lasen oder sich unterhielten. Von hier aus sah man schön die nahen Berge rund um die Stadt, die Viertel, die an den Hängen lagen, die Nadelwälder, alles friedlich und harmonisch. Worüber redeten die Studenten, an denen er vorüberkam? Über Nine-Eleven, den Scheich, über Liebe oder über π? Der Stick brannte in seiner Hosentasche, und er verfluchte den Moment des Diebstahls und die vielen Momente, da er Apana nach den Worten des Scheichs gefragt hatte. Das hier war zu groß für den sechzehnjährigen Sohn einer christlichen Haushälterin in Abbottabad. Zu groß für die meisten Menschen. Vielleicht nicht für Generäle. Aber für die sonstige Menschheit, für jeden, der keine Angst haben wollte, war der Stick eine Bombe. Jabbar konnte das Gewicht des Sticks – wie viel wog das Ding, zwanzig, dreißig Gramm? – nicht tragen.

Vor ihm liefen Apana und seine Mutter. Apana warf ihm

hin und wieder einen Blick über ihre Schulter zu. Dann versuchte er zu lächeln. Beim Pfarrer hatte er den Kuchen nicht angerührt und sein Stück für Apana aufbewahrt. In der einen Hosentasche der USB-Stick, in der anderen die Serviette mit dem Stück Kuchen. Und eine Schachtel Streichhölzer.

Apana sah strahlend und gesund aus. Sie löste sich von seiner Mutter und kam an seine Seite. Während sie neben ihm herging, achtete sie darauf, dass sie einen Meter Abstand einhielt.

»Du schaust so betrübt«, sagte sie.

»Ich bin nicht betrübt.«

»Das bist du doch. Ich kenne dich, Jabbar. Ich weiß, wann du betrübt schaust.«

Solche Sachen hatte bisher nur seine Mutter zu ihm gesagt. Nie ein Mädchen. Warum hatte der Scheich sie mitgenommen?

Dann flüsterte sie ihm ins Ohr: »Eier.«

Und rannte schnell zu seiner Mutter zurück. Er hatte Todesängste und war davon überzeugt, jeden Moment bei einem Angriff von al-Qaida oder Delta Force sterben zu können, aber er musste trotzdem über sie lachen.

Sie lief ganz keck neben seiner Mutter her, war sich bewusst, dass er zu ihr hinschaute. Sie sah sich noch einmal um und streckte ihm die Zunge raus.

Es war himmlisch, in jemanden wie Apana verliebt zu sein. Er wollte bei ihr sein.

Er rief: »Ich komme gleich!«

Dann tauchte er hinter ein Gebüsch und strich ein Streichholz an. Hielt die Flamme unter den Stick. Es dauerte etwas, bis das Plastik zu qualmen begann. Und mit einem Mal fing es Feuer, und er ließ das Ding fallen, sah, wie es schrumpelte und schrumpfte und sich wie ein lebendes Wesen gegen den Feuertod wehrte. Aber die Hitze biss den Stick entzwei. Den Rest warf er in einen Mülleimer.

Er holte sie an der Kakul Road ein. Durch Street 7 liefen sie zum Haus der Khans zurück, das östlich von dem berüchtigten *compound* stand.

Es war noch Nacht in New York, die Zeremonie am Ground Zero würde erst in vielen Stunden beginnen. Die Familien würden die Namen ihrer Toten aufsagen. Mit der Software, die die pakistanischen Restriktionen umschiffte, konnte er alles streamen. Zu YouTube und westlichen Sites hatte er ungehinderten Zugang. Er fühlte sich befreit.

Sie näherten sich dem Haus der Familie Khan. Wie die meisten Häuser in Bilal Town war es von einer schützenden hohen Mauer umgeben. Neben dem Eingangstor, das, wie er sah, offenstand, wartete ein Landcruiser. Nicht der weiße von Herrn Khan, der hier war beige. Waren sie unverhofft aus London zurückgekommen und hatten am Flughafen ein Auto mit Fahrer gemietet? Nein, neben dem Wagen stand ein blonder Mann, einer aus dem Westen. Jabbar hatte den Eindruck, dass er jetzt vor seiner Mutter und Apana hergehen müsse, um sie zu beschützen. Er beschleunigte seine Schritte und schloss zu ihnen auf.

Der Mann, der vor dem Eingangstor wartete, trug zwar einen kurzärmeligen Salwar Kamiz, aber dass er aus dem Westen kam, war unübersehbar. Hinter ihm stiegen zwei weitere Männer aus dem Landcruiser, Pakistanis, auch groß und stark.

Der aus dem Westen hatte breite Schultern und muskulöse Arme und kräftige Hände wie ein Bodybuilder. Er hatte kurze blonde Haare und Narben im Gesicht. Der Mann machte ein paar Schritte in ihre Richtung, warf eine halbgerauchte Zigarette weg und blieb dann stehen.

Seltsamerweise breitete er die Arme weit aus.

Jabbar sah, dass dem Mann Tränen über die Wangen liefen, obwohl er lächelte. Warum?

Verwirrt drehte Jabbar sich zu seiner Mutter und Apana um.

Apana stand wie versteinert da und starrte den Mann an. Seine Mutter legte schützend den Arm um sie, und Jabbar wusste nicht, ob er das auch tun sollte. Aber Apana schob seine Mutter mit einer Armbewegung von sich weg.

Feierlich ging sie auf den Mann zu, an Jabbar vorbei, den sie gar nicht zu bemerken schien, und dann begann sie, die letzten Meter zu rennen, wobei ihre lange, weite Kleidung im Weg war, und rief: »TOM!«, und warf sich dem Mann in die Arme.

Der Mann ging in die Hocke, und Apana klammerte sich an ihn.

Jabbar hörte Apana weinen, laut und herzzerreißend, tief aus ihrem kleinen Leib heraus. Und den Mann hörte er auf Amerikanisch sagen: »Jetzt bist du in Sicherheit, Liebes. Jetzt bist du in Sicherheit.«

Und danach, nach einer Minute oder so, als Apana sich etwas beruhigt hatte, richtete der Mann sich auf, während Apana wie ein Affenkind an ihn geklammert blieb, und sagte zu Jabbar und seiner Mutter: »Versteht ihr Englisch?«

Sie nickten.

»Hier könnt ihr nicht bleiben. Es ist eingebrochen worden, die haben alles auf den Kopf gestellt. Ihr müsst sofort weg. Ich nehme euch mit.«

28

Rawalpindi, 11. und 12. September 2011

TOM

Wir fuhren über den Karakorum Highway und danach die N-125 nach Rawalpindi, quer durch eine Berglandschaft mit kleinen Dörfern und Siedlungen und Städtchen, die wirtschaftlich vom Durchgangsverkehr abhängig waren. Wir wurden Teil der hektischen Verkehrsströme aus buntfarbigen Trucks und Bussen und Lieferwagen und alten Autos, die einander keinen Zentimeter Platz gönnten. Männer und Frauen in weiten, flatternden Gewändern hasteten zu Fuß am vermüllten Straßenrand entlang, vorbei an Imbissständen mit offenen Feuern und brodelnden Kochtöpfen, mit Obst und Gemüse, mit lebenden Hühnern und Ziegen. In den schwarzen Auspuffgasen setzten auf der rechten Fahrbahnseite dessen, was offiziell eine Autobahn war, unsichere Radfahrer und Akrobaten auf knatternden Mopeds und ausgezehrte Männer vor oder hinter Handkarren oder auf schicksalsergeben zockelnden Eseln ihr Leben aufs Spiel.

Meine pakistanischen Bodyguards standen auf der Liste derer, die der lokale COS, der Chief of Station der CIA, in diesem Fall eine Frau, die ich von Langley her kannte, abgesegnet hatte. Sie war über den Kampf informiert, den ich mir mit ganzen Abteilungen von Immigration und Homeland Security lieferte. Die CIA hatte keinen Finger für mich gerührt – das eine Mädchen hatte für sie keine Priorität. Meine Hilfeersuchen waren ein ums andere Mal an den kugelsicheren Türen der Bürokratie abgeprallt. Ich hatte eine reputable Vergangenheit, aber jetzt war ich ein berüchtigter Querulant. Keine Priorität. Gut. Dann eben Tel Aviv. Das hatte ich der COS geradeheraus gesagt. Sie zuckte die Achseln und empfahl mir eine Sicherheitsfirma, die Männer mit Waffenschein für die Begleitung von NGOs und Diplomaten lieferte.

Wir hatten im Hotel in Abbottabad mein Gepäck und das Gepäck meiner beiden Bodyguards geholt und machten die Fahrt um die Berge herum, die Abbottabad und Islamabad trennten. In der ersten Stunde sprachen wir nicht. Apana schlief ein, den Kopf vertraulich an meiner Schulter. Sie war erwachsener geworden, eine junge Frau. Die Mutter des Jungen hatte die Hakenprothesen abgeschnallt, und ich sah zum ersten Mal Apanas verstümmelte Handgelenke.

Der Junge und seine Mutter saßen still und ausdruckslos hinten auf der dritten Sitzbank. Die drei hatten eine Tasche gepackt, fünf Minuten, hatte ich gesagt, und Apana hatte ich dabei helfen müssen. Sie besaß CDs von Bach und Mozart, nicht die von mir, sondern andere Versionen, ansonsten etwas Kleidung, Unterwäsche, einen BH, den ich, ohne dass sie sich genierte, in die Hand nehmen und in die Tasche legen konnte. Der Junge hatte Kleidung und Schulbücher mitgenommen; während ich Apana half, rief er, ob sie den Laptop gesehen habe, der sei weg. Nein. Die Frau packte Kleidung ein und was sie an Schmuck und Fotos besaß.

Nicht viel. Keine Ahnung, was ich unter solchen Umständen mitgenommen hätte. Nicht einer der drei hatte gefragt: Warum sind wir in Gefahr, warum müssen wir weg? Denn das war offensichtlich. Nachdem sie die demolierte Einrichtung des großen Hauses gesehen hatten, ließen sie sich still mitführen. Alle Schubläden waren aus den Schränken gezogen und ausgekippt worden, Kleidung, Geschirr, alles lag auf dem Boden, jeder Sessel, jede Matratze war aufgeschlitzt worden, Spiegel zertrümmert. Hier hatte ein professionelles Team gewütet.

Ich hatte sie im Städtchen gesehen und es der Zentrale in Tel Aviv durchgegeben: zwei Teams aus je zwei Männern. Der Einbruch und die Durchsuchung waren das Werk dieser Araber, genauer gesagt: dieser Saudis. Wir hatten mehrmals dieselben Leute angesprochen wie sie, und meine Männer hatten daraus ersehen, dass die Araber nicht auf der Suche nach einem Mädchen waren, sondern nach einem Möbelstück, einem Hocker. Einem besonderen Hocker offenbar. Auch das gab ich der Zentrale in Tel Aviv durch. Nein, nicht der cos.

Wir hatten unsere Suche in Peschawar begonnen, gingen dann nach Mardan, Ghorghushto, Haripur und schließlich Abbottabad. Überall Chaos, Lärm, Gedränge, Müll, wütendes Hupen, Bärte, Burkas, die Verlotterung von Häusern, Straßen, Ordnung. Und überall afghanische Flüchtlinge, in Wellblechhütten, Zelten, und die am tiefsten Gesunkenen, die Psychotiker, brüllten auf der Straße mit hohlen, schwarzen Augen Dämonen an.

Ruth Fiorentinos Leute hatten anhand von Berichten in der Lokalpresse und im Internet Hinweise auf die Apana zugefügten Verstümmelungen gefunden. Es war viel Zeit vergangen, zu viel, fürchtete man, um sie wiederzufinden. Die Wahrscheinlichkeit, dass ein verstümmeltes afghanisches Mädchen seit dem Januar 2009, also seit gut zweieinhalb Jahren, in Pakistan hatte überleben können, war äußerst gering. Es sei denn, irgendwer hatte sich ihrer angenommen. Es gab Millionen von Menschen, viele auch verstümmelt, die unter den gleichen jämmerlichen Umständen leben mussten wie »mein« Mädchen – aber vielleicht hatte sich jemand um sie gekümmert. Ruths Leute wollten mich nicht entmutigen, aber ihre Botschaft lautete: keine Chance.

Sie waren auf Berichte von Pakistanern gestoßen, die sich entsetzt über die öffentliche Verstümmelung eines Mädchens geäußert hatten, moderne Pakistaner mit erkennbarer Menschlichkeit. Die jüngste Facebook-Meldung kam von jemandem in Peschawar. Dort war sie zuletzt gesehen worden. Wir verbrachten vier Tage in dieser Stadt, die unter dem Glaubensfanatismus wankt und von verzweifelten Bürgern mit letzter Kraft gestützt wird. Auch hier Tuktuks, Mopeds, Radfahrer, viele Menschen, die gehetzt den Lebensunterhalt für sich und ihre Familie erarbeiteten, andere, die sich resigniert zusammenkauerten und auf ihr Ende warteten.

Wir hatten Fotos, und wir lernten die Bettler und ihre Hackordnung kennen. Wir bekamen Tipps und bezahlten fürstlich dafür. Hin und wieder wurden wir angeschmiert, doch einige afghanische Flüchtlinge erinnerten sich an die Bettlerin ohne Hände. Ich schöpfte Hoffnung. Wir zogen weiter und gelangten nach zehn Tagen nach Abbottabad. Auch diese Stadt war nicht mit Beverly Hills zu vergleichen, jedoch deutlich weniger von Verwahrlosung und Armut befallen, und sie galt als ein Ort, wo man Afghanen gegenüber milde war.

Die Lage hoch oben in den Bergen sorgte für eine relativ saubere Luft, obwohl die Gebäude entlang der Autobahn, die die Stadt in zwei Hälften schnitt, genauso grau waren wie alle anderen Gebäude an dieser Fernstraße. Der Karakorum Highway, der KKH, ist die höchstgelegene befestigte Fernstraße der Welt, und er verbindet Kaschgar in China über das Karakorumgebirge mit dem zwölfhundert Kilometer entfernten Havelian in Pakistan, einer Stadt südlich von Abbottabad.

Ich hatte das Gefühl, dass ich meinen Gästen langsam eine Erklärung schuldig war. Nach anderthalb Stunden im Landcruiser sagte ich zu der Frau und dem Jungen hinter mir, ohne Apana zu stören: »Ich heiße Tom. Und wie heißt ihr?«

»Jabbar, Mister«, flüsterte der Junge.

»Mariyam, Mister«, sagte die Frau.

»Sie sind seine Mutter?«

»Ja, Mister.«

»Sie haben keine weiteren Kinder, oder? Sonst hätten Sie mir das doch gesagt, nicht?«

»Jabbar ist mein einziges Kind.«

»Wo ist Ihr Mann?«

»Er ist gestorben, Mister.«

Sie hatten ihr Gepäck auf dem Schoß und pressten es an sich, als fürchteten sie, ich könnte ihnen die Taschen stehlen.

»Wo fahren wir hin?«, fragte der Junge in tadellosem Englisch über seine Tasche hinweg. »Werden Sie uns wehtun,

Mister?« Ich begriff, dass die Taschen einen Verteidigungsgürtel darstellten.

Er sah mich mit blanker Todesangst an. Wie alt mochte er sein, vierzehn, fünfzehn? Seine Mutter kam mir etwas gleichmütiger vor, nicht, weil sie mir vertraute, sondern weil sie sich schon in ihr Schicksal ergeben hatte.

»Ich bringe euch in Sicherheit.«

»Wir waren in Sicherheit, Mister«, sagte die Frau.

»Sie haben Ihr Haus doch gesehen, oder?«

Sie sah mich an, ohne zu antworten.

»Sie sind dort Haushälterin?«

»Ja, Mister.«

»Die Eigentümer sind nicht da?«

»Sie wohnen in London.«

»Wenn Sie mir Namen und Adresse geben, werde ich Kontakt zu ihnen aufnehmen, in Ordnung?«

»Vielen Dank, Mister. Sie werden böse sein. Ich fürchte, sie wollen nicht, dass ich wiederkomme.«

»Ich werde ein gutes Wort für Sie einlegen.«

»Mister, Mister«, sagte der Junge, »haben Sie das gemacht, in unserem Haus?«

»Nein. Ich habe Apana gesucht.«

»Sie haben Apana gesucht?«, fragte er.

»Warum haben Sie Apana gesucht, Mister?«, fragte seine Mutter.

»Ich kenne sie aus … Ich habe in Afghanistan eine Zeitlang für sie gesorgt. Als ich dort Soldat war.«

»Sie sind amerikanischer Soldat?«, fragte der Junge, dessen Gesicht jetzt etwas mehr Ruhe ausstrahlte.

»Ich war bei einer Spezialabteilung, ja.«

»Seals?«

»So ähnlich. Special Operations. Sagt dir das was?«

»Ja, Mister. Ich weiß alles über die US Army. Sie sind ein Special Op?«, fragte er nun mit unverhohlener Bewunderung.

»Das war ich. Jetzt nicht mehr. Ich bin jetzt ein einfacher amerikanischer Staatsbürger.«

»Warum haben Sie Apana gesucht, Mister?«, fragte die Frau noch einmal. Meine Antwort hatte sie nicht zufriedengestellt.

»Ich hätte sie beschützen müssen. Das habe ich nicht getan. Ich habe versagt. Das wollte ich wiedergutmachen. Deshalb habe ich mich auf die Suche nach ihr gemacht.«

Der Junge sah mich nur mit großen Augen an.

Die Frau fragte: »Was werden Sie jetzt mit ihr machen?«

»Ich möchte sie nach Amerika bringen.«

Der Junge und die Frau sahen sich an und blieben danach still.

Sie hatten für Apana gesorgt. Musste ich sie dafür belohnen? Wie?

Ich drehte mich wieder um und verschob Apana, damit sie etwas bequemer lag. Durch die Lüftung war sie abgekühlt, und ich hatte sie mit einem Plaid zugedeckt. Hier war sie, versehrt und unvollkommen, aber wie eine Tochter in meinen Armen geborgen, voll Vertrauen, als hätte sie mich heute Morgen zuletzt gesehen und als hätte ich ganz selbstverständlich die Pflicht, sie zu beschützen.

Der Junge tippte mir auf die Schulter. Ich legte den Kopf in den Nacken, damit er mir ins Ohr sprechen konnte.

»Wir sind Christen, Mister. Meine Mutter heißt eigentlich Maria. Und ich John.«

Ich nickte. Ich verstand, was er damit sagen wollte. Ich wusste, dass sie Christen waren.

Nach drei Tagen in Abbottabad waren wir vom Oberhaupt der lokalen christlichen Gemeinde, einem Pfarrer, an ein Haus in Bilal Town verwiesen worden. Dort wohnten eine Frau und ihr Sohn, im Haus reicher Leute, die nie da seien. Die Haushälterin und ihr Sohn hätten der kleinen Bettlerin Unterschlupf gewährt. Das Haus sei ganz in der Nähe des berüchtigten Anwesens von UBL.

Als ich das hörte, dachte ich: Alles kommt zusammen, auf rätselhafte Art hängt alles mit allem zusammen. Ich hatte noch keinen Schimmer, wie sehr. Die Erkenntnis kam später, als Jabbar anfing zu reden und in der Geschichte von Apana das Ungeheuer selbst auftauchte.

Als wir uns dem Haus näherten, sahen wir die vier Araber, die in der Stadt nach einem Möbelstück gesucht hatten. Einer der beiden pakistanischen Bodyguards, die ich angeheuert hatte, fungierte als Fahrer; er brachte den Landcruiser zum Stehen und fragte, was er tun solle. Die Araber standen neben zwei Nissan Patrol Jeeps vor dem Haus und rauchten. Wir sahen sie, sie sahen uns. Ich sagte, dass wir einen Moment warten würden. Ich stieg aus, um mich zu zeigen, und zündete mir eine Zigarette an. Die Araber berieten sich, während sie mich aus der Distanz beäugten, bis ich meinen Männern den Auftrag gab, ihre AK47 zu zeigen. Die Saudis stiegen ein und fuhren weg.

Wir gingen auf das Haus zu. Das Eingangstor stand offen,

und ich warf einen Blick ins Innere des großen Hauses. Die Araber hatten es professionell durchsucht und nichts heil gelassen. Warum? Wegen des Mädchens? Nein. Wegen des Hockers, nach dem sie sich in der Stadt erkundigt hatten. Hatten sie auf die drei gewartet, die jetzt bei uns im Wagen saßen? Auf einmal hatte sich der saudische Geheimdienst zum Gegner erhoben – kein schöner Gedanke.

Im Landcruiser tippte mir der Junge auf die Schulter. »Mister?«

»Ja?«, sagte ich.

»Mister, sind Sie der Mann, der ihr Bach vorgespielt hat?«

Ich nickte.

»Die *Goldberg-Variationen*«, sagte er.

Ich nickte.

»Sie hat gesagt: Ich habe die Musik in meinem Kopf gehört, sonst wäre ich gestorben.«

»Ja?«

»Das hat sie gesagt, Mister.«

Weil sie Bach hörte, verlor sie ihre Hände, aber er rettete auch ihr Leben – war es das?, dachte ich. Ihr war die schmerzliche Schönheit Bachs offenbart worden, und ich wusste nicht, ob das von Vorteil für sie gewesen war. Im Landcruiser hatte sie ihre Kopfbedeckung abgelegt, und ich sah, wie ihre Ohren zugerichtet waren. Was hatte sie in dieser Welt von Bach? Wozu war das nötig gewesen? War sie das Opfer eines unsinnigen Projekts von mir geworden, das dazu dienen sollte, den Tod meines Kindes zu kompensieren? In gewisser Weise hatte ich sie missbraucht. Das musste ich wiedergutmachen.

Mit einer Handbewegung winkte ich den Jungen näher.

»Habt ihr für sie gesorgt?«

»Ja, Mister.«

»Die ganze Zeit?«

»Ja, Mister.«

»Seit dem Frühjahr 2009?«

Nach kurzem Zögern sagte er: »Seit Juni 2009, Mister.«

»Wirklich?«

»Ja, Mister.«

»Gut«, sagte ich.

Ich war ihm dankbar, seiner Mutter dankbar. Nichts wäre einfacher gewesen, als dieses fremde, unbekannte Mädchen krepieren zu lassen. Warum waren sie nicht weitergegangen und hatten sie ihrem Schicksal überlassen? Warum hatten sie sie genährt und gekleidet, ihr die Haare gebürstet und ihr die Füße gewaschen?

Per Handy reservierte einer der Bodyguards, Kamal, drei Zimmer in einem familiären Hotel in Rawalpindi, der alten Stadt neben dem neuen Regierungssitz Islamabad. Kamal kannte es, es sei sicher und sauber und habe Apartments mit Küche, sagte er.

Nach zwei Stunden ließen wir die Berge hinter uns und fuhren in die gigantische Ebene hinein, die den zentralen Teil des Landes ausmacht. Über breite, saubere Straßen gelangten wir in das Herz von Rawalpindi.

Der Landcruiser kam nur noch im Schneckentempo voran. Apana wurde wach, blieb noch eine Weile, unbefangen an mich gelehnt, sitzen, als wäre ich ihr Vater, und schaute nach draußen, lauschte auf die Geräusche der Stadt. Dann richtete sie sich auf.

Sie drehte sich um, kniete sich auf ihren Sitz und hielt Mariyam, die auch Maria hieß, ihre Arme hin. Die Frau fragte nichts, sondern schnallte gleich die Prothesen an und band Apana dann ihre Kopfbedeckung um. Ohne Scham ließ Apana das geschehen; sie fühlte sich bei der Frau und ihrem Sohn geborgen.

Draußen wimmelte es von Kleinwagen, überwiegend Suzukis, in vielen Stadien des Verfalls; Fußgänger, bis auf einzelne Ausnahmen traditionell gekleidet, die lieber auf der Straße im Rinnstein liefen als auf dem Gehweg; Radfahrer, die hierhin und dorthin wuselten wie die Ameisen; offene, buntbemalte Tuktuks, fahrende Kunstwerke; Frauen in farbenfrohen Gewändern, mit und ohne Verschleierung, aber fast ausnahmslos mit Tuch um den Kopf; Karren, die von mageren Männern oder mageren Eseln gezogen wurden; Läden für Kleidung, Elektronik, Kräuter; Stände mit oder ohne Dach, an denen es Armbanduhren, Handtücher, Sandalen zu kaufen gab; Mopeds, auf denen bis zu drei Leute hockten; Männer mit Schnurrbärten oder gefärbten Bärten; Männer, die Hand in Hand liefen; Straßenhändler; Bettler. Es war der turbulente Überlebenszirkus einer durch Tabus gefesselten Gesellschaft.

In der Ganj Mandi Road stiegen wir aus dem Landcruiser und tauchten in sechsunddreißig Grad warme Luft mit einer relativen Feuchtigkeit von neunzig Prozent, getränkt vom Gestank nach Fäulnis und Auspuffgasen. Auf der Straße hupte und brüllte jedes einzelne Transportmittel, Fahrer von Tuktuks und Lieferwagen bahnten sich verzweifelt ihren Weg zu einem unerreichbaren Ziel.

Die gekühlte Lobby des Hotels hatte einen schwarzen

Marmorfußboden und einen glänzenden Empfangstresen, was Luxus und Perfektion suggerierte, aber die Zimmer waren verwohnt, und die Matratzen ächzten. War das wichtig? Apana würde sich ein Zimmer mit der Mutter teilen, ich mit dem Jungen, und die beiden Bodyguards bezogen ein Zimmer gegenüber von den Frauen. Wir verabredeten, dass wir in zwei Stunden unten im Restaurant des Hotels etwas essen würden, in einem separaten Speiseraum.

Ich duschte mit lauwarmem Wasser und trocknete mich mit einem sauberen Handtuch ab, das ich mir danach als Lendentuch umschlang. In meiner Tasche fand ich Hemd und Hose in regionaler Tracht – Salwar Kamiz, ich hatte fünf Sets gekauft. Der Junge sah mir still zu.

Wir hatten jeder unser eigenes breites Bett, voneinander getrennt durch ein Schränkchen. Der Fußboden war gefliest, die Wände waren zigmal mit einer spiegelglatten Farbe gestrichen worden, das einzige Fenster war geschlossen, damit die milde Luft aus der Klimaanlage im Innern blieb.

»Tut es weh, Mister?«, fragte der Junge, auf die Narben an meinem Körper zeigend, während ich mich anzog.

»Nein. Nicht mehr.«

»Sind Sie ein Held?«

»Nein. Ich bin ein Diener.«

»Wem dienen Sie?«

»Der Freiheit.«

Der Junge verstummte kurz und sagte dann: »Ich möchte auch frei sein, Mister.«

Ich zog mir das Hemd über den Kopf und sah ihn an. »Was hast du für die Freiheit übrig?«

»Alles, Mister.«

»Dann wirst du frei, wenn du alles dafür übrig hast.«

»Helfen Sie mir? Helfen Sie mir, frei zu werden, Mister?«

»Freiheit und Menschlichkeit«, ergänzte ich.

Ich hatte keine andere Wahl und nickte. Aber ich wusste nicht, wie ich ihm helfen sollte.

Mit Bodyguard Rashid, der eine lizenzierte Waffe und mein Satellitentelefon im Rucksack hatte, ging ich nach draußen, um ein paar Toilettenartikel für die Frauen und den Jungen zu kaufen. Unterwegs berichtete ich der Zentrale in Tel Aviv von einem Internetcafé aus per verschlüsselter Mail, dass das Wunder geschehen und das Mädchen gefunden sei. Ich schrieb, dass ich Ruth ewig dankbar sein würde. Anschließend schickte ich mit einem örtlichen Handy eine SMS an die COS und teilte ihr mit, dass ich am nächsten Tag zu einem Gespräch mit dem konsularischen Dienst die Botschaft im benachbarten Islamabad aufsuchen würde.

Nur wenige Minuten zu Fuß vom Hotel entfernt befanden sich mehrere große Basare. Rashid führte mich zum nächstgelegenen, dem Raja-Basar. Wir betraten den Basar von einer Kreuzung mit trockenem Springbrunnen aus, eine Straße, die komplett in Beschlag genommen war von Läden und Buden und Straßenhändlern und Tausenden potenzieller Käufer, von Männern und Frauen im Salwar Kamiz, Entertainern mit Äffchen, quäkender Musik, vom Band predigenden Imamen, Säcken mit Kräutern, die betörende Düfte verströmten.

Der Nachmittag neigte sich seinem Ende zu, aber es war immer noch erstickend heiß. Rashid kaufte die Toilettenartikel, die meine Gäste benötigten, und für mich Zigaretten.

Als ich ins Hotel zurückkam, lag der Junge auf seinem

Bett und schlief im besänftigenden Säuseln der Klimaanlage. Das Zimmer hatte einen kleinen Balkon mit Blick auf eine zugemüllte Gasse. Ich stellte mich in den Gestank, den der Müll ausdünstete, und rauchte eine Zigarette.

Es hatte von der Ankunft in diesem Land an drei Wochen gedauert, einundzwanzig Tage, mehr nicht. Ich musste jetzt sehen, wie ich sie nach Amerika reinbekam, und das war schwieriger, das konnte Jahre dauern. Apana hatte keine Papiere, niemand hatte seine Einwilligung zu ihrer Auswanderung und möglichen Adoption gegeben, keine Behörde, kein Angehöriger. Ohne Dokumente. Offiziell existierte sie gar nicht.

Ja, ich war glücklich, dass sie nun lebend und allem Anschein nach gesund in meiner Obhut war. Und nicht nur glücklich. Entschlossenheit verspürte ich. Anteilnahme. Ernst, was meine Verantwortung betraf. Und eine fast schon religiöse Dankbarkeit. Ich wollte wissen, was passiert war, wie sie die Verstümmelungen überstanden und danach überlebt hatte. Aber ich musste Geduld haben, mir Zeit nehmen. Ich hatte keinen Anspruch auf ihre Geschichten. Sie konnte sich mir anvertrauen oder auch nicht. Erst einmal die amerikanische Einwanderungsbehörde überzeugen und einen Anwalt einschalten. Und gleichzeitig für Sicherheit sorgen.

Die Saudis hatten das Haus in Abbottabad nicht zum Spaß auf den Kopf gestellt. Was hatte Apana mit diesem Hocker zu tun? Was war das für ein Hocker? Weshalb hatte ein Team des Muchabarat in der Stadt, in der UBL jahrelang gelebt hatte, einen solchen Aufstand wegen eines Hockers betrieben? War es das, worum es ging: Hocker = UBL?

Apana mit ihren Haken konnte einen Hocker nur schwer tragen, aber der Junge, der drinnen im Zimmer schlief? Weshalb hatte der Muchabarat in Abbottabad einen Einbruch begangen? Der Junge und seine Mutter und Apana waren in Gefahr. Die Saudis hatten auf sie gewartet, und wenn ich nicht mit meinen Männern aufgetaucht wäre, hätten sie ihnen Gewalt angetan. Es sei denn, sie hätten ihnen gleich klargemacht, dass sie nichts von einem besonderen Hocker wussten. Aber vielleicht wussten sie sehr wohl davon.

Die Saudis hätten mit Schlägen ins Gesicht angefangen. Offene Handfläche. Danach verstärkt. Gliedmaßen, Zähne, Finger. Ich kenne die Methoden des Muchabarat. Sie hatten das ganze Haus durchkämmt und nicht nur zum Rauchen einer Zigarette vor dem Tor gestanden.

Apana hatte ich wiedergefunden, diese Gnade war mir zuteil geworden. Aber nun musste ich auch die Menschen beschützen, die sie beschützt hatten. Ich hatte sie wieder, und obendrein hatte ich es nun mit dem Muchabarat zu tun.

Tel Aviv hatte ich vor zwei Tagen gemeldet, dass in Abbottabad Saudis auf der Suche nach einem Holzschemel seien, was sich ziemlich absurd anhörte, aber ich hatte noch nicht gemeldet, dass sie eingebrochen hatten. Es gab einen Zusammenhang mit UBL, aber ich hatte keine Ahnung, welchen. Ich musste noch einmal in das Internetcafé und Tel Aviv durchgeben, dass die Saudis unter die Einbrecher gegangen waren.

Neben mir auf dem Balkon, einer verwitterten Holzkonstruktion, auf der man besser nicht tanzte, tauchte der Junge auf.

»Hallo, Mister.«

»Hi, John.«

»Vielen Dank für die Zahnbürste und den Kamm.«

»Gern geschehen.«

Er stützte sich mit den Armen aufs Geländer.

»Sie rauchen viel.«

»Ja.«

»Sollten Sie lieber nicht. Haben Sie mal Fotos von Raucherlungen gesehen?«

»Hab ich, ja.«

»Warum tun Sie's dann trotzdem?«

»Sucht. Aber ich verspreche dir: Ich höre auf.«

»Wann?«

»Wenn … Wenn Apana amerikanischen Boden betritt.«

»Das ist eine gute Idee, Mister.«

Aber es war unübersehbar, woran er dachte. Düster starrte er auf den Müll. Dann sah er mich an und flüsterte: »Mister?«

Ich flüsterte auch: »Ja?«

»Wissen Sie … In Pakistan, in unserer Kultur, es ist nicht so einfach, frei zu sein. Die Menschen sind anders frei. Sie brauchen nicht so frei zu sein wie Amerikaner.«

»Meinst du?«

»Ich weiß nicht. Manchmal denke ich schon, dass es so ist.«

»Und du, John?«

»Ich heiße auch Jabbar. Wenn man John heißt, schlagen sie einen in der Schule. Das meine ich, verstehen Sie? Man ist nicht frei, John oder Matthew oder Maria zu heißen. Das macht manche Menschen böse. Wegen der Religion, verstehen Sie? Christen haben es in Pakistan schwer. Die Menschen zünden hier unsere Kirchen an, wussten Sie das?«

»Ich habe davon gelesen, ja.«

»Es ist besser für Christen, von hier wegzugehen, glaube ich.«

»Da hast du vielleicht recht«, sagte ich. Aber ich wusste nicht, wie ich ihm helfen sollte. Die Einwanderung für Apana zu deichseln war schon eine Heidenaufgabe – sollte ich die beiden anderen nun auch noch reinbringen?

Ich fragte: »Was bedeutet dir Apana?«

»Sie ist was Besonderes, Mister.«

»Wo hast du sie zum ersten Mal gesehen?«

»Zum ersten Mal? Zuerst bei der Kirche, danach im Basar, sie saß da bei einem Laden. Es war so traurig, sie zu sehen. Sie war schmutzig und … und dann sah ich, wie sie essen musste. Wissen Sie, wie sie das gemacht hat?«

»Nein.«

»Wie ein Hund. Sie kniete sich hin und tauchte das Gesicht in den Napf und versuchte so, das Essen in den Mund zu bekommen. Und Wasser hat sie auch aus dem Napf geschlabbert wie ein Hund. So.«

Er machte es vor, mit wilden Kopfbewegungen.

»Und dann?«

»Meine Mutter und ich haben dann für sie gesorgt. Meine Mutter hat sie gewaschen.«

»Sie stank und war schmutzig?«

»Ja. Das war sie. Sie konnte sich ohne Hände nicht sauber halten. Wir wurden ihre Hände.«

Mein Land würde ein besseres Land werden, wenn er dort

aufwuchs, dachte ich, während ich mir eine neue Zigarette anzündete. *Wir wurden ihre Hände.* Es wäre schön, wenn dieser Junge Amerikaner wurde. Ich inhalierte tief, um nicht weinen zu müssen.

Über die Dächer wehten die Rufe der Muezzine. Die Gläubigen würden sich jetzt unterwerfen. Ich war kein Experte, ich hatte das nicht studiert und konnte mir kein Urteil über ihre Religion anmaßen, aber ich verstand nicht, warum sich die Gläubigen nicht wütend erhoben, um die Hände- und Köpfe- und Statuenabhacker aus ihrer Mitte zu vertreiben.

»John … Ist Apana deine Freundin?«

»Nein, Mister.«

»Aber sie gefällt dir, hm?«

»Sie ist etwas Besonderes, Mister.«

»Bist du nicht ein bisschen in sie verliebt?«

»Dafür bin ich zu jung, Mister.«

»Nein. Jetzt sagst du nicht die Wahrheit. Dafür ist man nie zu jung.«

»In Pakistan schon, Mister.«

Ich schmunzelte und sagte: »Du kannst ehrlich sein, ich sage es auch nicht deiner Mutter. Ich war in deinem Alter schrecklich in ein Mädchen von meiner Schule verliebt. Ich schmachtete nach einem Kuss von ihr. Und dann, eines Abends, bei einer Party, rat mal, was da geschah? Da durfte ich sie küssen.«

»Wirklich, Mister? Haben Ihre Freunde das gesehen?«

»Nein. Es geschah in einer dunklen Ecke. Und weißt du, was? Ich fand es so eklig, dass ich auf der Stelle nicht mehr verliebt war. Es war viel zu nass, als wäre ich in eine Wanne voll Schleim gefallen. Bah. Mir hat vor ihr gegruselt. Meine Begierde war sofort verflogen.«

»Oje, Mister. Haben Sie nie mehr eine Frau geküsst?«

»Keine Sorge. Aber das Mädchen nie mehr. Andere Frauen schon, leidenschaftlich.«

»Mehr als eine?«

»Ja. Ich hatte ein paar Freundinnen.«

»Waren Sie nie verheiratet?«

»Doch.«

»Haben Sie Kinder?«

»Nein. Nicht mehr.«

»Sind die Kinder gestorben?«

»Ich hatte eine Tochter. Sie ist gestorben. Und du, John, wo ist dein Vater?«

»Er ist auch gestorben, Mister. Er ist in Peschawar begraben. Vielleicht sind sie zusammen im Himmel.«

»Da ist ganz schön was los, bei den vielen gestorbenen Menschen. Aber vielleicht sind sie sich begegnet.«

Wir schauten auf die Gasse hinunter und zum Himmel hinauf, der sich in der untergehenden Sonne verfärbte.

»Mister ...«

»Ja, John.«

»Ich war nicht ehrlich.«

»Wobei nicht?«

»Apana.«

»Was ist mit Apana?«

»Ich bin ... Ich bin doch in sie verliebt, Mister.«

»Ja.«

»Meine Mutter weiß nichts davon.«

»Ich schweige, John. Das ist unser Geheimnis, okay?«

»Ja, Mister.«

»Und hör auf mit dem *Mister*. Ich bin Tom.«

»Ja, Mister Tom.«

Wenn ich Apana mitnahm, würde er seine Liebste verlieren. Bitter für den Jungen, aber war ich jetzt auch für sein Wohlbefinden verantwortlich und für das seiner Mutter? Sie hatten monatelang für Apana gesorgt, viel länger als ich, und es war unverkennbar, dass Apana ihnen blind vertraute. Sie waren ihre Familie. Sollte ich Apana da herausreißen? Ich hätte nur zu gern zu ihm gesagt: Ja, ich nehme euch auch mit ins Gelobte Land. Aber ich hatte keine Ahnung, ob ich das verwirklichen konnte. Arme Pakistaner ohne Ausbildung? *Wir wurden ihre Hände.*

Ich kannte die Antwort, fragte aber dennoch: »Hat deine Mutter studiert? An der Universität?«

»Sie kann lesen und schreiben.«

»Das verstehe ich. Aber sie hat keinen Beruf, oder?«

»Sie ist Haushälterin, Mister. Das ist doch ein Beruf?«

Ich nickte. Gewiss. Aber nicht in den Augen der Immigrations- und Naturalisierungsbehörde. Was konnte ich für sie tun? Meine finanziellen Mittel waren nicht unbegrenzt; die beiden angeheuerten Bodyguards, die Reise- und Aufenthaltskosten und, nicht zu vergessen, die Versicherung für diese Reise, die außergewöhnlich teuer war, da ich durch zwei Länder mit Reisewarnung streunen würde, rissen ein ziemliches Loch in meine Ersparnisse. Ich würde also gezwungen sein, wieder im Consultingbusiness zu arbeiten. Da wurden Honorare von zwei- bis dreihundert Dollar die Stunde gezahlt. Fünfzig, sechzig Stunden die Woche in Rechnung stellen, da konnte ich, mit meiner Erfahrung, den gewaltigen Betrag von dreißigtausend brutto im Monat einstreichen oder sogar noch mehr, das Gehalt eines Executive in einem mittelgroßen Unternehmen. In London war mir das jedenfalls gelungen. Dort hatte ich ein paar Monate lang siebentausendfünfhundert Pfund die Woche bekommen. Das Geld hatte ich beiseitegelegt, und das war der Topf, aus dem ich jetzt schöpfte. Abgesehen von dieser Quelle lebte ich von meiner Pension: dreitausendfünfhundert Dollar im Monat. Auch ein hübsches Sümmchen, aber in London kam ich damit nicht aus. In den Staaten schon eher. Nicht in Manhattan, aber in Phoenix oder Santa Fe, wo Vera lebte. Doch es wäre nicht klug, mich mit einem Jungen und seiner Mutter plus einem Mädchen ohne Hände dort niederzulassen, wo sie im Überfluss lebte. Phoenix? Ja. Oder irgendwo in Oregon. Ja, am Meer. Das würde Apana guttun. Aber John und seine Mutter? Ich könnte sie auch aus der Distanz unterhalten. Sie konnten von mir aus in einem christlichen Viertel in Karachi ein Häuschen mieten, und ich würde ihnen über Western Union einen monatlichen Unterhaltszuschuss schicken, und ich würde auch die weitere Ausbildung des Jungen finanzieren. Das war doch auch schön?

Ich kannte Leute am Walter Reed, das sich notgedrungen zu einem führenden Zentrum in Sachen Prothesen entwickelt hatte. Also zuerst eine Weile in der Umgebung von D.C. verbringen, das empfahl sich, da gab es auch Firmen, die bereit waren, mir für mein Know-how so viel zu zahlen wie Walter Reed seinen Chirurgen. Davon konnte ich die Arztrechnungen bezahlen und das Schulgeld für eine Privatschule in Bethesda und auch noch Geld sparen für

Apanas Collegestudium. Ich würde ihr nachreisen, egal, welches College sie sich aussuchte, und bei ihr in der Nähe wohnen. Und danach würde ich nach Oregon ziehen. In Oregon konnte ich in einem kleinen Ort am Meer von meiner Pension leben. Bis dahin war Apana eine Erwachsene mit einem Erwachsenenleben. Wenn ich das hinbekam, war mein Leben doch noch einigermaßen gelungen. Dann hätte ich den Fehler wiedergutgemacht, dass ich ihr Bach offenbart hatte. Ich musste ihr ein Leben schenken.

Wir wurden ihre Hände.

»Haushälterin ist ein schöner Beruf, John. Sie hat doch immer gut für dich gesorgt, oder? Und auch für Apana.«

»Ja, Mister.«

»Tom«, sagte ich.

Hinter einem Vorhang versteckt, aßen wir zu viert unten in dem separaten Speiseraum, der eigentlich nicht mehr war als eine Nische vom Restaurant. Kamal und Rashid saßen an einem Tisch, den sie als Barriere vor den Vorhang geschoben hatten. Die Wahrscheinlichkeit, dass die Saudis unter AK-Feuer hier einfallen würden, war zwar gering, aber ich wollte meinen Gästen verdeutlichen, dass ihnen wirklich Gefahr drohte.

Die Frauen hatten geduscht und trugen ihre besten Kleider mit farbenfrohen weiten Tschadors. Als sie das mit Neonröhren erhellte Restaurant betraten, schauten sie verwundert auf die weißgedeckten Tische. Vielleicht waren sie noch nie in einem Restaurant gewesen, zumindest keinem Restaurant wie diesem, das sich im Zentrum Rawalpindis vornehm und westlich geben wollte.

Als sie saßen, nahm Maria Apana das Kopftuch ab und danach das eigene. Apanas schwarzes Haar rahmte sorgfältig gebürstet ihr Gesicht ein. Selbstbewusst sah sie ihre Tischgenossen an. Ihre Augen lachten. Maria hatte sie geschminkt, Lippenstift bei ihr aufgetragen. Konnte Apana ohne diese Frau leben?

Als das Essen auf dem Tisch stand, lud ich sie mit einer Handbewegung dazu ein zuzugreifen. Oder musste ich ihnen auftun?

Apana sagte etwas auf Urdu. Ich fragte, was sie gesagt habe.

»Ich fragte, ob wir nicht erst beten sollten.«

»Dann kriegen die Leute das mit«, sagte John mit bösem Blick.

»Wenn ihr beten möchtet, tut das ruhig«, sagte ich. »Hier kann uns niemand sehen.«

»Alle kriegen das mit«, sagte John.

»Jabbar! Lass uns Dank sagen«, sagte seine Mutter.

»Mam, das ist gefährlich.«

»Beten«, sagte Apana.

Sie senkten den Kopf, machten die Augen zu und murmelten ihre Gebete, während John unter halbgeschlossenen Lidern den Vorhang im Blick behielt. Apana betete mit. War sie Christin geworden, oder tat sie das aus Repekt für ihre Versorger?

Ich hatte zwei traditionelle Gerichte kommen lassen, Alu Goscht, ein Schafsfleischcurry mit Kartoffeln, und Chicken Korma sowie allerlei Gemüsegerichte. Mit einem Gummiband befestigte Maria einen Löffel an Apanas rechtem Haken. Den Tee trank das Mädchen mit einem Strohhalm.

Hinter dem Vorhang waren die Stimmen und das Lachen anderer Gäste zu hören, aus den Lautsprechern pakistanische Lieder mit blechernen Halleffekten.

Apana und Maria begnügten sich mit bescheidenen Portionen, aber John hatte Hunger und lud sich den Teller voll. Ich aß mit, obwohl ich mir nicht sicher war, ob die Küche westlichen Hygienestandards entsprach. Nach vielen Jahren im Irak und in Afghanistan war ich an Darmprobleme gewöhnt. John und ich tranken Coke aus den klassischen kleinen Glasflaschen.

Ich fragte: »Wann habt ihr Apana zum ersten Mal gesehen?«

Sie sahen sich an, wer sollte antworten?

»Am 31. Mai 2009«, sagte John. »Da sah ich sie.«

»Das stimmt«, sagte Apana.

»Und ihr habt sie gleich mit zu euch nach Hause genommen?«

»Nein«, sagte John. »Da noch nicht.«

»Sie kam am 18. Mai zu uns ins Haus«, sagte Maria.

»Diesen Jahres?«, fragte ich.

»Ja, Mister.«

»Ach, du hast also jahrelang auf der Straße gelebt?«

»Nein«, sagte Apana.

Der Blick, den sie mit John wechselte, entging mir nicht. Und Maria auch nicht.

Ich fragte: »Wo bist du denn dann gewesen, Apana?«

»Jemand hat für mich gesorgt.«

»Das ist schön. Und warum hat dieser Jemand damit aufgehört?«

»Er starb.«

»Und da habe ich sie wiedergefunden«, sagte John, der den Eindruck erweckte, als ob er dieses Gespräch möglichst schnell beenden wollte.

»Ja, zum Glück«, sagte Apana, die Johns Hinweis begriff.

Ich fragte: »Hattest du es gut bei diesem Jemand? War es eine Frau oder ein Mann?«

»Ein Mann«, sagte sie. Mehr wollte sie nicht verraten.

»Ein Mann«, wiederholte ich. »War er gut zu dir?«

»Ja. Sonst wäre ich weggelaufen.«

»Sie hat es gut gehabt«, sagte John. Er wollte partout nicht, dass sie davon erzählte.

»Ja, es war gut«, sagte Apana, ohne mich anzusehen.

»In Abbottabad?«, fragte ich.

»Er war gut zu mir.«

»In Abbottabad?«

»Ja.«

Wie sollte ich es fragen? Ich zögerte: »Warst du mit ihm … Warst du mit ihm verheiratet?«

»Verheiratet. Nein. So ein Quatsch. Aber ich habe alles von ihm bekommen, auch Sachen zum Anziehen. Und er nahm mich auf seinem Moped mit.« Dann schwieg sie wieder.

»Möchtest du nicht darüber reden?«

»Nein.«

Ich sagte: »Entschuldige, ich hätte nicht davon anfangen sollen, entschuldige, Apana.«

Sie legte ihren Arm auf meine Hand, wobei sie darauf achtete, dass sie mir nicht mit dem Haken wehtat. Eine derartige Berührung erlaubte man sich in ihrer Kultur nur bei einem nahen Angehörigen. Mit großen Augen sagte sie: »Tom, hilfst du mir, neue Prothesen zu bekommen? Richtige Prothesen?«

»Natürlich.«

»Glaubst du, dass es Prothesen gibt, mit denen ich Klavier spielen kann?«

Ich konnte nicht sagen, dass das unmöglich war.

»Denn das möchtest du gerne?«

»Ja. Sehr gerne.«

»Ich weiß es nicht. Ich habe mal etwas über Transplantationen gelesen und dass man das gerade erforscht.«

»Wie meinen Sie das?«, fragte John. »Mit Händen von anderen Menschen?«

»Ja.«

»Von toten Menschen?«, fragte Apana angeekelt.

»Ich glaube, ja. Aber sie sind nicht wirklich tot, wenn die Hände abgetrennt werden.«

»Sie sind hirntot«, sagte John.

»Das will ich nicht«, beschloss Apana. »Das sind sterbende Hände. Ich will Roboterhände.«

»Ich hab das mal gegoogelt. Die gibt es«, sagte John, als wäre er ein Experte.

»Dann erkundigen wir uns danach«, sagte ich. Ich ging davon aus, dass wir passable Prothesen auftreiben konnten, die es ihr ermöglichen würden, ein mehr oder weniger selbständiges Leben zu führen, aber es war natürlich ausgeschlossen, dass sie damit Klavier spielen konnte. Das verschwieg ich.

Sie fragte: »Gehen wir nach Amerika?«

»Ja. Irgendwie werden wir es schaffen, nach Amerika zu

gehen. Mit oder ohne Papiere.« Ich wandte mich an Maria: »Hat Apana Papiere?«

»Nein, Mister.«

»Haben Sie Papiere?«

»Was meinen Sie damit?«, fragte Maria.

»Reisepass?«

»Ich habe einen Ausweis, Mister.«

»Eine CNIC, eine Computerized National Identity Card. Die ist Pflicht, wenn man achtzehn wird«, erklärte John.

»Aber keinen Reisepass?«

»Nein, Mister«, sagte Maria.

Apana fragte mit flehendem Blick: »Dürfen sie mit, Tom? Sie haben unheimlich gut für mich gesorgt. Es wäre doch schön, wenn sie mitkämen, nicht?«

Was konnte ich sagen? Ich war wegen eines Mädchens gekommen. Das hier war eine ganze Familie.

»Ich bin euch dankbar, dass ihr so gut für Apana gesorgt habt. Ich weiß nicht, ob ich euch auch nach Amerika reinbringen kann. Das ist nicht leicht. Ich habe eine besondere Beziehung zu Apana, durch … durch die Musik, nicht wahr?«

Sie nickte.

»Aber ich muss euch belohnen. Das steht euch zu.«

»Wir brauchen keine Belohnung, Mister Tom«, sagte John. »Ich möchte nur Amerikaner werden.«

Maria fragte: »Können wir nach Abbottabad zurück, Mister? Herr und Frau Khan haben uns immer unterstützt. Sie bezahlen Jabbars Schule. Ich weiß nicht, ob Amerika gut für uns ist.«

»John«, sagte der Junge. »Du musst mich von jetzt an

John nennen, Mama. Und ich will nicht zurück, ich will nach Amerika. Das ist gut.«

»John«, sagte Apana mit übertrieben ernstem Gesicht. *»Mister John, yes, Sir?«* Dann prustete sie vor Lachen. Und John auch.

Maria und ich hatten Geduld mit ihnen und ließen sie auslachen. Dann sagte ich: »Ihr könnt im Moment nicht nach Abbottabad zurück.«

»Wir müssen die Khans informieren«, sagte Maria. »Wer passt jetzt dort auf? Und die Zerstörungen. Wer repariert das? Das sind alles kostbare Möbel, Mister. Den Schaden kann ich niemals ersetzen.«

»Ich werde diese Khans morgen anrufen. In London, nicht?«

Sie nickte.

»Wir werden schon eine Lösung finden. Aber die nächsten Tage bleibt ihr hier. Ihr dürft nicht nach draußen gehen. Ihr müsst im Hotel bleiben.«

John fragte: »Was ist denn passiert, Mister Tom?«

»Es sind Männer in eurem Haus gewesen. Ich habe sie gesehen, Männer aus Saudi-Arabien. Sie haben nach etwas gesucht. Deshalb waren sie dort.«

»Was haben sie gesucht?«, fragte Maria.

»Es klingt ein bisschen verrückt. Sie suchten einen Holzschemel. Sie haben in Abbottabad die Läden abgeklappert und überall nach einem bestimmten Hocker gefragt. Hattet ihr einen besonderen Hocker? Ich habe keinen gesehen, als ich im Haus war.«

»Wir haben keinen Hocker, Mister Tom«, sagte John. Er sah mich an, danach Apana und seine Mutter.

Wollte er ihnen damit signalisieren, dass sie schweigen sollten?

Maria sah mich sorgenvoll an. »Was ist mit diesem Hocker, Mister?«

»Ich weiß es nicht. Ein paar Arabern ist er offenbar wichtig. Wichtig genug, um dafür nach Abbottabad zu kommen und überall Fragen zu stellen.«

»Und alles in unserem Haus kaputtzumachen«, sagte Maria.

Sie richtete den Blick auf ihren Sohn.

»Hätten diese Männer uns geschlagen?«, fragte John.

»Wenn ihr zu Hause gewesen wärt … Ich fürchte schon, ja.«

Apana sagte: »Wirst du uns beschützen, Tom?«

»Ich beschütze euch. Deshalb bin ich hier. Deshalb sind wir hier zusammen. Möchtet ihr noch Obst? Oder Kheer?« Das war eine Art Reispudding.

»Ja!«, rief Apana.

»Ich auch!«, stimmte John ein.

Ich trug die Verantwortung für Apanas Wohl. So hatte das Leben zu sein. Ich war verantwortlich. Was ich nicht eingeplant hatte, war die Sorge für den Jungen und seine Mutter. Sie waren ernsthaft in Gefahr. Ich glaubte John nicht, sondern war davon überzeugt, dass sie sehr wohl einen Hocker im Haus gehabt hatten. Wenn die Saudis ihn gefunden hätten, wären sie gleich damit abgehauen, ohne noch vor der Tür eine Zigarette zu rauchen. Sie hatten Informationen gehabt, die sie zu dem Haus geführt hatten, und diese Infos bezogen sich auf John, das stand für mich fest. Was so Besonderes an diesem Hocker sein konnte, war mir schleierhaft. Aber er war für Riad wichtig genug, um ein Team nach Abbottabad zu schicken. Eine einzige Unterredung mit dem Jungen, und er würde alles gestehen.

Nach dem Essen ging ich mit Rashid in die Stadt. Es war nicht mehr ganz so hektisch, aber immer noch voll auf den Straßen. Ich kaufte mir eine traditionelle Mütze, um mein blondes Haar zu verbergen und meinen Salwar Kamiz zu vervollständigen. Ich sah jetzt aus wie ein bekehrter Westler.

Im Internetcafé gab ich Tel Aviv den Einbruch durch. Ich hatte keine Ahnung, welche Bedeutung er hatte – das wurde mir erst später klar.

Rashid führte mich herum. Es war späterer Abend, und die Temperaturen waren erträglich. Auf dem Basar schlossen manche Händler müde ihren Stand und räumten zusammen, aber andere blieben noch hoffnungsvoll geöffnet. Tausende Stoffbahnen und Saris, die reihenweise übereinander an den Fassaden und an Ständern ausgehängt waren, legten im Licht batteriebetriebener Lampen eine tiefe Farbenglut über den Markt. An den Imbissständen aßen Leute indisches Fladenbrot, tranken Erfrischungsgetränke oder Tee, naschten Süßigkeiten, rauchten Zigaretten der Marken Gold Flake oder Embassy. Es herrschte eine andere, unbeschwertere Stimmung. Der Abend spendete Milde und die Erwartung erlösender Träume und eines ungetrübten Morgens.

Als ich ins Hotelzimmer zurückkam, war das Licht gelöscht. Der Junge schlief. Ich stellte einen Stuhl auf den Balkon und rauchte, bis ich auf dem Stuhl einnickte.

Ich wachte zu spät auf, der Junge war weg. Panisch riss ich die Zimmertür auf, wurde aber gleich von Kamal beruhigt, der im Flur auf einem Stuhl saß und erzählte, dass John im Zimmer von Apana und Maria sei. Alle hätten schon unten gefrühstückt.

Ich duschte und fuhr eilends mit Rashid zur Diplomatic Enclave in Islamabad, einem riesigen Stadtteilquadrat, wo bewaffnete Wachleute, Mauern, Stacheldrahtzäune und Betonabsperrungen die Botschaften und Diplomatenwohnungen gegen die Armut und den Schmutz im übrigen Land abschirmten.

Das chaotische Rawalpindi mit seinen malochenden, rennenden, Lasten schleppenden, sich abrackernden Pakistanis ist nur fünfzehn Kilometer von der Enklave entfernt, in der Pakistan nicht existiert.

Die Enklave liegt am östlichen Rand von Islamabad, dem jungen Regierungssitz, dessen Grundsteine 1960 gelegt wurden, ein modernes Konstrukt mit Straßen und Alleen in strengem Raster, mit grünen Parks, modernen Einkaufszentren, Hochhäusern, High-End-Restaurants und -Cafés – die Stadt drückt aus, worauf es Pakistan ankommt: Dies ist die Hauptstadt eines mächtigen Landes, das über Kernwaffen verfügt.

Rashid stand auf der Liste der gutgeheißenen Besucher, sonst wäre er als Pakistaner vom Kontrollposten an der Khayaban-e-Suhrawaardy, einer kilometerlangen Straße, die an der Enklave entlangführt, nicht durchgelassen worden. Wir fuhren in eine sichere, saubere, anonyme Welt hinein. Ich hatte eine SMS bekommen, und wir fuhren nicht zum Komplex der amerikanischen Botschaft, sondern zu Gloria

Jean's Coffee's, einem Café der ursprünglich australischen Kette im Stil von Starbucks. Der Konsul stand nicht zur Verfügung, sondern schickte einen Handlanger, einen jungen Mann in Anzug, der sich höflich vorstellte und sich beeilte, mir einen Cappuccino zu holen.

Ich erzählte ihm von dem 2008 gescheiterten Versuch, Apana von meinen Eltern adoptieren zu lassen, und fragte, was ich für eine christliche Mutter und ihren Sohn tun könne. Konsularabteilungen amerikanischer Botschaften können ausschlaggebende Empfehlungen für die Beurteilung von Visumsanträgen aussprechen, aber der junge Mann hatte nichts Besseres zu tun, als die geltenden Vorschriften wiederzukäuen und darauf herumzureiten, wie wichtig es sei, die richtigen Formulare auszufüllen, die ich allesamt runterladen könne. Es gab keine besondere Regelung für pakistanische Christen, obwohl die Bevölkerungsgruppe eindeutig unterdrückt wurde. Dass Apana Afghanin war, keine Papiere besaß und körperliche Gebrechen hatte, machte es für sie noch komplizierter, ein Einreisevisum zu erhalten.

Der junge Mann sagte, er wisse zwar nicht genau, wie die Bestimmungen in Afghanistan seien, doch in Pakistan müsse derjenige, der ein Muslimkind adoptieren wolle, selbst auch Muslim sein, die Adoptiveltern müssten seit mindestens drei Jahren verheiratet sein, und Unverheiratete kämen für eine Adoption ohnehin nicht in Frage. Anders ausgedrückt: Ich hätte keine Chance, weder in Pakistan noch in Afghanistan. Und die christliche Mutter und ihr Sohn, ob die politisches Asyl bekommen könnten? Wenig wahrscheinlich, sagte er.

Er trug einen dunkelblauen Anzug, Hemd ohne Krawatte,

Rolex. Glattrasierte Wangen, die Aftershave ausdünsteten. Er hatte eine gewisse Ähnlichkeit mit Tom Cruise in jungen Jahren. Und ich trug traditionelle pakistanische Kleidung.

Ich fragte: »Die christliche Frau kann das Mädchen nicht adoptieren?«

»Nein. Das Mädchen ist doch Muslima, oder? Geht nicht.«

»Wie kriege ich diese Menschen hier raus?«

»Das ist schwierig, Mister Johnson. Wenn sie hier die benötigten Dokumente einreichen, werden die Vorschriften kaum Handhabe für eine mögliche Immigration bieten.«

»Was soll ich tun?«

»Sie sollten, denke ich, in D.C. vorstellig werden. Einen guten *Immigration Lawyer* einschalten. Und vielleicht kennen Sie Leute, die Leute kennen. Es handelt sich hier nicht um eine gravierende humanitäre Angelegenheit. Sie sind keiner unmittelbaren Gefahr ausgesetzt.«

»Das denke ich aber schon.«

»Dann müssen Sie das nachweisen.«

»Das werde ich tun, ja. Und das Mädchen? Ihr Vater ist bei einer Mission unserer Army ums Leben gekommen.«

»Sie ist behindert. Schwierig. Ich sage es, wie es ist, Mister Johnson.«

Ich musste an die Quelle aller Autorität, zu den herrschenden Bürokraten. Hier vor Ort konnte ich nichts ausrichten. Ich benötigte den juristischen Rat eines findigen Kopfes, eines Anwalts für Einwanderungsrecht, der tagtäglich Lösungen für meine Art von Problemen fand. Ich beschloss, so schnell wie möglich nach D.C. zu reisen.

Ins Hotel zurückgekehrt, aßen wir in der abgetrennten Nische zu Mittag. Jetzt stand ein Paravent da, von den Bodyguards aufgestellt. Apana und John hatten den ganzen Vormittag über ferngesehen und wären gern mal spazieren gegangen, aber das erlaubte ich nicht.

Ich war davon überzeugt, dass die Saudis in der Lage waren, einen Teil der Route unseres Landcruisers zu ermitteln, und hielt es daher für besser, ein paar Tage oder vielleicht sogar eine Woche lang nicht auf der Bildfläche zu erscheinen und abzuwarten. Ich wollte mich mit Tel Aviv beraten. Es war nicht ausgeschlossen, dass sie feststellen konnten, ob das Team vom Muchabarat noch in Pakistan war. Meine Bodyguards bat ich, in einem Vorort ein Haus mit ummauertem Garten zu suchen, das wir eventuell für einen Monat oder länger mieten konnten.

John nahm ich mit aufs Zimmer.

»Setz dich«, sagte ich.

Der Junge setzte sich brav auf sein Bett. Ich nahm ihm gegenüber auf meinem Bett Platz, die Arme auf die Beine gestützt, den Blick auf ihn gerichtet.

Er sah mich nicht an.

»Erzählst du es von dir aus, oder muss ich dich wirklich verhören?«

Er schluckte, hielt den Blick ängstlich auf seine Finger gesenkt.

»Warum ist man hinter dir her, John?«

»Ich weiß nicht«, sagte er leise.

»Du weißt es sehr wohl. Was weißt du von einem Hocker?«

»Hocker?«

»Hocker. So ein Ding, auf dem man sitzen kann. Schon mal einen Hocker gesehen, John?«

»Hocker …«, wiederholte er. Zeit schinden. Das machten sie alle, ausgebuffte Terroristen genauso wie naive Schuljungen.

»Ich muss nirgendwohin«, sagte ich. »Ich habe alle Zeit der Welt. Ich bin hier, um euch zu beschützen. Aber das kann ich nur, wenn ich weiß, was los ist. Vier saudische Mörder sind auf der Suche nach einem Hocker. Klingt ziemlich absurd, aber so ist es. Sie haben überall in Abbottabad nur eine Frage gestellt. Sie haben allen eine Zeichnung von einem Hocker gezeigt und gefragt: Wo ist dieser Hocker? Irgendwer hat ihnen dann gesagt: Den muss John haben! Jabbar! Bei dem muss der Hocker sein. Da sind sie in euer Haus gegangen und haben alles kurz und klein geschlagen. Und sie haben diesen Hocker nicht gefunden. Sie haben vor dem Haus auf euch gewartet, und wenn ich nicht früher dort gewesen wäre als ihr, dann hätten sie euch sehr, sehr wehgetan. Verstehst du, John? Wenn ich nicht dort gewesen wäre, würdet ihr jetzt im Krankenhaus liegen. Oder eigentlich: in der Leichenhalle. Es sei denn, du hättest sofort gesagt, wo der Hocker ist. Aber vielleicht hätten sie euch dann … getötet … um ihre Spuren zu verwischen. Keine Zeugen. Verstehst du, wie diese Leute ticken?«

Er sagte noch immer nichts, schluckte.

»John. Wenn ihr hier ein mehr oder weniger normales Leben leben wollt, muss ich wissen, was passiert ist. Was ist mit diesem Hocker? Was ist damit? Und vor allem: Wo hast du ihn versteckt? In eurem Haus stand kein Hocker. Du hast ihn versteckt. Wo hast du ihn hingebracht?«

»Was werden Sie tun, wenn Sie es wissen? Bestrafen Sie mich dann?«, fragte er mit gesenktem Kopf.

»Natürlich nicht. Ich bin hier, um dich zu beschützen.«

»Darf ich dann trotzdem noch Amerikaner werden?«

»Wenn du fünf Jahre in Amerika gelebt hast, kannst du naturalisiert werden. Das hat mit dem hier nichts zu tun. Erzähl mir, was passiert ist, sonst kann ich euch nicht richtig beschützen. John?«

Er nickte jetzt, ganz leicht.

»Erzähl.«

Er nickte. Ich sah ihn an. Er warf mir einen kurzen Blick zu, schlug aber sofort wieder die Augen nieder.

»Na?«

Er schluckte. »Ich habe ihn verkauft.«

»Verkauft? An wen?«

»Irgendwen.«

»An wen?«

»Einen Händler.«

»Wann?«

»Vorige Woche. Sonntagmorgen. Noch bevor wir in die Kirche gegangen sind.«

Dieser Händler hatte also die Saudis informiert. Sie hatten ihn vor kurzem aufgetrieben, und er hatte ihnen gesagt, wer den Hocker an ihn verhökert hatte.

»Du hast den Hocker also nicht mehr?«

»Nein.«

»Warum sind diese Männer dann zu eurem Haus gekommen? Was suchten sie? Den Hocker hatten sie schon bei diesem Händler gefunden. Um den ging es ihnen also gar nicht. Um was dann?«

»Es ging um … Es ging um einen USB-Stick, Mister.«

»Einen USB-Stick? Was hat der mit dem Hocker zu tun?«

»Der war da drin.«

»In dem Hocker? Wie denn? Unten an die Sitzfläche geklebt?«

»In einem Bein. Da passte er rein.«

»Das Bein war hohl?«

»Ja.«

»Was ist darauf gespeichert?«

»Weiß ich nicht.«

»Hast du nicht nachgesehen?«

»War mit einem Code gesichert. Hab ich nicht aufgekriegt.«

»Wo ist der Stick?«

»Verbrannt, Mister.«

»Warum?«

»Mir war das nicht geheuer.«

»Was war dir daran nicht geheuer? Wo hat dieser Hocker gestanden? Hast du ihn irgendwo gestohlen?«

Er zog die Schultern hoch, als hätte er es vergessen.

»Wo stand der Hocker, John? Sag es mir. Ihr seid wirklich in Gefahr. Ich muss wissen, was dahintersteckt.«

Er nickte, heftig jetzt.

»John?«

»Ja, Mister.«

»Wo stand der Hocker?«

»Er stand …«

»John …«

»Beim Scheich«, sagte er. »Der Hocker stand im Haus vom Scheich.«

»Vom Scheich?«

Langsam begann mir etwas zu dämmern. Nein! Ich setzte mich gerade auf. Das konnte nicht sein. Ich sagte es noch einmal: »Vom Scheich?«

»Ja, Mister.«

»Du hast ihn aus dem Haus von Usama bin Laden mitgenommen?«

Der Junge nickte.

»Wie denn? Und sei ehrlich.«

»Ich bin ehrlich, Mister.«

»Erzähl.«

»Ja, Mister … Ich hab ihn in der Nacht mitgenommen, als alles passierte. Mit dem Seals Team und den Black Hawks. Ich hab zugesehen, alle haben zugesehen. Und als sie weg waren, sind wir reingegangen. Alle haben etwas mitgenommen. Alle guten Sachen. Und die Frauen und Kinder in dem Haus, die weinten und hatten Angst. Es war nichts mehr übrig. Aber der Hocker …«

»Den hast du mitgenommen.«

»Ja.«

»Und du hast entdeckt, dass da etwas drin war.«

»Ja.«

»Warum dachtest du, dass etwas drin war?«

Er zuckte die Achseln.

»Wann hast du es gefunden?«

»Vor einer Woche.«

»Einer Woche?«

»Ja.«

»Du hast den Hocker kaputtgemacht?«

»Ein Bein hab ich abgebrochen. Und es danach wieder angeleimt.«

»Und den reparierten Hocker hast du verkauft?«

»Ja. Für nur hundert Rupien.«

»Und dann hattest du den USB-Stick.«

»Ja.«

»Den USB-Stick vom Scheich …«

»Ja, Mister.«

»Und diesen Stick hast du verbrannt?«

»Ja, Mister.«

Dieser Junge war mit einem Geheimnis von UBL herumgelaufen. Und der gefangengenommene UBL hatte Saudis enthüllt, dass es diesen Stick gab. Dort befand er sich also. Die Mörder von M-U und Vitos Crew waren Saudis. UBL hatte in seiner Zelle von dem Hocker erzählt, nachdem er alle anderen Geheimnisse preisgegeben hatte. Folter. Waterboarding.

Ich musste Ruth unterrichten.

John hatte den Stick gefunden. Wenn er zu Hause gewesen wäre, hätten sie ihn garantiert umgebracht. Was war auf dem Stick gespeichert gewesen, das so viel wert war, dass UBL dachte, damit handeln zu können? Warum hielt es der Muchabarat für nötig, vier Männer nach Abbottabad zu schicken? Was hatte das zu bedeuten?

Da musste noch mehr sein. John hatte nicht alles gesagt.

»Warum hast du den Hocker mitgenommen?«

»Das war das Einzige, was ich mitnehmen konnte.«

»Warum?«

»Ich dachte … ich könnte ihn verkaufen, den Hocker vom Scheich.«

»Dann hätte jeder gewusst, dass du ihn gestohlen hast.«

»Ja. Deshalb habe ich ihn auch nicht verkauft.«

»Das hast du doch aber.«

»Aber nicht als den Hocker vom Scheich. Das hätte mir sowieso keiner geglaubt.«

»Mit diesem Stick aber schon.«

»Vielleicht.«

»Wie viel Geld wolltest du verdienen?«

»Ich dachte … Fünfhunderttausend … Dollar.«

»Aha …«

»So viel muss man investieren, um eine Greencard zu bekommen. Wenn man die hat, kann man nach Amerika.«

»Vielleicht gibt es auch andere Möglichkeiten.«

»Welche denn?«

»Das werde ich ausfindig machen.«

Der Stick enthielt etwas Wichtiges. Etwas, was UBL und dem Muchabarat viel wert war. Und anderen vermutlich auch. Der Junge hatte keine Ahnung, was er getan hatte, oder vielleicht doch. ST6 hatte in dem Haus allerlei Material beschlagnahmt, aber den Hocker hatten sie übersehen. Das hätte wohl jeder, ich auch. Aber John nicht. Ein nichtssagender Hocker. Mit einem Stick, den der Junge verbrannt hatte. Wenn er die Wahrheit sagte.

»Warum hast du den Hocker auseinandergenommen?«

»Nur so.«

»Ich glaube dir nicht, John.«

»War ein bisschen lose, das Bein.«

»Und da hast du es abgebrochen?«

»Ja, Mister.«

»Ich glaube dir nicht.«

Er zuckte die Achseln.

»Was verheimlichst du, John?«

Er reagierte nicht.

Ich ließ nicht locker. »John, was verheimlichst du? Ich möchte die ganze Geschichte. Die Sache kann euch das Leben kosten. Uns alle. Du hast keine Ahnung, wie diese Saudis sind. Das sind eiskalte Mörder, John, die haben mit niemand Mitleid. Ich muss euch wirklich in Sicherheit bringen. Hier im Hotel können wir nicht bleiben. Aber ich muss alles wissen. John. Erzähl es mir. Warum dachtest du: Ich breche das Bein ab?«

Der Junge versteckte das Gesicht in seinen Händen. Er schnaufte laut.

»Wir haben abgemacht …«

Hinter seinen Händen klang seine Stimme erstickt.

»Wer *wir*?«

Er konnte es nicht sagen.

»*Wir?* Apana? Du und Apana? Ist das *wir*?«

Da wurde mir alles klar. Der Mann, der für sie gesorgt hatte und gestorben war. Dieser Mann hatte ihr zu essen gegeben und sie beschützt. Dieser Mann hatte etwas über den Hocker gesagt.

Ich stand auf und öffnete die Balkontür. Die Hitze senkte sich bleischwer auf meine Schultern. Ich zündete mir eine Zigarette an.

Der Junge stellte sich neben mich. Er wischte Tränen weg.

»Wir hatten abgemacht, dass wir niemals etwas sagen

würden. Das sollte unser Geheimnis bleiben. Niemand, niemand, niemand darf das je wissen. Niemand, Mister Tom.«

So habe ich es also erfahren.

Wie Apana von UBL beschützt und versorgt wurde, die nächtlichen Ausflüge auf dem Moped durch Abbottabad, wie John den Stick in dem Hocker gefunden hatte.

Stundenlang fragte ich ihn an diesem Tag nach Einzelheiten, Farben, Gerüchen, dem Sonnenstand. Er erzählte mir, was sie ihm erzählt hatte.

Wie sie am 11. September 2010 von UBL mitgenommen worden war, als wie fürsorglich sich UBL erwiesen hatte – die Fürsorglichkeit eines Ungeheuers. Sogar UBL konnte menschlich sein. Ein unerträglicher Gedanke.

Hatte John den Stick wirklich nicht öffnen können? Er wiederholte standhaft, dass er den Code nicht knacken konnte und nicht wusste, was drauf gewesen war. Er war ein guter Lügner. Erst Tage später, in den letzten Stunden seines Lebens, gestand er, dass er wusste, was auf dem Stick gespeichert gewesen war. Er habe Fotos und ein Video gesehen.

Wenn ST6 UBL einfach erschossen und sich nicht in das Jungenabenteuer einer gefakten Stürmung gestürzt hätte – alles, was die Welt über Operation Neptune Spear wusste, war Betrug –, hätten wir jetzt ganz entspannt an einem Plan für ihre Auswanderung schmieden können. Aber es war nicht die Schuld von ST6. Angefangen hatte es mit Nine-Eleven. Das war der Moment der Ursünde gewesen. Oder vielleicht lag der noch früher, bei der Islamischen Revolution 1979 oder dem Ende des Osmanischen Kalifats 1924. Oder dem Moment, da Bach die *Variationen* vollendete. Oder beim Propheten, der eine Stimme hörte.

Abends ließ ich mir nicht anmerken, dass ich Apanas Geheimnis kannte, so als hätte das Gespräch mit John gar nicht stattgefunden. John hielt sich gut. Wir aßen an diesem Abend alle zusammen. Ich erzählte, dass ich nach D. C. reisen würde, um mich dort um Einreisevisa zu kümmern. Für Apana. Und John und Maria. Sie fielen mir um den Hals.

Ich musste das hinkriegen. Wie? Ich hatte keine Ahnung. John bekam ein Prepaidhandy – *Burner* heißt so ein billiges Telefon ohne Registrierung – mit ausreichend großem Guthaben, um mich in Amerika anrufen zu können.

Als wir nach dem Essen die Nische verließen und durch das Restaurant liefen, konnte ich nicht länger an mich halten und sagte den anderen in der Lobby, sie sollten ruhig schon vorgehen, ich würde Apana dann gleich auf ihr Zimmer bringen. Nein, ich fragte nicht nach UBL.

Apana und ich nahmen in einer Ecke der Lobby auf einem schwarzen Ledersofa Platz. Ich fragte: »Bist du dir sicher, dass du nicht in Pakistan bleiben möchtest?«

»Ich möchte mit dir mit. Aber … Du kannst Jabbar und seine Mutter doch mitnehmen, oder?«

»Möchtest du das wirklich?«

»Ja. Unheimlich gern.«

»Ich werde es versuchen. Ich werde tun, was ich kann.«

»Ja, versuch es. Tu, was du kannst.«

»Ich hätte die ganze Welt nach dir abgesucht.«

»Das wusste ich nicht, Tom. Ich wusste nicht, dass ich … dass ich wichtig bin. Ich dachte … Wer bin ich denn schon? Irgendein kleines Kind, das bei dir Musik hörte. War doch so, oder? Aber ich wollte leben, weil …«

Sie beugte sich zu mir herüber und summte klar und rein die ersten Takte der Aria in mein Ohr.

»Komm mal her, Mädchen«, sagte ich. Und ich drückte sie an mich.

So blieben wir kurz sitzen.

»Du bist mir wichtig«, sagte ich.

»Wieso denn?«

Hilflos antwortete ich: »Weil es so ist.«

Auch wenn uns Unbekannte zusahen – ich hielt sie im Arm, ihr Kopf vertrauensvoll an meiner Brust.

Ich brachte sie auf ihr Zimmer. Kamal würde das Stockwerk im Auge halten. Ich fand im Keller des Hotels einen Raum, der als Bar eingerichtet war, wo ich Zigaretten rauchte und zwei Bier trank.

Danach fuhr ich zu den drei von Kamal ausgewählten Häusern, die wir eventuell mieten konnten, und entschied mich für das Haus, das am besten zu sichern war. Sie konnten es in einer Woche beziehen.

Um Viertel nach vier in der Nacht bestieg ich den Flieger nach D. C.

29

Washington D.C. – Rawalpindi, 13. September 2011 und danach

TOM

Mit einer Zwischenlandung in Abu Dhabi kam ich am frühen Abend in D.C. an, nach einer Reise, die durch Verspätungen achtundzwanzig Stunden gedauert hatte. Ich nahm ein Taxi zu den Virginian Suites in Arlington, einem bei Veteranen beliebten Hotel in der Nähe des National Cemetery und des Marine Corps War Memorial mit dem berühmten Standbild der Marines, die als Gruppe gegen alle Widerstände auf der Insel Iwojima die Flagge hissen. Fiel ins Bett und schlief wie ein Stein.

Am nächsten Morgen telefonierte ich herum und fand einen Anwalt, der mir noch für denselben Tag einen Termin geben konnte. Ich musste warten und spazierte über das Gräberfeld. Das zehnjährige Gedenken an Nine-Eleven war gerade vorbei. Überall flatterten noch Schleifen und lagen Blumen. Hier eine kniende Frau. Dort ein Grüppchen, Hand in Hand um einen Stein versammelt. Ich sah Gräber von Jungs und Männern, die im Kampf gegen das Ungeheuer gestorben waren, das für meine Apana gesorgt hatte. Wann konnte ich mit ihr darüber reden? Vielleicht nie.

Auch hier war es warm, einunddreißig Grad. Ich spazierte ins Zentrum von Arlington und suchte den Anwalt auf.

In einem Raum mit unverputzten Backsteinwänden und einem Fußboden aus dunkelbraunem Holz hörte er sich an, was ich ihm über Apana anvertrauen konnte – der Tod ihres Vaters, ihrer Familie, die Verstümmelungen. Er trug einen dreiteiligen Tweedanzug und eine Taschenuhr an einer Kette. Ich erzählte ihm von der Christenverfolgung in Pakistan und dem Tod von Johns Vater. Die Vorschriften ließen eine Immigration dieser drei Menschen nicht zu, sagte er. Er erläuterte die Paragraphen, die Bestimmungen, die Voraussetzungen, die Schwierigkeiten in der Praxis. Aber er war nicht starr, sondern dachte mit, weil er Sympathie für den Fall habe, wie er sagte.

Er hatte eine simple Lösung: Ich müsse Maria heiraten. Ich müsse ein halbes Jahr oder so mit ihr in Pakistan leben und dann ein Visum für meine Ehefrau und ihren Sohn beantragen. Der sei noch keine einundzwanzig, das sei also kein Problem. Sie bräuchten nicht im Ausland zu warten, sondern dürften sich in Amerika aufhalten, während der Antrag bearbeitet werde – das könne zwei Jahre dauern. Und für das Mädchen müsse ich in Afghanistan Papiere kaufen. Die könnten echt oder falsch sein, Hauptsache, sie seien vorhanden. Mit einer Erklärung des damaligen Kommandanten der Basis müsse es eigentlich möglich sein, dass Maria sie in Pakistan adoptierte, und dann könnten sie mit mir in mein Land einreisen.

»Aber Apana ist offiziell Muslima. Maria ist Christin. Die Afghanen und Pakistaner genehmigen nicht, dass sie von einer Christin adoptiert wird«, wendete ich gegen seinen Plan ein.

»Dann wird die Mutter eben für den guten Zweck Muslima«, sagte der Mann.

»Sie haben leicht reden«, sagte ich. »Und ich? Eine muslimische Frau, die in Pakistan einen Juden heiratet?«

»Sie können sich ja auch bekehren«, sagte der Anwalt. »Hören Sie, Mister Johnson: Es gibt keine Alternative. Wenn Sie das gemacht haben, kann ich Ihnen helfen. Sie können auch versuchen, alle illegal über die mexikanische Grenze einzuschleusen. Aber glauben Sie mir: Legal ist besser.«

»Und danach?«

»Danach machen Sie Ihre Bekehrung wieder rückgängig. Und die Christen auch.«

»Dann sind wir Abtrünnige. Darauf steht die Todesstrafe.«

»Auch in Amerika?«

Ich konnte es nicht lassen: Einen Tag später ging ich in das Büro der Citizenship and Immigration Services in der Massachusetts Avenue, zog eine Nummer und wartete. Wer sich auf den Weg durch die amerikanische Bürokratie begibt, weiß, dass der Erfolg fraglich ist, jede Bestimmung im Widerspruch zu einer anderen Bestimmung steht, ein Bürokrat lahmarschiger ist als der andere und aus Stunden Tage, aus Tagen Wochen, aus Wochen Monate und aus Monaten Jahre werden können.

Tel Aviv hatte mir eine Textnachricht geschickt. Ob ich Infos über Folgen des Einbruchs hätte, ob es weitere Neuigkeiten gebe. Ich hatte noch nicht darauf geantwortet, wusste nicht, was ich tun sollte. Ich hatte mich für Apana verantwortlich gefühlt, nachdem sie diese verdammten *Variationen* gehört hatte. Und mit einem Mal wurden mir auch noch ein Junge und seine Mutter aufgehalst – aber konnte ich sie wegschieben und mich nur um Apana kümmern? Das brachte ich nicht übers Herz.

Ich schickte eine SMS an John. Bei ihnen sei alles in Ordnung, antwortete er. Die Bodyguards hätten ihnen Fotos von dem gemieteten Haus gezeigt, und sie seien überglücklich, dass sie dort wohnen dürften.

Nachdem ich vier Stunden gewartet hatte, wurde ich in ein kleines Büro geführt und traf dort auf eine müde Schwarze mit achtzig Pfund Übergewicht, Riesenbrille mit einem Gestell, das in allen Farben des Regenbogens schillerte, und einem Busen, der den halben Schreibtisch bedeckte.

Ich trug meine Geschichte vor, und sie nickte, ohne mich anzusehen, und gab mir danach Formulare, die sie aus einem Turm von Ablagekörbchen zog. Die müsse ich ausfüllen. Es waren die Standardformulare, die ich auch online gefunden hatte.

Also dann Langley. Am nächsten Tag mietete ich ein Auto und fuhr zu dem Komplex, wo ich in öden Büroräumen mit antiquierten Projektionsschirmen Briefings und Debriefings mitgemacht hatte. Ich hatte keinen Stellenwert mehr und stand ohne Terminabsprache an der Pforte. Mein Name und meine ehemaligen Positionen huschten über den Monitor der Rezeptionistin, und sie war so freundlich, jemanden aufzutreiben, der Zeit für mich hatte.

Ein Bürokrat, dessen Haare sich vorzeitig zu lichten begannen. Netter Mensch in billigem Anzug und Oberhemd mit zu weitem Kragen. Wir tranken in einer der Cafeterias einen Kaffee. Ich erläuterte ihm die Situation mit Apana und John und Maria. Er wolle gerne helfen, aber wie? Natürlich hätten sie Zugang zu Visa, aber nicht hierfür, nicht einmal, um jemandem mit meinen Verdiensten zu helfen. Das gehe nur, wenn es von ganz oben komme. Kannte ich jemanden von ganz oben? Nein. Ich hatte gekämpft und war ein Mann in Stiefeln gewesen, nicht in handgenähten englischen Schuhen. Ich solle mir keine Hoffnungen machen, aber er wolle sehen, was er tun könne.

Im Auto schickte ich John wieder eine SMS und weckte ihn damit. Es gehe gut, schrieb ich. Brachte das Auto zur Agentur zurück.

Am nächsten Morgen ging ich erneut in die Massachusetts Avenue. Wartete drei Stunden mit den ausgefüllten Papieren. Eine andere müde, beleibte Frau sah sich an, was ich ausgefüllt hatte, korrigierte hier und da etwas von Hand, »für die bessere Lesbarkeit«, wie sie sagte, und gab mir andere Formulare mit.

Sollte ich Maria wirklich heiraten? Wenn das die einzige Möglichkeit war? Und mich zum Islam bekehren?

Für den guten Zweck. Den guten Zweck.

Ich rief John an. In Rawalpindi war es zehn Uhr abends. Ich bat ihn, seine Mutter an den Apparat zu holen.

Ich hörte, dass er aus dem Zimmer ging, nebenan klopfte und sagte, dass ich sie sprechen wolle.

»Mister Tom, wie geht es Ihnen? Ist alles in Ordnung?«, sagte sie.

»Alles in Ordnung, Maria. Ich muss etwas mit dir besprechen. Etwas Persönliches. Aber … Du könntest mir sehr dabei helfen, Greencards für euch alle zu bekommen.«

»Ich tue alles, um eine Greencard zu bekommen, Mister Tom. Für uns alle?«

»Für alle drei.«

»Das ist wunderbar, Mister Tom.«

»Ja, das ist wunderbar. Aber auch ein bisschen, wie soll ich sagen … eigenartig, ein bisschen eigenartig.«

»Ja, Mister?«

»Hör zu, Maria. Am besten wäre es, wenn wir heiraten.«

»Heiraten, Mister, wie meinen Sie das?«

»Heiraten. Eheleute werden. Auf dem Papier. Schon richtig, aber auch nicht richtig. Wir brauchen nicht wie Mann und Frau zusammenzuleben. Aber wir müssen schon heiraten, verstehst du?«

»Richtig heiraten?«

»Ja, richtig heiraten.«

»Sie und ich, Mister? Wie soll das denn funktionieren?«

»Wir gehen in die Kirche. Wir lassen uns trauen. Ich weiß nicht, wie das in Pakistan geht. Das finden wir schon heraus, oder?«

»Und dann? Leben wir dann in ein und demselben Haus?«

»Ja. Aber nicht in ein und demselben Zimmer.«

»Ich verstehe«, sagte sie.

»Das tun wir ein halbes Jahr lang, und dann beantrage ich Einreisevisa. Dann können wir sofort weg.«

»Also wenn Sie zurück sind, heiraten wir?«

»Nein. Wir heiraten in einem halben Jahr. Und dann reisen wir in acht, neun Monaten nach Amerika.«

»John auch?«

»Der auch.«

»Apana?«

»Auch«, sagte ich. Ich verschwieg die Notwendigkeit unserer Bekehrung.

»Das ist wunderbar«, sagte sie. »Das ist wunderbar, Mister. Wie können wir Ihnen je danken? Wie kann ich Ihnen je ein Geschenk machen, das dem gleichkommt?«

»Das ist nicht nötig. Wenn ihr frei seid, ist das das Geschenk.«

»Darf ich es Apana und John erzählen?«

»Natürlich.«

Ich musste mich auf einen längeren Aufenthalt in Pakistan einstellen. In einer dieser viel zu vollen und viel zu heißen Städte. Nein, ich wollte einen Ort mit mehr Ruhe und mehr Sicherheit suchen. Ich wusste nicht, ob die Saudis noch nach John und dem USB-Stick suchten, und musste deshalb Tel Aviv einweihen, damit sie Riad wissen lassen konnten, dass es keinen Sinn hatte, nach einem Stick zu suchen, der nicht mehr existierte. Aber ich wusste nicht, ob John die Wahrheit gesagt hatte, als er erzählte, er habe das Ding verbrannt.

Wenn ich Apanas Geschichte der CIA oder dem Mossad anvertraute, würde sie früher oder später herauskommen, und man würde Apana ihr Leben lang vor Racheakten von al-Qaida schützen müssen. Oder sie würde für ihre Beziehung zum Scheich verehrt werden, und Menschen würden sie anbeten, von denen man nicht gern angebetet wurde. War es nicht besser, das Ganze zu verschweigen? Warum sollte ich es nicht geheim halten?

Wir mussten irgendwo in Pakistan bescheiden leben. Auf einer Ranch. Unauffällig. Sicher. Ich würde Waffen besorgen, scharfe Hunde, und es würde Zeit, göttliche, gnädige Zeit verstreichen, die diese Episode unseres Lebens in Vergessenheit geraten ließ. Wo in Pakistan ging das?

Am nächsten Morgen, einem Samstag, war die pakistanische Botschaft geschlossen. Ich musste also mit dem Antrag auf ein längeres Aufenthaltsvisum bis Montag warten.

Ich schickte John am späten Vormittag eine Textnachricht, erhielt aber keine Antwort. Ich nahm die Metro nach D.C., trank einen Cappuccino in einer belebten Buchhandlung am Dupont Circle, inmitten von kultivierten Yuppies, Akademikern, Intellektuellen und hohen Beamten, die an den neuesten NYT-Bestsellern interessiert waren.

Ich vermisste M-U und Vito – wenn sie noch am Leben gewesen wären, hätten sie Apana und John und Maria glatt eingeschmuggelt. Sie hätten sich einen Dreck um die Bestimmungen geschert und die drei einfach an Bord eines Militärflugzeugs getragen, nachdem sie ein *reschedule* nach Rawalpindi gedeichselt hätten.

Ich spazierte zur Mall, zu den Monumenten amerikanischer Größe, blickte unter Hunderten von Touristen auf Lincoln, der skeptisch zum Kapitol in der Ferne hinüberschaute, und verwarf jeden Plan. Es war Schwachsinn, Maria zu heiraten und mich jahrelang den Launen pakistanischer und amerikanischer Bürokraten auszusetzen. Ich musste meinen früheren Chefs bei der CIA stecken, welche Infos ich über UBL und den Stick hatte. Ich musste einen Deal machen. Ich musste Langley darüber ins Bild setzen, dass UBL aus dem Haus in Abbottabad herausgeschmuggelt worden war und der Präsident über den Tod eines indischen Clowns namens Ben Laden gejubelt hatte. Würden sie mir glauben? Wenn ich den USB-Stick gehabt hätte, ja. Aber jetzt? Ich musste meine Beziehungen zu Tel Aviv abbrechen und Langley verklickern, dass UBL nicht tot, sondern den Saudis in die Hände gefallen war. Konnte ich diese unmögliche Geschichte verkaufen, selbst wenn sie der Wahrheit entsprach? Ich musste Apana und John Verhören durch meine Exkollegen aussetzen. Die Wahrheit würde uns befreien.

Um zehn Uhr abends wurde ich angerufen. Johns Nummer. Aber es war ein Mann, der mit einem so gut wie unverständlichen pakistanischen Akzent Englisch sprach. Polizei, sagte er.

Es gebe einen Toten, eine Frau. Und ein Junge sei schwerverletzt und werde im Krankenhaus verarztet.

»Was für eine Frau?«, brüllte ich. »Was für eine Frau?«

»Eine Frau. Sie hat keine Papiere.«

»Wie alt ist sie?«

»Wir schätzen … Die Frau dürfte um die fünfunddreißig sein.«

»Wer ist die Frau? Wie heißt sie?«

»Wir können sie nicht identifizieren, Mister. Wo sind Sie?«

»Wo ich bin? Sie rufen mich an! Wie kommen Sie an meine Nummer?«

»Es ist die einzige Nummer auf dem Telefon des Jungen,

Mister! Die einzige Nummer! Wie heißt er? Und die tote Frau? Wie heißt sie?«

»Was ist passiert?«

»Wir wissen es nicht, Mister. Sie wurden in einem Graben am Rande der Stadt gefunden. Man hat sie geschlagen. Ziemlich übel geschlagen. Die Frau ist leider tot. Und der Junge … Ob er es überlebt …«

»Und ein Mädchen? Ist kein Mädchen dabei?«

»Ein Mädchen ist nicht dabei. Nein, kein Mädchen, Mister.«

»Sie muss aber da sein!«

»Nein, Mister.«

»Wie geht es dem Jungen?«

»Dem Jungen geht es schlecht.«

»Welches Krankenhaus?«

»Quaid-e-Azam.«

»Wiederholen Sie bitte!«

Der Mann wiederholte den Namen des Krankenhauses. Ich schrieb ihn mir auf. Ich notierte auch den Namen und die Nummer des Polizisten und buchte den nächstmöglichen Flug nach Islamabad. Danach rief ich Rashid an.

»Sie sind hinten rausgegangen, Tom. Sie wollten in die Kirche, um zu beten, aber das hatten wir ihnen nicht erlaubt. Ich saß in der Lobby, mit Blick auf den Fahrstuhl, Kamal war oben. Er musste kurz zur Toilette, und da haben sie sich über den Notausgang auf der Rückseite rausgeschlichen.«

»Wohin?«, schrie ich.

»Wir haben keine Ahnung.«

»Warum habt ihr mich nicht sofort angerufen?«

»Wir wollten sie finden, Tom. Wir haben die ganze Nacht und den ganzen Tag gesucht. Wir wollten erst anrufen, wenn wir sie gefunden haben. Es tut uns so schrecklich leid.«

Am nächsten Morgen flog ich über Dubai. Dreißig Stunden würde ich unterwegs sein. Wen konnte ich bestrafen? Wie konnte ich die Saudis in die Luft jagen? Und das alles nur wegen des USB-Sticks, den UBL versteckt hatte? Was war da drauf, verdammt noch mal? Würden sie den Jungen retten? Und Apana – war sie verschleppt worden? Ich trank zu viel. Versuchte mit Hilfe von Tabletten zu schlafen, aber nichts half, dass sich der Sturm der Wut und Verzweiflung in meinem Kopf legte.

Was sollte ich machen? Ob Ruth mir helfen würde? Natürlich. Die musste ich einweihen. Tel Aviv würde mir helfen. Musste helfen.

Das Krankenhaus war ein nagelneues Gebäude mit blauen Glasfassaden, als stünde es irgendwo in Amerika.

John lag auf der Intensivstation, bei Bewusstsein, in einem Saal mit sechs anderen Schwerkranken, die mit Schläuchen und Kabeln an Apparate gekoppelt waren. Bilder, die ich in Bagram und Walter Reed und im deutschen Militärkrankenhaus so oft gesehen hatte.

Sein Kopf war verbunden, sein Gesicht zugeschwollen. Dicke Augenlider. Tintenschwarze Blutergüsse.

Während ich von zwei Krankenschwestern beobachtet wurde, strich ich über die einzige Stelle auf seiner Stirn, die noch unversehrt war. Was brechen konnte, war gebrochen, und er hatte schwere innere Verletzungen, wie der Arzt mir auf dem Flur erklärt hatte, Leber und Milz waren gerissen.

»John«, sagte ich, nah an seinem bandagierten Ohr. Konnte er mich hören? »John. Alles wird gut. Ich bin es. Tom. Alles wird gut. Du kommst hier wieder raus. Dafür werde ich sorgen. In Ordnung?«

Ich sah, dass sich sein Adamsapfel bewegte. Ein leichtes Nicken seines Kopfes.

»Kannst du mir sagen, was passiert ist?«

Er brauchte eine Weile, musste Energie sammeln, um seine Stimme einsetzen zu können. Seine Augen blieben geschlossen, die Schwellungen waren zu stark. Vielleicht hatten sie ihm auch das Augenlicht zerschlagen.

»Kirche«, hörte ich ihn sagen.

»Kirche«, wiederholte ich.

»Kirche«, sagte er. Er schluckte mühsam. »Beten.«

»Ihr seid aus dem Hotel gegangen? Ohne Rashid und Kamal.«

»Hintertreppe.«

»Über die Hintertreppe des Hotels? Wieso? Wieso in die Kirche?«

»Dank«, sagte der Junge.

»Dank? Wem musstet ihr danken? Wofür?«

»Herr Jesus«, murmelte der Junge.

»Wieso jetzt? Wieso musstet ihr jetzt dorthin?«

»Heiraten. Mama …« Er keuchte und wartete einen Moment. »Mister Tom.«

»Und dafür musstet ihr Jesus danken?«

»Danken«, sagte John.

»Welche Kirche?«

»Christ … Church.«

»Du hättest in deinem Zimmer beten können. Gott hört dich überall.«

»Kirche.«

»Und da?«

»Beten. Danken. Und da …«

Er atmete schneller. Noch schneller.

»Da?«, fragte ich.

»Hände. Wunder.«

»Hände?«

»Hände. Ohren. Wunder.«

»John, John … Was meinst du mit Wunder?«

»Wunder. Mister Tom. Apana.«

Was hatte man ihm gegeben? Morphium? Was träumte er? Was sah er jetzt vor sich? Musste ich ihm widersprechen? Den Traum austreiben?

»Ein Wunder«, sagte ich, »ein Wunder.«

»Ein Wunder … Apana … hatte Hände … Wirklich, Mister … Tom, Hände … Und Ohren … auch …«

»Ein Wunder«, wiederholte ich machtlos. »Und danach? Wo tauchten die Männer auf?«

»Apana aus Kirche. Rannte. Froh. So … froh. Klavier … rief … Apana … Klavier … Männer … Männer draußen. Araber. Mama und ich. Packten uns. Ins Auto. Schläge. Schläge. Mister Tom. So viele Schläge … Mama? Mama okay?«

»Ja. Es geht ihr gut«, log ich. »Es geht ihr sehr gut.«

»Ja«, sagte John.

»Und Apana?«, fragte ich. »Wo ist sie?«

»Araber nicht … Apana weg … weg.«

»Was hast du den Männern gesagt, John?«

»Ich hab ... nichts ... nichts ... nichts verraten ... Mister Tom, nichts ... verraten ... Sie nicht ... Männer hatten Sie ... gesehen ... beim Haus. Nichts gesagt. Ich war ...«

»Du bist ein Held, John, wirklich.«

Er musste zu Atem kommen. Murmelnd erzählte er dann, was er auf dem Stick gesehen hatte, Bild um Bild, bis er keine Luft mehr hatte, Bilder, die die Saudis um jeden Preis in ihren Besitz bringen wollten. Und er nannte den Namen des Mannes, der darauf zu sehen war.

»Hör zu, John, hör zu«, sagte ich. »Ich werde dich nach Amerika bringen lassen. In das beste Krankenhaus dort. Da wirst du schnell wieder gesund werden. Hörst du, John? Du kommst wirklich nach Amerika.«

Lächelte er?

Er brachte wieder das Wunder zur Sprache, das Wunder von Apanas Händen. Aber die Worte verschwammen, kamen in immer größeren Intervallen, immer dünner, bis er verstummte.

Er starb am selben Abend.

Die ganze Nacht bin ich in der Umgebung der Kirche herumgelaufen. Ich habe jedem in Rawalpindi Apanas Bild gezeigt, Bettlern, Obdachlosen, Tuktukfahrern, Radfahrern, Polizisten. Niemand hatte sie gesehen. Sie war nicht im Hotel. Sie war nirgendwo. Am nächsten Tag habe ich die Basare abgeklappert. Überall das Foto gezeigt. Hab Tausende Flugblätter drucken lassen und sie von Jungen verteilen lassen. Hab eine Facebook-Seite eröffnet. Um Hilfe gebeten. Zwanzig Tage lang bin ich dort umhergegeistert. Ich war davon überzeugt, dass die Saudis sie nicht mitgenommen hatten. Sie hatten es auf John und seinen USB-Stick abgesehen. Wo war Apana geblieben? Wo versteckte sie sich? Oder hatten die Saudis sie umgebracht?

Mein Hass, mein zum Wahnsinn treibender, blinder Hass. Zu groß für Worte.

Ich habe John und Maria auf einem christlichen Friedhof bestatten lassen. Ich habe Rashid und Kamal in ihrer Seele beleidigt, obwohl ich wusste, dass sie keine Schuld trugen. Schuld hatten andere, die Mörder und die Bürokraten, die Apana schon 2008 nach Amerika hätten einreisen lassen können. Schuld hatten Mullah Omar und Usama bin Laden und die Al-Saudis und all die anderen religiösen Eiferer, die ihre Länder und Völker mit Gewalt und rückwärtsgewandter Frömmigkeit entehrt haben. Es ist hoffnungslos, es gibt dort keine Zukunft.

Am Tag vor meiner Abreise bin ich noch einmal in diese Kirche gegangen, Christ Church, in einem neogotischen Stil erbaut, der auch nach Wales gepasst hätte. Das Gebäude stammt aus dem Jahre 1852, es ist eines der ältesten in Rawalpindi.

Ich setzte mich auf eine der hellen Bänke zwischen den weißen Säulen, unter den Ventilatoren. Kahl, schmucklos. Einfach dasitzen und denken. An den Jungen und seine Mutter. Apana. An das, was ich hätte tun können.

Ich stellte mir Folgendes vor: Dass ich auf die Straße gehen würde, eine dieser Straßen in der vollen, heißen Stadt. Dass ich an einem Geschäft für Musikinstrumente vorüberkäme. Gitarren, Keyboards, Schlagzeuge.

Dass ich hineinginge.

Dass ein Mann um die fünfzig auf mich zukäme, ein Mann mit Schnauzbart, vollem, gefärbtem Haar, Hose westlichen Schnitts mit Bügelfalte, kurzärmligem, kariertem Hemd, fröhlichen, intelligenten Augen.

Dass ich ihm auf meinem iPhone ein Foto von Apana zeigte.

Dass er sagte: »Ja, daran erinnere ich mich noch, es war Samstag, sie kam hier herein. Sie fragte, ob sie auf dem Klavier spielen dürfe. Ich habe nur eines, dort.«

Dass er auf ein kleines Klavier hinter einem Schlagzeug zeigte.

»Sie spielte fabelhaft, wissen Sie, ohne Noten. Sie hatte so schöne blaue Augen. Ich liebe westliche Musik, klassische Musik ist meine Passion. Ich habe das Stück sofort erkannt. Ich kenne die berühmten Ausführungen. Schwieriges Stück. Bach. Mögen Sie Bach, oder sind Sie eher ein Liebhaber von Mozart? Mein Name ist Alfred Jilani. Womit kann ich Ihnen dienen?«

Das stellte ich mir vor, als ich in der Kirche auf sie wartete.

30
Luftwaffenstützpunkt Nevatim, Israel
Oktober 2011

DANNY DAVIS

Sie hatten gefragt, ob er dabei sein wolle.

Über Amsterdam konnte Danny ohne Passregistrierung eine El-Al-Maschine besteigen, eine Möglichkeit, die schon seit Jahren von allen niederländischen Regierungen gestattet wurde. Er musste mit Israelreisen vorsichtig sein. Sein Cover war wertvoll und unersetzlich. Wenn er seine Anonymität verloren hätte, hätte er seinen Job und seinen Wohnort aufgeben und womöglich in Israel Schutz suchen müssen.

Sie hatten ihn in Jerusalem empfangen, und die Chefs in Tel Aviv hatten ihn zu sich gebeten. Sie demonstrierten die neuen Apparaturen, die gerade entwickelt wurden, und gaben der Hoffnung Ausdruck, dass er seine technische Erfindungsgabe eines Tages in Israel einsetzen könnte.

Es sollte auf der Nevatim Israeli Air Force Base geschehen, auch Air Force Base 28 genannt, nahe Beersheba, der bedeutendsten Stadt im Süden des Landes. Nevatim hatte eine der ersten Landebahnen Israels und war jetzt ein hypermoderner Militärflugplatz mit drei Bahnen, die für Israels upgedatete F-16 und die zukünftigen F-35 geeignet waren.

Danny fuhr bei Ruth Fiorentino mit. Was später am

Abend stattfinden solle, sei eine prekäre Mission, erklärte sie, als sie das verkehrsreiche Herz des Landes verließen und auf der Autobahn Nummer 40 gen Süden fuhren, in die Wüste hinein. Die Temperatur lag an diesem Tag etwas über dreißig Grad, für Beersheba eher gemäßigt. Nachts würden es zweiundzwanzig Grad sein.

Die Aktion war infolge des zwingenden Inhalts von Tom Johnsons Bericht über einen USB-Stick mit beunruhigenden Fotos und Videoaufnahmen – was konnte X den Saudis noch alles gestehen? – vom Sicherheitskabinett abgesegnet worden. Die Zustimmung erfolgte nach langen Diskussionen.

Die Saudis verhielten sich, als hätten sie X, sie hielten in der Wüste jemanden fest, als hätten sie X, sie hatten gefeiert, als hätten sie X, also vielleicht hatten sie X.

Ruth und ihre Kollegen verfügten über Hinweise darauf, dass X auf einem Anwesen gefangen gehalten wurde, das Prinz Muqrin ibn Abd al-Aziz gehörte, nach seinem Bruder Salman Zweiter in der Thronfolge von König Abdullah. Seit 2005 war Prinz Muqrin ibn Abd al-Aziz Generaldirektor des al-Muchabarat al-Amma. Mit der Paranoia in sich, die jedem Mitglied der Familie Al-Saud und verwandter Stämme von Kind auf eingetrichtert wurde, war er ein höchst versierter Spionagechef.

Das Foto, das Danny bei der Londoner Babyparty entdeckt hatte, hatte die ganze Maschinerie in Gang gesetzt. Eine Freundin seiner Frau mit Elton John. Und im Hintergrund Muhammed Hashimi, Tom Johnson und Vito Giuffrida. Zwei von den dreien sollten später bei bemerkenswerten Zwischenfällen ums Leben kommen.

Von Anfang an, im Claridge's, hatte der Muchabarat Interesse an diesem Trio gehabt.

»Da war noch keine Rede von X«, erzählte Ruth im Rauschen der Lüftung auf der Rückbank des Mazda.

Mazda war die meistverkaufte Automarke in Israel, ein langweiliges, aber gediegenes japanisches Fabrikat, von dem es auch einen Familienvan gab. In einem solchen wurden sie befördert. Vorne saßen die beiden jungen Italiener, die Ruth immer begleiteten und es beim Einsteigen für nötig gehalten hatten, Danny zu erklären, warum sie mit einem Mazda und nicht mit einem Maserati Quattroporte fuhren.

Ruth sagte: »Sie waren an Hashimi interessiert, denken wir, aber sie hatten keine Ahnung, was das Trio zusammenführte. Das war ein Zufallstreffer für den Muchabarat. Eine angenehme Überraschung, genau wie für uns. Die Aktion des Seals-Teams verblüfft uns nach wie vor. So was geht natürlich in 999 von 1000 Fällen total schief. Weil sie diesen bedingungslosen Auftrag hatten, dass X in jener Nacht sterben sollte, waren die Seals wütend. Das Austauschmanöver musste einfach glücken. Wenn sie ihn lebend hätten herausbringen sollen, dann hätten sie die Aktion auch niemals geplant. Die Seals wollten ihn lebend haben, das Weiße Haus wollte ihn zum Schweigen bringen lassen. Unsere cleversten Leutchen haben sich Gedanken darüber gemacht, und wir haben keine rechte Erklärung für den Auftrag gefunden, X tot dingfest zu machen. Er sollte zum Schweigen gebracht werden, das war die einzige Erklärung. Aber zum Schweigen über was? Was befürchteten sie? Was hätte er erzählen können? Oder wollten sie nur jedwedes Theater vermeiden? Sie hätten ihn in New York vor Gericht stellen müssen, soweit wir verstanden haben, und das hätte natürlich jede Menge Dschihadisten angezogen. Das war der einzige vernünftige Grund, den wir finden konnten: kein Schauprozess, der Anschläge provozieren könnte. Aber es blieb unbefriedigend. Bis wir von Tom Johnson hörten, dass es einen USB-Stick gegeben hat. Aber auch dieser Phantomstick gibt keinen Aufschluss über die *Kill-or-capture*-Geschichte.«

»Was ihr gleich tun werdet, kann einen Krieg mit Saudi-Arabien auslösen«, sagte Danny.

»Darüber denken wir anders. Natürlich haben wir das sorgfältig untersucht. Wir glauben, dass die Saudis den Mund halten werden. Vielleicht gibt's kurz Geschrei. Aber vielleicht nicht einmal das. Ein Gasleck und eine Explosion, werden sie erklären. Sie können schwerlich sagen: Die Zionisten haben entdeckt, dass wir in einem Haus von Prinz ibn Abd al-Aziz mitten in der Wüste X gefangen hielten, und diese Scheißjuden haben ihn daraufhin mitsamt seinen Bewachern in die Luft gejagt. Was meinst du, wie so was im Weißen Haus ankommt? Die saudischen Freunde haben X gefangen gehalten? X, der doch im Indischen Ozean von den Fischen verspeist wurde? Da wär der Teufel los. Nein, Stille. Prinz ibn Abd al-Aziz wird wütend sein, und sein Arzt wird ihm eine Extraration Tabletten geben, um seinen Blutdruck zu senken, und der Form halber werden ein paar Mitarbeiter den Kopf hinhalten müssen, aber damit hat sich's. Der Prinz lässt uns wissen, dass sie sich das nicht bieten lassen und wir das teuer bezahlen werden. Aber auch das wird nicht geschehen, denken wir. Zu heikel, das Ganze.«

»Habt ihr Tom Johnson gleich geglaubt?«

»Ziemlich bald, ja. Angesichts der Daten, die wir drum herum gefunden haben. Bei allem Irrsinn glaubwürdiger als die CIA-Geschichte von Operation Neptune Spear. Angefangen beim Lärm der Black Hawks. War zwar eine speziell angepasste Ausführung, aber wir haben die Geräuschpegel getestet, und da weißt du, wie viele Dezibel in der Nacht produziert wurden. Dabei schläft man nicht einfach weiter, es sei denn, man wurde betäubt. Wir hatten schon in der gleichen Nacht unsere Zweifel, als die Meldung von X' Tod um die Welt ging. Denn wir hätten ihn lebend rausgeholt. Viel zu wertvoll, was er im Kopf hatte. Dafür geht man Risiken ein, selbst das Risiko einer Gigashow in einem New Yorker Gerichtssaal. Wir konnten also sehr gut nachvollziehen, was die Seals bewegte. Dass sie es tatsächlich umgesetzt haben, ist ein Gag erster Güte. Aber sie haben die Sache dann nicht mehr im Griff gehabt. Sie mussten sich auf externe Kräfte verlassen, und das geht meistens schief. Das geht immer schief. Muhammed Hashimi hat die ganze Chose verraten, ziemlich bald nach dem Gespräch im Claridge's, schätzen wir. Wir glauben, dass er sofort mit den Saudis verhandelt hat. Eine Milliarde wollte er. Ein Spottpreis.«

»Shit«, sagte Danny.

»Sie haben ihm anfangs fünfhundert Millionen geboten.«

»Auch *shit*«, sagte Danny.

»Gingen auf eine Milliarde ein, als Hashimi eisern blieb. Die Saudis wären auf jeden gewünschten Betrag eingegangen. Das wusste Hashimi. X hat ihnen eine Menge Ärger gemacht. Viele Anschläge. Hohe Kosten. Er hat den Saudis gewissermaßen den Salafismus geklaut. Ihr Ansatz war ein wirklich langfristiger, über Generationen hinweg: Indoktriniere die Muslime mittels Schule und Ausbildung und Moschee. Währenddessen führten sie selbst das Leben des internationalen Jetset. X hatte keine Geduld. Wollte einfach losschlagen. Hatte nichts im Sinn mit den Suiten und Clubs und Huren von Saint-Tropez und Genf. Wir denken, dass die Saudis gar nicht vorhatten, Hashimi das Geld auszuzahlen. Sie wollten wissen, ob es stimmte, denn sie waren genauso belustigt und ungläubig wie wir, als sie es von Hashimi hörten. Als sich in diesem Safehouse in Faizabad erwies, dass es stimmte, haben sie gleich die Kontrolle übernommen. Sie haben Hashimi und die Tadschikentruppe eliminiert und über Talibankontakte die Kerngruppe der Seals mit ihrem Chinook in die Luft gejagt. Tom Johnson haben sie freilich unterschätzt. Der war in London, und sie wussten nicht, dass er eingeweiht war. Das war er, weil er auf einer Party im Haus von Vito Giuffrida gewesen war, Anfang Februar. Dort entstand die Idee mit dem Austauschmanöver. Tom kam dann über dich zu uns. Nicht wegen X eigentlich. Wegen etwas ganz anderem. Etwas sehr Persönlichem. Etwas, was indirekt mit seinem verstorbenen Töchterchen zu tun hatte. Wir haben ihm geholfen. Er war auf der Suche nach einem Mädchen, einem afghanischen Mädchen. Wir haben ihm geholfen. Aber das lief aus dem Ruder. Es gab Tote. Das Mädchen ist wieder verschwunden, endgültig, wie es jetzt scheint. Als er in Abbottabad war, meldete Johnson, dass sich dort zwei saudische Duos herumtrieben. Suchten nach etwas. Offenbar war X mit irgendwas rausgerückt. Wer X hat, hat Wissen und somit Macht. Die Saudis haben sich X gründlich vorgenommen. Ihre Leute sind nicht zum Spaß in Abbottabad herumgelaufen. Sie suchten einen USB-Stick. Weißt du, wo X den Stick versteckt hatte?«

»Na?«

»Im ausgehöhlten Bein eines Hockers. Die Männer vom Muchabarat klapperten die Läden in Abbottabad ab. Erkundigten sich nach einem speziellen Hocker und zeigten eine Skizze. Muss aus Diamanten sein, wenn man so viel Energie darauf verwendet. Wir machen uns Sorgen um Tom. Er hat ziemlich wirre Berichte geschickt, über ein Wunder, das mit dem Mädchen geschehen sein soll.«

»Ein Wunder?«, wiederholte Danny.

»Ja, dass sie plötzlich wieder Hände gehabt habe. Vielleicht sollten wir ihn zurückholen. Er scheint sich nicht mehr ganz unter Kontrolle zu haben. Kannst du den Kontakt zu ihm wiederherstellen?«

»Ich kann es versuchen.«

»Gerne.«

»Warum habt ihr euch zu dieser Aktion entschlossen? Warum holt ihr X nicht da aus der Wüste raus?«

»Haben wir erörtert. Was wir tun werden, ist schon heavy genug. Wir gehen nicht mit lebendem Material da rein. Eine Drohne muss genügen.«

»Warum heute?«

»Momentan ist es ruhig auf dem Anwesen. Die letzten zwei Wochen schon. Seit sie X dorthin gebracht hatten, herrschte ein Kommen und Gehen von Prinzen, Unterprinzen, Nebenprinzen. Sie haben Feste gefeiert bis zum Umfallen.«

»Wegen X?«

»Sie hassen ihn. Sie haben ihn, glauben wir, in einen Käfig

gesperrt und haben ihn von allen Seiten begafft, ausgelacht, verhöhnt.«

»Ihr habt jemanden beim Muchabarat eingeschleust.«

»Ich weiß von nichts, Danny, aber ich wünschte, es wäre so. Was auch überzeugend war: das Flugzeug, das am Tag nach Hashimis Tod von Karachi nach Hofuf flog. War eine Maschine, die vom Muchabarat benutzt wird. Da war was Spezielles drin. Dieselbe Maschine flog dann weiter nach Kiew und Minsk, um dort die blondesten Huren abzuholen. Die Prinzen haben es sich gutgehen lassen. Die Stunde null ist eine Minute vor zwölf ihrer Zeit.«

Hofuf ist eine im Westen relativ unbekannte Stadt mit mehr als einer halben Million Einwohnern. Sie liegt nur fünfzig Kilometer vom Persischen Golf entfernt und unweit von Ghawar, einem der größten Ölfelder der Welt. In Saudi-Arabien hat Hofuf einen magischen Klang – eine reiche, alte Stadt, die vibriert von kulturellem Leben und akademischer Wissbegierde, auch von Frauen, die an der örtlichen König-Faisal-Universität Medizin und Wirtschaftswissenschaften studieren können.

Der luxuriöse Herrschaftssitz von Prinz Muqrin ibn Abd al-Aziz lag fünfzehn Kilometer westlich von Hofuf. Er bestand aus einem Dutzend Gebäuden und Villen, einer angelegten Oase, einem überdachten Schwimmbad von olympischen Ausmaßen sowie einer Gokartbahn und wurde über einen für den Zivilverkehr unzugänglichen Flugplatz, Udhayliyah Airport, beliefert. Wegen der Nähe zum Meer brauchte sich ein Flugkörper im Anflug hierher nur kurze Zeit über Land zu bewegen.

Von Nevatim aus war vor Stunden ein UAV, ein Unmanned Aerial Vehicle, des Typs Heron TP Eitan gestartet, das trotz seiner Größe für Radar unsichtbar war und ganze vierundzwanzig Stunden in großer Höhe fliegen konnte. Die Drohne kreiste jetzt schon seit Stunden über dem Meer und würde zur Stunde null mit einem *bunker buster* zuschlagen.

Danny und Ruth aßen auf dem Stützpunkt und nahmen danach hinten im unterirdischen Ops Room auf Klappstühlen Platz. Der große Bildschirm, der wie eine Filmleinwand die ganze Front des langgestreckten Saals einnahm, war schwarz und stumm. In der rechten oberen Ecke des Bildschirms blinkte ein rotes Licht. Der Saal war abschüssig wie ein Kino, und auf jedem Absatz standen Tische und Stühle. Dort saßen oder standen Armeeangehörige um Laptops. Dreißig Leute insgesamt, Männer und Frauen in Uniform und in Zivil, Dreißig- bis Vierzigjährige, Kaffee in Plastikbechern, Dosen Cola und Fläschchen Wasser.

In der rechten unteren Ecke des Bildschirms erschien das Schwarzweißbild von den Rücken der Piloten. Sie saßen in einem abgeschirmten Raum anderswo im Bunker. Eine Reihe aufleuchtender Monitore stand im Halbkreis um den Piloten und die Co-Pilotin, die ihre Haare zum Pferdeschwanz zusammengebunden hatte. Die entscheidende Apparatur, die sie bedienten, ähnelte einer Spielkonsole.

In Hofuf war es Viertel vor zwölf. Auf dem großen Bildschirm wurden Satellitenbilder sichtbar. Sie zeigten Umrisse stiller Gebäude. Irgendetwas bewegte sich in dem Bild, es sah aus wie ein wegfahrendes Auto. Im Ops Room waren jetzt alle aufgestanden und schauten auf den großen Bildschirm. Ein Fadenkreuz wurde auf einem der Gebäude angebracht.

Das war Dannys erste Begegnung mit einer *covert op*. Sie würden jemanden töten, von dem die Welt dachte, dass er schon tot sei. Um den amerikanischen Präsidenten zu schützen. Um den Saudis Wissen und Macht vorzuenthalten. Danny hatte dazu beitragen dürfen. Dank Elton John. Niemand außer den direkt Betroffenen würde je davon erfahren.

Das rote Licht rechts oben im Bild brannte jetzt permanent. Und daneben leuchtete ein grünes Licht. In der linken oberen Ecke des großen Bildes ging ein zweites Bildfenster auf, völlig schwarz. Die Worte *Time To Launch* erschienen, und eine digitale Uhr zeigte den Countdown, beginnend bei 30. Als die 0 erreicht war, wurde das schwarze Bildfenster aktiviert.

Anfangs war wenig zu sehen, aber es war unverkennbar, dass dieses Bild von etwas generiert wurde, das mit hoher Geschwindigkeit durch die Nacht flog. Das Ding flog in einem Bogen abwärts. Danach erschienen die Worte *Time To Hit*. Wieder kam die digitale Uhr mit dem Countdown 30 nach 0 ins Bild.

Das Ding bewegte sich direkt auf das Fadenkreuz im erleuchteten Herrschaftssitz zu, einem Fleckchen im dunklen Raum, der leeren Wüste mit einem Lichterband entlang der Straße zur Stadt.

Es war friedlich auf dem großen Bild, doch das kleine Fenster darin zeigte, was die fliegende Bombe sah. Sie näherte sich dem Anwesen, fiel mit atemberaubender Präzision hinunter, unerbittlich auf das Fadenkreuz zu.

Die Uhr tickte nach 3, 2, 1, 0.

Das Bildfenster wurde schwarz.

Auf dem großen Schirm zeigte der Videopodcast der Drohne eine explosiv anwachsende Wolke über dem Ort, an dem eine Sekunde vorher ein Gebäude gestanden hatte. Kein Laut war zu hören, auch nicht im Saal. Alle hielten die Luft an.

Die Wolke überwucherte angrenzende Gebäude und dehnte sich dann, ruhiger werdend, nur noch langsam aus.

Nach zwanzig Sekunden erschienen die Worte *Target Destroyed*. Die Drohne würde noch etwas länger in großer Höhe kreisen, um Bilder für das *Battle Damage Assessment* zu machen.

Das Licht ging an.

Die Leute im Saal klatschten kurz und erhoben sich. Danny auch. UBL war tot. Jetzt wirklich. Hoffentlich. Niemand würde im East Wing eine Rede an die Menschheit halten.

»Schön«, sagte Ruth. »Die Welt ist soeben ein wenig besser geworden.« Aber ihre Augen lachten nicht.

Hier und da ein Schulterklopfen. Doch ausgelassen war keiner. Befürchteten sie einen Gegenschlag?, fragte sich Danny.

Draußen sah Danny die schlanken Konturen von vier F-16. Große orangefarbene Lichtpfützen aus Natriumlampen auf einer weiten Fläche aus Betonplatten. Die vagen Umrisse von Büschen und Sanddünen am äußeren Rand des in Dunkelheit gehüllten Stützpunkts. Heuschrecken dröhnten, Generatoren summten leise. Unter freiem Himmel zündete sich jeder, der drinnen gewesen war, eine Zigarette an, wirklich jeder. Goldstar, ein israelisches Bier, in Dosen auf einem Klapptisch. Der Geruch von Kerosin und dem uralten Sand der nahöstlichen Wüste. Ruth machte ihn mit den beiden Piloten bekannt. Sie waren jung und still. Er gratulierte ihnen. Sie nickten. Sie hatten schweißfeuchte Hände, oder kam es von der beschlagenen Dose kalten Biers? Ich muss mich daran gewöhnen, dachte er, ich muss mich wirklich daran gewöhnen. Es ist Krieg. Immer.

Ruth zeigte ihm eine Nummer auf ihrem Smartphone. »Das ist die Nummer von Tom Johnson, die letzte, die wir haben. Schickst du ihm eine SMS? Vielleicht hilft das. Ich lasse dir den Vortritt.«

»Was soll ich ihm simsen?«

»Geronimo«, sagte sie.

Bei verheerenden Terroranschlägen in Madrid explodierten im morgendlichen Berufsverkehr zehn Bomben in vier Zügen. Die Züge waren vollbesetzt mit Pendlern, Menschen auf dem Weg ins Büro, Studenten, Schulkindern.

BBC, 12. März 2004

Telefongespräch Februar 2013

TOM und VERA

T: Hallo, Veer, ich bin's.

V: Hallo, Tom.

T: Mensch, Veer, wie geht's?

V: Ganz gut. Nein, eigentlich sehr gut. Und dir?

T: Ja, ganz gut. Mit Rick auch alles gut?

V: Ja, perfekt. Hast du's gelesen?

T: Dass er mit Elon Musk ein Raumfahrtprojekt macht?

V: Nein, mit Branson. Der Weltraum ist die Zukunft, sagt er immer. Er baut hier in der Nähe ein Observatorium, auf einem der Berge. Er will sich jede Nacht die Sterne ansehen können.

T: Er hat doch dich?

V: Ich bin ein verlöschender Stern, Tom.

T: Ich weiß, wie Männer dich ansehen, Veer. Von Verlöschen kann da keine Rede sein, eher im Gegenteil. Und deine Tochter?

V: Eva wächst und gedeiht und plappert. Das vermittelt mir, wie soll ich sagen, eine tiefe Befriedigung. Erfüllung. Klingt das zu groß?

T: Nein. Ist sie schon zwei?

V: Ja. Zwei Kerzen auf der Torte. Und du? Wie sieht's aus, hast du eine neue Liebe?

T: Ich habe vor einem halben Jahr jemanden kennengelernt.

V: Ja? Wie schön.

T: Ja. Das war …

V: Erzähl!

T: Sie ist Krankenschwester. Französin. Sie ist nett. Und angenehm eigen. Sie ist vor acht Jahren auf Alija gegangen.

V: Du meinst, dass man nach Israel zurückkehrt?

T: So nennen sie es, wenn Juden nach Israel gehen.

V: Hast du ein Foto von ihr?

T: Ja.

V: Ach, schick mir eines aufs Handy, ja?

T: Mach ich.

V: Mensch, schön, das zu hören. Wie hast du sie kennengelernt?

T: Tja, das war ein bisschen verrückt. Ein bisschen so, wie wir uns kennengelernt haben, komische Parallele.

V: Wie denn? Auch durch Musik und Tanzen? [Hier, noch ein Keks? Nein? Doch lieber nicht?]

T: Ich war an einem Samstagnachmittag nach Jaffa gewandert. Am Sabbat ist es in Tel Aviv still, nicht so still wie in Jerusalem, aber ruhig. In Jaffa ist dann viel los, denn das ist größtenteils arabisch, und dort im Hafen spielen dann lauter Musikgruppen. Der Hafen ist wirklich schön erneuert worden, ein bisschen wie Fisherman's Wharf in San Francisco, aber schöner, mit alten Gebäuden, ist, glaube ich, der älteste Hafen der Welt, der sich noch in Betrieb befindet, jahrtausendealt. Da war eine Musikgruppe, junge Leute, die lauter bekannte

Melodien spielten. Und alle möglichen Leute tanzten. Ich stand da neben Dominique.

V: Dominique?

T: Dominique, ja. Sie stand allein neben mir und bewegte sich zur Musik, und dabei hat sie mich ein paarmal versehentlich angerempelt. Ich hab sie nachgemacht. So bin ich normalerweise nicht.

V: Wem sagst du das.

T: Und dann haben wir zusammen getanzt.

V: Du und tanzen!

T: Ja, ich habe getanzt.

V: Ich hab dich auf der Plaza damals angefleht. Mit Augen und Händen. Und da hast du dich zuerst total verrückt aufgeführt. Hast absurde Verrenkungen gemacht.

T: Ich bin kein Tänzer.

V: Welche Enthüllung.

T: Ich hatte dich schon eine halbe Stunde lang im Blick.

V: Ich weiß. Aber du hast dich nicht getraut.

T: Nein. Ich hab mich nicht getraut. Wenn du nicht auf mich zugekommen wärst …

V: Aber das bin ich.

T: Ja. Zum Glück. Unglaublich. Du hast kein Wort gesagt. Du hast meine Hand genommen und mich einfach mitgerissen.

V: Und du hast dich gewehrt, verrückt.

T: Ja. Wie konnte ich nur!

V: Schiss. Verlegenheit.

T: Du warst so schön. Ich dachte …

V: Du warst anziehend. Ein anziehender Soldat.

T: Ich war zu Besuch bei meinen Eltern. Die sollten ein paar Tage später oder so ein Konzert geben.

V: Ich weiß, Tom, ich war dabei.

T: War ein schöner Abend damals. Mild. Du hattest schon was getrunken.

V: Ich war glücklich. Hatte was zu feiern, hatte Geld für ein Projekt in Santa Fe bekommen. Ich war jung, vierundzwanzig. Du dreißig. Nine-Eleven kam erst noch. Ich war so glücklich.

T: Ja. Es war …

V: Ja.

T: Ja.

V: Ich bin jeden Tag auf der Plaza.

T: Ja, kann ich mir denken.

V: Getanzt habe ich dort nie mehr.

T: Irgendwann vielleicht. Wenn ich dich besuche.

V: Ja? Meinst du?

T: Ja. Vielleicht.

V: Ja? Wär schön.

T: Gestern wäre sie zehn geworden. Ich wollte so viel mit ihr machen.

V: Ja. Ich weiß. Aber was hast du davon, so etwas zu denken? Was willst du eigentlich?

T: Nichts. Ich kenne die Fakten. Sarah ist … Das ist das Schicksal. Es ist … Ich hätte für dich da sein müssen. Vielleicht …

V: Es war nicht leicht mit dir, Tom. Eine Woche nach ihrer Geburt warst du schon wieder weg. Danach warst du dauernd in, wo warst du noch, Irak? [Wo ist dein Eimerchen? Da ist dein Eimerchen, schau mal, da!]

T: Irak. Hin und wieder. Afghanistan.

V: Und vor der Geburt … Du warst irgendwie abwesend. Hast mich nicht mehr angefasst. Wieso eigentlich nicht?

T: Das hatte nichts mit dir zu tun. Das war … Du warst irgendwie heilig. Ich wollte dich nicht mit meinen niederen Begierden belästigen. Du würdest Mutter werden. Ich weiß nicht, was es war. Was Alttestamentarisches. Ich betete dich an.

V: Es war schwierig.

T: Das verstehe ich. Was hast du gestern gemacht?

V: Nichts. Eva in die Arme genommen. Ich habe nicht geweint. Wollte nicht weinen. Hab versucht, nicht an sie zu denken. Das ist keine Kälte, sondern so möchte ich es im Moment. Ich habe zum ersten Mal nicht geweint. Und du?

T: Was Männer dann so machen. Ich hab mich betrunken. Zehn wäre sie geworden. Das ging mir die ganze Zeit im Kopf rum. Sie hatte schöne schlanke Fingerchen. Musikfingerchen.

V: Weißt du, wo ich gerade bin? Am Strand von Santa Monica. Mit Eva. Sie sitzt hier neben mir. Die Sonne scheint. Himmlisches Wetter heute. Ich fühle mich jetzt stark. Komisch, nicht? Ich kann über Sarah reden, weil Eva neben mir sitzt. Klingt ein bisschen krank, glaube ich. Aber trotzdem.

T: Ich bewundere dich.

V: Vor einem Jahr sagtest du, dass du schreiben wolltest. Wird's was?

T: Ja, doch.

V: Was hast du geschrieben?

T: Alles. Querbeet, fürchte ich. Die vergangenen Jahre. Madrid muss ich noch machen.

V: Möchtest du jetzt darüber reden?

T: Jetzt?

V: Ja. Ich bin dem gewachsen. Heute schon. Heute geht es mir gut. Ich kann darüber reden, wenn du möchtest.

T: Wirklich? Ich möchte nicht, dass du …

V: Ich bin dem gewachsen. Wirklich. Ich möchte es heute auch. Denn ich muss dir etwas sagen, glaube ich.

T: Was willst du mir sagen?

V: Ich will dir etwas sagen. Ich muss das heute tun. Darauf komme ich noch, ja?

T: Ja, okay. Der bewusste Vormittag? Elfter März?

V: Ja. Du weißt … Ich war also in Alcalá de Henares. Soll ich es erzählen, als ob du von nichts wüsstest? Als eine Geschichte?

T: Ja. Wenn dir das hilft …?

V: Ich war wegen des Skulpturenparks dort. Der vielleicht berühmteste Spaniens. Ein wirklich schönes Städtchen. UNESCO-Liste. Und der Geburtsort von Cervantes. Schrieb dort den ersten wirklich modernen Roman, Cervantes. Stammte von bekehrten Juden ab, wusstest du das?

T: Nein.

V: Mit Sarah dort. Du weit weg. Krieg führen. Ich mit dem Baby allein. War für eine Zeitschrift dort, bildende Kunst. Ich war schon lange einsam. Schlief schlecht. Hatte ein kleines Apartment in einem Universitätshotel. Cardenal Cisneros. So hieß es, glaube ich. Nach zwei Wochen hatte ich es dort ein bisschen satt. Wollte nach Madrid reinfahren. Ist nicht so weit entfernt. Kleines Stückchen mit dem Zug. Ich stieg in den 21431 um sieben Uhr eins. Sehr früh. Ich schlief damals kaum. Und Sarah war immer früh wach. Deshalb fuhr ich so früh.

T: Du musst das nicht erzählen, Veer.

V: Als wir in den Bahnhof Atocha fuhren, in Madrid, um sieben Minuten nach halb acht, explodierten die Bomben in meinem Zug. In meinem Wagen, ganz nah. Ich hatte ein paar Schrammen. Sarah war … Es war schlimm. Es war schlimm um mich herum. Es war … Was war es? Eine Todeslotterie. Den einen traf es. Den anderen nicht. Je nachdem, wo man sich zufällig hingesetzt hatte. Wohin die Metallstücke schossen. Zufall. Ich praktisch unverletzt. Sarah …

T: Du musst es nicht erzählen, Liebes. Ich möchte nicht, dass du …

V: Die Panik. Menschen waren … Ich sah ein abgetrenntes Bein … Ich war … Ich hob Sarah hoch, und wir kamen irgendwie raus. Da war noch ein Baby. Ich bin zurück … Das andere Mädchen hat es nicht geschafft. Ich hielt es in meinen Armen. Ich war … Draußen wartete und wartete ich. Sie waren schnell, im Nachhinein betrachtet. Doch es dauerte hundert Jahre, bis sie sich Sarah ansehen konnten. Und dann … ins Krankenhaus. Mein Gott …

T: Veer, du musst das nicht …

V: Es war die Hölle. Zweitausend Verletzte, weißt du das?

T: Ich weiß.

V: Das Chaos. Sarah wurde operiert, sofort. Metallsplitter

in ihrer Leber. Dauerte Stunden. Ich konnte dich nicht erreichen. Ich konnte dich nicht erreichen. Ich bin verrückt geworden.

T: Ich war auf Mission.

V: Es war schrecklich. Meine Mutter hat gleich den nächsten Flug genommen. Dann sagte der Chirurg, dass die Blutungen gestoppt worden seien. Sie bekam Bluttransfusionen. Viele. Mama war einen Tag später da und holte unsere Sachen aus Alcalá, und wir haben uns dort ein Hotel genommen und saßen einfach nur da und warteten. Ihr Bäuchlein kam nicht wieder in Gang. Sie wurde künstlich ernährt. Stilles Bäuchlein. So haben sie es genannt. Nach einer Woche mussten sie sie noch einmal aufmachen. *Second look.* Da haben sie ein Stückchen Dünndarm weggeschnitten, das war tot, das Stückchen Darm. Erst danach bist du gekommen.

T: Ich bekam keine Erlaubnis.

V: Ich war verzweifelt. Ich hätte dich so sehr gebraucht.

T: Sie konnten nicht auf mich verzichten. Da lief gerade alles Mögliche, Missionen, ich musste beim Team bleiben. Leben und …

V: Ich brauchte dich. Bei mir ging es auch um Leben und Tod.

T: Ich habe sie angefleht, habe alles getan. Sie konnten mich nicht gehen lassen.

V: Das war grausam. Die Bürokratie ist so grausam. Drei Tage. Du hast keine Ahnung, Tom.

T: Doch, das habe ich.

V: Drei Tage warst du bei mir. Du hättest nicht weggehen dürfen. Du hättest den Dienst quittieren müssen.

T: Das ging nicht.

V: Nach zwei Wochen musste ihr Bäuchlein erneut aufgemacht werden. Wieder ein Stückchen Darm raus. Das Fieber ging nicht runter. Das war nicht gut. Es hätte ihr bessergehen müssen. Meine Mutter kannte Leute im Mass General. Freunde von Freunden. Diese Ärzte in Madrid waren wirklich gut, aber sie verstanden auch, dass Sarah in Boston besser versorgt werden konnte, im Mass General haben sie eine unheimlich gute Kinderabteilung. Und meine Eltern wohnen dort, und ich bin dort aufgewachsen, und dann konntest du dafür sorgen …

T: Wir hatten Flugzeuge, die über Spanien flogen. Zum Teil auch medizinisch ausgestattete Transportflugzeuge.

V: Gott, wie schlimm. Was für ein Lärm. Und kalt war es. Die Ärzte an Bord waren perfekt. Sie hatten auch Jungs, die aus dem Irak kamen. Was ich gesehen habe … Gott, was für ein Elend. Dieser Flug …

T: Ich weiß.

V: Im Mass General haben sie Sarah ein weiteres Mal aufgemacht. Und da entdeckten sie, dass ihre Bauchspeicheldrüse leckte. Ein winziges Leck. Das fraß ihre Eingeweide an. Enzyme, die alles kaputtmachen. Zerfressen das Gewebe. Und du warst nicht da.

T: Sie gaben mir zwei Wochen.

V: Ich sah sie langsam dahinsiechen. Elf Monate hat es gedauert. Wie viel Glück hat sie gekannt?

T: Bis Madrid. Du hast sie bis Madrid gehegt und gepflegt. Dreizehn Monate lang hat sie in deinen Armen gelegen.

V: Ich hatte nichts. Ein paar kleine Schrammen. Und mein

Mädchen? Alles war kaputt. Blutvergiftung. Organversagen. Sie war zu lange im Krankenhaus, hatte keine Widerstandskraft mehr, wurde die ganze Zeit künstlich ernährt. Und dann … Du warst nicht da.

T: Nein.

V: Ich war allein. Ich wusste, dass ich viel allein sein würde, als ich dich … Aber das. Das war nicht allein. Das war einsam. Bitter. So kalt.

T: Ja.

V: [Hier, Liebes, hast du Durst?, hier. Ja, Schatz, gleich.] Warum kannst du nicht weiterleben, Tom? Warum? [Was ist denn, Evchen?]

T: In Afghanistan, auf einer Basis, da war ein Mädchen, ihr Vater hat für uns gedolmetscht. Guter Mann. Er … Er fiel. Wir haben uns um das Mädchen gekümmert. Wir waren uns nahe. Das kam … Das kam durch Musik. Dann … Bei dieser Aktion, bei der ich verwundet wurde, als ich in Bagram auf der Sanitätsstation lag, da wurde die Basis überfallen. Sie haben das Mädchen verschleppt, die Taliban. Das hat mich ziemlich … Das hat mir ziemlich zu schaffen gemacht, verstehst du? Ich habe sie nach ein paar Jahren wiedergefunden, und dann ist sie doch wieder verschwunden.

V: Wie schrecklich.

T: Ich wollte sie retten, verstehst du? Ich musste sie …

V: Ich verstehe. Ich denke, ich verstehe.

T: Retten. Denke ich. Beschützen.

V: Ja.

T: Es hilft. Schreiben. Hilft auch. Nicht ganz.

V: Nein? Nicht ganz?

T: Nein.
V: Ach, Schatz.
T: Vera, Vera, Vera.
V: Ich war früh dort, am 11. März.
T: Ja. Sieben Uhr. Für mich nichts Besonderes, früh aufzustehen. Bin immer …
V: Ich weiß.
T: Kann gut verstehen, dass du mal kurz wegwolltest. Raus aus dieser Stadt.
V: Alcalá. Bildschön. Wirklich bildschön. Weltkulturerbe.
T: Vielleicht sollte ich mal …
V: Mach das mit Dominique. Kürzt du ihren Namen zu Do ab?
T: Ja.
V: Ich muss dir … Ich möchte doch noch etwas … Es ist Zeit.
T: Was?
V: Ich muss es dir sagen. Es steht dir zu.
T: Was?
V: Ich hatte was mit jemandem, Tom.
T: Wie meinst du das?
V: Ich hatte was.
T: Was meinst du?
V: Eine Sache. Eine … Ich war so allein. Ich fühlte mich so verlassen.
T: Was meinst du?
V: Ich hatte eine Beziehung.
T: –
V: Mit jemandem. Eine Beziehung. Ich war … Er war … Wir hatten uns verabredet. Er wollte kommen. Alcalá.

Er hatte Verspätung. Und seine Maschine … [Hier. Willst du das Schäufelchen auch? Gut.] Tom? Tom? Bist du noch dran?

T: Ja.

V: Es ist … Ich möchte das jetzt loswerden. Es ist … Mein Kopf muss davon befreit werden, verstehst du? Es ist Zeit.

T: Ja. Aber trotzdem. Das ist …

V: Vor neun Jahren war das.

T: Ja. Und trotzdem …

V: Ich war dir das schuldig. Das war … Ich fühlte mich so … All die Jahre.

T: Wer war es?

V: Er kam aus den Staaten geflogen. Sollte einen Tag davor auf Torrejon landen.

T: Das ist ein Militärflughafen.

V: Liegt praktisch neben Alcalá. Es kam was dazwischen. Wurde nach Moron umgeleitet, im Süden.

T: Bei Sevilla.

V: Lief also alles anders. Er kam im Süden an und würde eine Zivilmaschine nach Madrid nehmen, nachts. Er rief an. Ich … Ich buchte ein Zimmer in der Nähe vom Bahnhof. Atocha. Mediodia hieß das Hotel. Ich nahm den Zug. Früh. Er sollte gegen neun landen, und … Dieser Zug …

T: –

V: –

T: Was hattest du mit ihm?

V: Aufmerksamkeit. Jemand, der mir den Hof machte. Der mir Geschenke machte. Geheim.

T: Sex?

V: Ja.

T: Wie lange ging das?

V: Vier Monate. Er war auch oft … Missionen. Nicht so oft wie du.

T: War er verheiratet?

V: Nein.

T: Warum hast du …?

V: Wenn die Maschine ganz normal einen Tag vorher in Torrejon gelandet wäre. Aber sie wurde umgeleitet. Und ich wollte ihn … Im Hotel. Ich wollte schon dort sein, verstehst du? Ich war … Er war für mich da. Ich hatte ihn. Und er war als Erster in dem Hotel neben Atocha. Er war der Erste, der mich tröstete. Dich konnte ich ja nicht erreichen. Er war bei mir. Wenn ich einen anderen Zug … Gott, was habe ich damit … Wenn ich das nicht gemacht hätte. Tom, es ist meine Schuld, dass Sarah … Verstehst du?

T: Es ist die Schuld von diesem Pack. Al-Qaida. Terroristen. Bin Laden.

V: Ich hätte nicht in diesen Zug steigen dürfen. Ich hätte niemals … Ich war auf dem Weg zu einem Mann. Einer Affäre. Sex. Ich sage es, wie es ist. Sex. Du warst immer weg. Ich will dir nicht die Schuld geben. Es ist meine Schuld. Vor allem meine Schuld. Ich hätte … Ich hätte standhaft sein müssen. Ich hätte niemals etwas anfangen dürfen … So ist es, Tom. Ich musste das sagen. Nach all den Jahren. Es tut mir so schrecklich leid. Es ist so … Wir haben unser Kind … Meine Schuld.

T: Nein. Das Pack.

V: Meine Schuld. Ich lebe damit. Früher ging das nicht. Jetzt schon. Rick. Und Evchen. Mein Evchen. Das Leben hat mich getröstet. Warum, weiß ich nicht. Ich habe Vergebung gefunden. Du hast nichts mehr bekommen. Keine Erfüllung. Vielleicht jetzt. Mit Do.

T: Kenne ich ihn?

V: Ich hab ihn durch dich kennengelernt.

T: Durch mich?

V: Er ist tot. Dieser Mann ist tot. Sarah ist tot. Aber das Leben ... Evchen lebt. Ich habe einen Mann. Glück. Das wollte ich dir sagen, Tom. Wirst du auch glücklich? Versprich mir, dass du glücklich wirst.

T: Wie heißt er?

V: Muhammed. Muhammed Hashimi.

T: Ja?

V: Sorry.

T: M-U. Mit dir?

V: Sorry. Es ist lange her.

T: Nicht für mich. Mein Gedächtnis funktioniert anders. M-U. Er war ein Freund.

V: Er war ein Fehltritt.

T: –

V: Du musstest das erfahren, fand ich.

T: Ich weiß nicht, ob das so ist. Ja? Musste ich das wirklich erfahren?

V: Es musste abgeschlossen sein, vorbei.

T: Ist es das jetzt? Ich weiß nicht.

V: Für mich schon. Und für dich?

T: –

V: Es ist vorbei, Tom. Es ist Vergangenheit.

T: Ich weiß es nicht. Ich … Ich finde das alles scheiße. Ich hab jetzt was zu erledigen. Okay? Ich ruf dich später noch mal an. Brauch ein wenig Zeit, okay?

V: Okay. Tom? Ist es blöd, dass ich es gesagt habe?

T: Nein, nein. Ist gut so. Alles. Ist. Gut. Es ist total beschissen. Aber ansonsten ist es gut.

V: Ich wollte, dass du es weißt. Ich konnte nicht mehr leben mit der Lüge.

T: Ich hätte damit leben können. Ich hätte das nicht zu wissen brauchen.

V: Ich denke, es ist besser so.

T: Ich nicht.

V: –

T: –

V: Tom, du musst versuchen, glücklich zu werden.

T: Das tue ich.

V: Ich glaube dir nicht.

T: Ich schreibe. Das hilft. Ich schreibe alles auf. Was ich mitgemacht habe. Irrsinnige Sachen. Zum Beispiel über Bin Laden. Der ist tot, aber nicht so, wie alle denken, so ist es nicht gelaufen.

V: Nein?

T: Nein. Es hat sich anders abgespielt. Und die *Goldberg-Variationen*. Darüber muss ich auch schreiben. Und das Mädchen, ein Kind noch, das ich nicht retten konnte. Sie ist verschwunden. Ein afghanisches Mädchen ohne Hände.

V: Ohne Hände?

T: Ich weiß nicht, wo sie ist. Die Taliban haben das mit ihr gemacht, und ein Junge erzählte mir, dass sie später plötzlich wieder Hände hatte. Dass ein Wunder geschehen sei, ein verrückter Traum.

V: Tom! Tom, ich verstehe dich nicht. Ich komme da nicht mehr mit. Wovon sprichst du? Wie meinst du das mit dem Wunder?

T: M-U. Gott …

V: Es tut mir so schrecklich leid.

T: Darf ich darüber schreiben, Veer? Über das, was wir jetzt besprochen haben?

V: Nein.

T: Ich werde unsere Namen ändern. Keiner weiß, dass du das bist.

V: Was bringt dir das?

T: Das bringt mir … Es tröstet. Das ist alles. Vielleicht finde ich Trost.

V: Ja?

T: Ja.

V: Gut. Tu, was du tun musst.

T: Wir sind ihre Hände.

V: Was meinst du?

T: Das sagte mir ein Junge. Er sorgte für das Mädchen ohne Hände. Er und seine Mutter waren ihre Hände.

V: Wie schön.

T: Ja.

V: Findest du es schlimm, wenn ich jetzt auflege, Tom? Evchen braucht mich.

T: Klar. Wir reden später weiter. In einem Jahr, okay? Wenn sie elf geworden wäre.

V: Ja, das ist gut. Bist du in Tel Aviv, bei Do?

T: Bin jetzt für zwei Wochen in Bangkok.

V: Was machst du denn da?

T: Es geschehen verrückte Dinge auf dieser Erde. Das heißt, Dinge, die wir nicht verstehen. Ich hörte also, dass dieses Mädchen, Apana heißt sie, dass sie wie durch ein Wunder plötzlich wieder Hände hatte. Humbug.

V: Wunder geschehen manchmal, Tom.

T: Das ist Unsinn. Der Junge, der mir das erzählte, war mit Morphium vollgepumpt, er war sehr krank.

V: Aber es wäre doch schön, wenn es geschehen wäre, oder? Ohne Wunder ist das Leben …

T: Ist das Leben …?

V: Ich möchte weiter hoffen.

T: Erlösung. Darum drehte sich bei Bach alles. Daran werde ich denken. Dieser Junge ist gestorben.

V: Wie schlimm.

T: –

V: Hörst du die *Variationen* immer noch so oft?

T: Einmal die Woche schon. Ich bin nicht mehr wütend, weißt du. Es geht mir jetzt besser, um einiges besser. Aber was du gerade erzählt hast … M-U …

V: Was machst du in Bangkok?

T: Ich hab von jemandem hier einen Hinweis bekommen. Sie ist im Norden gesehen worden, das Mädchen, Apana. Da hat man sie gesehen. Ich kommuniziere auf Facebook mit Leuten, über sie. Man erzählt sich von einer jungen Frau, die da und dort auftaucht und wunderschön Klavier spielt und dann wieder verschwindet. Traumgeschichten. Ich mache so lange weiter, bis ich sie wiederhabe. Das ist doch ein schönes Streben, eine schöne Lebenserfüllung?

V: Vielleicht schon …

T: Sie ist heilig, denke ich. Nicht wegen dieses Wunders, das ist Quatsch, ich meine: Sie bringt bei Menschen das Allerbeste und das Allerschlechteste zutage. Die Taliban versuchten, ihre Unschuld zu zerstören, aber andere sahen, was ich sah: die tiefste, strahlendste Unschuld, die der Kosmos je gesehen hat. Ich weiß es: Ich hätte ihr die *Goldberg-Variationen* vorenthalten müssen. Mit ihrer grenzenlosen Empfindsamkeit gepaart, hat diese Musik sie verstümmelt. Ein Wunder? Es gibt keine Wunder. Kein Mensch geht über Wasser oder fliegt auf Pferden.

V: Du irrst dich, Tom. Das geschieht schon.

T: Jemand von hier hat mir eine Nachricht gepostet, dass sie in einer kleinen Ortschaft gesehen wurde. Da trat eine Band in einem Lokal auf, und eine junge Frau fragte, ob sie kurz auf dem Keyboard spielen dürfe. Solche Geschichten posten mir die Leute auf Facebook. Hier und da taucht sie auf und bezaubert die Menschen mit den *Variationen*. Die spielt sie. Ist alles erfunden, die Leute denken sich diese Geschichten aus, oder sie träumen das oder machen sich selbst etwas weis, aber trotzdem …

V: Ich verstehe das nicht ganz, aber … Schreibst du das alles auf?

T: Ja.

V: Wenn du diese Geschichten nicht glaubst, warum bist du dann in Bangkok?

T: Vielleicht … ist es ein Ritual. Solange ich sie suche, ist sie am Leben. Ich darf nicht aufgeben, verstehst du?

v: Ja … Ich glaube schon. Ich muss jetzt auflegen, Tom. Ev ist voller Sand. In Ordnung? Rufst du noch einmal an?

t: Ja, mach ich.

v: Passt du auf dich auf?

t: Ja.

v: Alles Liebe.

t: Alles Liebe, mein Mädchen.

v: Ciao, Tom. Sei vorsichtig. Pass gut auf dich auf.

Danksagung

Wieder einmal durfte ich von der grenzenlosen Bibliothek profitieren, die das Internet darstellt. Was ich woher habe, ist mir bei der Menge entfallen. Meine gelehrten Freunde Afshin Ellian und Leon Eijsman haben mir ebenso zur Seite gestanden wie Jessie Gill, Pakistanin und Christin, die mir wertvolle Ratschläge gegeben hat. Auch durfte ich den Erzählungen und Hinweisen von Oberstleutnant Esmeralda Kleinreesink und denen ihres amerikanischen Kollegen Lt.-Colonel Tom O. lauschen. Eine wertvolle Hilfe war Alina Ratkowskas ausführliche Abhandlung über Johann G. Goldberg, und das Lektorat von De Bezige Bij ist liebevoll und sorgfältig mit dem Manuskript umgegangen. Jessica Durlacher, meine Lebensgefährtin und Richtschnur, schickte mich wieder zum richtigen Zeitpunkt an den richtigen Ort zum Schreiben; nicht nach Los Angeles, wo ich in der Vergangenheit einen Tisch fand, sondern nach Tel Aviv. Ohne sie wären alle Tage grau.

Leon de Winter im Diogenes Verlag

Leon de Winter, geboren 1954 in 's-Hertogenbosch als Sohn niederländischer Juden, begann als Teenager, nach dem Tod seines Vaters, zu schreiben. Er arbeitet seit 1976 als freier Schriftsteller und Filmemacher in Holland und den USA. Seine Romane erzielen nicht nur in den Niederlanden überwältigende Erfolge; einige wurden für Kino und Fernsehen verfilmt, so *Der Himmel von Hollywood* unter der Regie von Sönke Wortmann. Der Roman *SuperTex* wurde von Jan Schütte verfilmt.
2002 erhielt de Winter den *Welt*-Literaturpreis für sein Gesamtwerk, und 2006 wurde er mit der Buber-Rosenzweig-Medaille ausgezeichnet.

»Leon de Winter hat etwas zu erzählen, und er tut es so gut, dass man nicht genug davon bekommen kann.«
Rolf Brockschmidt / Der Tagesspiegel, Berlin

Hoffmans Hunger
Roman. Aus dem Niederländischen von Sibylle Mulot

SuperTex
Roman. Deutsch von Sibylle Mulot

Serenade
Roman. Deutsch von Hanni Ehlers

Zionoco
Roman. Deutsch von Hanni Ehlers

Der Himmel von Hollywood
Roman. Deutsch von Hanni Ehlers

Sokolows Universum
Roman. Deutsch von Sibylle Mulot

Leo Kaplan
Roman. Deutsch von Hanni Ehlers

Malibu
Roman. Deutsch von Hanni Ehlers

Place de la Bastille
Roman. Deutsch von Hanni Ehlers

Das Recht auf Rückkehr
Roman. Deutsch von Hanni Ehlers

Ein gutes Herz
Roman. Deutsch von Hanni Ehlers

Geronimo
Roman. Deutsch von Hanni Ehlers